Als Flora überraschend das Angebot erhält, ein altes Haus in den Westfjorden zu renovieren, sagt sie sofort zu. Ihr Leben liegt in Trümmern, sie lebt getrennt von ihrem Mann, die Kinder sind aus dem Haus, und jetzt hat sie auch noch ihren Job verloren.Bei ihrer Ankunft schneit es so heftig, dass die Landschaft, das Haus und das Dorf wie das Ende der Welt anmuten. Doch als sie die Organistin und drei Frauen aus der Fischfabrik kennenlernt und sie einen Chor gründen, kehrt Floras Lebenswille zurück. Gemeinsam machen sie sich auf den Weg, ihr Schicksal zu meistern.
Kristín Marja Baldursdóttir hat ein berührendes und intensives Buch geschrieben, das von Liebe und Freundschaft erzählt, und von den überraschenden Wendungen, die das Leben in völlig neue Bahnen lenken.

»Kristín Marja Baldursdóttir ist in Island eine sehr beliebte Autorin, und nach der Lektüre dieses Buches versteht man auch warum!« *Annemarie Stoltenberg,* ndr-Kultur, Juni 2018

Kristín Marja Baldursdóttir ist eine der prominentesten Schriftstellerinnen Islands. Sie erhielt für ihr Werk viele Auszeichnungen und Preise, zuletzt den »Falkenorden«, eine der höchsten Auszeichnungen des Landes. Die Autorin lebt mit ihrer Familie in Reykjavík.

Weitere Informationen finden Sie auf www.fischerverlage.de

Kristín Marja Baldursdóttir

DAS ECHO DIESER TAGE

Roman

Aus dem Isländischen von
Tina Flecken

FISCHER Taschenbuch

MIX
Papier aus verantwortungsvollen Quellen
FSC® C014496

Erschienen bei FISCHER Taschenbuch
Frankfurt am Main, September 2019

Die isländische Originalausgabe erschien
2016 unter dem Titel ›Svartalogn‹ bei Forlagid, Reykjavík.

Satz: Pinkuin Satz und Datentechnik, Berlin
Druck und Bindung: GGP Media GmbH, Pößneck
Printed in Germany
ISBN 978-3-596-29959-1

Schneefall

Eine Frau mit einem Koffer, eingesunken im Schnee.

Das Dorf war weiß, der Schnee blauschwarz im dämmrigen Winterlicht, die Häuser auf der Landzunge verteilt, die sich bis hinunter zum Meer und den Hang hinauf erstreckte, wo ich in einer Schneewehe feststeckte und mich fragte, ob jemand meine Ankunft beobachtet hatte. Die Landbevölkerung war neugierig, hatte ich gehört, doch ich sah niemanden zu dem Haus hinaufschauen, das ich in den kommenden Monaten streichen sollte.

Mit einem kräftigen Ruck befreite ich mich, nahm die Haustür ins Visier und watete entschlossen durch den Schnee, nur wenige mühsame Schritte, bis ich den Eingang erreichte. Die Tür war vom Schnee zugeweht, und ich musste ihn mit der Hand wegwischen, damit er nicht ins Haus fiel, wenn ich sie öffnete.

Anstelle des angenehmen Geruchs, der mich beim Betreten meiner eigenen Wohnung empfing, hing ein Mief in der Luft, wie ihn alte Möbel verströmen, die einsam vor sich hin ächzen, doch nachdem ich das Licht eingeschaltet und mich umgeschaut hatte, war ich positiv überrascht. Die Möbel waren verschlissen und abgenutzt, passten jedoch gut in diese Umgebung, ein altes isländisches Holzhaus. Die Wände waren grün, blaugrün bei näherer Betrachtung, und ich musste an die Farbeimer im Kofferraum denken.

Ich zog die Vorhänge auf, die so alt waren, dass sie Gefahr liefen, zu zerreißen, wenn man zu stark an ihnen zerrte. Das Haus war kalt, man hatte mir gesagt, ich solle das Wasser andrehen und die Elektroheizung einschalten, sobald ich ankäme. Nachdem das erledigt war, ließ ich Wasser in einen Kessel laufen, denn ein guter, starker Kaffee war unerlässlich, bevor ich mich einrichtete. Dann hielt ich inne und lauschte, als wollte ich kontrollieren, ob mich jemand beobachtet hatte; die Stille im Haus war beunruhigend.

Ich ging wieder hinaus, spähte in alle Richtungen, nahm die alten Häuser am Hang unter mir in Augenschein, doch nichts regte sich, draußen war es genauso still wie drinnen. Ein Schauder durchfuhr mich, als ich mir vorstellte, dass alle das Dorf verlassen hätten oder tot wären, dass ich ganz alleine wäre. Alleine in den Westfjorden.

Erst später, nachdem ich aus dem Wagen alles ins Haus getragen hatte und nach Atem rang, sah ich Lebenszeichen im Dorf. Es war schon halbdunkel, die Straßenlaternen waren angegangen und beschienen Menschen, die vermutlich von der Arbeit kamen. Vor dem großen Gebäude unten auf der Landzunge herrschte reger Verkehr – ich war mir ziemlich sicher, dass es sich um die Fischfabrik handelte –, und von einem anderen Gebäude, anscheinend der Schule, kamen Kinder gelaufen.

Auf einmal gingen in der Kirche, die in der Mitte des Dorfes stand, alle Lichter an.

Die Wetteraussichten für die nächsten Tage waren schlecht, das hatte ich im Wetterbericht gesehen und deshalb für drei Tage Vorräte mitgenommen, falls es einen Schneesturm gäbe, ich eingeschneit würde und noch nicht einmal in den Dorfladen käme. Ich schloss den Kühlschrank an, und als er anfing zu surren, wirkte sofort alles gemütlicher. Dann räumte ich die Kühlwaren ein, stellte die restlichen Lebensmittel in die Vorratskammer neben der Küche und wunderte mich, dass nirgends auch nur ein Staubkörnchen zu sehen war, in einem Haus, das monatelang leer gestanden hatte. Anschließend suchte ich nach einem Radio, denn seitdem ich allein lebte, schaltete ich immer das Radio ein, wenn ich von der Arbeit nach Hause kam, doch ich konnte keins finden. So ein Mist.

Man hatte mir gesagt, das Haus habe ursprünglich den Großeltern meiner Schwiegertochter gehört, und die Werkstatt des Großvaters, der Möbelschreiner gewesen war, befinde sich in dem benachbarten Schuppen. Ich hielt es für relativ wahrscheinlich, dass er bei der Arbeit Radio gehört hatte, das taten viele Handwerker. Im Flur hing ein Schlüsselschränkchen – unglaublich, wie viele Schlüssel die Leute horteten –, und ich nahm den, der mir am passendsten erschien, und steckte ihn in das Schloss am Schuppen.

Es handelte sich um eine ganz normale Schreinerwerkstatt mit einer alten Drechselbank und allen möglichen Werkzeugen, die ordentlich aufgereiht an der Wand hingen. In einer Ecke standen vier alte Schulpulte, je zwei und zwei aufeinandergestapelt. Solche Tische kannte ich aus meiner Kindheit, so hatten sie ausgesehen, bevor sie aus Kunststoff und Stahl waren. Der Schreiner hatte sie bestimmt restaurieren wollen, nur wozu, wusste niemand mehr. In einer anderen Ecke waren ein alter Rasenmäher, ein Schlauch, eine Schaufel und weitere Gartengeräte, und direkt neben der Tür stand eine Waschmaschine. Darüber waren Wäscheleinen bis zur nächsten Ecke gespannt.

Keine Spur von einem Radio, also würde ich auf meinem Laptop, bei dem der Ton ziemlich dumpf klang, Musik hören müssen. Immerhin gab es im Wohnzimmer ein kleines Regal mit alten Büchern, die ich noch nicht gelesen hatte: jede Menge gebundene Ausgaben der alten Zeitschrift *Dvöl*, die Geschichte der norwegischen Könige *Heimskringla*, klassische Romane von Þorgils Gjallandi, *Vom Eismeer zum Dschungel*, *Königin Elisabeth I. von England* und *Maria Stuart* in isländischer Übersetzung und noch viele mehr, fast alle kurz vor oder nach dem Krieg gedruckt und gebunden. Damit würde es mir bestimmt nicht langweilig werden. Ich brachte die Farbeimer in den Schuppen, alle bis auf einen, und begann mit dem Auspacken.

Auch wenn die Treppe ziemlich schmal war, schaffte ich es irgendwie, den Koffer auf den Dachboden zu bugsieren, räumte ihn im hinteren Zimmer aus, legte die Bücher auf den Nachttisch und den Kleinkram in die Kommodenschublade und hängte die wenigen Kleidungsstücke, die ich dabeihatte, in den kleinen Kleiderschrank. Das Kleid, das ich in Boston gekauft hatte, kam ganz nach hinten, denn ich hatte mir angewöhnt, es vor mir selbst zu verstecken, weil ich mich für meine Verschwendungssucht schämte.

In der alten Küche kochte ich Schellfisch, aß am Esstisch im Wohnzimmer und schaute dabei aus dem Fenster. Die meisten Häuser im Dorf waren nun hell erleuchtet, und das Meer verschwand in der Dunkelheit. Es war stark bewölkt, der Mond schlief. Ich fragte mich, was die Leute wohl denken würden, wenn sie mitten im Winter im Haus des Schreiners Licht sahen. »Hey, da ist jemand im Haus des alten Schreiners! Ach, wirklich? Ja, guck mal, steht da nicht ein Auto in der Straße unterhalb des Hauses?« Vielleicht würde sich jemand aufmachen, um nachzuschauen, ob ein Einbrecher am Werk war, das hätte mich nicht gewundert.

Ich ging erst ins Bett, nachdem die Lichter in den Häusern unterhalb eins nach dem anderen erloschen waren. Dann schloss ich die Haustür ab und ging nach oben. Eine kleine Lampe ließ ich die ganze Nacht brennen. Wenn ich sie ausmachte, wurde die Dunkelheit so übermächtig, dass ich meinte, in einer Gruft eingesperrt zu sein. Obwohl ich so etwas natürlich noch nie erlebt hatte. In Reykjavík fiel immer ein wenig Licht durch die Vorhänge. Ich las lange in einem meiner Lieblingsbücher, das über die arktische Witterung und das Klima auf verschiedenen Kontinenten.

In der Stille hörte ich ein Rauschen, wie von einem fernen Fluss oder kleinen Wasserfall.

Als ich an dem kleinen Küchentisch meinen Morgenkaffee trank, fühlte ich mich wie in frühere Zeiten zurückversetzt. So hatten sie dagesessen, die alten Frauen mit ihren Tassen, und darauf gewartet, dass die Dunkelheit dem neuen Tag wich. Zu meiner Überraschung hatte ich geschlafen wie ein Stein und überhaupt nicht an die Kündigung und die Leute auf der Arbeit gedacht, wie sonst immer kurz vor dem Einschlafen und nach dem Aufwachen. Die neue Umgebung hatte die alten Gedanken verschluckt.

Allerdings nur für kurze Zeit.

Gegen elf würde es hell werden, dann wollte ich loslegen, oder zumindest schon mal die Farbeimer und Pinsel inspizieren und entscheiden, wo ich anfangen würde. Ich sollte alles cremeweiß streichen, bis auf die Treppe, die durfte ihre ursprüngliche Farbe behalten. Nach kurzer Überlegung hielt ich es für das Vernünftigste, mit der Vorratskammer zu beginnen, die eignete sich am besten zum Üben. Ich hatte seit Jahren nicht mehr gestrichen. Ich hatte schon immer gerne Farbe umgerührt und hielt mich lange damit auf, bevor ich ein wenig Farbe in eine kleine Farbwanne kippte, die ich beim Streichen in der Hand halten konnte. Dann räumte ich die Vorräte beiseite, die ich auf einem der Regale verstaut hatte, und begann mit der ersten Wand.

Während ich gemächlich mit dem Pinsel über die Spalten der Holzpaneele strich, fiel mir plötzlich auf, wie seltsam es war, dass ich, eingezwängt in einer engen Vorratskammer im äußersten Westen des Landes, eine Wand anstrich. Dabei fiel mir fatalerweise auch auf, dass ich im Grunde seit meiner Kündigung eingesperrt war. Ich hatte mich abgekapselt. War kaum mehr rausgegangen. Und dort in der Vorratskammer, als die vier Wände mich schier zu erdrücken schienen, wollten meine Gedanken ausbrechen.

Ich sah mich selbst in den ersten Monaten nach der Kündigung. Sah mich rastlos durch die Wohnung streifen, abends vor dem Fernseher hängen. Ich war nicht in der Lage gewesen, zu lesen, geschweige denn im Internet zu surfen, hatte mich davor gefürchtet, ins Bett zu gehen, weil ich nicht einschlafen konnte, und schlief dann so lange, dass ich fast den ganzen Tag verpasste. Ich ging nur einkaufen, wenn in den Geschäften nichts los war, damit ich nicht Gefahr lief, jemanden zu treffen, der sagte: »Ach, hi, bist du nicht im Büro?« Nicht zu arbeiten galt in Island als Kapitalverbrechen, und Müßiggang wurde einem nur verziehen, wenn man aus Altersgründen schon einen Tatterich hatte. Immerhin wusch ich meine Wäsche, das musste man mir lassen, putzte wie in Trance meine Wohnung und schickte meiner Tochter in Australien E-Mails, in denen ich sie andauernd fragte, ob sie nicht bald zurückkommen wolle, worauf sie jedes Mal antwortete: »Mama, das wird schon wieder.« Doch nichts wurde wieder, ich war ausgebrannt und deprimiert, zu nichts nutze. Mein Sohn kam mit den beiden Enkelkindern vorbei, ich backte für sie Kuchen, und er sagte: »Mama, das wird schon wieder, bewirb dich einfach weiter, das ist das Wichtigste.« Also bewarb ich mich hier und dort, meldete mich bei Arbeitsvermittlungen, doch nichts half, Frauen in meinem Alter und mit meiner Berufserfahrung schienen nicht gefragt zu sein. Im Hochsommer war Urlaubszeit und bei den Firmen nicht viel los, die Jobsuche war zwecklos, deshalb fuhr ich mit meinem Sohn und seiner Familie ins Sommerhaus, spielte mit den Kindern, grillte und saß in der Abendsonne auf der Terrasse. Doch bevor ich mich versah, war Herbst, es wurde wieder kälter, und ich bekam kein Gehalt mehr ausgezahlt. Von diesem Moment an ergriff die Angst von meinem Körper Besitz. Herzrasen, Unterleibsschmerzen, Rückenschmerzen, die sich bis hinauf in den Kopf zogen, undefinierbare Schmerzen im ganzen Körper. Bestimmt Fibromyalgie, ich hatte gelesen, diese Krankheit sei eine häufige

Folge von Schocks, Unfällen oder chronischem Stress. Ich konnte nicht schlafen, hatte Angstzustände und war lethargisch. Es fühlte sich an wie eine posttraumatische Belastungsstörung, als hätte man mir körperliche Gewalt angetan.

»Sie fanden dich ein bisschen spießig«, sagte meine Kollegin Irpa einmal leise zu mir, als sie mich nach der Kündigung besuchte.

»Spießig?«, entgegnete ich. »Was soll denn das heißen?«

»Vermutlich, dass man unsexy ist«, antwortete Irpa.

Ich war also nicht attraktiv. Spießig. Das bedeutete zweifellos auch langweilig und leicht zu durchschauen.

»Aber du warst eine sehr gute Mitarbeiterin«, fügte Irpa hinzu.

»Warum wurde mir dann gekündigt?«, klagte ich, worauf Irpa mich darauf hinwies, dass im Vertrieb und Marketing auch anderen Leuten gekündigt worden sei, das dürfe ich nicht vergessen. Ich kannte diese Leute, es handelte sich lediglich um zwei Kollegen, mit denen ich zu Mittag gegessen, Kaffee getrunken, geplaudert und gescherzt hatte. Sie waren im selben Alter wie ich.

Ich hätte nie vermutet, dass mein Verhalten oder mein Lebensstil einmal entscheidenden Einfluss auf meinen Job haben könnten, auch wenn ich manchmal nachts wach geworden war und mir Gedanken über das Verhältnis zu meinen Vorgesetzten und Kollegen gemacht hatte, über meine Arbeitsweise. Sie fanden mich also spießig, beziehungsweise unsexy? Musste man denn sexy sein, um einen Bürojob auszuüben? »Vielleicht wollten sie die Belegschaft verjüngen«, meinte Irpa entschuldigend, als wäre sie dafür verantwortlich. Später erzählte sie mir, nur zwei Wochen nach meiner Kündigung habe eine junge Frau meine Stelle übernommen. Sie habe sich mit einem niedrigeren Gehalt abgefunden, sei aber besser qualifiziert als ich.

Im November war ich dann mit den anderen nach Boston

zum Weihnachts-Shopping gefahren, mit Irpa und zwei weiteren Frauen, Emma und Dúfa. Sie waren alle jünger als ich, Irpa kurz vor ihrem Fünfzigsten und die anderen um die vierzig. Irpa hatte mich gefragt, ob ich mitkommen wolle, das würde mir guttun, ihr sei klar, dass ich nach der Kündigung in ein Loch gefallen sei, so eine Reise würde mich aufmuntern, außerdem bräuchten sie noch eine vierte Person. Mein Sohn hatte mich zu der Reise gedrängt, mir sogar Geld überwiesen, damit ich auch ganz bestimmt fahren würde. Natürlich wusste ich, dass meine ehemaligen Kolleginnen nur eine Mitreisende brauchten, um die Hotelkosten zu senken, und sich für mich entschieden hatten, weil andere, geselligere Frauen keine Zeit hatten, aber ich freute mich trotzdem über die Einladung, denn ich war zu der Zeit nicht allzu begehrt. Also ging ich zum Friseur und ließ mich ein bisschen aufhübschen. Dennoch würdigte der Sicherheitsbeamte am Bostoner Flughafen mich keines Blickes.

Die Reise nach Boston veränderte alles. Wenn ich nicht mitgefahren wäre, wäre ich nie hier gelandet, in einer Vorratskammer in den Westfjorden.

Plötzlich meinte ich, einen dumpfen Schlag zu hören, und machte mich auf die Suche nach der Ursache, entdeckte aber nichts Ungewöhnliches. Im Wohnzimmer war alles ruhig. Ich blickte durch alle Fenster nach draußen, sah jedoch nichts als Schnee und noch mal Schnee, der Garten war darin versunken. Ich öffnete die Haustür, um nachzuschauen, ob mein Auto noch da wäre, was selbstverständlich der Fall war, schließlich hatte ich es fertiggebracht, mich in einer Schneewehe direkt neben dem Tor festzufahren. Dabei fiel mein Blick auf meine eigenen Fußstapfen im Schnee, in den ich am Tag zuvor knietief eingesunken war. Das ging natürlich nicht, jeder normale Mensch hätte selbstverständlich den Gehweg freigeschaufelt. Also packte ich mich warm ein, holte eine Schaufel aus dem Schuppen und machte mich an die Arbeit. Ich rechnete damit, oder vielleicht hoffte ich es auch, dass jemand am Haus vorbeigehen, mich draußen im Schnee sehen, mir einen guten Tag wünschen und sich kurz mit dem Neuankömmling unterhalten würde. Doch diese Hoffnung war vergeblich, denn das Haus stand in einer der höher gelegenen Straßen, in die es nur selten jemanden verschlug.

Es war höchste Zeit gewesen, denn der Schnee war in der Nacht so festgefroren, dass meine Schultern und Handgelenke schon nach wenigen Minuten schmerzten. Als ich eine Pause einlegte, mich auf die Schaufel stützte und in den Schneedunst blickte, wurde mir die Absurdität der Situation bewusst. Was machte ich hier eigentlich? Alleine in den Westfjorden, um ein Haus zu streichen und Schnee zu schippen? Eine Frau, die ihr ganzes Leben lang gearbeitet und Steuern bezahlt hatte, die in jeglicher Hinsicht eine vorbildliche Staatsbürgerin gewesen war und aufgrund ihrer Stellung und ihres Alters ein komfortables Leben hätte führen sollen – was machte die hier? Die Absurdität verlangte nach einer Diagnose, so wie jede andere Krankheit auch. Obwohl ich es eigentlich gar nicht wollte, rief ich mir den Vorfall ins Gedächtnis, oder vielleicht war es die andere Frau in mir, die das machte.

An den ersten Tagen nach meiner Rückkehr aus Boston war ich müde gewesen.

Völlig normal bei einem Jetlag, doch abgesehen davon war ich froh, wieder zu Hause in meiner kleinen Wohnung zu sein. Ich sah die Post durch – an der Jobfront hatte sich nichts getan –, rief meinen Sohn an und erzählte ihm kurz von der Reise, vom Wetter und wie gut die Bostoner gekleidet seien, schrieb meiner Tochter dasselbe, bezog das Bett frisch, stellte die Waschmaschine an und hängte das schöne Kleid auf, ganz hinten in den Kleiderschrank. Erst fünf Tage später merkte ich, dass ich immer noch müde und schlapp war. Ich schleppte mich vom Bett ins Wohnzimmer, wo ich die meiste Zeit des Tages wie ein nasser Sack herumsaß. Mein Frust hatte offenkundig den Höhepunkt erreicht: Müdigkeit, Antriebslosigkeit, Trägheit, destruktive Gedanken. Ich beschwor alles Vergangene herauf, was mich in irgendeiner Weise runterziehen konnte.

So verging die Zeit bis Ende November, ich befand mich in einem Dämmerzustand. Anfang Dezember machte sich eine gewisse Unruhe in mir breit, eine unterdrückte Gereiztheit, die nur darauf wartete, hervorzubrechen. Mein Stimmungswechsel ähnelte einem Barometer, das fällt, obwohl es nicht berührt wurde. Selbstverständlich ist dann ein Tiefdruckgebiet im Anzug.

Endlich raffte ich mich auf, die Weihnachtsgeschenke zu kaufen, die ich eigentlich in Amerika hatte kaufen wollen, und als ich an der Kasse bezahlte, vielleicht ein bisschen abgelenkt beim Gedanken an meine prekäre Finanzlage, fiel mir wieder ein, was die Frauen an unserem letzten Tag in Boston gesagt hatten, als das Gespräch auf meinen alten Arbeitsplatz gekommen war. Sie ließen sich über den Tratsch in der Cafeteria aus, und Emma sagte: »Wusstest du nicht, wie man über Frauen wie dich in der Cafeteria geredet hat? Dass diese alten Schrullen für die Firma ein Klotz am Bein seien und dass sie ein junges, frisches Image bräuchte?« Während ich dort an der Kasse darüber nachdachte, stieg die Wut in mir hoch. In was für einer Gesellschaft lebte ich eigentlich?

Zurück zu Hause dachte ich an den ganzen Unsinn, den die Leute von sich gegeben hatten und dem ich immer widerspruchslos Folge geleistet hatte. Ich kramte die banalsten Dinge hervor: Wie meine Mutter mich nach dem Abitur gedrängt hatte, ein Lehramtsstudium aufzunehmen, obwohl ich viel lieber zum Jobben ins Ausland gegangen wäre, und natürlich hatte ich gehorcht. Wie mein Ex-Mann mir in den Ohren gelegen hatte, ich solle den Job wechseln, aus dem Schuldienst in die Privatwirtschaft gehen, da würden viel bessere Gehälter gezahlt, und selbstverständlich hatte ich gehorcht. Alles, was andere sagten, klang so vernünftig. Also hatte ich mich untergeordnet, war eine gute Mutter gewesen, eine perfekte Hausfrau, eine aufopferungsvolle Ehefrau, eine gewissenhafte Mitarbeiterin, hatte von neun bis fünf oder länger im Büro gearbeitet und danach bis zehn oder länger zu Hause, mich alleine um die Kindererziehung und den Haushalt gekümmert, während mein Mann in seiner Firma aufstieg, was Vorrang hatte, weil er mehr verdiente als ich. Dabei hatte ich ein abgeschlossenes Studium und er nicht.

Warum hatte sich nichts geändert? Hatte meine Mutter Anfang der siebziger Jahre etwa nicht für die Gleichberechtigung gekämpft? So vehement, dass ihre Ehe dabei fast zu Bruch gegangen war? Ihre Gesundheit womöglich auch, denn danach kam sie nie wieder richtig auf die Beine. Wie war es möglich, dass ich Anfang der Neunziger immer noch weniger verdient hatte als mein Mann und dabei noch den gesamten Haushalt schmiss? Passierte denn gar nichts? Veränderte sich nichts? Was war der Dank für diesen jahrelangen gesellschaftlichen Gehorsam? Das Ergebnis meiner Mühen ließ sich in einem Satz zusammenfassen: »Wir können Sie nicht mehr gebrauchen, bitte räumen Sie Ihren Schreibtisch.«

Das hatte ich nun davon, dass ich so gehorsam war.

Ich stromerte durch die Wohnung wie ein Löwe im Käfig, und in diesem Moment kochte die Wut über, und ein mir bislang fremdes Gefühl überkam mich. Ich wurde bockig und beschloss, es nicht mehr allen recht zu machen. Ich warf mir den Mantel über, stürmte zum Friseursalon und verlangte nach einer Kurzhaarfrisur. Als ob das die Lösung wäre. Dies war der Beginn meiner Dezember-Revolution, ein Bubikopf. Was darauf folgte, war nur die natürliche Fortsetzung des ersten Akts. Zur gesellschaftlichen Hörigkeit gehörte meiner Ansicht nach neben Pflichtgefühl und Gehorsam auch der Anspruch, gut auszusehen, was nur Zeit- und Geldverschwendung war. Ich warf sämtliche Kosmetikartikel in den Müll. Sehr angenehm, sich weder frisieren noch schminken zu müssen. Dann stopfte ich die hochhackigen Schuhe und die abscheulichen Strumpfhosen, die so eng waren, dass man sich beim Hineinquetschen fast die Rippen brach, in eine Plastiktüte und brachte sie geradewegs zur Mülltonne.

Das war zwar nicht die Befreiung der Welt, ich änderte nicht den Lauf des Universums, fühlte mich aber besser. Ich redete mir ein, dass ich nun selbst das Ruder übernehmen würde.

Dabei wollte ich es fürs Erste belassen, ich genehmigte mir ein Glas Weißwein, um meinen Triumph zu feiern, und es mag sein, dass mir der Alkohol zu Kopf stieg, da war ich ein bisschen empfindlich, denn in einem Anflug von Selbstgefälligkeit bewunderte ich mich für meinen Mut. Natürlich brauchte man Mut, um sein Aussehen radikal zu verändern und die Merkmale der eigenen Geschlechtszugehörigkeit auszumerzen, zumindest oberflächlich. Ich grübelte darüber nach, warum das Aussehen und das Verhalten der Menschen seit Jahrhunderten vom Geschlecht bestimmt war, beziehungsweise wer darüber bestimmt hatte. Denn selbstverständlich erforderten hohe Absätze ein bestimmtes Auftreten. Besonders schnell kamen Frauen damit nämlich nicht voran.

Ich saß also auf meinem Stuhl, kurzhaarig, in Jeans, kariertem Hemd und barfuß, und wollte unbedingt wissen, ob Männer sich gegenüber einer maskulin gekleideten Frau anders verhalten würden als gegenüber einer Frau mit langen Haaren und Stöckelschuhen. Ob sie der Ersten, die sich anzog wie sie, mehr Respekt entgegenbringen würden als der Zweiten, die sich regelkonform kleidete, um ihnen zu gefallen.

Und das muss wohl der Moment gewesen sein, an dem ich übers Ziel hinausschoss.

Ich schlüpfte in ein altes Jackett meines Ex-Mannes, das ihm rasch zu klein geworden war, denn er war zwar kein Riese – wir waren gleich groß –, aber ziemlich in die Breite gegangen. Das

Jackett war aus einem so edlen Stoff, dass ich es in meinen eigenen Kleiderschrank gehängt und nie weggeworfen hatte. Dieses Outfit toppte ich noch mit knöchelhohen Wanderschuhen und einem Unisex-Anorak und betrat nach einem kurzen Spaziergang durch den beißenden Nordwind die nächste Kneipe.

Wie ein Mann steuerte ich direkt auf die vollbesetzte Theke zu – es war Wochenende und schon nach Mitternacht – und bestellte mir ein großes Bier. Ich wurde nicht unfreundlich aufgenommen, der Mann neben mir quatschte mich sofort an und klagte über die hohen Mietpreise, und bevor ich mich versah, steckte ich mitten in einer angeregten Diskussion über den Wohnungsmarkt. Niemand schenkte meinem Bubikopf besondere Beachtung. Entweder standen die meisten unter beträchtlichem Alkoholeinfluss oder waren es gewohnt, dass schräge Vögel in der Kneipe aufliefen, doch ich wurde bald müde von dem Lärm und wollte mich auf den Heimweg machen. Die Situation hatte ihren Reiz verloren, ich war zu alt für solchen Quatsch.

Und dann kam der Hieb. Drei Randalierer, die sich widersetzt hatten und aus der Kneipe geflogen waren, stritten sich vor der Tür, grölten herum, und – wie sollte es auch anders sein – als ich an ihnen vorbeiging, rammte mir einer von ihnen brutal den Ellbogen in die Seite. Ich weiß nicht, ob es Absicht gewesen war, jedenfalls wurde ich sauer, der Alkohol brachte wohl die Proletin in mir zum Vorschein, und stieß die drei Worte »Du blödes Arschloch!« hervor, während ich mir die Seite hielt. Woraufhin ich auf die Fresse bekam, wie man so schön sagt. Einer der Typen versetzte mir einen so heftigen Schlag, dass ich zu Boden ging. Als wäre das noch nicht genug, packte er mich, riss mich hoch, schleuderte mich gegen die Wand, ballte wieder die Faust und hätte mir wahrscheinlich sämtliche Knochen gebrochen, wenn seine Kumpels nicht eingegriffen hätten. Sie beschworen ihn, damit aufzuhören, und riefen: »Hey, lass doch die alte Lesbe in Ruhe.«

Ich entkam ihnen und wankte durch die Straße, ein einziges Wrack. Zum Glück hatte er mir keinen Zahn ausgeschlagen, meine Nase war nicht gebrochen, und ich gelangte unbehelligt in meine Wohnung. Es wäre wirklich nicht lustig gewesen, meiner Nachbarin von unten zu begegnen, die hätte bestimmt darauf bestanden, dass ich Anzeige erstattete, und mich zu allem Überfluss auch noch in die Notaufnahme gefahren. Wobei das durchaus angebracht gewesen wäre, eine Kompresse oder eine Salbe für die Augen hätte mir schon geholfen, denn als ich in den Spiegel schaute, bot sich mir ein grotesker Anblick. Ich beschloss, abzuwarten und zu Hause zu bleiben; ich hatte noch nie ein blaues Auge gehabt. Zwei Tage vergingen, und ich schleppte mich durch die dämmrige Wohnung, doch dann rief mein Sohn an und fragte, ob mit mir alles in Ordnung sei. Ich konnte ihm anhören, dass ihm etwas zu Ohren gekommen war, und hatte keine andere Wahl, als ihm zu sagen, dass ich im Bett liegen würde und dankbar sei, wenn er für mich einkaufen ginge.

Er hatte einen Schlüssel, und als er hereinkam, hörte ich, dass die Kinder dabei waren. »Mama!«, rief er, und ich antwortete ihm vom Bett aus. Als er das Licht im Schlafzimmer einschalten wollte, bat ich ihn, es zu lassen, meine Augen würden so brennen. Er schaltete es trotzdem ein, musterte mich vorwurfsvoll und meinte: »Weißt du, wie du aussiehst?« Ich bejahte.

»Ich hab's schon gehört«, sagte er kühl. »Ein Freund hat mir erzählt, er hätte meine Mutter, in Männerklamotten, in einer der berüchtigtsten Kneipen der Stadt gesehen.«

»Ich war ganz normal angezogen«, protestierte ich, was nicht gelogen war.

»Was hast du denn mit deinen Haaren angestellt?«, fragte er.

»Ich war beim Friseur«, entgegnete ich wahrheitsgemäß.

Das Verhör dauerte eine Ewigkeit. Mein Sohn wollte alles ganz genau wissen, warum ich, als Frau in meinem Alter – das musste er natürlich betonen – an einem Freitagabend in eine

Kneipe gegangen sei! In eine Kneipe!? Warum ich mich wie ein Mann angezogen hätte, mir die Haare hätte abschneiden lassen, dermaßen getrunken hätte, was eigentlich mit mir los sei, ob in Boston etwas vorgefallen sei, ob ich wisse, was ich ihm damit antun würde, ob es nicht schon schlimm genug sei, dass sein Vater sich zum Affen gemacht hätte, da müsste seine Mutter doch nicht dasselbe tun, ob ich nicht wisse, dass mein Verhalten seinem guten Ruf schaden würde?

Dabei stürmte er durch den Raum, war völlig außer sich und beruhigte sich erst wieder, als sein kleiner Sohn, der während dieser Tirade zu seiner Oma ins Bett geklettert und darauf herumgehüpft war, seiner kleinen Schwester, die mit dem Schnuller im Mund auf der Bettdecke saß, todernst verkündete: »Oma ist ein Junge!«

Das nahm meinem Sohn allen Wind aus den Segeln. Mit Resignation und Enttäuschung in den Augen fragte er mich säuerlich, was ich aus dem Supermarkt bräuchte.

Erst als sich die Veilchen ein paar Tage später gelblich verfärbten, dämmerte mir allmählich, was ich meinem Sohn mit meinem kleinen Abenteuer eingebrockt hatte.

»Ist in Boston etwas vorgefallen?«, hatte er gefragt.

Er war schon immer schnell von Begriff gewesen, mein Sohn.

Dann kam der erste Weihnachtstag.

Ein Familientag. Elegante Kleidung und Kerzenlicht, ein Tag, an dem einen Friede und Freude durchströmen sollten, doch durch meine Adern floss nur Angst. Ich war bei meinem Sohn zum Weihnachtsessen eingeladen, und die Eltern meiner Schwiegertochter sollten auch kommen. Sie waren der Grund für meine Panik. Höfliche, seriöse Leute, aber ziemlich zugeknöpft. Sie waren immer sehr freundlich gewesen, wenn wir uns vor meiner Scheidung bei Familienfeiern getroffen hatten, dennoch herrschte zwischen uns eine gewisse Distanz. Mir war nie klar gewesen, ob das daher rührte, dass wir jünger waren als sie, oder weil sie sich für etwas Besseres hielten. Seit ich alleine war, begegneten wir uns seltener. Vielleicht waren mein Sohn und meine Schwiegertochter darauf bedacht, dass sich unsere Wege nach dem Skandal, den mein Ex-Mann verursacht hatte, nicht mehr allzu oft kreuzten. Im Grunde war es unverzeihlich, dass ein Ehemann und Vater sich so aufführte.

Mein Ex-Mann hatte seine Kollegen in meiner Abwesenheit zu einer Party in unser Haus eingeladen, zusammen mit ein paar Stripperinnen. In der Familie gab es einen Eklat. Meine Schwiegertochter erzählte ihren Eltern davon, was sich nicht umgehen ließ, als das Haus im Zuge unserer Scheidung verkauft wurde, und wahrscheinlich merkte sie, dass ich in der schlimmsten Zeit nicht gerade erpicht war auf Familienfeiern. Ich sah ihre Eltern nur noch an Weihnachten, und dann achteten alle penibel darauf, über nichts anderes zu reden als über die Enkelkinder. Die Geschichte sprach sich im Bekanntenkreis herum, auf der Arbeit bekam auch jemand Wind davon, und die Leute verhielten sich mir gegenüber sehr reserviert, wie ich fand. Das Verhalten meines Ex-Mannes hatte meinen guten Ruf in gewisser Weise auch in Mitleidenschaft gezogen. Das überraschte mich, denn in meiner Naivität hatte ich geglaubt, man würde nach seinen eigenen Verdiensten beurteilt, nicht nach denen seines Ehepartners. Wobei das nur für die Ehefrau zu gelten schien und sich trotz hundert Jahren Frauenbewegung kaum geändert hatte: Die Frau wurde nach den Verdiensten ihres Mannes beurteilt, der Mann hingegen seltener nach ihren.

Mein Ex-Mann litt nicht im Geringsten unter seinem Verhalten, er war ja nur ein echter Kerl, der seine Bedürfnisse befriedigen musste, die nicht nur als natürlich, sondern geradezu als heilig betrachtet wurden. Nachdem das Haus veräußert war, zog er einfach aufs Land und arbeitete weiter als Autoverkäufer. Suchte sich eine neue Frau. Ganz simpel. Doch mein Sohn, über den machten sich alle lustig.

Es war kurz nach Mittag gewesen. Ein paar alte Schulfreundinnen und ich kehrten von einer Reise zurück, die wir schon seit Monaten geplant hatten, ein Wochenendtrip in den Norden mit Kultur und Schlemmen. Ich war immer noch in Hochstimmung nach der gelungenen Reise, als ich die Haustür aufschloss. Da kam mir mein Sohn entgegen, mit erhobener Hand wie ein Verkehrspolizist, und sagte: »Du bleibst besser draußen, Mama.«

Ich ging trotzdem rein, dachte erst, wir hätten einen Rohrbruch und alles stehe unter Wasser, aber weit gefehlt. Mich erwartete etwas völlig anderes. Mein Haus, mein Zuhause, war nach den Ausschweifungen der Nacht ein einziger Saustall.

Es fühlte sich so ähnlich an wie nach einem Einbruch, wenn Diebe das gesamte Haus verwüstet und liebgewonnene Dinge durchwühlt haben. Das Schlimmste aber war, den Zustand meines Bettes zu sehen.

Mein Sohn hatte seinen Vater rausgeworfen. Er war gekommen, um sich Gartenwerkzeug zu leihen, und hatte den letzten Saufgast aus dem Haus stolpern sehen. Nachdem er seinem Vater die Leviten gelesen und ihm gesagt hatte, er solle bloß verschwinden, bevor ich nach Hause kommen würde, machte mein Ex-Mann sich aus dem Staub. Zog nur mit einem Koffer und seiner Aktentasche von dannen und ließ sich erst wieder blicken, als die Scheidung durch war. Mein Sohn kümmerte sich um den Verkauf des Hauses und besorgte mir eine kleine Wohnung. Das ging alles sehr schnell vonstatten, dauerte insgesamt weniger als einen Monat. Ich stand die gesamte Zeit unter Schock und merkte erst später, wie erschüttert mein Sohn über das Verhalten seines Vaters war. Er hatte sich immer eine anständige Familie gewünscht, zumal er beruflich mit Leuten zu tun hatte, denen so etwas wichtig war. Deshalb bemühte ich mich, als Ausgleich zu dem Moralverfall in der Familie möglichst würdevoll aufzutreten, erwähnte die Sache Freundinnen und Kolleginnen gegenüber kaum, sondern erzählte nur, unsere Ehe sei ohnehin am Ende gewesen. Was vermutlich stimmte. Mein Ex-Mann und ich waren uns in den letzten Jahren unserer Ehe nicht sehr nah gewesen, obwohl wir uns gut verstanden hatten. Unserer Tochter war es egal, was andere von ihr hielten, da sie sowieso ständig durch die Welt reiste, während mein Sohn großen Wert auf die Meinung anderer über ihn und seine Familie legte.

Und dann verlor seine Mutter zu allem Überfluss auch noch ihren Job, stürzte sich ins Nachtleben und holte sich zwei blaue Augen. Was dachte sie sich eigentlich?

Die ehrenwerten Schwiegereltern meines Sohnes starrten mich an, als ich hereinkam. Sie hatten meine neue Frisur natürlich noch nicht gesehen. Ansonsten gab es nicht viel an mir auszusetzen: Ich trug eine schicke Hose und eine hübsche Bluse, und die Veilchen waren verschwunden. Ich überspielte die Situation, begrüßte sie freundlich, machte ein paar Bemerkungen über das Wetter und spielte dann mit den Enkelkindern. Während wir das traditionelle Räucherlamm aßen, unterhielten wir uns über die Wetterverhältnisse für den Kirchgang im Westen und Nordosten des Landes, die Schwiegereltern erwähnten, was sie diesbezüglich in den mittäglichen Radionachrichten gehört hatten, mein Sohn und meine Schwiegertochter hielten die Konversation durch geschickte Kommentare am Laufen, während ich immer nur höflich einwarf: »Ach, tatsächlich?«. Ab und zu registrierte ich, wie die Mutter meiner Schwiegertochter mich eindringlich musterte, doch immer wenn sie sah, dass ich es bemerkt hatte, schaute sie sofort auf ihren Teller.

Als wir nach dem Essen Kaffee getrunken hatten und ich mit meiner kleinen Enkelin auf dem Arm am Fenster stand und ihr die Häuser und Lichter zeigte, stand die Schwiegermutter plötzlich neben mir. Sie fixierte mich schweigend, was so unangenehm war, dass ich mich genötigt fühlte, sie anzuschauen. Da blickte sie mir fest in die Augen und fragte: »Kannst du malen?«

Konnte ich malen? Ich war völlig verdutzt über die für die

Schwiegermutter ziemlich ungewöhnliche Frage, entgegnete dann aber, natürlich könne ich malen, ich hätte als Kind viel gemalt, so wie andere Kinder auch. Wobei ich ihr verschwieg, dass ich am liebsten nach Zahlen gemalt hatte. Darauf korrigierte sie sich, sie spreche über Wände, ob ich streichen könne?

Ich nickte, immer noch unsicher, ob mit der guten Frau etwas nicht stimmte.

Da sagte die Schwiegermutter, sie habe gehört, ich sei arbeitslos, und da sei sie auf die Idee gekommen, ob ich nicht vorübergehend, beziehungsweise bis ich einen neuen Job gefunden hätte, für sie arbeiten wolle. Bei dem Projekt handele es sich um das Haus ihrer Eltern in den Westfjorden, das sei renovierungsbedürftig. Es müsse von innen komplett neu gestrichen werden, die Fensterrahmen auch von außen, und die Einrichtung müsse ausgebessert werden, das Haus habe lange leer gestanden. Sie würde mich für die Arbeit bezahlen, und ich könne mir so viel Zeit lassen, wie ich wollte, das liege ganz in meiner Hand, und während ich in dem Haus in den Westfjorden wohnen würde, könne ich meine Wohnung in der Stadt vermieten und hätte dadurch zusätzliche Einnahmen. Die Frage sei nur, ob ich streichen könne.

Ich holte tief Luft und sagte, ich hätte die Wände und Decken in unserem alten Haus gestrichen – verkniff mir jedoch, zu erwähnen, dass wir es später wegen des Verhaltens meines Ex-Mannes verkaufen mussten –, es sei also kein Problem für mich, ein Haus zu streichen, allerdings wisse ich nicht, ob ich bereit sei, mitten im Winter alleine aufs Land zu fahren, in ein kleines Dorf, wo ich vielleicht im Stockfinsteren durch meterhohen Schnee waten müsste.

»Es gibt Schlimmeres«, konterte die Schwiegermutter trocken, »denk einfach darüber nach und sag mir Bescheid.«

Ich fühlte mich wohl in meiner kleinen Wohnung. Immer wenn ich die Tür aufschloss, stieg mir ein angenehmer Geruch in die Nase, von dem ich nicht wusste, woher er kam, vermutlich eine spezielle Mischung aus Kaffee und Parfüm. Ich liebte meine Bücher, meine Bilder, den kleinen Küchentisch, an dem ich meinen Kaffee trank, das Sofa im Wohnzimmer mit den hübschen Kissen, die mich abends in Empfang nahmen. Dies war mein Zufluchtsort, mein Zuhause – sollte ich es wirklich Fremden überlassen? Ich hatte ein ganzes Jahr gebraucht, um meine Wohnung einzurichten, war ganz darin aufgegangen, was mich nach der Demütigung durch meinen Mann gerettet hatte. Möbel hatte ich keine mitgenommen, die hätten mich nur an das schlimme Ende meiner Ehe erinnert, lediglich die Bücher, von denen die meisten meinen Eltern gehört hatten. An den Wochenenden eilte ich durch die Stadt auf der Suche nach Möbeln, Geschirr, all den kleinen Dingen, die einen glücklich machen, und war so eifrig mit Einrichten beschäftigt, dass ich manchmal sogar das Elend meiner Scheidung vergaß.

Sollte ich mein Zuhause nach alldem wirklich Fremden überlassen? Das wäre so, als würde man fremde Leute über seine Seele trampeln lassen.

Als die Mutter meiner Schwiegertochter mich fragte, ob ich streichen könne, spürte ich die Stille im Raum, jene Stille, die entsteht, wenn alle gespannt auf eine Antwort warten. Ich hatte das Gefühl, als wollten alle, dass ich in die Westfjorde fuhr, als hätten sie sich vor meiner Ankunft über meine vertrackte Lage und die möglichen Lösungen ausgetauscht. Bevor ich mich an diesem Abend verabschiedete, erzählte mir mein Sohn, seine Schwiegereltern hätten das Haus längst renovieren wollen, damit sie die Sommer dort verbringen oder es an Touristen vermieten könnten, es hätte nur niemand Zeit gehabt, die Sache in Angriff zu nehmen.

»Da gibt's auch Internet«, fügte er hastig hinzu, als würde das einen Unterschied machen, als wäre es wunderbar, dort monatelang alleine zu leben, solange man vor dem Computer hängen konnte. Ich müsse allerdings einen Fernseher mitnehmen oder einen neuen kaufen, der alte sei kaputt.

Wahrscheinlich erzählte er seiner Schwester noch am selben Abend oder früh am nächsten Morgen von dem Weihnachtsessen, denn am zweiten Weihnachtstag kam eine Mail aus Australien, in der meine Tochter mich, ihre liebe Mama, dazu ermunterte, doch den Sprung zu wagen und in die Westfjorde zu fahren, ich könne nur davon profitieren, und falls sich jobmäßig währenddessen etwas ergeben würde, könne ich ja einfach zurück nach Reykjavík fahren.

Für die jungen Leute war immer alles so einfach, sie ließen alles stehen und liegen und fuhren los, wenn ihnen danach war, aber ich, ich war an mein Zuhause gefesselt, an meine 80-Quadratmeter-Wohnung in Reykjavík.

Nach dem Jahreswechsel kam eine zweite E-Mail: »Vielleicht sollte ich dich nicht dazu drängen, in die Westfjorde zu fahren, Mama, ich vergesse immer, dass ältere Leute zur Bequemlichkeit neigen.«

Das gab den Ausschlag. Ich riss mich aus der Umarmung meiner Kissen, schleppte mich nach unten in die Abstellkammer und holte den Koffer. Im Treppenhaus begegnete ich der Frau, die in der Etage unter mir wohnte, und sie fragte mich neugierig, ob ich ins Ausland reisen würde. »Nein«, antwortete ich erschöpft, »ich fahre ans Ende der Welt.« Als ich mit dem Koffer wieder oben war, sackte ich aufs Sofa, nicht weil meine Beine vom vielen Treppensteigen müde waren, sondern wegen des lähmenden Gefühls, das mich seit dieser Entscheidung befallen hatte.

Wieder einmal sinnierte ich über den Tag, an dem mein Schicksal an meiner alten Arbeitsstelle besiegelt worden war. Es war, als würde eine andere Person in meinem Kopf leben, die es genoss, mich zu quälen, obwohl ich beschlossen hatte, an gewisse Dinge keine Gedanken mehr zu verschwenden.

In der Nacht lag ich wach und grübelte darüber nach, wer diese Person sein könnte.

Und jetzt stand ich mitten im Winter in diesem kleinen Dorf und schippte Schnee.

Wahrscheinlich würde es nicht mehr lange dauern, bis ich im Stockfinsteren durch meterhohen Schnee waten müsste.

Als ich mit meinen alten Kolleginnen in Boston angekommen war, hatte ich über das Schicksal von Immigranten nachgedacht. Man veranstaltete dort ein Wahnsinnsbrimborium um die Passkontrollen, endlose Warteschlangen und überall Sicherheitspersonal. Während ich wie die Siedler und Einwanderer in früheren Zeiten in einer Schlange warten musste, sah ich die Menschen vor mir, die ihre alte Heimat aufgrund von Missernten, Armut, Diktatur und Unterdrückung verlassen hatten, sah sie nach den Strapazen der Überfahrt mit ihren todmüden Kindern in Reihen vor mir kauern, nach einer langen Schiffsreise ins gelobte Land, sah sie bange die Wärter fixieren, um nicht die Aufforderung zu verpassen, an den Tisch heranzutreten, um gewogen und gemessen zu werden. Damals fühlte ich mich selbst wie eine Einwanderin; eine andere Landschaft, ein neues Leben, Unsicherheit, was mich erwarten würde. Wahrscheinlich nur der Abgrund, hatte ich gedacht, obwohl ich doch nur in Amerika war, um ein bisschen shoppen zu gehen.

Ich hatte eine Heidenangst davor gehabt, an den Schalter für die Passkontrolle gerufen zu werden, womöglich würde mir etwas Unerwünschtes herausrutschen. Was sollte ich noch mal sagen, wenn man mich fragte, zu welchem Zweck ich nach Boston gekommen war? Ach ja, *just for pleasure*, und dabei möglichst freundlich sein. Ich hatte mir im Geiste immer wieder *just for pleasure* vorgesagt, als hätte ich nie Englisch gelernt, dabei hatte ich die Sprache doch früher unterrichtet. Ich hatte wie ein demütiger Einwanderer dagestanden und auf die Knöpfe der Uniformen gestarrt, die das Tor nach Amerika bewachten.

Jetzt fühlte ich mich wieder wie eine Einwanderin, eine andere Landschaft, neue Menschen, ein neues Leben. Wobei ich diesmal den Vorteil hatte, die Sprache der Einheimischen zu sprechen. Doch die schienen nicht das geringste Interesse daran zu haben, mit mir zu reden. Ich hatte über eine Stunde gebraucht, um den verdammten Schnee vom Gehweg zu schaufeln, und es hatte mir noch nicht einmal jemand zugewinkt. Dabei hatten ein paar Leute mich definitiv gesehen, zwei Männer, die wahrscheinlich zum Mittagessen nach Hause gingen, und die Frau in dem Haus unterhalb war kurz auf der Eingangstreppe erschienen, hatte mich gesehen und schnell in die andere Richtung geschaut.

Einsamkeit überkam mich. Umklammerte mein Herz. Ich war so erschlagen, dass ich nicht länger Schnee schippen konnte. Bevor ich ins Haus ging, ließ ich den Blick kurz über das Dorf schweifen.

Grauer Schneedunst lag über den Häusern.

Mein Tag war beendet. Ich ging nach oben und legte mich ins Bett.

Erst am dritten Tag raffte ich mich endlich auf, das Haus zu verlassen.

Ich schärfte mir ein, dass ich mich im Hinblick auf die Zukunft unbedingt mit dem Warenangebot im Genossenschaftsladen, oder wie auch immer dieser Dorfladen hieß, vertraut machen musste. Ich mummte mich ein wie für eine Expedition zum Nordpol und blieb ein paar Minuten vor dem Haus stehen, bevor ich den Mut fand, loszugehen.

Schüchternheit befiel mich, eine Art Hemmung. Ich befand mich auf fremdem Territorium, war beklommen in dieser Umgebung und gegenüber den Menschen, die hier lebten.

Die drei Hauptstraßen hatte man geräumt, während die Nebenstraßen noch tief verschneit waren, nur Trampelpfade zogen sich durch den gesamten Ort. Die Luft war frisch und eiskalt, ich sog sie genüsslich ein, so dass ich sie bis in den Bauch zu spüren meinte. Obwohl das Meer bewegt war und träge Wellen von Norden herantrug, fand ich es wundervoll, es so nah vor mir zu haben.

Auf einem trostlosen Platz, von der Tankstelle dominiert, befanden sich der Genossenschaftsladen mit einer kleinen Bäckerei sowie zwei weitere Geschäfte, eine Art Ramschladen, wie mir schien, und ein Baumarkt. Das Warenangebot im Genossenschaftsladen war größer, als ich erwartet hatte, aber ich registrierte schnell, dass die Preise wesentlich höher waren als in Reykjavík. Während ich die Preise und die Waren verglich, musterte ich verstohlen die Kunden, von denen sich einige im Laden befanden, denn es war fast Mittag. Einige blickten mich kurz an, dann noch einmal, als sie feststellten, dass sie mich nicht kannten, und glotzten auf meine Haare. Ich hatte meine Lammfellmütze abgenommen, und wahrscheinlich gab es nicht viele Frauen im Ort mit Kurzhaarfrisur.

Eine schlanke Frau mit rotbraunen Haaren stand vor mir an der Kasse. Verwundert und amüsiert sah ich, dass sie genau dieselben Waren eingekauft hatte wie ich: Milch, Kaffee, Waschpulver und Brot, aber dazu noch drei Packungen Kekse. Ich hatte auch Kekse kaufen wollen, mich aber umentschieden, als ich den Preis gesehen hatte. Die Kassiererin nannte den Betrag, den die Frau vor mir bezahlen sollte, und da, genau in diesem Moment, ich hatte es einfach nicht unter Kontrolle, rutschte mir ein anderer Betrag heraus. Sobald ich ihn genannt hatte, bereute ich es, nicht den Mund gehalten zu haben.

Ich wurde angestarrt wie eine Außerirdische. Um nicht für eine Idiotin oder noch Schlimmeres gehalten zu werden, blieb mir keine andere Wahl, als die Preise der Waren, die die Frau vor mir eingekauft hatte, einzeln aufzuzählen und die Summe zu wiederholen.

Die Leute starrten mich immer noch stumm an. Der Mann,

der hinter mir in der Schlange stand, verfolgte die Situation gebannt. Die Kassiererin machte ein verärgertes Gesicht und sagte, sie könne das gerne noch einmal neu berechnen, falls es ein Problem gebe. Was sie auch tat und dann süffisant denselben Betrag wiederholte wie beim ersten Mal.

»Was kosten denn die Kekse?«, fragte ich sie daraufhin höflich.

Das Mädchen nannte die Preise nacheinander, wobei ihre Stimme immer lauter wurde.

»Am Regal stehen aber andere Preise«, entgegnete ich und zählte die Preise der drei Kekspackungen auf.

Ich wurde immer noch angeglotzt. Der Mann hinter mir bot sich an, schnell mal nachzuschauen. Die Frau mit den rotbraunen Haaren hatte noch kein Wort gesagt, mich nur angestarrt. Der Mann kam zurück und verkündete atemlos, ich hätte recht, die Preise an dem Regal seien ganz anders als die auf dem Barcode.

Nun starrten alle die Kassiererin an. Sie musterte die Waren verwirrt und rief dann den Filialleiter.

Nach diversen Berechnungen löste sich das Rätsel, und der Betrag, den ich am Anfang genannt hatte, entpuppte sich als der richtige. Als die Kassiererin meine eigenen Waren über den Barcode-Scanner gezogen hatte, holte sie tief Luft, bevor sie mich anschaute und einen Betrag flüsterte, den ich ihr seelenruhig bestätigte.

Als ich aus dem Laden trat, sah ich, dass die Frau, die vor mir gestanden hatte, auf mich wartete.

»Ich wollte mich nur kurz bei Ihnen bedanken«, sagte sie, »wie konnten Sie sich nur die Preise für die Kekse merken?«

»Ach, ich merke mir oft unnötige Dinge und nicht die, die ich mir merken sollte«, antwortete ich.

Wir mussten beide lachen, musterten einander kurz und fingen dann locker an zu plaudern, während wir die Hauptstraße hinaufgingen, als würden wir uns schon lange kennen. Die

Frau sagte, sie heiße Petra und sei Organistin in der Kirche. Ich nannte ihr meinen Namen und wartete auf die unvermeidliche Bemerkung, aber sie schien es ganz normal zu finden, dass ich Flóra hieß.

Flóra. Unglaublich, wie die Phantasie mit den Leuten durchgehen konnte, wenn sie sich Namen für ihre Kinder überlegten. *Flora Islands* war der Titel eines Buches, ein Fachbuch über die hiesige Vegetation mit informativen Texten und dazugehörigen Zeichnungen. Und als wäre der Einfluss dieses Buches auf meinen Namen noch nicht genug, hieß ich auch noch Garðarsdóttir, was an »Garten« erinnerte. Die Sache war die, dass meine Mutter Botanikerin gewesen war und ein neues Buch über die isländische Flora hatte schreiben wollen, was sie aber zu Lebzeiten nicht mehr fertig bekommen hatte. Sie galt als ziemlich exzentrisch, kraxelte auf der Suche nach Blumen und Gräsern ständig durch die Berge oder watete durch Flüsse. Sie hatte an einer ausländischen Universität studiert, was damals für Isländerinnen eher unüblich gewesen war, denn die meisten waren an den Herd gefesselt. Ihr Auslandsaufenthalt könnte Einfluss auf die Namensgebung gehabt haben, malte ich mir manchmal aus. Vielleicht hatte sie an der Uni einen Mann gekannt, einen jungen, gutaussehenden Mann, wer weiß, und der hatte Florian geheißen. Kein ungewöhnlicher Name in Westeuropa. Deshalb hätte ich Floria heißen sollen, das hätte sie sich vielleicht gewünscht. Doch ausländische Namen waren in Island indiskutabel, als das arme Kind getauft wurde, also wurde der Name einfach verisländischt und das Kind Flóra genannt.

Und nun hatte es die besagte Flóra mit dem Wind in die Westfjorde getragen, den Frost der Vergangenheit auf ihren Blättern.

Weil die Frau es nicht seltsam fand, dass ich Flóra hieß, war ich ungewöhnlich gesprächig. Ich erzählte ihr von mir, woher ich kam, wo ich gearbeitet hatte, dass ich momentan arbeitslos war und was ich im Dorf machen würde. Ja, ich wolle ein ganzes

Haus streichen, was im Grunde kein Problem sei, ich hätte nur im Haus kein Radio gefunden, dabei wäre es doch ganz nett, beim Streichen Musik zu hören. Das erwähnte ich nur so, um über irgendetwas zu reden und das Gespräch möglichst lange in Gang zu halten, denn die Frau war sehr sympathisch, doch da meinte Petra, es gebe im Ort keinen Elektroladen, sie könne mir aber ein tragbares Radio leihen, sie habe bestimmt drei oder vier davon zu Hause.

So begann unsere Freundschaft. Mit einem Gespräch über Kekse.

Die drei Kekspackungen waren für Petras Tante mütterlicherseits bestimmt. Diese Frau namens Guðrún ging laut Petra auf die achtzig zu, war topfit und dafür bekannt, kein Blatt vor den Mund zu nehmen, ehemaliges Mitglied der feministischen Bewegung der Rotstrümpfe und Kommunistin, doch trotz dieser veralteten politischen Ideologie sowohl Christin als auch Kirchgängerin. Wegen ihres Mitgefühls für die Armen dieser Welt hatte sie seinerzeit allen weltlichen Gütern den Rücken gekehrt und sich von ihrem vermögenden Ehemann getrennt, war zurück in die Westfjorde in das Haus ihrer verstorbenen Eltern gezogen und hatte begonnen, Rüben und Karotten anzubauen. Petra sagte, sie würde bei dieser Tante wohnen.

Nachdem wir uns auf der Treppe den Schnee von den Schuhen getreten, in der muffigen Diele unsere Jacken ausgezogen und Guðrún begrüßt hatten, die in der Küche stand und Kaffee aufgoss, als erwarte sie Gäste, sowie die drei inzwischen schon fast legendären Kekspackungen geöffnet hatte, erzählte Petra, sie sei zu ihrer Tante gezogen, als sie sich von ihrem dritten Lebensgefährten getrennt und die Stelle als Organistin in der Dorfkirche angenommen habe.

»Petra ist die beste und talentierteste Organistin im ganzen Land«, erklärte Guðrún ernst, »aber weil sie ihre Zeit und Energie an drei Männer verschwendet und mit dem mittleren auch noch ein Kind bekommen hat, konnte sie ihr außergewöhnliches Talent nicht fördern.«

»Ich bin schwanger geworden«, sagte Petra.

»Und mit bald fünfzig und einem elfjährigen Sohn am Bein«, fuhr Guðrún fort, »hat sie vier Opern komponiert. Vier Opern! Haben wir die gehört? Nein, haben wir nicht! Weil diese Petra schüchtern und zurückhaltend ist und die Isländer sich nicht für Opern von irgendeiner Organistin aus der Pampa interessieren, dazu noch von einer Frau. Einer Frau! Nimm dir einen Keks, Petra, komm schon, und guck nicht so komisch.«

Guðrún schob ihr die Packung zu.

Petra nahm sich einen Keks, knabberte daran und blickte betreten auf die gemusterte Plastiktischdecke. Dann sagte sie bedächtig: »Es sind nur drei Opern, das vierte ist Musik für ein Ballett.« Ihr Blick wanderte von ihrer Tante zu mir, dann änderte sich ihr Gesichtsausdruck ziemlich schnell, und sie sagte vergnügt: »Weißt du was, Guðrún verdrückt drei Kekspackungen am Tag! Sie lebt davon und isst nichts anderes.«

Die Tante schüttelte entrüstet den Kopf und erklärte, das sei dummes Zeug, falls sie sich recht erinnere, habe sie vorgestern noch Fleisch mit Currysoße gegessen. Dann drehte sie sich plötzlich zu mir und fragte, ob ich eine Chemotherapie hinter mir hätte, ihr sei aufgefallen, dass meine Haare wieder nachwüchsen.

Solche offenherzigen Fragen war ich von Leuten, die ich kaum kannte, nicht gewohnt, und starrte sie nur sprachlos an. Später stellte ich fest, dass sich Tante und Nichte in ihrer Direktheit nicht unähnlich waren, als hätten sie keine Zeit für oberflächliches Gerede und kämen lieber direkt auf den Punkt. Da ich nicht sofort antwortete und wohl ein verwundertes Gesicht machte, fragte Guðrún einfach weiter, ob ich vielleicht lesbisch sei.

Darauf strich ich mir über den kurzgeschorenen Kopf und sagte, ich hätte mir nur so zum Spaß die Haare schneiden lassen, als Abwechslung.

»Die Frau ist ein Rechengenie«, erklärte Petra, »du hättest sie vorhin im Laden mal hören sollen. Ich überlege, ob ich sie einladen soll, dem Kirchenchor beizutreten.« Sie schaute mich erwartungsvoll an.

»Bist du dir sicher, dass sie singen kann?«, fragte die Tante.

»Alle können singen«, erwiderte Petra.

Doch da lag sie falsch. Die meisten Leute können zwar mitsingen, wenn sie bei einem gesellschaftlichen Anlass dazu verdonnert werden, aber das heißt nicht, dass sie nicht völlig unmusikalisch sind, und das war bei mir der Fall. Ich hörte zwar gerne Musik, konnte aber kaum eine Note singen, ohne mich zu blamieren.

Doch das wusste Petra nicht. Sie wusste nur, dass sie dringend mehr Frauen im Chor brauchte, und während sie durch die Küche wirbelte, erzählte sie enthusiastisch von den Problemen des Chors.

Normalerweise war es bei isländischen Kirchenchören genau umgekehrt: Es fehlten Männerstimmen. Doch nicht in diesem Dorf, hier waren die Männer begeisterte Sänger, ob aus göttlicher Fügung oder purem Zufall. Das Dorf war in der glücklichen Lage, über nicht weniger als acht gute Tenöre zu verfügen. Sie hatten allerdings alle denselben Urgroßvater, der ein großer Sänger gewesen war, wie man sich erzählte, so dass es nicht unwahrscheinlich war, dass er das Gesangsgen an seine Nachkommen vererbt hatte, worüber man sich natürlich, wie über alles andere, trefflich streiten konnte. Dennoch hatten sie keinen richtigen Männerchor gegründet, aber gemeinsam für das Winterfest Thorrablót und andere Festivitäten im Dorf geübt, zusammen mit ein paar anderen Männern mit guten Stimmen. Um ihrer Sangeslust zu frönen, waren sie einer nach dem anderen in den Kirchenchor eingetreten und ganz darin aufgegangen, beim Gottesdienst zu singen, während die Frauen, ursprünglich vier, im Chor aufgehört hatten, drei wegen ihres hohen Alters und eine, weil sie beleidigt war.

Deshalb war Petra ständig auf der Suche nach Frauenstimmen. Sie hatte von drei Ausländerinnen gehört, die in der Fischfabrik arbeiteten und sehr gute Stimmen hatten, doch das Problem war, dass sie nicht auf Isländisch singen konnten. Sie beherrschten die Sprache nicht. Die wenigen Worte, die sie herausbrachten, beispielsweise an der Kasse im Genossenschaftsladen, waren meistens völlig unverständlich. Sie lebten alle noch nicht lange in Island, konnten sich aber recht gut auf Englisch verständigen, hatte Petra gehört.

Petra wollte unbedingt an diese Frauen herankommen. Sie träumte davon, zu Ostern die Matthäus-Passion von C. P. E. Bach aufzuführen, zumindest einen Teil davon, und das ging auf keinen Fall ohne Frauenstimmen. Die Frauen müssten in isländischer Aussprache unterrichtet werden, das sei die Grundvoraussetzung. Petra hatte gehört, dass die bei der kleinen Weihnachtsfeier, die der Werksleiter vor den Ferien für die Angestellten der Fischfabrik in der Cafeteria ausgerichtet hatte, alle ein Lied gesungen hätten. Die drei Ausländerinnen hätten jede ein kleines Lied aus ihrem Heimatland zum Besten gegeben und sich mit ihren klaren Stimmen in die Herzen der Anwesenden gesungen. Eine würde sogar über eine besonders volle und breite Stimmlage verfügen.

Nach einer solchen Rede konnte ich unmöglich zugeben, wie unmusikalisch ich war. Wie hätte ich auch erklären sollen, dass ich zwar ständig Musik im Kopf hatte, sie aber nicht produzieren konnte? Ich beschloss einfach, mich irgendwie rauszureden.

Als ich mich mit dem tragbaren Radio unter dem Arm von Tante und Nichte verabschiedete, war ich ganz beschwingt. Ich weiß nicht, warum, aber ich hatte eine Harmonie zwischen diesen beiden Frauen und mir verspürt, die ich bei anderen Frauen vermisste.

Der Schnee kam mir auf einmal wunderschön vor, ich stapfte dankbaren Herzens los, und als ich das kurze Stück nach Hause geschafft und die Haustür aufgesperrt hatte, war es, als hätte ich schon immer in diesem Haus gewohnt. »Helgas Haus«, hatten sie gesagt. Es wurde Helgas Haus genannt, nach der Frau, die dort als Letzte gewohnt und die es gebaut hatte, wie sie erzählten. Den Schreiner, der das Haus genau genommen gebaut haben musste, hatten sie gar nicht erwähnt. Nein, es war Helgas Haus, und sie hatten mich gefragt, ob ich Helga schon singen gehört hätte. Ich stutzte und sagte, ich hätte gedacht, die Frau sei längst tot. Doch, doch, das stimme, aber Helga habe so gerne gesungen, und als sie schon längst im Grab lag, habe man sie immer noch im Haus singen gehört.

Das Haus war also womöglich verhext. In den ersten Nächten hatte ich nichts bemerkt, aber wenn die Frau so gerne gesungen hatte, konnte ihr Geist nicht böse sein, tröstete ich mich. Ich schaltete das Radio ein, und plötzlich schien das Haus aus dem Dornröschenschlaf zu erwachen. Die Möbel wurden lebendig, als hätten sie sich lange in der Stille gequält und nach Musik gesehnt, alles wurde gemütlich, so angenehm normal.

Schneesturm

Der Schnee und der Wind tanzten tagelang Reigen.

Es gibt kaum etwas, das die Entschlossenheit, den Enthusiasmus oder die pure Sturheit der Isländer vereiteln kann; an Wahnsinn grenzender Optimismus gehört zum Nationalcharakter. Das liegt vermutlich an der geringen Bevölkerungszahl, der Isolation und den heftigen Naturgewalten. Selbst die lange Dunkelheit im tiefsten Winter verhindert keine hochtrabenden Pläne. Nur eine Sache vermag den kollektiven Unternehmungsgeist der Isländer zu untergraben, und das ist Schneesturm.

Man kam zwei Tage lang nicht vor die Tür, noch nicht einmal zum Laden, der ohnehin geschlossen war, da niemand zur Arbeit gehen konnte. Ich hatte Glück gehabt, dass ich in die Westfjorde gefahren war, als die Straßen noch passierbar und das Wetter günstig gewesen waren. Wenn ich ein paar Tage später gefahren wäre, hätte ich wahrscheinlich umkehren müssen.

In Helgas Haus fühlte ich mich nicht wirklich sicher. Es war ziemlich lange her, seit ich eingeschneit gewesen war, das letzte Mal als junge Frau mit kleinen Kindern. Trotzdem versuchte ich, mich nicht runterziehen zu lassen, strich die Vorratskammer und hörte dabei Radio, vertiefte mich in die alten Bücher, mailte meinem Sohn und fragte ihn, ob sich schon Touristen für meine Wohnung interessiert hätten, woraufhin die Antwort kam, in Reykjavík sei tote Hose. Ich schrieb meiner Tochter in Australien und erkundigte mich nach dem Wetter. »Ach, Mama«, lautete die Antwort, »du weißt doch, dass hier Sommer ist und wir vor Hitze fast eingehen.« Ich zögerte es hinaus, meinen alten Freundinnen zu mailen, zwei von ihnen hatte ich erzählt, ich würde in die Westfjorde fahren und ihnen schreiben, aber ich drückte mich davor. Eine Art Scham bedrückte mich. Als hätte ich versagt. Was bei näherer Betrachtung auch logisch war, schließlich wurde einem nur gekündigt, wenn man nicht gut genug war. Dabei fand ich, dass ich hervorragende Arbeit geleistet hatte. Ich verstand einfach nicht, wie das hatte passieren können. Und solange ich es nicht verstand, konnte ich ihnen nicht scheiben.

Als ich mit der Vorratskammer fertig war, wanderte ich rastlos mit dem Pinsel in der Hand durchs Wohnzimmer und überlegte, was ich mit den Möbeln anstellen sollte, wenn das Wohnzimmer an der Reihe war. Ein altes zweisitziges Plüschsofa, das seit Jahren herumgestanden und Feuchtigkeit aufgesaugt hatte, zwei kleine, ausgeblichene Sessel, ein runder Couchtisch mit verblassten Ornamenten, das kleine Bücherregal mit dem Wissensschatz vergangener Zeiten, ein abgenutztes Harmonium, das vermutlich keinen Ton mehr herausbrachte, ein kleiner Esstisch für vier Personen, ein verschlissener Teppich mit Fransen – musste ich das alles auf dem Dachboden oder im Schuppen lagern, während ich das Wohnzimmer renovierte?

Ich öffnete die Haustür, um nach dem Wetter zu schauen, allerdings nur einmal, denn die nächste Straßenlaterne war kaum auszumachen.

Wahrscheinlich konnte ich die Stühle und Tische alleine in den Schuppen schleppen, aber bei dem Sofa und dem Harmonium bräuchte ich Hilfe. Daran hatten sie in Reykjavík nicht gedacht, dass man die verdammten Möbel wegräumen musste, zumindest einen Teil davon, bevor man streichen konnte.

Ich setzte mich und dachte an die letzten Wochen meines Lebens. Noch vor zwei Monaten war ich in Amerika herumspaziert. Und hatte mir ein Kleid gekauft. Das ich bestimmt nie anziehen würde. Es erinnerte mich an den Kellner, an den ich nicht denken wollte. Dennoch brachte ich es nicht fertig, das verflixte Kleid zu entsorgen.

Hier hockte ich nun einsam und verlassen, eingeschneit in einem alten, müden Haus in den Westfjorden. Hatte meinen Job verloren, den Zugang zu meiner Wohnung, meine Haare und mein weibliches Aussehen, falls es jemals weiblich gewesen war. Es war, als hätte sich eine unsichtbare Macht gegen mich verschworen. Nachdem ich eine ganze Weile so dagesessen und mit den Augen das Muster des Teppichs nachgezeichnet hatte, ging mir plötzlich durch den Kopf, dass all diese Geschehnisse wohl ein Zeichen dafür waren, dass die Zeit mich eingeholt hatte. Ich sollte die Flinte ins Korn werfen.

Da schleppte ich mich nach oben und zog mir die Decke über den Kopf.

Ich schlief ein, wachte auf, schlief wieder ein, und als ich zum dritten Mal wach wurde, waren die Stille und die Dunkelheit so unheimlich, dass ich die kleine Nachttischlampe einschaltete. Ich ließ mein Leben Revue passieren. Sprang von einer Zeitspanne zur anderen. Wann war ich am glücklichsten gewesen? Wann am traurigsten? Was hatte ich erreicht? Worauf war ich am stolzesten?

In den Jahren vor der Konfirmation meiner Kinder musste ich wohl am glücklichsten gewesen sein, damals lief das Leben einigermaßen rund. Mein Ex-Mann war zufrieden mit seiner neuen Stellung beim Autohaus, und wenn er zufrieden war, waren wir anderen es auch. Ich war zufrieden mit meiner Arbeit, weil ich merkte, dass der damalige Chef etwas auf mich hielt, die Kinder waren munter und fröhlich, noch unbelastet von den Launen der Pubertät, wir hatten das neue Einfamilienhaus bezogen und fuhren alle gemeinsam in Urlaub nach Italien. Mir fiel wieder ein, wie glücklich ich gewesen war, wenn ich schöne Dinge für das Haus gekauft hatte, schöne Kleidung für mich und die Kinder, ich erinnerte mich an die Spannung und freudige Erwartung, die mich so oft gepackt hatten. In jenen Jahren war ich am glücklichsten gewesen.

Doch dann wurde mein Ex-Mann immer unzufriedener, weil er meinte, alle außer ihm würden reich, und seine Unzufriedenheit hatte sowohl negativen Einfluss auf unsere Beziehung, die reserviert und angespannt war, als auch auf die Kinder. Sie waren rastlos und nachlässig, interessierten sich nur noch für ihre Freunde und deren Angelegenheiten, zu Hause rührte keiner mehr einen Finger, und abends hingen alle vor dem Computer oder dem Fernseher, während ich die Hausarbeit erledigte. Damals hörte ich auf, mich darauf zu freuen, von der Arbeit nach Hause zu kommen.

Dann war eines Tages alles weg, erst die Kinder, dann der Ehemann, zuletzt das Haus. Und ich hatte nur noch meine Arbeit. Doch worauf war ich am stolzesten? Was hatte ich erreicht?

An diesem Punkt meiner Erinnerungsreise streikte mein Gedächtnis. Als würde es eine mächtige Verteidigungsmauer errichten, sobald sich die Gedanken dem Kern der Sache näherten. Ich schleppte mich in die Küche.

Ich konnte unmöglich sagen, worauf ich in meinem Leben am stolzesten war oder was ich überhaupt erreicht hatte, damals, als ich noch jemand gewesen war. Ich zerbrach mir den Kopf darüber, aber vergeblich. Stattdessen tauchten Bilder aus meinem Berufsleben vor mir auf.

Ich hatte ein sehr gutes Verhältnis zu meinem alten Chef gehabt. Er war kein Mann der großen Worte, doch einmal, als ich ihm einen Stapel Berichte mit meinen Anmerkungen zu betrieblichen Sparmaßnahmen übergab, sagte er, ohne mich anzuschauen, er habe seinem Sohn mitgeteilt, wer in Zukunft die kaufmännische Leitung übernehmen solle, und das sei ich.

Ich war außer mir vor Freude, wie jeder, der auf der Arbeit gelobt wird, so glücklich, dass ich mich nicht beherrschen konnte, Irpa davon zu erzählen, die in der Abteilung neben mir arbeitete. Wenn man mit ihr in der Cafeteria saß, war sie immer so lebhaft und nett, dass man ihr automatisch Dinge erzählte, die man besser für sich behalten hätte. Später bereute ich es, ihr davon erzählt zu haben, später, als ich sie mit dem Sohn des Chefs auf der Toilette erwischte. Ausgerechnet auf der Toilette! Konnten die Leute sich nicht attraktivere Orte zum Knutschen aussuchen? Irpa sank danach ziemlich in meiner Achtung. Zumindest vertraute ich ihr nicht mehr meine geheimen Wünsche oder empfangenen Komplimente an.

Ich hatte das Bedürfnis, noch intensiver über Irpa und den Job nachzudenken, als müsste ich die Lage genau sezieren. Die kaufmännische Leitung hatte ich nie übernommen. Ich musste wohl irgendwelche Fehler gemacht haben, konnte mich aber nicht erinnern, welche das hätten sein sollen – an diesem Punkt streikte mein Gedächtnis immer. Ich gab es auf, der Sache auf den Grund zu gehen, und meine Gedanken wanderten zu Petra, der Organistin, wie ungezwungen wir miteinander geplaudert hatten. Dabei musste ich an die Geschichte mit den Kekspackungen im Laden denken, und da, genau da fiel mir ein Gespräch ein, das ich mit dem jungen Mann am Schreibtisch gegenüber geführt hatte. Beziehungsweise ich erinnerte mich an ein Rechenspiel, das wir gespielt hatten, und irgendetwas sagte mir, dass das ein Fehler gewesen war.

Wir saßen uns gegenüber, und ich arbeitete gerne mit ihm zusammen. Er war angenehm im Umgang, gepflegt, gutaussehend und quasselte nicht zu viel, was mir gelegen kam, weil ich so viel zu tun hatte, dass ich manchmal keine Mittagspause machen konnte. Er vertrat sich öfter mal die Beine, holte sich frischen Kaffee und bot meistens an, mir einen mitzubringen. Während wir ein

Tässchen tranken, unterhielten wir uns über alles Mögliche. Über die Stadt, den Parkplatzmangel in unserem Viertel – wir wohnten nicht weit auseinander –, er erzählte mir, in welchen Restaurants es guten Fisch gab und in welcher Bar man am ehesten Promis traf, und ich erzählte ihm, was mein Sohn und meine Schwiegertochter am Wochenende im Sommerhaus gegrillt hatten. Ich hörte ihn gerne von seinem jungen, dynamischen Leben erzählen, er war witzig und unterhaltsam, und man merkte ihm an, dass er genauso gerne Geschichten aus der beschaulichen Sommerhauswelt älterer Mitbürger hörte, wie er es nannte. Wenn er meinen empörten Blick bei der Formulierung »ältere Mitbürger« registrierte – immerhin war ich noch nicht einmal sechzig –, fügte er eilig hinzu, »nimm's mir nicht übel, so enden wir ja alle eines Tages«. Und seufzte. Als wäre der Weltuntergang in Sicht.

Nach solchen Gesprächen schwiegen wir wieder und beugten uns über unsere Computer. Wahrscheinlich war es in solchen Momenten, als ich begann, mich über seine mangelnde Produktivität zu ärgern. Je weniger Projekte er übernahm, desto mehr wurden es bei mir. Manchmal ließ er um vier Uhr den Bleistift fallen und ging ins Fitness-Studio, nachdem er sich bereits zum Mittagessen mit seinen Kumpels getroffen hatte, während ich bis spätabends ackerte, damit die Firma ihre Deadlines halten konnte. Er verbrachte viel zu viel Zeit im Internet. Das wusste ich von der Kollegin, die mit uns im Büro saß und von ihrem Schreibtisch direkt auf seinen Bildschirm gucken konnte. Ich war nicht überrascht, behielt es aber für mich. Schließlich war ich selbst einmal jung gewesen und hatte ein ausschweifendes Sozialleben gehabt, deshalb fand ich mich damit ab und arbeitete für zwei, zumal mir die Arbeit mit Zahlen Spaß machte. Als ich dem jungen Kollegen einmal erzählte, ich sei schon immer gut in Kopfrechnen gewesen – wir hatten kurz vom Computer aufgeschaut und uns ein Tässchen Kaffee genehmigt –, bestand er darauf, dass ich ihm das beweisen und ein paar schwierige Zahlen im

Kopf addieren sollte. Ich spielte das Spiel mit, und er nannte eine Reihe von Zahlen, die ich addieren sollte, was ich problemlos machte. Lächelnd wartete ich auf seine Anerkennung und Bewunderung, ging jedoch leer aus. Er betrachtete die Zahlen, die er sich notiert und mit dem Computer zusammengerechnet hatte, blickte dann auf und sah mich an, mit einem Gesichtsausdruck, als hielte er mich für eine Autistin.

Kopfrechnen ist reine Übungssache. Obwohl ich in der Firma die rechte Hand des Finanzleiters gewesen war, mich um sämtliche Zollerklärungen gekümmert und als Lehrerin sogar vier Jahre lang Mathematik unterrichtet hatte, war ich nie ein Mathegenie gewesen. Mein Vater hatte mir die faszinierende Welt der Zahlen nähergebracht.

Einmal, ich musste etwa acht Jahre alt gewesen sein, ging er einkaufen, und ich begleitete ihn in den Lebensmittelladen. Ich sollte verschiedene Waren holen und in den Einkaufskorb legen – es handelte sich um den Wochenendeinkauf für die ganze Familie –, und als wir zur Theke kamen, rechnete das Mädchen die Summe mit einer großen Registrierkasse aus, die mit einem Klingeln auf- und zuging, nannte dann höflich die Summe und schaute meinen Vater an. Er entgegnete sehr freundlich, das sei die falsche Summe, nannte eine andere, langsam und deutlich auf Heller und Pfennig, und bat sie, noch einmal nachzurechnen. Die Waren wurden zurückgelegt und alles noch einmal neu berechnet. Das Mädchen machte ein griesgrämiges Gesicht und nannte mit gereizter Stimme eine andere Zahl. Mit dieser Zahl gab sich mein Vater auch nicht zufrieden und bat sie, noch einmal nachzurechnen. Wieder nannte er seine Summe, seelenruhig und mit dem Zusatz, das sei die richtige. Die Leute in der Schlange verfolgten die Sache gespannt. Ich schaute meinen Vater bewundernd an, wohlwissend, dass er immer recht hatte, und fragte mich, wie in aller Welt er sich die vielen Waren, die einen ganzen Einkaufskorb füllten, merken und die Preise im Kopf zusammenrechnen konnte. Das Mädchen rechnete noch einmal nach, feuerrot im Gesicht, angestrengt und mit zusammengekniffenen Lippen. Am Ende kam sie auf die richtige Summe: die Zahl, die mein Vater von Anfang an genannt hatte.

Auf dem Nachhauseweg erzählte er mir, er langweile sich immer beim Einkaufen und übe dabei nur so zum Spaß Kopfrechnen. Dann brachte er mir ein paar Tricks bei, wie man am besten schnell und exakt addierte, subtrahierte, multiplizierte, dividierte und vor allem, wie man sich Zahlen merkte. Kopfrechnen wurde unser Hobby. Am Abendbrottisch, vor dem Fernseher, wenn gerade Werbung lief, oder bei langen und kürzeren Autofahrten stellten wir uns gegenseitig Rechenaufgaben und bewerteten die Leistung des anderen mit Punkten.

Und dann glaubten die Leute, die alles mit dem Computer machten, man sei autistisch, wenn man im Kopf rechnen konnte.

Nachdem sich der Sturm gelegt hatte und man Pfade zwischen den Häusern freischaufeln konnte, klopfte Petra an meine Tür.

Da war ich noch am Leben und erfreute mich bester Gesundheit, war nur ein paar Mal aufgestanden, um dringenden körperlichen Bedürfnissen nachzugehen. Auch sonst war mir die Bettliegerei nicht allzu schlecht bekommen. Ich hatte nachgedacht. Selbstmordgedanken waren mir nicht gekommen, wie sonst immer, wenn ich ein Tief hatte. Es war, als gäbe es in dem alten Haus keinen Platz dafür. Bildete ich mir jedenfalls ein.

Ich erschrak, als es an der Tür klopfte, zumal der Gast vorher mehrmals die Türklinke heruntergedrückt, fast daran gerüttelt hatte, als wolle er einfach hereinkommen, ohne vorher anzuklopfen. Wer fühlte sich denn hier so zu Hause?

Nach kurzer Überlegung beschloss ich, meinen Bademantel überzuziehen und runterzugehen und nachzuschauen, wer da war. Die einzige Person im Dorf, die ich – außer dem alten Rotstrumpf – kannte, stand vor der Tür und lächelte entschuldigend.

Meine Stimmung besserte sich schlagartig, als ich Petra sah. Die Frau besaß eine angenehme Präsenz, in ihrer Nähe fühlte man sich wohl und plauderte gerne mit ihr, sie war so direkt, sprach die Dinge einfach aus. Diese schlanke, blasse Frau.

»Warum ist die Tür abgeschlossen?«, fragte sie vorwurfsvoll, nachdem sie eingetreten war.

»Na ja, ich hab sie abgeschlossen, weil ich das immer mache, bevor ich ins Bett gehe«, antwortete ich verwirrt.

»Es ist doch mitten am Tag! Die Leute hier schließen ihre Haustüren nicht am helllichten Tag ab, sonst könnte man ja meinen, man wäre nicht willkommen«, entgegnete sie.

Sobald sie ihre Jacke ausgezogen hatte, fiel ihr Blick auf die kleine Orgel im Wohnzimmer. »Ach, ein altes Harmonium!«, rief sie und ging auf das Instrument zu. Sie setzte sich, klappte den Deckel auf und trat auf die Pedale, während ihre Finger sanft über die Tasten glitten. Ich hatte den Eindruck, dass sie sehr fest mit den Füßen trat, und da ich nicht wollte, dass etwas kaputt ging, was man mir später anlasten würde, fragte ich, ob das nicht zu fest sei. »Man muss kräftig treten«, antwortete sie und spielte dann den Anfang eines alten Wiegenlieds.

Der Ton kam mir schwach, geradezu weinerlich vor, und als ich es ansprach, meinte Petra, das Instrument stamme aus der Jahrhundertwende, wahrscheinlich sei der Blasebalg undicht.

»Der Blasebalg?«

»Der Blasebalg in dem Harmonium, seine Luft bringt die Zungen in Schwingung«, ergänzte sie und blickte schräg zu mir hinauf, »deshalb muss man sehr fest treten. Außerdem müssten die Ventile neu eingestellt werden.«

»Die Ventile?«

Sie griff nach den Knöpfen über der Tastatur und drückte sie rein und raus, einen nach dem anderen: »Die Tonventile.«

Jetzt wusste ich, was für Ventile sie meinte.

»Es muss gestimmt werden«, erklärte sie und schloss den Deckel wieder. »Wahrscheinlich hat Helga darauf gespielt, sie war Musikliebhaberin, natürlich war das ihr Instrument, das hätte man dir ja auch sagen können, aber wie ist das eigentlich, hast du sie schon gehört?«

Ich antwortete wahrheitsgemäß, ich hätte völlig vergessen, dass eine Musikliebhaberin in diesem Haus gewohnt habe, ich sei wohl zu sehr mit dem Wetter beschäftigt gewesen, beziehungsweise damit, ob der Sturm nicht bald nachlassen würde. Petra schaute mich kurz an, und ich hätte schwören können, dass ein Hauch von Bewunderung in ihrem Blick lag. Sie dachte bestimmt, dass diese Frau sich nicht so leicht einschüchtern ließ.

Nachdem ich mir etwas angezogen hatte, setzten wir uns mit unseren Getränken ins Wohnzimmer und versuchten herauszufinden, ob wir gemeinsame Verwandte hatten, wie Isländer es zu tun pflegen, wenn sie sich gerade kennengelernt haben. Es bestand jedoch nur eine Verwandtschaft siebten Grades, so wie bei den meisten Leuten. Danach lenkte ich das Gespräch auf mein Projekt und erzählte, dass ich so bald wie möglich das Wohnzimmer streichen wolle. Während des Unwetters und der damit einhergehenden Dunkelheit sei mir aufgefallen, wie düster und deprimierend der Anstrich im Wohnzimmer sei, aber die blöden Möbel würden ein Problem darstellen, in Reykjavík habe sich niemand Gedanken darüber gemacht, dass man die erst wegräumen müsse, bevor ich loslegen konnte.

Petra blickte flüchtig nach rechts und links, nach oben und unten, als würde sie Flächen und Abstände berechnen, und sagte nach kurzem Nachdenken: »Hast du keinen Fernseher?«

Ich erklärte ihr die Sache mit den Fernsehern, der zum Haus gehörige sei kaputt und meinen hätte ich den Touristen dagelassen, die meine Wohnung mieten würden, außerdem hätte ich noch nie viel ferngesehen, höchstens mal mit einem Auge.

»Und was hast du mit dem anderen Auge gemacht?«, fragte sie neugierig.

»Gelesen, Kreuzworträtsel gelöst, mich mit Sudokus rumgeschlagen, in Reiseführern geblättert, die Straßennamen von Städten auswendig gelernt und so was.« Ich hörte, wie dämlich das klang, konnte es aber nicht mehr zurücknehmen.

Petra fragte, ob ich viel gereist sei, und ich antwortete wahrheitsgetreu, eher nicht, oder doch, ich sei schon mal in Amerika und Europa gewesen, ja, in Italien, Frankreich, Deutschland und so, aber eigentlich würde ich lieber Reiseführer lesen.

Sie schaute mich lange schweigend an. Mist, dachte ich, jetzt hält sie mich bestimmt für exzentrisch. Dann kam die Frage, die mich aus dem Konzept brachte: »Was würdest du dir denn wünschen, mal zu machen?«

Was würde ich mir wünschen, mal zu machen? Ich? Hatte ich mir überhaupt schon mal etwas gewünscht?

Nachdem ich den Mund auf- und zugeklappt, mich am Kopf gekratzt und ausgiebig das Muster des Teppichs studiert hatte, stammelte ich: »Tja, gute Frage.« Dann kam mir die zündende Idee, ihr die Gegenfrage zu stellen, was sie sich denn wünschen würde, mal zu machen? Sie holte tief Luft, schaute mir in die Augen und sagte, sie träume davon, etwas Großartiges zu erschaffen. Etwas, das sie in eine emotionale Achterbahn versetzen würde, etwas, das ihr Furcht und Angst einjagen würde, die dann später von der tiefen Verzückung des künstlerischen Triumphs gebannt würde.

»Aha«, sagte ich nur und starrte sie bewundernd an. Da fügte sie hinzu: »So muss man hier in der Abgeschiedenheit denken, damit man nicht den Verstand verliert. Sonst wird man nur depressiv.«

Ja, mit Depressionen kannte ich mich aus. Was ich allerdings nicht sagte, denn in Island hatte man einen schon immer für wehleidig gehalten, wenn man zugab, depressiv zu sein, obwohl die halbe Nation es faktisch war. Also klatschte ich mir resolut auf die Oberschenkel und sagte voller Überzeugung, sie habe vollkommen recht, bei diesem miesen Wetter müsse man sich irgendwie beschäftigen. Petra fixierte mich mit zusammengekniffenen Augen, wechselte dann das Thema und sagte: »Was meinst du, soll ich dir helfen, die Möbel wegzuräumen?«

Nach einigem Hin und Her beschlossen wir, die Möbel nach draußen in den Schuppen zu bringen, das war einfacher, als sie die schmale Treppe hochzuschleppen und auf dem Dachboden zwischenzulagern.

Wahrscheinlich war es im Schuppen, als Petra diesen phantastischen Einfall hatte. Es ist nicht ungewöhnlich, dass Künstler oder künstlerisch veranlagte Menschen auf Ideen kommen, die nicht unbedingt etwas mit ihrem Fach zu tun haben, die im Grunde überhaupt nichts mit ihrem künstlerischen Schaffen gemein haben. Diese Ideen kommen einfach, irgendwo und irgendwann, habe ich mal gehört, und es braucht nicht viel, um sie auszulösen. Die alten Schulpulte, die der Schreiner nicht weggeworfen hatte und die tatenlos in einer Ecke kauerten, weckten Petras Interesse. Sie strich mit der Hand über die Tischbeine, und ich konnte es in ihrem Kopf arbeiten sehen.

Das Sofa war so schwer, dass wir beschlossen, es zusammen mit der Orgel – oder dem Harmonium, wie die Organistin das Instrument nannte – stehen zu lassen und beides je nach Bedarf zur Seite zu rücken. Den Esstisch schoben wir in die Mitte des Raums, weil er praktisch für das Malerzubehör war. Das Bücherregal war problematisch, denn ich wollte es auf keinen Fall in den Schuppen bringen, deshalb räumten wir die Bücher aus, stapelten sie auf dem Tisch, und schleppten das Regal nach oben. Dort fanden wir einen Platz neben dem Treppenaufgang. Leider passte es nicht unter das Flurfenster, was der perfekte Platz gewesen wäre, aber das Regal war etwas zu hoch. Als wir mit der Schlepperei fertig waren, schaute Petra mich eindringlich an und fragte, ob ich nicht in den Kirchenchor eintreten wolle. Sie brauche unbedingt Frauenstimmen.

Sie hätte mich genauso gut bitten können, jemanden umzubringen, wie vor anderen Leuten zu singen. Ihre Frage machte mich so nervös, dass ich kein Wort herausbrachte. Nicht wegen meiner mangelnden Gesangskünste, sondern weil es mir leid tat, mich für ihre Hilfsbereitschaft nicht auf irgendeine Weise erkenntlich zeigen zu können.

»Tut mir leid«, antwortete ich leise, »aber ich kann nicht singen.«

Petra ging zum Harmonium, strich mit den Fingern über die Klaviatur, spielte die ersten Töne von *Gamli Nói* und sagte trocken: »Na komm schon, sing mit!«

Was ich auch tat, ich stand wie ein gemaßregeltes Schulmädchen neben der kleinen Tretorgel und krächzte das Lied vom Alten Nói.

Petra spielte das Lied dreimal und beharrte jedes Mal mit Blicken und Kopfnicken darauf, dass ich mitsang. Dann gab sie auf. »Alles klar«, sagte sie, »du kannst wirklich nicht singen.«

»Aber ich kann ein bisschen Flöte spielen«, stammelte ich, als würde das die Situation retten. »Ich hab als Grundschülerin ein paar Jahre Flötenunterricht gehabt, ich kann sogar nach Noten spielen«, fuhr ich fort und faselte dann vor lauter Verlegenheit etwas Zusammenhangloses über den Unterricht in der Musikschule.

Petra marschierte durchs Wohnzimmer, die Hände hinter dem Rücken verschränkt wie ein General, der einen Angriff plant, blieb dann abrupt stehen und verkündete: »Nein, du kannst nicht singen. Aber du könntest vielleicht etwas anderes tun.« Sie blinzelte mir zu und sagte dann: »Hey, hast du nicht erzählt, du warst Lehrerin, bevor du im Büro gearbeitet hast? Hast du auch Isländisch unterrichtet?«

Ich konnte es nicht leugnen, denn ich hatte damals fast alle Fächer unterrichtet.

»Das ist doch super«, meinte Petra. »Dann würde ich dich

bitten, ein paar Ausländerinnen Isländisch beizubringen, vor allem die Aussprache. Du darfst sie natürlich auch in Grammatik unterrichten, wenn du willst. Ich dachte, wenn du das Wohnzimmer gestrichen hast, könntest du einen Unterrichtsraum daraus machen. Du nimmst einfach die alten Schulpulte des Schreiners. Was meinst du, wie lange du brauchst, um das Wohnzimmer zu streichen? Einen Tag? Oder zwei? An deiner Stelle würde ich als Erstes die alten Gardinen entsorgen.«

Guðrún, der alte Rotstrumpf, die drei Packungen Kekse am Tag verdrückte, schickte Petras Sohn bei mir vorbei.

»Sie hat gesagt, ich soll dir das geben, damit die Damen was zum Reinschreiben haben, wenn sie zu dir zum Lernen kommen«, verkündete er altklug. Guðrún hatte für meine zukünftigen Schülerinnen Schreibutensilien gekauft und ihren Großneffen losgeschickt, um sie bei mir abzuliefern. Ich hatte eine vage Ahnung, dass er dabei auch kontrollieren sollte, wie ich mit dem Streichen vorankam, um ihr anschließend Bericht zu erstatten.

Ich bat Tumi herein, gab ihm Milch und Schokolade, und im Handumdrehen waren wir in ein Gespräch über Kaninchen, Papageien und Hamster vertieft, die er schon als Haustiere gehalten hatte und mit denen er sich bestens auskannte. Zu diesem Zeitpunkt hatte ich bereits sämtliche Fenster im Wohnzimmer abgeklebt und der Decke den ersten Anstrich verpasst, was natürlich ein untrügliches Zeichen dafür war, dass die Streicharbeiten gut vorangingen. Ich konnte guten Gewissens eine Kaffeepause einlegen.

Tumi sprang in der Küche um mich herum, während ich Kaffee kochte, endlich hatte er jemanden getroffen, der ihm zuhörte, und wie von selbst wandte sich das Gespräch der Schule und seinem Abschneiden in den verschiedenen Fächern zu. Wenn er groß sei, wolle er Tierarzt werden, aber seine Mutter habe gesagt, dafür müsse er besser in Mathe werden. Dabei verstehe er wirklich nicht, was Mathe mit Tieren zu tun habe. Ich erklärte ihm den Zusammenhang und erzählte ihm dann, was ich in seinem Alter hatte werden wollen: Historikerin, spezialisiert auf kriegerische Auseinandersetzungen und deren Folgen für die Bevölkerung: Vertreibungen, Flüchtlingslager, Nahrungsmangel, Krankheiten und die Auflösung von Familien. Es habe mich schon immer interessiert, dem Zusammenhang der Dinge auf den Grund zu gehen. Wie eins zum anderen führen und die Welt verändern würde, obwohl man es erst viel später bemerkte.

»Schon mit fünfzehn hatte ich alles über die beiden Weltkriege gelesen, was ich in die Finger kriegen konnte«, erzählte ich. »Meine Eltern konnten mit diesem Hobby nichts anfangen, und ich hab die Bücher vor meinen Freundinnen versteckt, damit sie mich nicht für seltsam hielten. Und weißt du was?«, fügte ich hinzu, höchstwahrscheinlich mit verträumtem Blick. »Ich hab mir immer vorgestellt, dass ich junge Mädchen unterrichten würde, hab mir einen hübschen kleinen Unterrichtsraum vorgestellt, mit mildem Licht, das durch die Sprossenfenster fällt, schönen Topfpflanzen auf den Fensterbänken, kleinen Schulpulten aus Walnussholz, einer grünen Tafel, an die ich zur Erklärung Zahlen schreiben würde, und zu guter Letzt aufmerksame Schülerinnen, die an meinen Lippen hängen.«

Ich verstummte und senkte den Blick. Vor langer Zeit hatte ich in einer ausländischen Zeitschrift mal ein Bild von einem solchen Unterrichtsraum gesehen und es nicht mehr aus dem Kopf gekriegt. Das Bild erwähnte ich dem Jungen gegenüber nicht, aber ich fragte mich, warum ich meinen Traum nie verwirklicht hatte. In den Medien wurde doch ständig darüber gesprochen, dass man seine Träume verwirklichen sollte, man wurde von dieser Diskussion regelrecht überrollt und war am Boden zerstört, wenn man keine Träume verwirklicht hatte, aber die Wahrheit war, dass es mir größte Schwierigkeiten bereitete, in meinem eigenen Leben den Zusammenhang der Dinge zu verstehen, wie eins zum anderen geführt hatte.

Tumi fragte: »Warum nur Mädchen?«

»Wie, warum nur Mädchen?«, wiederholte ich und tat so, als sei ich ganz in Gedanken gewesen, damit ich um die Antwort herumkam.

Tumi tätschelte mir aufmunternd die Hand: »Aber jetzt hast du ja deinen Unterrichtsraum!«

Als Tumi gegangen war, setzte ich mich in dem zukünftigen Unterrichtsraum aufs Sofa und dachte an meine Enkel. Tumi hatte mich an sie erinnert. Als ich seine weiche Haut betrachtet und in seine leuchtend blauen Augen geschaut hatte, hatte ich die Gesichter meiner Enkelkinder vor mir gesehen. Ich vermisste sie so sehr. Wie konnte ich nur monatelang aufs Land fahren, solange die Kinder noch klein waren? Ich spürte Verbitterung. Nach den verantwortungslosen Exzessen meines Ex-Mannes hatte ich mein schönes Zuhause aufgeben müssen, und auf der Arbeit ließen einen die jungen Aufsteiger nicht mehr bis zur Rente arbeiten. Ließen einen nicht in Würde gehen. Ich hoffte zutiefst, dass ich noch miterleben würde, wie sie selbst alt wurden. In den letzten Monaten war ich wie in Trance gewesen, ein Schatten meiner selbst, und natürlich hatten die Enkelkinder darunter gelitten, hatten nicht die ungeteilte Aufmerksamkeit genossen, die Großmütter für ihre Enkelkinder aufbringen sollten. Ich griff nach dem Telefon und rief bei meinem Sohn an. Dort ging niemand ran. Seine Frau und er waren noch auf der Arbeit, und die Kinder bei der Tagesmutter und im Kindergarten.

Ich wurde so melancholisch, dass ich nicht weiter streichen konnte und kauerte zusammengesunken auf dem Sofa, bis die Dunkelheit sich über das Dorf legte.

Da wehte ein Luftzug durchs Haus.

Erst war ich so verwundert, dass ich mich nicht rühren konnte, doch als die Haustür aufflog, sprang ich wie von der Tarantel gestochen hoch. Draußen vor der Tür war niemand. Ich umklammerte die Türklinke, spähte hinaus in die Finsternis, sah keinen Menschen, spürte aber immer noch den Luftzug, der durchs Haus wehte. Da merkte ich, dass er von oben kam, vom Dachboden. Ich schloss die Haustür ab und stieg vorsichtig die Treppe hinauf, mit allem rechnend. Vielleicht hatte sich jemand auf den Dachboden geschlichen, ohne dass ich es bemerkt hatte. Doch es war nur das Flurfenster, es stand offen und schlug im Wind auf und zu. Zwischen dem Fenster und der Haustür war Durchzug entstanden. Die kleine Fensterseite, die sich mit einem Riegel öffnen ließ, schloss nicht mehr richtig, wie mir schien. Eines der vielen Dinge in diesem Haus, die repariert werden mussten.

Immerhin hatte der Durchzug meine Melancholie weggeblasen, ich hatte an etwas anderes gedacht. Ich holte *Maria Stuart* und las darin bis spät in die Nacht.

Am Tag nach meinem Gespräch mit Tumi kam ein Mann zu mir gestapft.

Er war ein Bekannter von Guðrún, wie ich später erfuhr, schaute öfter zum Kaffee bei ihr vorbei, so wie viele andere auch, denn man konnte sich immer sicher sein, dass sie zu Hause war, sie ging nicht oft raus und hatte stets für jeden ein offenes Ohr. Doch anstatt dem Bekannten wie sonst einen Kaffee einzuschenken, schickte sie ihn mit Blumen zu mir. Auf einer Schubkarre schob er fünf Topfpflanzen über den Trampelpfad im Schnee, ziemlich übellaunig, wie mir schien, als er mir die Pflanzen an der Tür überreichte.

»Was für ein Schwachsinn, sich mit diesem Grünzeug durch den Scheißschnee zu kämpfen«, japste er und hätte die Schubkarre wohl am liebsten auf der Türschwelle ausgekippt. An jenem Tag war das Wetter gut, trocken und kein bisschen Wind. Er knallte die Topfpflanzen eine nach der anderen in den Flur, zog ein paar aufgerollte Hefte aus seiner Anoraktasche, warf sie mir zu und rief: »Hier!« Dann verabschiedete er sich mürrisch.

Es handelte sich um Arbeitshefte in Isländisch für Grundschüler.

Erst da wurde mir bewusst, was auf mich zukam. Ich sollte nach dreißig Jahren wieder unterrichten. Und zwar ausländische Frauen mit völlig unterschiedlichen Hintergründen. Um Himmels willen, dachte ich, was passiert hier gerade in meinem Leben?

Ich arrangierte die Pflanzen auf den Fensterbänken im Wohnzimmer, redete mit ihnen und bat sie, unbedingt bis zum Frühling durchzuhalten. Während ich am Fenster stand, fiel mir auf, wie laut die Vögel draußen im Garten waren. Da das Wetter seit meiner Ankunft fast ununterbrochen schlecht gewesen war, hatte ich dem Garten noch keine besondere Beachtung geschenkt. Darin standen ein paar Bäume und Büsche, wie ich nun sah, und hinter dem Haus zog sich eine Rasenfläche den Hang hinauf bis zu einer Reihe Tannen. Ansonsten war alles schneebedeckt und nicht viel zu erkennen.

Ich war gerade in die Küche gegangen, als ich im Wohnzimmer einen dumpfen Knall hörte. Mir war ein bisschen mulmig, als ich zurückging und feststellte, dass im Wohnzimmer alles ruhig war. Das Geräusch war eindeutig von dort gekommen. Ich hatte noch nie an Gespenster geglaubt und fand solches Gerede absurd und kindisch, wollte der Sache aber auf den Grund gehen. Als Erstes überprüfte ich, ob das Geräusch durch einen Durchzug verursacht worden war, doch im ganzen Haus stand kein einziges Fenster offen, und als ich entdeckte, was den Knall ausgelöst hatte, war ich schockiert.

Die Vögel flogen gegen die Wohnzimmerfenster. Sie prallten gegen die Scheiben, nacheinander, mit vollem Tempo, als wollten sie hinein, koste es, was es wolle. Der Angriff erinnerte mich an einen Film, den ich vor langer Zeit im Kino gesehen hatte, und ein Schauder durchfuhr mich. Ich schloss die Wohnzimmertür und saß lange in der Küche und überlegte, was ich machen sollte. Als ich mich endlich zwang, zurück ins Wohnzimmer zu gehen, war kein Vogel mehr zu sehen.

Ich strich weiter und schuftete, als ginge es um mein Leben, ohne auch nur eine Sekunde in ein Buch zu schauen.

Doch das Unbehagen wegen der Vögel verschwand nicht, deshalb wollte ich runter zu Guðrún und sie fragen, ob sie eine Erklärung für dieses Verhalten hätte. Ich war es nicht gewohnt, uneingeladen oder ohne vorherige Ankündigung jemanden zu besuchen, außer natürlich meine Kinder. Seit man sich E-Mails schickte, war das nicht mehr üblich, deshalb fühlte ich mich unwohl, als ich meine Jacke anzog. Ich würde einfach sagen, ich wäre auf dem Weg in den Laden und nur vorbeigekommen, um mich bei ihr für die Pflanzen zu bedanken.

Ich hatte bereits mehrmals geklingelt und auch angeklopft, weil ich dachte, die Klingel sei kaputt, als Guðrún endlich zur Tür kam und mich hereinbat, ich solle meine Jacke ausziehen und in die Küche kommen. Petra sei gerade mit einem wichtigen Projekt beschäftigt, da wolle sie nichts verpassen.

Petra telefonierte. Sie wanderte mit dem Hörer am Ohr durch den Raum. Jedes Mal, wenn sie ins Wohnzimmer ging und sich von uns entfernte, klärte Guðrún mich flüsternd über den Stand der Dinge auf. Petra war in die Fischfabrik gegangen und hatte den Werksleiter aufgesucht. Sie hatte ihn beiseite genommen und ihm gesagt, sie habe von den großartigen Stimmen der Arbeiterinnen gehört und wolle im Hinblick auf den Chor deren Talent testen. Sie hatte ihn gedrängt, die Gemeinde zu unterstützen. Das hatte er in der Tat für eine Selbstverständlichkeit gehalten, immerhin sei er derjenige, der bei der Thorrablót-Feier das gemeinschaftliche Singen anleite, was einen nicht unerheblichen Dienst für die Gemeinde darstelle. Doch als sie ihn aufforderte, den drei Frauen eine ganze Stunde frei zu geben, fand er das doch ein bisschen übertrieben, die Fabrik laufe schließlich nicht so gut, dass sie sich diesen Arbeitsausfall leisten könnten. Daraufhin war Petra beleidigt abgezogen.

Jetzt telefonierte sie mit dem Mann, während Guðrún und ich mucksmäuschenstill dasaßen und der Entwicklung der Dinge lauschten. Petra kam in die Küche, den Hörer am Ohr, mit strengem Gesicht und sagte laut: »Wenn ich mich recht erinnere, habe ich beim letzten Thorrablót deine Männer beim Singen begleitet, ohne etwas dafür zu nehmen, und wenn ich mich recht erinnere, habe ich Orgel gespielt und das Psalmensingen begleitet, als dein Großvater letzten Herbst starb, genauso wie zur Taufe der Tochter deines Vetters an Weihnachten, und da hab ich auch nichts für genommen.«

Der Werksleiter hatte wohl am anderen Ende der Leitung etwas Beschwichtigendes eingeworfen, denn Petra sagte knapp: »Würdest du sie dann bitte morgen zu mir in die Kirche schicken, mindestens eine halbe Stunde vor Ende ihrer offiziellen Arbeitszeit? Kannst du mir was über diese Frauen sagen? Woher sie kommen, wer sie sind?«

Dann ging Petra mit dem Telefon wieder ins Wohnzimmer und redete noch lange mit dem Werksleiter.

Ich wusste nichts über die Angelegenheiten der Dorfbewohner, interessierte mich auch nicht sonderlich dafür, denn ich hatte mich in den letzten Monaten für gar nichts interessiert außer für meine eigene berufliche Situation, fragte aber trotzdem höflich, ob er ein netter Mann sei, dieser Werksleiter.

»Der Jóhannes?«, entgegnete Guðrún mit bedeutungsvoller Miene. Dann flüsterte sie, damit Petra es im Wohnzimmer nicht hören konnte: »Er ist in Petra verliebt.«

»Wirklich?«, murmelte ich. »Und findet Petra ihn auch nett?«

»Nein, Petra hat nach drei Beziehungen die Schnauze voll von Männern. Sie meint, das wäre für eine Frau mehr als genug. Deshalb betrachtet sie Männer nicht mehr als Männer, sondern als Menschen, mit denen sie zusammenarbeiten muss.«

»Woher weißt du, dass er in sie verliebt ist?«, wisperte ich.

»Das sehe ich daran, wie er sie anschaut«, flüsterte Guðrún, »aber weißt du, er hat bei ihr keine Chance, Jóhannes ist groß und dick und total ungebildet. Petra steht nicht auf solche Männer, sie war immer mit Intellektuellen oder Künstlern zusammen. Außerdem ist er geschieden und hat eine Tochter in Reykjavík.«

»Aber sie ist doch selbst geschieden, oder?«, murmelte ich, bestrebt, für Geschiedene einzutreten, weil mich das schließlich selbst betraf.

»Nein, sie hat nie geheiratet. Aber der Jóhannes, der geht immer in die Kirche, nur um Petra beim Orgelspielen zuzuschauen. Er wartet immer, bis sie nach der Messe rauskommt, damit er ein paar Worte mit ihr wechseln kann, meistens übers Wetter. Ganz unterwürfig, wie ein schüchterner Schuljunge. Du hättest mal sehen sollen, wie er ihr mit dem Wagen geholfen hat. Das war letztes Jahr. Das Auto war auf der Hauptstraße stecken geblieben, und ich schwöre dir, der Mann hätte es fast geschultert und zu uns nach Hause getragen. Er tut alles für sie, aber sie dankt es ihm nie, zieht immer nur einen Schmollmund.«

Petra kam nach einem langen Telefonat zurück in die Küche, und wir hörten sie trocken in den Hörer sagen: »Die wird sowieso nicht zum Thorrablót eingeladen, darüber musst du dir keine Gedanken machen. Das Fest ist ja nur für Paare. Wenn ich mich recht erinnere, musste ich letztes Jahr gehen, nachdem ich dir beim Unterhaltungsprogramm geholfen hatte, weil ich keinen Kerl dabei hatte. Dabei hätte ich so gerne getanzt.«

Mit diesen Worten beendete sie das Gespräch. Ohne sich zu verabschieden.

Guðrún und ich knabberten an unseren Keksen. Petra schaute mich an und fragte, ob ich keine Lust hätte, morgen mit ihr runter in die Kirche zu kommen, sie würde sie mir gerne zeigen.

Ich vergaß völlig, mich für die Pflanzen zu bedanken oder Guðrún nach dem Verhalten der Vögel und nach diesen Schulheften zu fragen, die sie mir hatte bringen lassen.

Die Kirche war bekannt für ihre schöne Farbgestaltung.

Ein berühmter Musikwissenschaftler, der auf einer Reise mal einen Abstecher ins Dorf gemacht und die Kirche besichtigt hatte, hatte ihre Farben mit denen der Frauenkirche in Dresden verglichen. Das Grünblau der Decke sei lediglich etwas dunkler als in diesem berühmten Bauwerk. Ohne die Kirche in Dresden jemals gesehen zu haben, vermutete ich, dass diese wohl etwas größer sein musste. Die Dorfkirche war klein, so wie die meisten isländischen Kirchen. Klein, aber sehr einladend, hell und stimmungsvoll. Dank der Farben.

Die Dorfbewohner waren unglaublich stolz auf die Aussage des Musikwissenschaftlers und erwähnten sie immer, wenn sie Besuchern die Kirche zeigten. Wobei die Kirche immer das erste und manchmal auch das einzige Gebäude war, das sie ihren Gästen überhaupt zeigten. Auch wenn sie in aller Bescheidenheit auf die Farbgebung und den Vergleich mit der berühmten Frauenkirche in Dresden hinwiesen, konnten sie ihren Stolz nicht verhehlen. Dabei hatte keiner von ihnen diese berühmte Kirche jemals gesehen. Noch nicht einmal Petra, die in Deutschland Musik studiert hatte, denn damals lag die Kirche nach den heftigen Luftangriffen im Zweiten Weltkrieg noch in Trümmern und die Wiederaufbauarbeiten hatten noch nicht begonnen. Aber sie hatte viele Bilder von der Kirche vor ihrer Zerstörung gesehen und konnte bestätigen, dass die Farben ähnlich waren.

Die Dorfkirche war ziemlich gut besucht, und obwohl es niemand so direkt aussprach, vermuteten die meisten, dass das den Farben und der Handwerkskunst zu verdanken war. Die Menschen liebten die Ästhetik, das war unbestreitbar. Dazu kam, dass die Pfarrerin hervorragend war, besonders beim Psalmodieren, und die begleitende Orgelmusik war nach Meinung der Kirchenbesucher wunderschön, auch wenn sie diesbezüglich nicht viele Vergleiche hatten. Die Menschen wissen instinktiv, wann Musik gut ist und wann nicht. Dafür braucht man keine Wissenschaft. Der Chor mit den vielen Tenören übte auch eine gewisse Anziehungskraft aus, obwohl die Leute nach der Messe oft leise zu der Pfarrerin oder der Organistin sagten, es wäre doch auch einmal ganz schön, ein paar Frauenstimmen zu hören.

Und nun standen die drei Frauenstimmen im Mittelgang der Kirche und starrten zum Altar.

Petra hatte dort gerade nach ihrem Stift gesucht – sie ließ ihn oft an den unmöglichsten Stellen liegen –, als sie die Tür quietschen hörte und innehielt. Sie stand wie eine Heiligenstatue neben dem Altar, als die drei Frauen eintraten.

Nachdem sie sich kurz verneigt und bekreuzigt hatten, gingen die Frauen zögernd an den Bankreihen entlang durch den Mittelgang und blieben dann stehen. Petra vergaß, was sie gesucht hatte, musterte die Frauen nachdenklich und gab ihnen ein Zeichen, mitzukommen. Sie folgten ihr, immer noch schweigend. Als sie schließlich vor der Orgel standen, die Hände in den Anoraktaschen vergraben, hieß Petra sie willkommen und erklärte ihnen, was sie vorhatte. Dass sie an Ostern ein anspruchsvolles Werk auf die Beine stellen wolle und dafür Frauenstimmen brauche. Sie habe gehört, sie hätten alle so schöne Stimmen.

Die Frauen sagten nichts und schauten sie nur an. Vermutlich hatten sie kein Wort von dem verstanden, was Petra gesagt hatte, wussten aber garantiert, worum es ging. Petra blickte sie flehentlich an und fragte: »Englisch?« Als eine von ihnen, eine große, schlanke Frau, nickte, fügte Petra in gebrochenem Englisch hinzu: »Ihr habt alle schöne Stimmen, ihr singt jetzt für mich, okay?«

Die Frauen tauschten Blicke, nickten dann und sagten: »Okay.« Wahrscheinlich standen sie lieber mit ihr in dieser hübschen Kirche neben der Orgel, als in der kalten Fischfabrik am Filetiertisch.

Die Gesangsprobe begann mit ein paar Aufwärmübungen. Es lief gut, Petra fing behutsam an, ließ die Frauen die Tonleiter singen, und eine löste die andere ab, als hätten sie das schon hundertmal gemacht. Soweit ich es beurteilen konnte, waren ihre Stimmen außergewöhnlich schön. Ich sah, wie sie beim Singen aufblühten, und wusste, dass Petra auf dem richtigen Weg war. Nach und nach wurden die Übungen schwieriger. Die Sprache war kein Hindernis mehr, und mit kleinen Melodien und einzelnen Worten konnten die Frauen Petra verständlich machen, was sie singen wollten. Sie sangen Wiegen- und Kinderlieder aus ihren Heimatländern, von denen mir einige vertraut waren.

Durch die Freude am Singen verging die Zeit wie im Flug. Die Frauen strahlten und sangen, bis die kleinste von ihnen zufällig einen Blick auf die Uhr warf und nervös etwas in ihrer Muttersprache sagte. Alle verstanden, dass sie jetzt nach Hause musste. Daraufhin wollten die beiden anderen auch gehen, und der Zauber dieser Stunde an der Orgel verflüchtigte sich im dunklen Kirchenschiff.

Bevor die Frauen gingen, konnte Petra ihnen noch begreiflich machen, dass sie sie am Samstagnachmittag wiedersehen wollte. Sie diskutierten über diesen Vorschlag, waren sich nicht sicher, bis Petra entschlossen sagte, das sei die Entscheidung des Werksleiters. »Der Werksleiter hat das gesagt«, verkündete sie, und die Frauen nickten.

Als sie durch die Kirchentür verschwunden waren, setzte Petra sich zu mir und erklärte, die große Braunhaarige sei ein lyrischer Sopran, die blonde Füllige ein dramatischer Sopran und die kleine Zierliche mit den schwarzen Haaren am ehesten eine Soubrette, die sich zu einem Koloratursopran entwickeln könne.

»Woher kommen sie?«, fragte ich, woraufhin Petra meinte, sie habe den Werksleiter danach gefragt – sie nannte ihn nie Jóhannes, immer nur den Werksleiter –, und der habe ihr alles erzählt, was er über die Frauen wusste.

Die Blonde war Polin und hieß Ania, sie war im Herbst mit ihrem Mann, der ebenfalls Pole war, nach Island gekommen, und sie hatten zwei Kinder. Sie hatten sofort angefangen zu arbeiten, waren beide sehr fleißig, er arbeitete in der Maschinenfabrik, dort hatten sie wohl noch nie einen so guten Mitarbeiter gehabt. Und sie, na ja, sie sei natürlich ein bisschen schwerfällig, aber sie mache nie Pausen, schaffe richtig was weg und sei ausgesprochen tüchtig. Der Werksleiter hatte rein zufällig mitbekommen, was für eine gute Stimme sie hatte. Die Isländerinnen, die bei ihm arbeiteten, hatten irgendeinen Popsong gesungen, und da hatte sich die Polin daran gestört, wie falsch sie sangen, und wollte ihnen demonstrieren, wie man das Lied richtig sang. Sie hatte es angestimmt, es war ein Eurovision-Song, und den Leuten blieb buchstäblich der Mund offen stehen. Da war der Werksleiter auf die Idee gekommen, dass sie alle bei der Weihnachtsfeier zusammen singen sollten. Er bestellte für die letzte Kaffeepause vor Weihnachten in der Bäckerei Kuchen, wie im Jahr zuvor auch, und bestand darauf, dass alle Arbeiterinnen ein Lied singen sollten. Was sie auch taten. Und siehe da, die drei Ausländerinnen, die Polin, die Spanierin und die Ungarin hatten die besten Stimmen, so dass sie am Ende ein Lied nach dem anderen singen mussten. Deswegen wurde an dem Tag nicht mehr gearbeitet.

Was die Spanierin anging, die Kleine mit den schwarzen Haaren, sie hieß Juane und war im Herbst mit Krummi, dem Sohn der verstorbenen Leifa von Ystabær, nach Island gekommen. Er war in Spanien gewesen und hatte sie mitgebracht. Sie war noch blutjung, gerade mal zwanzig, und hatte einen Monat nach der Polin angefangen zu arbeiten. Sie wirkte immer ein bisschen traurig, fand der Werksleiter, er hatte sie noch nie lächeln sehen, vielleicht war sie unglücklich, das hätte ihn jedenfalls nicht gewundert. Krummi sei noch nie ein Gentleman gewesen, im

Grunde sei er ein mieser Krawallmacher, vor ein paar Jahren sei er mal nach einem Tanzfest im Gemeindehaus mit ihm aneinandergeraten, das wolle er lieber nicht genauer ausführen. Jedenfalls meinte der Werksleiter, er habe noch nie eine solche Stimme gehört, sie könne so hoch singen, dass den Leuten der Atem gestockt habe, so etwas habe er noch nicht erlebt.

Dann war da noch die Ungarin, die große Braunhaarige, die manchmal eine Brille trug, die sei ziemlich geheimnisvoll. Aber der Werksleiter war sich fast hundertprozentig sicher, dass sie mal Gesang studiert hatte, sie habe so eine Stimme, eine Arienstimme. Sie war die Älteste von den Dreien, ungefähr Ende dreißig. War im Spätsommer nach Island gekommen und hatte kurz darauf angefangen, bei ihm zu arbeiten. Sie war in Steinas kleines Häuschen gezogen, nachdem Halli und Steina sich getrennt hatten und Steina nach Ungarn gefahren war. Die beiden hatten sich dort angefreundet, Steina und diese Ungarin, sie hieß Eva, und hatten dann die Wohnungen getauscht. Die Isländerinnen, die bei ihm arbeiteten, hatten ein paar Dinge aus ihr herausgequetscht. Nichts Privates, aber sie hatten ihm erzählt, Eva spreche mehrere Sprachen und sei nach Island gekommen, weil sie am Meer leben wolle. Sie würde auch oft am Meer spazieren gehen, bei jedem Wetter. Außerdem aß sie sehr wenig, hatte in den Pausen immer nur Obst und Möhren dabei. Sie wasche sich auch ständig die Hände, hatten sie noch erzählt, und fanden sie ein bisschen scheu. Das erklärten die Isländerinnen zwar nicht genauer, aber die Ungarin sei bestimmt nicht der Typ, der sich gerne unter die Leute mischte. Niemand rechne damit, sie beim Thorrablót zu sehen, hatte er schmunzelnd gesagt.

Petra verzog das Gesicht, als sie das Thorrablót-Fest erwähnte, und sagte sarkastisch: »Tja, da hab ich ihm gesagt, dass er sich darüber mal keine Gedanken machen soll, das Thorrablót ist ja eh nur für Paare.« Woraufhin sie hinzufügte: »So, ich muss jetzt nach Hause und arbeiten, lass uns mal gehen.«

Wir schlossen die Kirche ab, die eine ähnliche Farbgestaltung hatte wie die Frauenkirche in Dresden, und obwohl es ein merkwürdiger Zufall war, dass ich schon zum zweiten Mal innerhalb kurzer Zeit von der Frauenkirche hörte, verlor ich kein Wort darüber.

Die eiskalte Morgenluft strömte in meine Lungen.

Ich atmete tief ein, nicht wegen der kalten Luft, sondern wegen des Anblicks, den das Meer mir bot. Es war so außergewöhnlich, das Blau des Meeres, dass ich meinte, es noch nie gesehen zu haben. Diese Farbe bildete sich in der arktischen Kälte genau dann, wenn die Dunkelheit vom Licht verdrängt wurde. Ich hatte exakt den richtigen Moment erwischt, blieb lange stehen und genoss die eiskalte Schönheit. Dann verging der Moment, wie alle einmaligen und schönen Momente, die ein unerklärliches Glücksgefühl im Herzen hinterlassen.

Mit diesem Glücksgefühl im Herzen ging ich zu Petras und Guðrúns Haus, die Isländisch-Hefte für Grundschüler unter dem Arm. Ich war nicht ganz einverstanden mit den Plänen der beiden, dass ich die Ausländerinnen in Isländisch unterrichten sollte, einfach so. Als wäre ich eine Lehrerin. Was ich ja eigentlich auch war, obwohl ich das so nicht sehen wollte, aber wer einmal unterrichtet hat, verliert wohl nie das Bedürfnis, andere zu belehren. Mich störte diese Anspruchshaltung, als ob sie nicht wüssten, dass ich nur in die Westfjorde gekommen war, um ein Haus zu streichen?

Kaum hatte ich an die Tür geklopft, wurde sie schon aufgerissen und Guðrúns Gesicht erschien in der Türöffnung. Sie legte den Zeigefinger auf die Lippen, sagte leise »psst« und fügte dann hinzu: »Petra schläft, sie hat die ganze Nacht gearbeitet.«

Ohne weitere Worte zu wechseln, musste ich meine Jacke ausziehen, und nachdem Guðrún die Küchentür ganz vorsichtig zugedrückt hatte, beugte sie sich zu mir und flüsterte: »Willst du einen Keks?«

Ich brauchte ziemlich lange, um mein Anliegen vorzubringen, weil ich leise sprechen und mich deshalb mehrmals wiederholen musste, da Guðrún schlecht hörte. Nachdem ich mich endlich verständlich gemacht hatte, baute sie sich mitten in der Küche vor mir auf, musterte mich missbilligend und fragte dann kühl, ohne zu flüstern: »Du willst doch wohl einen Kaffee, oder?«

Mir war überhaupt nicht klar, was diesen Sinneswandel bewirkt hatte, nahm jedoch dankend an und schwieg. Wir schwiegen beide. Schließlich nahm Guðrún mir gegenüber Platz und sagte mit undurchdringlicher Miene: »Erzähl mir von deiner Mutter!«

»Von meiner Mutter«, entgegnete ich, »warum? Sie ist tot.«

»Um zu verstehen, wie du denkst, muss ich etwas über sie wissen. Sie war dein Vorbild, jedenfalls wenn sie dich großgezogen hat. Was war sie für eine Frau?«

Ich hatte mir noch nie Gedanken darüber gemacht, was für eine Frau meine Mutter gewesen war. Sie war einfach meine Mama gewesen. Ab und zu musste ich an sie denken, besonders wenn ich lachte oder lächelte oder eine Marotte hatte, die mich an sie erinnerte. Das war mir unangenehm. Wenn ich sonst aus irgendeinem Grund an sie dachte, hatte ich immer vor Augen, wie sie sich kleidete und wie sie aß. Sie trug nie Röcke oder Kleider, außer bei Festen, sondern immer Khaki-Hosen und Hemden mit hochgekrempelten Ärmeln. Sie benutzte nie Make-up, lackierte sich nie die Nägel, trug keinen Schmuck außer ihrer Uhr, hatte halblange, glatte blonde Haare, die sie zu einem Pferdeschwanz band, und wenn sie zu lang geworden waren, musste ich ihr manchmal die Spitzen schneiden. Sie ging nur selten zum Friseur. Und sie aß sehr elegant, benutzte das Besteck wie eine feine Dame, und meistens, das wusste ich noch genau, hörte sie urplötzlich auf zu essen und legte das Besteck akkurat auf ihren Teller. Dann hatte sie oft nur die Hälfte der Portion gegessen, aber ich sollte immer alles aufessen. »Warum isst du deinen Teller nicht leer?«, beschwerte ich mich einmal. »Ich kann nicht mehr«, antwortete sie mit Nachdruck und ließ die Hand für einen Moment auf ihrem Bauch liegen. Es hatte mit ihrem Magen zu tun. Der bereitete ihr immer Probleme.

»Was für eine Frau sie war?«, wiederholte ich und zuckte die Achseln. »Sie war ganz normal. Sie starb an Krebs, kurz vor ihrem sechzigsten Geburtstag, im selben Alter wie ich jetzt. Tja, schon komisch, ich fand sie damals schon alt, irgendwie, dabei fühle ich mich eigentlich nicht alt.«

»Was hat sie beruflich gemacht?«, fragte Guðrún.

»Sie war Botanikerin«, antwortete ich. Als ich die Neugier in Guðrúns Augen sah, wurde ich etwas gesprächiger und erzählte, dass meine Mutter meistens draußen durch die Berge und die Heide gestreift sei und Kräuter gesammelt habe, um sie später zu untersuchen, und wenn ich aus der Schule gekommen sei und sie zu Hause war, was allerdings selten vorkam, forschte sie in ihrem Arbeitszimmer.

»Hattet ihr ein enges Verhältnis?«, fragte Guðrún weiter.

Ich stammelte, das sei mir nicht so vorgekommen, nein, kein besonders enges. Na ja, wir hätten uns wohl nähergestanden, als ich klein war, aber als Teenager sei ich viel alleine gewesen, da habe meine Mutter sich in die Arbeit gestürzt, mein Vater habe sowieso immer gearbeitet, er sei Geschichtslehrer gewesen und habe Bücher geschrieben.

Dann verstummte ich, weil ich spürte, wie mir die Tränen in die Augen schossen. Ich war vollauf damit beschäftigt, sie zurückzuhalten, ganz irritiert über meine eigenen Gefühle. Vor meinem inneren Auge tauchte ein Bild auf, ich sah mich selbst das Arbeitszimmer meiner Mutter betreten, stumm an der Tür stehen bleiben und ihren Rücken betrachten, während sie am Schreibtisch saß und durchs Mikroskop schaute. Ich sehnte mich nach ihrer Umarmung, in der Schule war es anstrengend gewesen, ich brauchte eine Aufmunterung, und zwar von ihr, weil sie so klug war und alles wusste, aber man durfte diese Mutter nie stören, wenn sie arbeitete. Die Arbeit war wichtiger als die Tochter. Oder hätte ich einfach eine Umarmung einfordern sollen? Hatte es an mir gelegen? Warum war ich immer so verzagt und ängstlich? Meine Eltern waren beide nicht so gewesen, wortkarg zwar, aber resolut. Trug ich die Versager-Gene irgendwelcher hoffnungsloser Vorfahren in mir?

Plötzlich war es schmerzlich, an meine Mutter zu denken. Das war vorher nicht so gewesen – warum jetzt? Was hatte sich geändert? Ich pulte mit dem Zeigefinger in meinen Augenwinkeln, als hätte ich etwas ins Auge bekommen, und versuchte, das Gespräch von meinem Privatleben auf etwas zu lenken, von dem ich wusste, dass Guðrún sich damit auskannte. Ich sagte, das Verhältnis zwischen meiner Mutter und mir sei damals so unterkühlt gewesen, dass ich mich gewundert hätte, als sie mich einmal fragte, ob ich am Abend mit ihr zu einem Treffen kommen wolle. Sie fragte mich, ob ich mitkommen wolle, unglaublich.

»Was war das für ein Treffen?«, wollte Guðrún wissen.

»Das Gründungstreffen der Rotstrümpfe im Nordischen Haus«, antwortete ich.

Hastig sagte Guðrún: »Da war ich auch!«

»Dachte ich mir«, entgegnete ich, und dann schwiegen wir eine Weile, wie man es manchmal so macht, wenn man sich an bedeutende Stunden erinnert.

»Das Haus platzte aus allen Nähten, und die Stimmung war großartig«, fuhr ich fort, »aber ich war nur ein Teenager und vielleicht nicht ganz bei der Sache.«

Ich erzählte weiter, ich könne mich erinnern, dass die Atmosphäre in der Familie sich nach diesem Treffen verändert habe. Meine Eltern stritten sich häufiger, meistens wenn das Gespräch auf Verstöße gegen die Menschenrechte von Frauen kam, und dann mündeten die Streits in Kleinkram über den Haushalt, ständiger Zoff, wer kochen und wer aufräumen sollte, das hatte es vorher nicht gegeben, meine Muter hatte sich immer um den gesamten Haushalt gekümmert, wenn sie von der Arbeit nach Hause kam. Es war unglaublich nervig, sich ihr Gezänk anhören zu müssen, und wenn sie sich anschwiegen, manchmal tagelang, war es noch schlimmer. Ich war heilfroh, als ich auszog. Meine Eltern hätten weiter in dieser Hass-Liebe gelebt, wenn sie nicht im wahrsten Sinne des Wortes auseinandergegangen wären. Meine Mutter wurde von Jahr zu Jahr kränker, bis sie schließlich starb, und zwei Jahre später starb auch mein Vater. Er bekam einen Herzinfarkt. Dabei hätten sie noch einen schönen Lebensabend miteinander verbringen können.

»Du bist also die kleine Flóra«, sagte Guðrún.

»Was meinst du?«, fragte ich misstrauisch. Ich war noch nie so genannt worden.

»Du brauchst mir nichts über deine Mutter zu erzählen, ich kannte sie sehr gut«, antwortete sie. »Sie war älter als ich, aber wir verstanden uns prima. Sie kam manchmal bei den Rotstrümpfen auf einen Kaffee vorbei, und dann unterhielten wir uns. Sie war sehr gebildet und belesen, hatte auch einige ausländische Zeitschriften abonniert.«

Guðrún schwieg einen Moment und überlegte, was sie mir noch erzählen konnte, aber ich runzelte die Stirn. Die Zeitschriften, doch, an die erinnerte ich mich. Sie hatten sich überall gestapelt. Ich konnte sie nicht ausstehen.

Das Gespräch wurde mir langsam zu viel, deshalb schaute ich Guðrún an und sagte ein bisschen überheblich, meine Mutter sei vielleicht gebildet und belesen gewesen, aber ihre Mutterrolle habe sie nicht besonders gut erfüllt. »Und ich bin ihr überhaupt nicht ähnlich«, fügte ich abrupt hinzu, stand auf und wollte gehen.

Als Guðrún sich mit den zusammengerollten Arbeitsheften in

der Hand vor mir aufbaute, wurde ich nervös und hantierte ungeschickt mit meinen Winterstiefeln herum. Sie war aufgewühlt, schlug mit den Heften gegen die Wand und suchte nach den richtigen Worten.

Sie wollte etwas über die Mutterrolle sagen.

»Aha, soso, sie hat also ihre Mutterrolle nicht erfüllt, sieh mal einer an, da muss ich dir aber mal sagen, liebe Flóra, dass Frauen früher gar keine wichtigen Rollen innehatten, genauso wenig wie Kinder, wenn sie nicht gerade Adelige oder Thronfolger waren, erst im 18. Jahrhundert bekamen Frauen eine ganz besonders wichtige Rolle in der Gesellschaft zugewiesen, als nämlich die Mutterrolle für heilig erklärt wurde. Und zwar von Jean-Jacques Rousseau, dem französischen Philosophen. Ist doch toll, oder? Ein Franzose, der uns Frauen sagt, wie wir sein sollen!

Tja, und abgesehen davon schreibt er 1759 in seinem Buch, *Emile* heißt es, glaube ich, dass das Individuum von Natur aus gut und vernünftig sei und die Fähigkeit besitze, Verantwortung für sich selbst zu übernehmen. Aber damit diese Eigenschaften sich entwickeln könnten und nicht der Unmoral zum Opfer fallen würden, müsste das Individuum von Anbeginn seines Lebens unterwiesen werden.«

Ich hatte die Haustür aufgemacht und war hinaus auf die Stufe getreten, doch Guðrún folgte mir. Sie schlug mit den zusammengerollten Heften gegen den Türrahmen, um ihren Worten Nachdruck zu verleihen.

»Und jetzt hör mir gut zu, er schreibt in diesem Buch, dass es nur einen Menschen gebe, der diese Unterweisung gewährleisten könne, und das sei die Mutter. Sie soll die Erziehung des neuen Individuums als wichtigste Rolle in ihrem Leben begreifen. Hast du das mitgekriegt? Verstehst du, was das für uns Frauen bedeutet hat? Das Buch löste eine Revolution aus, wie du, als ausgebildete Lehrerin, bestimmt weißt. Die Männer der

Aufklärung stimmten Rousseau zu, darunter auch Darwin, der anscheinend total vergessen hatte, dass die Dinge im Tierreich nicht immer so bestellt sind, dort findet man bei Muttertieren und deren Nachwuchs nämlich die unterschiedlichsten Beispiele. Es waren also wie gesagt Männer, die die heilige Mutterrolle erschufen. Die forderten, dass die Frauen sich auf diese Rolle konzentrieren sollten und damit keinen Anspruch auf die Rolle der Männer erheben würden. War das nicht clever? Und wir Frauen übernahmen diese neue Rolle klaglos, konzentrierten uns auf sie und überließen den Männern die Gesellschaft und die Politik. Setzten uns einen Heiligenschein auf wie irgendeinen dämlichen Hut.«

Guðrúns Stimme zitterte vor Erregung. Sie verfolgte mich in Hausschuhen bis auf den Bürgersteig, stopfte die Hefte in meine Jackentasche und tönte: »Und jetzt nimm diese Hefte und tu was für die Gesellschaft, so wie deine Mutter auch!«

Mit diesen Worten stürmte sie ins Haus und knallte die Tür hinter sich zu. Dabei hatte sie doch vorhin noch geflüstert, um die Komponistin nicht zu wecken.

Petra komponierte ihre Opern nachts.

Dann habe sie Ruhe vor anderen Leuten, sagte sie, dann wisse sie, dass sie in den nächsten Stunden niemand stören, niemand anrufen, niemand vorbeikommen würde, kein Kind quengeln würde, weil es seine Sporthose nicht fand, keine Tante von ihr verlangen würde, mal eben im Laden Kekse zu kaufen, dass das Dorf schlafen würde und friedlich wäre. Das nächtliche Arbeiten hänge auch mit ihrer mangelnden Disziplin zusammen, sie könne sich ihre Zeit unmöglich so einteilen, dass sie morgens Ruhe zum Komponieren habe. In ihrem Kopf arbeite es ständig, sie könne sich nicht auf eine Sache konzentrieren, komme vom Hölzchen aufs Stöckchen. Jemand habe mal behauptet, sie sei empfindlich und neurotisch, aber der würde seine Bemerkung bestimmt zurücknehmen, wenn er sehen würde, wie sie nachts arbeitete. Dann sei sie konzentriert und zielstrebig. Dann bekomme sie ihre Arbeit organisiert.

»Du arbeitest nachts?«, hatte ich sie gefragt, als sie zu Besuch war, und daraufhin diese ausführliche Erklärung erhalten. Sie wusste, dass ich am Vormittag bei ihr gewesen war und was ich gewollt hatte, und vermutlich war sie gekommen, um mich umzustimmen.

Aber das brauchte sie gar nicht. Ich hatte in den vergangenen Stunden ein Zwiegespräch mit mir selbst geführt, hatte mich intensiv mit Flóra Garðarsdóttir über den Sinn und Zweck des Lebens, über ihre Eltern, über die Mutterrolle und über ihre Pflichten gegenüber der Gesellschaft auseinandergesetzt.

Die Gesellschaft? Was hatte ich denn mit der zu tun? Waren dafür nicht andere zuständig? Ich hatte meine Pflichten gegenüber der Gesellschaft doch erfüllt, indem ich Kinder in die Welt gesetzt, sie großgezogen und ihnen ein Zuhause gegeben hatte. Was verlangte man denn noch? Andererseits beschlich mich der Gedanke, dass automatisch die Männer die Gesellschaft formten, wenn alle Frauen sich immer nur auf ihre Mutterrolle beschränkten. Ich musste mir eingestehen, dass Guðrúns Bemerkungen eine empfindliche Saite in mir berührt hatten. Setzten wir uns wirklich einen Heiligenschein auf wie irgendeinen dämlichen Hut? Verdammt. Dann kamen mir Zweifel. Hatte ich das auch getan? Hatte ich mich so verhalten, als wäre meine Rolle als Mutter wichtiger als die Vaterrolle meines Ex-Mannes? Ja, das hatte ich, aber hatte ich das Recht darauf gepachtet?

Ich hatte noch so viel aufzuarbeiten, dass ich nicht wusste, ob der Rest meines Lebens dafür reichen würde. War ich eine gute Mutter gewesen? Manchmal hatte ich den Eindruck, dass ich keinen blassen Schimmer gehabt hatte, wie ich als Mutter sein sollte. Erst als die Kinder erwachsen waren, hatte ich genug Erfahrung und Reife erlangt. Und dann kamen die Enkelkinder.

Ich grübelte über meine Beziehung zu ihnen nach – war ich eine gute Großmutter?

Diese Gedanken bedrückten mich und waren schmerzhaft. Vielleicht griff ich deshalb nach dem Telefon und versuchte, meinen Sohn zu erreichen. Ich wollte mit meinem älteren Enkel sprechen, mich vergewissern, dass der Junge seine Oma noch lieb hatte, auch wenn sie nicht da war. Ich hatte Glück, und meine Schwiegertochter war schon zu Hause. Wir plauderten ein bisschen, sie wollte wissen, wie es mit dem Streichen laufe, ich erzählte, es laufe sehr gut, und danach durfte ich mit meinem Enkelsohn sprechen. Er fand es toll, dass seine Oma ihn anrief, und wir unterhielten uns wie Erwachsene. Er erzählte mir vom Kindergarten und von einem Jungen, der ihm die Stiefel weggenommen hatte, und ich versuchte, mir etwas einfallen zu lassen, das fünfjährige Jungen interessieren würde. Schließlich erzählte ich ihm von den merkwürdigen Vögeln, die gegen meine Fenster geflogen waren. Da sagte der Knirps: »Hatten sie solchen Hunger, Oma?«

Solchen Hunger. Auf die Idee war ich gar nicht gekommen. Natürlich hatten die armen Tiere Hunger.

Meine Sorge um die Futtersuche der Vögel vertrieb die bedrückenden Gedanken an die Vernachlässigung meiner sozialen Pflichten, und ich überlegte gerade, wie ich das Vogelproblem angehen sollte, als Petra vorbeikam.

Eigentlich wollte sie mit dem Chor die Matthäus-Passion einstudieren, doch nachdem die drei Frauen bei ihr vorgesungen hatten, war ihr der Gedanke gekommen, doch lieber etwas aus einem ihrer eigenen Werke aufzuführen. Ihre Stücke waren noch nie öffentlich aufgeführt worden, und immer wenn sie mit der Vorstellung liebäugelte, sie auf der Bühne zu sehen, verdrängte sie diese Vision schnell wieder. Eines ihrer Stücke war tatsächlich für drei Frauenstimmen und einen gemischten Chor geschrieben, und sie hatte sich plötzlich anstelle des gemischten

Chors einen Männerchor vorgestellt. Darauf war sie gekommen, als sie mit dem Werksleiter geredet hatte. Warum ausgerechnet bei diesem Gespräch, sei ihr allerdings ein Rätsel, meinte sie.

Sie schaute sich im Wohnzimmer um, und ich konnte ihr ansehen, dass das Ergebnis meiner Arbeit sie nicht sonderlich beeindruckte. Sie sah die Lehrhefte, die Guðrún mir gegeben hatte, auf dem Tisch liegen, nahm sie in die Hand und blickte mich fragend an. Da sagte ich, als gäbe es nichts Selbstverständlicheres, dass ich wahrscheinlich am Wochenende mit dem Wohnzimmer fertig werden würde, dann könne sie die Mädchen zu mir schicken, falls das Thema noch aktuell sei.

Ich hatte keine Ahnung, was mich dazu veranlasst hatte. Es war mir einfach so herausgerutscht. Doch Petras Reaktion ließ nicht lange auf sich warten. Strahlend sagte sie: »Ich wusste, dass du mich nicht enttäuschen würdest, das hab ich Tante Guðrún auch gesagt: Auf die Frau ist Verlass, die ist eine coole Socke.«

Und schon war sie weg. Sie wollte sich nur erkundigen, ob die Sängerinnen von mir Aussprache-Unterricht bekommen würden.

Ihre Worte beflügelten mich.

Meine ehemaligen Kollegen hatten mich ganz anders eingeschätzt. Wenn mich nicht alles täuschte, hatten sie mich für spießig und unsexy gehalten. Und jetzt war ich cool. Eine coole Socke. Eine starke Persönlichkeit. Eine Frau, die vor nichts zurückschreckte. Eine Frau, die Mut hatte.

Ich strich wie besessen das Wohnzimmer, ohne Müdigkeit zu verspüren, was ungewöhnlich war, denn in der letzten Zeit wurde ich schnell müde. Doch nun machte sich keine Erschöpfung bemerkbar. Es war, als hätte man mir ein Aufputschmittel gespritzt.

Beim Streichen bereitete ich den Unterricht vor. Eine ziemlich chaotische Vorbereitung. Meine Gedanken waren so mit meiner neuen Persönlichkeit beschäftigt, dass sie sich nicht auf didaktische Wege lenken ließen. Oder besser gesagt, sie ließen sich lenken und schreckten dann wieder zurück. Doch nach und nach holte mich die Realität ein, und mein Kopf wurde wieder klarer. Ich versuchte, mir die erste Stunde vorzustellen, und erstellte einen Unterrichtsplan, das hatte ich schließlich mal gelernt. Da mir inzwischen bewusst war, wie wichtig Motivation und Lob sein konnten, wollte ich unbedingt Anlässe schaffen, um meine Schülerinnen zu loben. Das würde die Ausspracheübungen erheblich erleichtern.

Ich überlegte Tag und Nacht.

Das Wohnzimmer war schon so weiß wie der Schnee vor dem Haus.

In der Mitte des Raumes standen vier Schulpulte, drei nebeneinander und das vierte gegenüber. Das war für mich. Das braune Holz der Orgel, das hellbraune Plüsch des Sofas und die grünen Pflanzen auf der Fensterbank verliehen dem Raum ein gemütliches Ambiente. Das Einzige, was fehlte, war eine Tafel hinter meinem Pult. Ansonsten erinnerte das Zimmer an das Foto von dem Unterrichtsraum, das mir seit Jahren durch den Kopf spukte.

Ich saß an meinem Pult und übte für die bevorstehende Unterrichtsstunde, begrüßte die Schülerinnen, erklärte ihnen, was bei den Ausspracheübungen auf sie zukommen würde, wie ich den Unterricht konzipiert hätte, und probierte dabei unterschiedliche Stimmlagen aus, meistens ganz weiche, dunkle. Ab und zu verlor ich den Faden und resignierte, weil ich merkte, wie albern das alles war. Dass ich als ehemalige Sekretärin einer Importfirma, als geschiedene zweifache Mutter und Großmutter hier in den Westfjorden saß und ausländischen Frauen Isländisch beibringen sollte. Ich war es nicht gewohnt, dass mein Leben absurde Züge annahm. Das Einzige, was mein geregeltes Leben auf den Kopf gestellt hatte, war das Verhalten meines Ex-Mannes gewesen.

Gegen zwei Uhr sah ich den Trupp heranmarschieren. Es war Sonntag, und die Frauen hatten frei. Petra ging voran, dann folgten die drei Sängerinnen im Gänsemarsch, das Schlusslicht bildete der kleine Tumi. Er hatte Gebäck von Guðrún dabei, denn sie bestand darauf, dass die Frauen nach dem Unterricht Kaffee und Kekse bekämen.

Ein Hauch von Misstrauen lag in ihren Blicken, als ich sie begrüßte und ihnen die Jacken abnahm. Sie standen im Wohnzimmer und schauten sich verlegen um. Petra eilte an ihnen vorbei und klatschte in die Hände, als sie die gestrichenen Wände sah, obwohl die gerade mal grundiert waren. »Was für ein schöner Unterrichtsraum!«, rief sie, strich über die Wände und bewunderte meine Arbeit. Dann räusperte sie sich, drehte sich zu den Frauen und erklärte ihnen auf Englisch, sie würde uns jetzt alleine lassen, hier würden sie nun die isländische Aussprache lernen. Sie zog einen Stapel Textblätter aus der Tasche, verteilte sie auf den vier Pulten und sagte zu mir: »Es ist noch zu früh, um mein eigenes Stück aufzuführen, ich halte mich lieber an C. P. E. Bach, das ist ein Abschnitt aus seinem Werk. Ich habe es aus dem Deutschen übersetzt. Viel Glück! Komm mit, Tumi, wir gehen!«

Doch Tumi wollte noch nicht gehen, er hatte einen riesigen Schneehaufen im Garten entdeckt und wollte unbedingt einen Iglu bauen. Also durfte er sich draußen im Garten vergnügen, während seine Mutter sich verabschiedete und alleine nach Hause ging.

Wir vier blieben zurück und sagten nicht viel. Immerhin war ich so schlau, die Frauen zu bitten, Platz zu nehmen. Die Atmosphäre war gezwungen, dabei hatte ich eigentlich damit gerechnet, dass sie gutgelaunt und entspannt wären, heilfroh, mal vor die Tür zu kommen, sich zu treffen und miteinander zu quatschen. Doch das war nicht der Fall. Sie setzten sich schweigend, ohne einander anzuschauen, und starrten auf den vor ihnen liegenden Text. Ich setzte mich an das Pult gegenüber und fand die ganze Idee auf einmal hoffnungslos und bescheuert. Ich vergaß völlig, was ich hatte sagen wollen, räusperte mich ein paarmal und erklärte dann, ich heiße Flóra, das hätten sie bestimmt schon gehört, und wolle mit ihnen die Aussprache üben. Das sagte ich auf Englisch und fragte dann: »Ihr sprecht doch alle Englisch, oder?«

Die Frauen nickten zögerlich, und die Polin, die in der Mitte saß, fixierte mich mit ihren großen, halbgeschlossenen Augen. Die Ungarin senkte den Kopf, und die Spanierin zwirbelte unentwegt eine Haarsträhne um ihren Finger und schaute entweder aus dem Fenster oder zur Tür.

Ich bekam keinen Draht zu den Frauen und wäre am liebsten aufgesprungen und hätte sie gebeten, zu gehen. Worauf hatte ich mich nur eingelassen? Dann sah ich Tumi draußen im Garten und hatte plötzlich das Gefühl, mich beweisen zu müssen, zumindest versuchsweise.

»Seite eins«, sagte ich. Dann las ich acht Zeilen des Textes so deutlich wie möglich auf Isländisch vor, wiederholte die erste Zeile und forderte Eva auf, sie nachzusprechen. Anschließend las ich die zweite Zeile, forderte Ania auf, sie zu wiederholen, und am Ende ließ ich Juane lesen.

Zu meiner Überraschung klappte das Lesen gut. Das Einzige, womit sie Schwierigkeiten hatten, war die Präaspiration. Ich erklärte ihnen den Laut und ließ sie mehrmals *há* mit starkem Hauch nachsprechen. Dann ging es weiter, ich las den Text vor, und die Frauen sprachen mir nach. Ich versuchte, ihnen die Bedeutung der einzelnen Verse zu erläutern, merkte aber schnell, dass sie mit dem Inhalt nicht viel anfangen konnten, was mich wunderte. Sie waren doch bestimmt alle katholisch, und der Text handelte von der Kreuzigung und deren Vorgeschichte, dafür sollten sich gläubige Katholiken doch eigentlich interessieren. Dachte ich zumindest.

Es war reines Auswendiglernen. Mir fehlte die Phantasie, um den Unterricht lebendig und spannend zu gestalten, und ich merkte, dass die Frauen gelangweilt waren. Plötzlich fixierte mich Eva – sie hatte es bisher vermieden, mir in die Augen zu schauen – und sagte nach Beendigung ihres Satzes: »Könntest du vielleicht mit uns die Personalpronomen und das Verb ›sein‹ durchgehen?«

Eva hatte offensichtlich Erfahrung mit Sprachunterricht, sonst hätte sie kaum eine Grammatikfrage gestellt. Erst jetzt wurde mir klar, dass die Arbeiterinnen aus der Fischfabrik, die mir gegenübersaßen, nicht nur schöne Stimmen hatten, sondern vielleicht auch eine gute Ausbildung aus ihren Heimatländern. Was wusste ich schon über ihre Herkunft und ihren Hintergrund? Waren sie nur nach Island gekommen, um im Fisch zu arbeiten?

Ich geriet ins Stocken, überspielte die Situation dann aber, da ich mich mit dem Thema gut auskannte. Grammatik hatte mir beim Sprachenlernen auch immer am meisten Spaß gemacht. Ich schrieb die Personalpronomen und die Verbformen auf ein Blatt, ließ die Frauen alles abschreiben und dann auswendig wiederholen.

Das reichte fürs Erste, ich sah, dass sie müde waren. Ich hatte mir vorgenommen, den Unterricht mit einem Lied zu beenden, weil ich mir sicher gewesen war, dass die Frauen guter Dinge wären. Deshalb hatte ich ein paar Wiegenlieder ausgedruckt, die die meisten Leute kannten, so dass man auch mitsummen konnte, wenn man in Anwesenheit von Fremden zu schüchtern zum Singen war. Als ich die erschöpften Gesichter der Frauen betrachtete, wollte ich das geplante Singen erst abblasen, doch aus lauter Sturheit machte ich es trotzdem – falls sie den Mund nicht aufbekämen, würde ich es einfach dabei belassen.

Die Frauen starrten die Texte auf den Blättern an, die ich ihnen ausgeteilt hatte. Ich erklärte, das seien beliebte Wiegenlieder, die viele Eltern in Island kennen würden. Dann las ich das erste Lied vor, *Dvel ég í draumahöll*, übersetzte es grob, *Wenn ich im Schloss der Träume bin*, holte tief Luft und wollte ihnen die Melodie vorsingen.

Doch schon an der ersten Zeile scheiterte ich. Ich bekam die Melodie einfach nicht hin, wie sehr ich mich auch bemühte. Ich räusperte mich vernehmlich und setzte noch einmal neu an. Dabei musterte ich die Frauen verstohlen und sah, dass ihre müden Gesichtsausdrücke wie weggewischt waren und sie mich aufmerksam anschauten. Wahrscheinlich wären sie nie darauf gekommen, dass es Leute gab, die nicht singen konnten.

Hilflos schaute ich aus dem Fenster, entdeckte Tumi, der gerade ein Loch in den Schnee grub, und kam auf die Idee, dass er mir vielleicht helfen konnte. Ich öffnete das Fenster und winkte ihn schnell herein.

Tumi konnte singen. Hätte ich mir ja denken können.

In Strümpfen und mit vom Toben hochrotem Kopf stand er vor uns, stimmte das Lied an und sang unverkrampft und inbrünstig. Als er bei der Hälfte angekommen war, merkte ich an den lächelnden Gesichtern der Frauen, dass sie das Lied kannten. Sie tauschten Blicke und nickten. Als ich Tumi bat, das Lied noch einmal zu singen, stimmten sie mit ein, die Polin zuerst. Sie sangen das Lied immer wieder, beim ersten Anlauf mit grauenhafter Aussprache, so dass ich mir am liebsten die Ohren zugehalten hätte, doch nach und nach wurde es besser, sie ahmten Tumi nach, und mit jeder Wiederholung wurden ihre Stimmen kraftvoller. Am Ende wurden sie immer experimentierfreudiger und intonierten das Lied abwechselnd, während die anderen mit einstimmten. Ich setzte mich und hörte andächtig zu.

Irgendwann wurde Tumi sauer, weil er nicht mehr der Vorsänger war. Er blätterte in den Texten, und als die Frauen einen Moment innehielten, stimmte er ein anderes Lied an, *Fand ich am Berg schöne Steine*, woraufhin Eva, die Ungarin, sich die Hand auf die Brust schlug und rief: »Das ist ein ungarisches Lied!«

Tränen schossen ihr in die Augen. Wir blickten sie alle an, während Tumi weitersang, und die beiden anderen Frauen eine ganz neue Seite an ihrer Kollegin aus der Fischfabrik wahrzunehmen schienen. Vermutlich war sie in ihrer Anwesenheit noch nie so emotional gewesen. Als Tumi mit dem Lied fertig war, übernahm Eva und sang es auf Ungarisch, mit ihrer schönen lyrischen Stimme. Und was für eine Sprache, ich hatte gar nicht gewusst, wie schön sie klang!

Danach wurde es ganz still. Später dachte ich, dass uns in diesem Moment allen klargeworden war, dass wir vier hier zusammengekommen waren, jede mit ihrer eigenen Sprache, ihrer Kultur, ihrem Glauben und ihren Wurzeln, und dass wir durch den Gesang zueinander gefunden hatten. Zu einer Einheit geworden waren. Das hatte etwas Ehrfürchtiges, das spürten wir alle.

Als die Frauen gingen, waren sie ganz beschwingt. Sie strichen mir über den Rücken, bedankten sich für die Stunde und fragten, wann sie das nächste Mal kommen sollten.

Anschließend knabberten Tumi und ich in der Küche Kekse, denn wir hatten vergessen, sie den Frauen anzubieten.

Dann ging ich mit ihm in den Garten, und wir bauten zusammen den Iglu.

Als die Frauen das nächste Mal kamen, direkt aus der Fabrik, roch mein ganzes Wohnzimmer nach Fisch.

Fischgeruch hatte mich noch nie gestört, ich hatte selbst als Jugendliche im Fisch gearbeitet und konnte ihn gut vertragen, die Katzen des Viertels schienen auch nichts dagegen zu haben, denn ich entdeckte zwei von ihnen im Garten. Vielleicht waren sie den Frauen ja gefolgt.

Die Frauen erzählten, sie hätten den Text von Bach in der Kirche gesungen, aber Petra sei mit ihrer Aussprache nicht zufrieden gewesen und habe gesagt, sie müssten besser werden.

Eva hatte vorgeschlagen, das Werk doch einfach auf Deutsch zu singen, aber das habe Petra strikt abgelehnt, es würde Isländisch gesungen und damit basta.

Wir konzentrierten uns auf die Aussprache, Zeile für Zeile, mal war sie zu hart, mal zu weich, und noch immer hatten die Frauen Schwierigkeiten mit der dämlichen Präaspiration. Wir beschäftigten uns eine Weile mit dem Text, doch dann entschied ich, eine kleine Pause einzulegen, den Unterricht zu variieren und die Personalpronomen und das Verb »sein« abzufragen, was mir großen Spaß machte. Eva leierte die Formen problemlos herunter, Ania musste beim Plural kurz nachdenken, aber Juane kam ins Stocken. Die Grammatik bereitete ihr Probleme, doch dafür konnte sie die Personalpronomen »við« und »þið« gut aussprechen. Ohne groß darüber nachzudenken, fragte ich die Frauen, wer ihnen bisher Isländisch beigebracht habe. Es entstand eine peinliche Pause.

Niemand hatte ihnen Isländisch beigebracht. Juane sprach mit ihrem isländischen Freund Englisch, Ania sprach mit ihrem polnischen Mann natürlich Polnisch, und Eva sprach zu Hause mit niemandem, da sie alleine wohnte. Sie erzählte jedoch, sie habe sich Reiseführer gekauft, bevor sie nach Island gekommen sei, und ein paar isländische Begriffe und Redewendungen gelernt, die hinten in den Büchern standen.

»Wie lange wollt ihr denn hierbleiben?«, fragte ich weiter.

Die Frauen warfen sich Blicke zu und zuckten mit den Achseln.

Ich hätte sie gerne nach ihren Plänen gefragt, warum sie nach Island gekommen waren, was sie vorhatten, was sie dachten, doch ich wusste, dass dafür keine Zeit war, denn diese Stunde war für isländische Ausspracheübungen bestimmt. Also hielt ich mich zurück, druckste ein bisschen herum und verkündete dann, ich würde ihnen jetzt gerne die Verben »kommen« und »gehen« beibringen.

Und wir kamen und gingen, morgen, am Montag und am Samstag, nach Hause und in die Fischfabrik, und waren gerade auf dem Weg in den Laden, als mein Telefon klingelte. Es lag in der Küche, deshalb entschuldigte ich mich und verließ hastig das Wohnzimmer. Mein Sohn war am Apparat. Er teilte mir mit, wobei er bestens gelaunt klang, dass er meine Wohnung bis zum Herbst an Touristen vermietet habe, sie sei komplett ausgebucht.

»Bis zum Herbst?«, erwiderte ich und bekam ein mulmiges Gefühl. »Und wo soll ich wohnen, wenn ich hier mit Streichen fertig bin?«

Er meinte, dafür würden wir schon eine Lösung finden, das Angebot sei so gut gewesen, dass er es nicht habe ablehnen können. Die Sache sei so lukrativ, dass ich in der Zwischenzeit noch nicht einmal Arbeitslosengeld beantragen müsse.

Ich weiß nicht, ob ich wegen der Summe, die er mir nannte, oder wegen der Vorstellung, obdachlos zu werden, so außer Fassung geriet, jedenfalls lief ich wie ein aufgescheuchtes Huhn in der Küche herum, öffnete das Fenster und schloss es wieder und vergaß dabei völlig, dass im Unterrichtsraum Schülerinnen auf mich warteten. Als alle drei plötzlich in der Küche auftauchten und mich fragend anschauten, sagte ich entschuldigend, ich hätte nur Kaffee für sie aufsetzen wollen. Dann stand ich ihnen stumm und verwirrt gegenüber.

Da sagte Ania – und es war offensichtlich, dass die Frauen über mich geredet hatten, bevor sie in die Küche gekommen waren –, jedenfalls sagte Ania: »Sorry, aber wir finden Grammatik total langweilig, wir würden lieber singen.« Sie zeigte auf Eva. »Ihr kannst du gerne Grammatikunterricht geben, aber Juane und mir nicht.« Eva machte ein spöttisches Gesicht, schob die Brille auf der Nase nach oben, sagte aber nichts.

Ich blickte die drei Frauen ratlos an und merkte plötzlich, dass sie meine Töchter hätten sein können. Sie mussten mich alt und langweilig finden, eine alte Schachtel, die auf isländischer

Grammatik herumritt. Wohl um Mitleid zu erheischen, nachdem sie meinen Unterricht kritisiert hatten, erzählte ich ihnen, mein Sohn habe gerade angerufen, um mir mitzuteilen, dass er meine Wohnung bis zum Herbst vermietet habe, so dass ich im Grunde keine Bleibe mehr besäße. »Jetzt hab ich kein Zuhause mehr«, sagte ich ironisch, als wäre das irgendwie komisch.

Das fanden die Frauen offenbar nicht. Nach langer Stille entgegnete Ania: »Wir auch nicht.«

Mit diesen Worten verließen sie mich. Sie hatten auch kein Zuhause. Immerhin verabschiedeten sie sich noch von mir, bevor sie durch die Tür gingen. Im Schein der Straßenlaternen sah ich, wie die beiden Jüngeren gemeinsam auf den Genossenschaftsladen zuliefen, während die Ältere alleine in westlicher Richtung verschwand.

Schmuddelwetter

Die Dunkelheit verschlang mich.

Sowohl die äußere, wie auch die innere. Die Abfuhr meiner Schülerinnen löschte die kleine Flamme, die zaghaft in mir gebrannt hatte. Schon allein ihre Gesichter, als sie mich angeschaut hatten, mit einem Ausdruck von Desinteresse, einem Ausdruck, der besagte »du taugst nichts, meine Liebe«, der hatte gereicht. Und dass sie nach ihrer Kritik einfach gegangen waren. Einfach in der Dunkelheit verschwunden waren.

Ich war so empfindlich, das war der Punkt, die Wunde in meiner Seele war noch nicht verheilt.

Unglaublich, wie düster es in diesem Dorf werden konnte, wenn der Himmel grau war. Die Dunkelheit tilgte fast die gesamte Straßenbeleuchtung, und die Laternen bildeten nur kleine Lichtkreise auf dem Boden.

Ich dachte über mein Verhältnis zu den Frauen nach und stellte mir unendlich viele Fragen. Wie war es zu dieser Verstimmung gekommen? War ich zu lange in der Küche geblieben, oder ging es nur um die langweilige Grammatik?

Die Dunkelheit verschlang mich also schon wieder. Ich war so müde, dass ich mich kaum mehr auf den Beinen halten konnte, deshalb wollte ich mir eine kleine Schwäche zugestehen und mich unter der Bettdecke verkriechen, obwohl es dafür noch viel zu früh war.

Als ich die Haustür abschloss und die Fenster zumachte, fiel mein Blick auf die beiden Katzen im Garten, die um Tumis Iglu herumstrichen. Bestimmt wollten sie dort ihr Geschäft verrichten, aber dieses Vergnügen sollte ihnen nicht vergönnt sein. Rasch schlüpfte ich in meine Stiefel, stapfte in den Garten und vertrieb die Tiere mit Händeklatschen und Schimpfen. Doch dann dachte ich, die Armen, nirgendwo dürfen sie bleiben, und bereute meine heftige Reaktion. Immerhin hatte ich den Iglu gerettet, und um mich zu vergewissern, dass die Katzen nicht hineingepinkelt hatten, spähte ich in das Schneehaus, konnte im Dunkeln aber nichts erkennen. Das brachte mich auf die Idee, oder besser gesagt, ich bekam große Lust, mich in den Iglu zu hocken. Das hatte ich zuletzt als Kind gemacht, mich in einen Iglu gehockt und es toll gefunden.

Einmal hatte mir mein Vater dabei geholfen, bei uns im Garten einen Iglu zu bauen, und mir anschließend erlaubt, mich mit einer kleinen Kerze hineinzusetzen, während er mich und die Kerze durchs Küchenfenster im Blick behielt. Ich hatte ihn mit großen Augen angeschaut, voller Stolz, dass er mir eine brennende Kerze anvertraute, und ich weiß noch, wie schade ich es fand, keine Geschwister zu haben. Wie schön wäre es gewesen, mit einer Schwester oder einem Bruder in dem Iglu zu hocken. Doch ich wollte meinen Vater nicht spüren lassen, wie traurig es war, keine Geschwister zu haben, weil ich oft den Eindruck hatte, dass er es auch bedauerte. Deshalb lächelte ich ihm aus dem Iglu zu.

Jetzt kroch ich dick eingemummelt in das Schneehaus und konnte mich gerade so hinhocken, ohne mit dem Kopf an die Decke zu stoßen. Ich zündete eine kleine Kerze an, genau wie damals.

Dramatischer konnte es kaum sein, in einem Iglu in eine Kerzenflamme zu starren, mutterseelenallein in den Westfjorden. Was einem so alles in den Sinn kam, dachte ich und überlegte, was ich über Eskimos wusste, die in Iglus ein gutes Leben geführt hatten, darin gegessen und getrunken hatten, Kinder gezeugt und großgezogen hatten. Mir fielen Geschichten von Leuten ein, die im isländischen Hochland Schneestürme überlebt hatten, weil sie sich in den Schnee eingegraben hatten. Dabei durften sie auf keinen Fall einschlafen, das hatte mit der Körpertemperatur zu tun.

Darüber musste ich mal genauer nachdenken, auf diese Methode war ich nie gekommen, als ich mich danach gesehnt hatte, meine Seele von meinem Körper zu trennen. Ihr zu erlauben, frei über Länder und Meere zu fliegen. Ich überlegte, was die Leute wohl sagen und machen würden, wenn sie mich tot und kalt in einem winzigen Schneehaus fänden. Meine alten Kollegen wären bestimmt froh, das zu hören. Nein, den Gefallen würde ich ihnen nicht tun. Und meine Kinder? Dann hätten sie keine ältere Person mehr, an die sie sich in schwierigen Situationen wenden könnten. Und meine süßen kleinen Enkel hätten keine Oma mehr. Es gab zwar noch die andere Oma, aber die konnte mich unmöglich ersetzen. Andererseits wäre es vielleicht besser für sie, wenn sie mich los wären, wo ich doch immer so müde war, so traurig und wütend. Die Wut machte mich müde. Diese unterdrückte, angestaute, vergiftete Wut. Ich hatte meinen Kollegen das Schlimmste an den Hals gewünscht. Ich, die noch nie einer Fliege etwas zuleide getan hatte, hatte mir ihren langsamen, qualvollen Tod ausgemalt.

Mir wurde nicht kalt.

Kein bisschen. Schon seltsam, mitten im Schnee zu hocken, ohne dass einem kalt wurde. Doch meine Seele war kalt, denn man hatte mir etwas genommen. Etwas, das mir sehr wichtig gewesen war.

Es war in zweifacher Hinsicht ein Schock gewesen, meinen Job zu verlieren. Ich durfte nicht weiter an Projekten arbeiten, die mir Spaß machten, und ich verlor die Leute, mit denen ich gerne Zeit verbracht, geplaudert und zu Mittag gegessen hatte.

Das Schlimmste waren die Folgen. Wie lange würde ich mich noch damit herumschlagen? Mit der Wut, der Sorge, der Schlaflosigkeit, den Schmerzen im Rücken und in den Beinen. Dabei war ich immer so robust gewesen, nie krank, immer zur Arbeit gegangen.

Ich steckte in einer Sackgasse.

Hatte ich mich wirklich widerstandslos in die Westfjorde schicken lassen, um irgendein verdammtes Haus zu streichen? Ich war allen nur im Weg gewesen. Sie wollten mich loswerden. Es war ihnen lästig, dass ich tatenlos zu Hause saß. Sie hatten mich einfach aufgegeben. Selbst die drei Ausländerinnen, die meine Töchter hätten sein können, hatten mich aufgegeben. Alle gaben mich auf. Auch ich selbst.

Und dann, dort in dem Iglu, erinnerte ich mich ausgerechnet an jene Nacht, als ich schweißgebadet aufgewacht war und mich umziehen musste, nicht nur äußerlich, auch innerlich. Ich hatte mir einen Kräutertee gekocht, weil ich dachte, das würde mich beruhigen, hatte mich auf die Küchenbank gesetzt und achtlos die Werbebroschüre eines Supermarkts durchgeblättert. Auf einem Foto waren Nüsse abgebildet, ein Sonderangebot, und als ich sie betrachtete, erinnerte ich mich an die Nüsse auf dem Tisch der Personalleiterin, die mir gekündigt hatte. Erinnerte mich an diesen schlimmen Tag.

Auf ihrem Tisch lagen zwei Packungen Nüsse, und ich dachte: Was macht die Frau nur mit den vielen Nüssen? Hat sie aufgehört zu rauchen und isst als Kompensation Nüsse? Ich konnte nicht lange darüber nachgrübeln, denn die Personalleiterin bat mich, Platz zu nehmen.

Dies war der Tag, an dem Menschen, die mich überhaupt nicht kannten, mein Lebenswerk zunichte machten.

Bisher hatte ich es vermieden, an diesen schicksalhaften Tag zu denken, hatte es nicht gewollt, wohl wegen der damit verbundenen Scham, die ich mir nicht erklären konnte.

Jedenfalls hatten die Nüsse damals in jener Nacht Bilder heraufbeschworen.

Die Personalchefin, die dem Finanzleiter die Drecksarbeit abnehmen musste, hielt ein Kündigungsschreiben in der Hand. Sie gab es mir hastig und setzte sich dann auf die andere Seite des Schreibtischs, ohne zu merken, dass mir das Blatt aus der Hand gerutscht und auf den Boden gefallen war. Mir wurde gekündigt wegen Umstrukturierungen in der Firma. Später erfuhr ich, dass das die Zauberworte waren. Bei Umstrukturierungen waren die Gewerkschaften machtlos.

Die Personalleiterin redete und redete, und ich hörte nichts. Ich saß ihr gegenüber, sah ihre rotgeschminkten Lippen im Nebel und blickte von einer Packung Nüsse zur anderen. Warum hatte die Frau zwei Packungen von derselben Sorte? Vereinzelte Worte drangen zu mir durch, Änderungen in der Geschäftsleitung, irgendwas über eine neue Geschäftsform, aber ich hörte es nicht wirklich. Bevor ich den Raum verließ, bekam ich immerhin noch mit, dass man bis zum Kündigungstermin auf meine Arbeitskraft verzichten könne.

Danach saß ich wie gelähmt an meinem Schreibtisch und starrte auf den Computer, tat so, als würde ich arbeiten, als wäre ich tief in die Arbeit versunken, hörte nichts. Warum hatte man mir gekündigt? Mir wurde schlecht, ich rappelte mich hoch, ging mit mechanischen Schritten zur Toilette. Ich konnte mich nicht übergeben, schwitzte nur. Kalter Schweiß legte sich wie eine riesige Pranke auf meinen Körper. Ich hing über dem Waschbecken, als Irpa, meine Kollegin aus dem Vertrieb, summend hereinkam. Als sie mich sah, blieb sie abrupt stehen und verstummte.

»Was ist los?«, flüsterte sie. »Mein Gott, ist was passiert? Ist jemand gestorben?«

Ich schaute sie mit weit aufgerissenen Augen an und stammelte: »Man hat mir gekündigt.«

Irpa nahm mich in den Arm. Sie tätschelte mich, streichelte mich, sprach tröstende Worte, aufmunternde Worte, verfluchte unseren Chef, ich weiß nicht mehr, was sie alles sagte. Selbst wenn man mich unter Druck setzen würde, würde ich mich nicht erinnern, was sie alles sagte. Ich hörte nur den Klang ihrer Worte, erinnere mich an den Klang, wie wenn man sich an ein Lied erinnert. Ich hörte nichts, hörte tagelang nichts.

Ich sammelte meine Siebensachen zusammen, räumte sie vom Schreibtisch in einen Rucksack, den ich nach der Arbeit im Geschäft hatte umtauschen wollen, weil er für eine Wanderung auf die Esja zu groß war. Ich packte alles in den Rucksack, ohne ein Wort zu verlieren, und in meiner Abteilung sagte auch niemand etwas, obwohl wir zu viert im selben Büro saßen, ich natürlich die Älteste. Der junge Mann, der immer die Hälfte des Tages im Internet surfte, warf mir Blicke zu und war kurz davor, etwas zu sagen, brachte es aber nicht fertig. Ich erklärte nichts, war nicht in der Lage, zu sprechen, nahm nur meinen Mantel und ging. Wahrscheinlich stand ich unter Schock.

Am nächsten Tag war mein E-Mail-Account gesperrt. Mein dreißigjähriges Leben bei der Firma war beendet. Ausgelöscht. Ich war ausgelöscht. Ich war nichts.

Die kleine Kerze brannte noch immer.

Unglaublich, was für ein langes Leben eine so kleine Kerze haben konnte. Ich hatte auch ein langes Leben gehabt, wenn man genauer darüber nachdachte. Sogar ein gutes. War immer gesund gewesen. Musste man dafür nicht dankbar sein? In einer Welt, in der so viele Menschen an Krankheiten litten. Ich hatte gesunde Kinder. Was wollte ich denn mehr? Und ein Zuhause. Immerhin besaß ich eine Wohnung, auch wenn ich derzeit keinen Zugang zu ihr hatte. Anders als die vielen Menschen auf der Welt, die noch nicht einmal ein Zuhause hatten oder aus ihrer Heimat vertrieben worden waren.

Aus unerfindlichen Gründen hatten mich irgendwelche Kräfte am Leben gehalten. Vielleicht nur, damit ich für andere Leute Häuser streichen konnte.

Wie dem auch war, während ich in Tumis Iglu kauerte, verlor der Tod nach und nach seinen Reiz. Ich kam stolpernd auf die Beine und schleppte mich ins Haus, wozu ich noch nicht einmal die Tür aufmachen musste, denn die ging von alleine auf, als hätte jemand dahinter gestanden und auf mich gewartet. Das blöde Flurfenster auf dem Dachboden hatte sich schon wieder geöffnet.

Eines der Bücher, die ich in Boston gekauft hatte, handelte von einer deutschen Frau, die kurz vor dem Krieg nach Amerika geflohen war. Ich legte mich mit dem Buch ins Bett und wollte mich gerade in das Schicksal der Einwanderin vertiefen, als ich schon wieder an meinen alten Job denken musste. Es war, als wollte sich mein Kopf nicht mit einem Ereignis abfinden, das viele Monate zurücklag. Jetzt wollte er unbedingt über meine Reaktion auf die Kündigung nachgrübeln. Warum ich den Mund gehalten hatte.

Die Tatsache, dass ich den Mund gehalten und mich wie ein geprügelter Straßenköter verzogen hatte, war der Grund für mein Elend. Wenn ich doch nur etwas gesagt hätte. Ich malte mir aus, wie ich vor der Personalleiterin stehen würde, ungerührt und überlegen, hörte mich jedes Detail über die Kündigung aus ihr herausquetschen und sie wegen der Verantwortungslosigkeit der Firma gegenüber langjährigen und gewissenhaften Mitarbeitern zur Rede stellen.

Ich ging die imaginäre Szene im Geiste immer wieder durch.

Doch die Angst verschwand nicht. Sie nagte weiter beharrlich an meinen Nerven und kaute auf ihnen herum wie auf Trockenfisch.

Was, wenn ich keinen anderen Job finden würde?

Jemand hämmerte fest gegen die Tür.

Das Klopfen war so laut, dass ich schlaftrunken und konfus aus dem Bett sprang und mir gerade noch den Bademantel überwerfen konnte, bevor ich nach unten rannte, um aufzumachen. Ich rechnete damit, dass es Petra war, die mich für meinen schlechten Unterricht zur Schnecke machen wollte. Draußen wurde es schon hell, ich hatte viel länger geschlafen als beabsichtigt und öffnete verschämt die Tür.

Davor stand ein Mann von riesenhafter Statur.

Ich war so perplex, dass ich ihm die Tür vor der Nase wieder zuknallte. Hektisch knotete ich den Bademantel zu, wusste nicht, was ich machen sollte vor lauter Angst, er könnte die Tür aufbrechen – solche Männer konnten gefährlich sein –, doch dann hörte ich ihn von draußen rufen: »Das bin nur ich, Jóhannes, der Werksleiter aus der Fischfabrik, ich würde gern kurz mit Ihnen reden.«

Ich ließ ihn draußen warten, während ich hastig in meinen Maler-Overall schlüpfte. Der Mann war grob geschätzt zwei Meter groß, nicht wirklich dick, wie Guðrún gesagt hatte, aber ziemlich kräftig, füllig wäre vielleicht das richtige Wort, mit einer hellbraunen Mähne und Dreitagebart. Sein Gesicht war sympathisch, ziemlich attraktiv, würden bestimmt viele sagen.

Er kam herein und füllte das gesamte Wohnzimmer aus, so dass ich es nicht wagte, ihn auf einen Kaffee in die Küche zu bitten, denn da hätte er überhaupt nicht hineingepasst. Er schaute sich neugierig um und sagte: »Aha, Sie sind am Streichen.« Dann fuhr er mit der Hand über zwei Wände und stellte fest: »Verdammt gute Arbeit. Erster Anstrich, oder? Warum haben Sie nicht zuerst die Fenster gestrichen, das macht man doch normalerweise so?«

Ich blickte zerstreut auf die Fensterrahmen und sah, dass er recht hatte. Nach dem Kompliment für meine Arbeit war ich ziemlich positiv eingestellt, als er sein Anliegen vorbrachte. Er wollte wissen, ob ich nicht ein paar Lieder mit den Mädchen einstudieren könne. Er würde sie gerne bitten, beim Thorrablót-Fest aufzutreten, nur ein paar Lieder, sie könnten so gut singen, er habe sich gedacht, die Polin könne Solo singen und die beiden anderen Background. Dazu würde er Akkordeon spielen, das könne er nämlich. Er sei sich nicht ganz sicher, ob Petra bereit sei, Klavier zu spielen, das würde sich noch herausstellen, komme ganz darauf an. Er wurde ganz verlegen, als er über Petra sprach, senkte die Stimme und tippte schnell mit den Fingerspitzen beider Hände gegeneinander, so wie Politiker, wenn sie sich über problematische Dinge äußern, das würde sich, wie gesagt, noch herausstellen. Er habe sich ja Petra gegenüber auch sehr zuvorkommend gezeigt, habe die Mädchen während der Arbeitszeit gehen lassen, ohne etwas von ihrem Lohn abzuziehen, so dass er es nicht zu viel verlangt fände, wenn er dafür etwas zurückbekommen würde, also wenn die Mädchen dafür beim Thorrablót auftreten würden.

»Haben Sie die Frauen denn schon gefragt?«, fragte ich mit Betonung auf »die Frauen«.

Er verneinte, er habe erst wissen wollen, ob ich mit ihnen üben würde. Dann zog er ein Heft aus den Tiefen seiner Anoraktasche und erklärte: »Das sind die Lieder, man könnte vielleicht drei davon auswählen, und noch eins extra, falls eine Zugabe verlangt wird.«

Es handelte sich um traditionelle, beliebte Thorrablót-Lieder. Ich kannte sie alle, hatte sie schon gesungen, oder besser gesagt versucht, sie mitzusingen, als ich noch verheiratet gewesen und zum Thorrablót gegangen war. Ich beschloss, die Karten offen auf den Tisch zu legen, und gab zu, völlig unmusikalisch zu sein und den Frauen die Lieder nicht vorsingen zu können. Dann fragte ich ihn, ob er nicht selbst mit ihnen üben wolle, er könne die Lieder doch auf dem Akkordeon spielen.

»Nein, das geht nicht«, entgegnete er, geradezu pikiert über meinen Vorschlag. »Ich bin doch ihr Vorgesetzter!« Er war völlig perplex, dass ich überhaupt auf eine solche Idee kam. Dann schaute er sich ratlos um, sein Blick fiel auf die alte Tretorgel, das Harmonium, und er fragte, ob ich darauf spielen könne. Ich antwortete, nein, das könne ich nicht. Ob ich denn Noten lesen könne. Ich sagte, doch, das hätte ich mal gelernt.

»Dann kriegen wir das schon hin«, meinte er. »Ich bringe Noten mit, und dann ziehen wir das durch.«

Ich griff nach dem letzten Strohhalm: »Auf dem Harmonium hat seit Jahren niemand mehr gespielt. Petra meinte, es wäre verstimmt.«

Petra war das Zauberwort, und sein Gesichtsausdruck veränderte sich, als ihr Name fiel. »Ach, hat sie das gesagt?«, murmelte er und strich sich über die Bartstoppeln. »Tja, das hat ihr bestimmt nicht gefallen, dass hier ein verstimmtes Harmonium steht, das hat ihr garantiert nicht gefallen. Hören Sie zu, ich lasse es stimmen, ich kenne da jemanden. Das bekommen Sie gratis, und dafür üben Sie mit den Mädchen die Lieder.«

Daraufhin verabschiedete er sich und ließ mich verwirrt zurück.

Meistens funktioniert das Gedächtnis nicht besonders gut, wenn man gerade aufgewacht ist. Besonders wenn man von Klopfen und Lärm geweckt wurde, weder Zeit hatte, sich die Zähne zu putzen, noch seinen Morgenkaffee zu trinken, denn ich vergaß, dem Werksleiter gegenüber zu erwähnen, dass die Mädchen, wie er sie nannte, wahrscheinlich nicht mehr zu mir kommen würden, weil sie genug von mir hätten.

Deshalb hatte ich, so wie die Sache aussah, ein Problem, als ich runter zu Petra ging. Sie war nicht zu Hause, sondern in der Kirche zum Üben, und dorthin schlich ich mit eingezogenem Schwanz. Petra saß an der Orgel und spielte ein Stück, das ich nicht kannte, das aber sehr feierlich klang. Sie warf mir einen kurzen Blick zu und spielte weiter. Ich setzte mich auf eine Bank und musste lange warten, bis sie mir ihre Aufmerksamkeit schenkte. Ich hatte mein Sprüchlein vorbereitet, eine kurze Ansprache, wie nett es gewesen sei, sie kennengelernt zu haben, wie schade, dass ich ihr mit dem Singen und so weiter nicht helfen könne, aber den Ausländerinnen habe mein Unterricht nicht gefallen, so sei das eben manchmal im Leben.

Endlich hörte sie auf zu spielen, legte sich die Hand auf die Stirn und stöhnte: »Wenn ich es nicht schaffe, dass die Frauen dieses Werk an Ostern singen, bin ich als Künstlerin am Ende. Dann will ich auch nicht mehr leben. Ich stecke mir Steine in die Taschen wie Virginia und gehe ins Meer. Es ist einfach lächerlich, ständig für nichts zu kämpfen.«

Wie man sich wohl denken kann, konnte ich sie gut verstehen.

Ich erzählte ihr stockend von meinem Problem und hatte schon eine ganze Weile vor mich hin gestammelt, als sie eine wegwerfende Handbewegung machte und sagte: »Lass uns aufhören damit! Wir sind Heulsusen, feige, gestresste Weiber, genau so, wie die Gesellschaft uns sieht.«

Damit gab sie den Ton an.

Wir entschieden, wie das Lied klingen sollte. Das heißt, wir begutachteten die Sache von allen Seiten, zogen alles in Betracht. Wahrscheinlich wäre es gar nicht so schlecht, auf den Wunsch des Werksleiters einzugehen und die Frauen beim Thorrablót-Fest auftreten zu lassen. Dann würden sie Übung bekommen, die Leute würden sie vielleicht noch einmal singen hören wollen, tja, und außerdem hätten wir dann beim Werksleiter einen gut.

Die Frauen würden bestimmt damit einverstanden sein, beim Thorrablót zu singen, und sei es auch nur, um sich beim Werksleiter einzuschmeicheln und die gute Arbeitsatmosphäre nicht zu gefährden. Wir würden bei mir zu Hause ein paar Lieder mit ihnen einstudieren, solche Musik konnte man nämlich in der Kirche nicht proben, da die Pfarrerin jederzeit hereinschneien konnte, und alle wussten, dass Schlager nicht zu ihren Lieblingsliedern gehörten, deshalb sollten die Proben bei mir stattfinden.

Außerdem mussten wir noch in Erfahrung bringen, ob die Frauen am eigentlichen Thorrablót-Fest teilnehmen, essen, trinken und tanzen wollten, zumindest die beiden Jüngeren, die verheiratet oder in einer Beziehung waren, und wenn ja, mussten Maßnahmen für die Dritte, die Ungarin Eva, getroffen werden, und natürlich für uns beide, weil wir keine Männer und deshalb keine Möglichkeit hatten, am Fest teilzunehmen.

Vielleicht könnten wir ja an diesem Abend zusammen essen. Petra schlug vor, dass das Essen bei ihr stattfinden sollte, denn so, wie sie ihre Tante Guðrún kannte, wolle die bestimmt auch mitfeiern. Wir würden gemeinsam essen, bevor sie und Eva ihren Auftritt hätten, und danach würden sie zurück nach Hause kommen, wo das Dessert auf sie warten würde. Wir beschlossen, dass ich in den nächsten Ort fahren und alkoholische Getränke einkaufen sollte, und was das Essen anbelange, meinte Petra, sei es nicht schlecht, wenn ich mich auch darum kümmern könne.

Alles verlief nach Plan. Als die Frauen zu Petra zur Probe kamen, war ich ebenfalls da und entschuldigte mich dafür, dass ich so sehr auf der Grammatik herumgeritten war. Die Frauen reagierten verständnisvoll, zumindest die beiden Jüngeren, nur Eva schüttelte den Kopf, als würde sie gerade merken, dass sie nur von Idioten umgeben war.

Petra erklärte ihnen, was auf sie zukam, betonte, so ein Auftritt sei eine gute Übung, dann wären sie beim Osterkonzert viel sicherer, und fragte dann, was sie von der Sache hielten.

Eva sagte nichts, schaute uns noch nicht einmal an, sondern musterte nur ausgiebig das isländische Gesangbuch und schob immer wieder ihre Brille auf der Nase nach oben. Die beiden anderen berieten sich lange im Flüsterton, blickten Petra dann ernst an und meinten, sie würden ihre Männer fragen, ob sie einverstanden wären. Falls ihre Männer zum Thorrablót-Fest wollten, würden sie mitmachen, aber wenn sie dort auftreten würden, müssten sie natürlich alles umsonst bekommen.

Ich sah, wie sich ein müder Ausdruck auf Petras Gesicht legte. So viel Theater wegen dieses Auftritts, da wurde die wahre Kunst zur Nebensache. Das dachte sie, ich konnte es ihr ansehen. In diesem Moment begriff ich, warum die meisten Künstler Manager hatten, was mir vorher nicht klar gewesen war.

Deshalb versprach ich Petra, ich würde mit dem Werksleiter verhandeln, sobald die Frauen eine Rückmeldung von ihren Männern bekommen hätten. Der Proberaum bei mir zu Hause stehe jederzeit zur Verfügung.

Der Werksleiter stand zu seinem Wort.

Ein hagerer Mann mittleren Alters klopfte bei mir an und sagte, Jóhannes habe ihn geschickt, um das Harmonium zu stimmen. Ich dachte, die Sache wäre schnell erledigt, ich hatte keine Ahnung von Instrumenten, doch dann dauerte es einen halben Tag. Um den Mann nicht zu stören, hielt ich mich die ganze Zeit in der Küche auf und bereitete dort alles fürs Streichen vor. Er war nicht besonders gesprächig, nahm zwar dankend einen Becher Kaffee entgegen, wollte aber ansonsten möglichst wenig mit mir reden. Immerhin bekam ich am Ende aus ihm heraus, dass die Straße zum nächsten Ort gut befahrbar sei. »Gut befahrbar, stellenweise Glatteis«, sagte er.

Ich plante die Einkaufsfahrt für das Thorrablót-Fest. Die Sängerinnen hatten zugesagt, vor den Dorfbewohnern aufzutreten, unter der Bedingung, dass sie umsonst am Fest teilnehmen dürften. Eva war auch damit einverstanden, nach dem Auftritt mit zu Petra zu kommen und den Abend mit uns Single-Frauen zu verbringen. »Gott sei Dank sprechen wir alle Englisch«, hatte Guðrún gesagt und noch hinzugefügt, es solle bloß keiner von ihr erwarten, dass sie am Herd stehen würde. »Das erwartet auch keiner«, hatte Petra trocken erwidert, »du kannst dich auch gerne von Keksen ernähren, wenn dir unser Essen nicht schmeckt.«

Das Harmonium war bereit, ich hatte es sogar poliert, so dass es glänzte. Bevor die Frauen zum Proben kamen, spielte ich zum Spaß eine Weile darauf, falls man das Spielen nennen konnte. Ich rief mir die Noten ins Gedächtnis, die ich früher mal gelernt hatte, und brachte mit Mühe und Not ein Lied zustande. Die Pedale bereiteten mir Schwierigkeiten, weil ich es nicht gewohnt war, Hände und Füße gleichzeitig zu benutzen.

Dann kam Petra mit den Sängerinnen. Diesmal wurden keine grammatikalischen Formen heruntergeleiert. Die Frauen schoben die kleinen Schulpulte an die Wände, standen kerzengerade in der Mitte des Raums und sangen sich ein. Petra begann immer mit Aufwärmübungen. Ich zog mich zurück, blieb in der Küche, kratzte die alte Farbe von den Fensterrahmen und konnte an Petras schriller Stimme hören, dass sie ziemlich angespannt war. Wahrscheinlich war sie von den Liedern, die aufgeführt werden sollten, nicht besonders angetan. Doch die Sängerinnen wirkten zufrieden und lachten, als Petra die Thorrablót-Lieder auf dem Harmonium spielte. Soweit ich hören konnte, amüsierten sie sich prächtig.

Zugegebenermaßen hielt ich nicht viel von diesen Liedern, und Petra schien mir das anzusehen, als ich ihnen Gläser mit kaltem Wasser brachte. »Gefällt es dir nicht?«, fragte sie mit einem Hauch von Ironie in der Stimme.

»Doch, doch«, antwortete ich, »sie singen gut, aber man hat das ja alles schon hundertmal gehört, das ist nicht besonders originell. Wenn ich Zuhörer und schon ein bisschen angeheitert wäre, würde ich zwischendurch gerne mal was Schönes, Sentimentales hören, am liebsten mehrstimmig und anders arrangiert.«

Petra musterte mich eindringlich und sagte dann, ich hätte recht, so sei das nichts Neues, sie müsse die Lieder etwas abwandeln.

Später drangen ganz andere Töne zu mir in die Küche, die alten Schlager neu arrangiert. Petra ließ die Stimmen der Frauen in verschiedenen Tonlagen brillieren. Dann war ich an der Reihe und übte mit ihnen die Aussprache der ausgewählten Lieder und des Extralieds, für den Fall, dass nach einer Zugabe verlangt würde.

Es war nasskalt, als ich in den Nachbarort fuhr, um alles einzukaufen, was man bei uns nicht bekam. Es hatte mehrere Tage genieselt und gewindet, und Tumis Iglu war in meinem Garten zu einem Häuflein zusammengeschmolzen. Im Geiste sprach ich schon von »meinem Garten«, obwohl ich erst seit ein paar Wochen hier war, vom Jahreswechsel bis Anfang Februar. Bis zum Thorrablót-Fest.

Geräuchertes Lammfleisch, gesengte Schafsköpfe, fermentierter Hai, Trockenfisch.

Hammelhoden ließ ich weg, die hatte ich nie gemocht, dafür gab es reichlich sauer eingelegte Schafsinnereien. Das Steckrübenmus und die Béchamelsoße bereitete ich bei Petra zu. Am Morgen hatte ich zu Hause das Lammfleisch und die Schafsköpfe gekocht und die Sahnetorte gebacken, die es zum Nachtisch geben sollte. Außerdem hatte ich Bier und Aquavit gekauft, den ich zum Haifisch servieren wollte. Mein Einkauf war perfekt vorbereitet und durchdacht, ich hatte tagelang gebraucht, um auszurechnen, wie viele Zutaten ich brauchte, wobei mir meine Haushaltserfahrungen zugute kamen.

Ich war ein bisschen stolz auf mich, als ich bei Guðrún und Petra vorfuhr, den Kofferraum vollgepackt mit Essen. Wer beim Kochen das Sagen hat, wird gerne hofiert, das hatte mich oft gestört, aber jetzt genoss ich es, für einen Abend im Mittelpunkt zu stehen. Es war ein gutes Gefühl und kompensierte mein Defizit auf gesanglicher Ebene. Der Plan war, dass wir vier gemeinsam essen würden, bevor Petra und Eva zum Gemeindehaus gehen und die Thorrablót-Gäste unterhalten würden. Eva erschien zur verabredeten Zeit, schick zurechtgemacht und in einem schwarzen Kleid. Petra trug ein sehr schönes, dunkelrotes Kleid mit einem goldenen Muster am Revers, während Guðrún und ich wie üblich Hosen anhatten.

Tante und Nichte hatten im Wohnzimmer den Tisch gedeckt, was besonders charmant war, weil dort nichts zueinanderpasste. Um den Tisch gruppierten sich Sessel, ein kleiner Beistelltisch, ein Klavier und eine exklusive Stereoanlage, alles durcheinander, und wenn man sich satt gegessen hatte, musste man nur einen Schritt zurückmachen und sich in den nächsten Sessel fallen lassen. Von dort konnte man dann Familienfotos, eine gerahmte Stickerei sowie diverse kleine Gemälde bewundern, die an der rotbraunen Wand hingen. Im Lauf der Jahre war hier nie etwas entsorgt worden, und wenn jemals ein Innenarchitekt das Haus betreten hätte, wäre er auf der Stelle in Ohnmacht gefallen.

Guðrún, Tumi und ich langten ordentlich zu, aber wir mussten ja auch vor niemandem auftreten, während Petra und Eva nicht ganz bei der Sache waren. Dabei hatte ich mir solche Mühe gegeben. Eva nagte an ihrem Räucherlamm, und ich konnte ihr ansehen, dass das isländische Thorrablót-Essen in ihren Augen keine Delikatesse war. Sie wollte keinen Tropfen Alkohol anrühren und sagte, sie würde nie trinken. »Du bist aber nicht Alkoholikerin, oder?«, fragte Guðrún, die sich noch nie davor gescheut hatte, unangenehme Fragen zu stellen, auch nicht bei Ausländern. Eva verneinte, sie habe noch nie Alkohol getrunken und habe es auch nicht vor. Mehr bekamen wir nicht aus ihr heraus, zumal sie offensichtlich nervös war, weil sie vor einem ganzen Saal voller Isländer auftreten musste.

Das Dorf glühte vor Spannung und Vorfreude, das spürten wir alle. In allen Häusern brannte Licht, und in der abendlichen Stille drang aus der Ferne der Klang von Stimmen und Gelächter zu uns. »Die Leute treffen sich vor dem großen Fest immer zu Hause zum Vorglühen«, erklärte Guðrún schmatzend, den Mund voll mit Schafsinnereien.

Das Wetter hatte sich am Nachmittag zurückgehalten, so dass die Dorfbewohner unbehelligt von Sturm und Niederschlag von Haus zu Haus kamen. Früh am Morgen war es nasskalt gewesen, dann hatte es ein paar Stunden Schneeschauer gegeben, doch als die Frauen sich in Schale geworfen hatten, legten die Wettergötter in ihrer allseits bekannten Rücksichtnahme eine kleine Pause ein.

Nachdem sich die Musikerinnen in Winterstiefeln, die schicken Schuhe in einer Plastiktüte, zu der abendlichen Sause aufgemacht hatten, wandten Guðrún und ich uns dem Haifisch und dem Aquavit zu. Der kleine Tumi sah im Nachbarzimmer fern, während wir es uns am Fenster mit Blick auf das Gemeindehaus gemütlich machten. So konnten wir sehen, wer dort ein und aus ging, und dabei Jazzmusik hören, wofür Guðrún eine Schwäche hatte. Ich war nicht besonders gesprächig, denn die Reaktion der Frauen auf mein Essen hatte mich enttäuscht. Zumindest Guðrún hätte ein paar lobende Worte darüber verlieren können, über die leckere Béchamelsoße und das köstliche Steckrübenmus, oder einfach nur über das schöne Tischarrangement, immerhin hatte sie keine Angst vor einem Auftritt gehabt und war demzufolge auch nicht nervös gewesen. Sie hätte also gut etwas sagen können, bei dem ganzen Aufwand, der mich zusätzlich zu dem Einkauf einen halben Tag gekostet hatte. Und ich hatte noch keine Krone dafür verlangt, obwohl ich es so verstanden hatte, dass wir die Unkosten teilen würden. Deshalb lehnte ich mich zurück und tat so, als würde ich die Gedanken schweifen lassen, wie man es beim Musikhören gerne tut – oder wenn man nach einem anstrengenden Arbeitstag todmüde ist.

Guðrún warf mir ein paar Seitenblicke zu, räusperte sich, als bereite sie sich auf eine Ansprache vor, und sagte dann, Petra sei eine große Künstlerin und dürfe ihre Energie nicht an solch banale Veranstaltungen wie das Thorrablót-Fest vergeuden. Ich gähnte demonstrativ und entgegnete: »Vielleicht amüsiert sie sich ja gerne mal ein bisschen.« Guðrún meinte, das sei durchaus möglich, und fragte mich dann freundlich, ob ich mich denn auch gerne amüsieren würde, ob mein Mann und ich viel ausgegangen seien, als wir noch verheiratet waren.

Wenn die Sache anders gelaufen wäre, wenn ich zum Beispiel für das Festmahl, das ich den Frauen kredenzt hatte, gelobt worden wäre, hätte ich mich wahrscheinlich zu meiner Ehe geäußert, zumal ich bereits einen im Tee hatte, wie Guðrún es ausdrückte. Doch vor lauter Enttäuschung war ich auf der Hut und wollte diesmal nicht allzu viel von mir preisgeben. Beiläufig sagte ich, wir seien oft ausgegangen, drehte den Spieß dann um und fragte Guðrún liebenswürdig, ob sie und ihr Mann sich denn seinerzeit viel amüsiert hätten.

»Und ob!«, antwortete sie. »An den Wochenenden sogar so heftig, dass es gesundheitliche Auswirkungen hatte. Aber wir hatten ja keine Kinder und genug Zeit zum Feiern. Ich war schon weit über fünfzig, als ich merkte, wie inhaltslos mein Leben war. Deshalb trennte ich mich von meinem Mann und kam hierher in die Westfjorde, mit nichts außer ein paar Klamotten. Ich war früh genug hier, um meine Eltern noch pflegen zu können, bevor sie starben, sie waren schon alt und krank, als ich kam, und freuten sich sehr. Sie waren ihr ganzes Leben lang gute Menschen, und ihre Güte lebt in diesem Haus weiter, das spüre ich jeden Morgen, wenn ich aufstehe. Eines Tages hatte ich das Gefühl, dass mir jemand zuflüstert, hör zu Guðrún, sag Petra Bescheid, dass die Organistenstelle frei wird! Zu diesem Zeitpunkt erfreute sich unser Organist bester Gesundheit, deshalb war es höchst merkwürdig, dass mir plötzlich jemand diesen Floh ins Ohr setzte. Trotzdem nahm ich Kontakt zu Petra auf, denn die Sache ließ mir einfach keine Ruhe, und fragte, ob sie und Tumi in den Ferien nicht herkommen wollten. Petra war sofort einverstanden, denn es ging ihr überhaupt nicht gut. Sie konnte ihre Wohnung nicht mehr abbezahlen und würde sie bald verlieren, deshalb kam sie her und wollte ein paar Wochen bleiben. Doch schon nach zwei Tagen bekam der Organist einen Herzinfarkt und starb buchstäblich auf der Kirchentreppe. Petra bekam seine Stelle, und ich bekam Petra und Tumi. Das war wundervoll, denn auch wenn ich mich hier mit meinem Kräutergarten immer wohlgefühlt habe, war es doch ein bisschen einsam im Haus. Außerdem bekam ich langsam Angst, dass ich noch hundert Jahre alt werden könnte und sich im Alter keiner um mich kümmern würde. Deswegen esse ich so viele Kekse, um die Sache zu beschleunigen. Aber zwischendurch esse ich auch normale Sachen, so wie heute Abend zum Beispiel, das war wirklich köstlich, tja, und außerdem genehmige ich mir ab und zu ein Schnäpschen, wenn mir danach ist.«

Guðrún verstummte. Ich wartete vergeblich darauf, dass sie noch etwas hinzufügen würde, und hatte das Gefühl, einer Radiogeschichte gelauscht zu haben. Es gab eine kurze Pause, dann wurde wieder Musik gespielt.

Der kleine Tumi war vor dem Fernseher tief und fest eingeschlafen, dabei war er so stolz gewesen, dass er so lange fernsehen durfte. Wir hatten ihn gerade ins Bett gebracht, als Eva zurückkam. Sie war alleine und erzählte, Petra habe noch mit dem Werksleiter reden wollen und ihr gesagt, sie solle schon mal zum Nachtisch vorgehen. Ihr Gesicht hatte einen Ausdruck, den wir noch nie an ihr gesehen hatten, einen glückseligen Ausdruck, wie ich fand, deshalb musste sie sich erst einmal setzen und uns von den Ereignissen des Abends erzählen.

Soweit wir es verstanden, hatte sie ihre Sache hervorragend gemacht und mehr Applaus bekommen als die anderen, warum auch immer. »Dabei sind die anderen doch viel besser als ich«, meinte sie. Aber die seien ihr nervös vorgekommen, obwohl sie sich doch vorher schon unter die Leute gemischt und mit ihnen am Tisch gesessen hatten, während sie wie bestellt und nicht abgeholt hinter der Bühne warten musste, bis Petra sie aufgerufen habe. Doch als sie dieses ungarische Wiegenlied gesungen habe, hätten Ania und Juane ihre Stimmen gesenkt und ihr fast alleine die Bühne überlassen.

»Ich hab mir große Mühe gegeben«, sagte Eva, »ich glaube, ich hab das Lied seit meinem Gesangsunterricht nicht mehr so gut gesungen. Die Leute haben gar nicht mehr aufgehört zu applaudieren. Petras Version war aber auch besonders schön.«

Wir lauschten andächtig und stellten uns vor, wie Eva auf der Bühne das Publikum begeisterte. Es fühlte sich so an, als hätten wir selbst Triumphe gefeiert, und als ihr Bericht zu Ende war, sagte Guðrún schließlich: »Ja, Mensch.« Dann fügte sie hinzu: »Und du meinst, Petra hat mit dem Werksleiter geredet? Danach kommt sie aber nach Hause, oder?«

Eva zuckte mit den Schultern: »Keine Ahnung, sie hat mit ihm getanzt.«

»Mit ihm getanzt?!«, rief Guðrún. »Mit Jóhannes getanzt?«

Das war natürlich die Neuigkeit des Abends, und Eva musste haarklein beschreiben, wie genau die beiden miteinander getanzt hatten. Eva erklärte, sie hätten sich umarmt, wie man es nun einmal mache, wenn man miteinander tanze. Sie habe die beiden nur ganz kurz gesehen, bevor sie aufgebrochen sei. Guðrún war so verblüfft, dass sie sich setzen musste.

Zu meiner großen Zufriedenheit war Eva nach ihrem großen Durchbruch völlig ausgehungert und verlangte sogar nach Schafsköpfen und Steckrübenmus, bevor sie zum Nachtisch überging. Während sie sich vollstopfte, versuchte Guðrún, ihr weitere Ereignisse des Abends zu entlocken, wobei sie sich besonders für den besagten Tanz interessierte, doch da Eva sich die meiste Zeit hinter der Bühne aufgehalten hatte, war die Ausbeute mäßig. Deshalb versuchte sie es auf einem anderen Gebiet, sich daran erinnernd, dass Eva Gesangsunterricht erwähnt hatte, und fragte sie danach. Auch hier gab es einige Überraschungen.

Es stellte sich heraus, dass Eva Gesangsunterricht bekommen

hatte, als sie jünger war, aber keine Abschlussprüfung gemacht hatte, weil sie lieber studieren wollte. »Ich habe Philosophie studiert«, erklärte sie dann.

»Du bist Philosophin?!«, tönte Guðrún mit angeekeltem Gesicht, als hätte Eva ihr gesagt, sie sei von Beruf Leichenschänderin.

Tatsächlich, Eva war Philosophin und besaß sogar einen Doktortitel. Sie hatte die ganze Welt bereist, war schon überall gewesen und hatte die Kulturen auf verschiedenen Kontinenten erforscht und beschrieben. Sie erzählte uns stichwortartig von ihren Aufenthalten in der Mongolei, Australien und Alaska, danach war sie von den Falklandinseln nach Island gereist, allerdings mit einem Zwischenstopp in Ungarn.

Wir waren beeindruckt und sagten zunächst nicht viel, bis Guðrún endlich hervorstieß: »Du hast einen Doktortitel und arbeitest im Fisch?!«

»Es ist gut, in der Fischfabrik zu arbeiten«, antwortete Eva bedächtig, »ich mag Fisch.«

»Warum zum Teufel hast du das Singen drangegeben?«, fragte Guðrún unumwunden und sichtlich geschockt über diese Entscheidung.

Damit waren wir am Ende unserer Fragerei angelangt. Eva musterte uns lange abwechselnd, ohne ein Wort zu sagen, stand dann auf und verkündete, sie würde jetzt nach Hause und ins Bett gehen.

Allerdings ging sie dann doch nicht, denn ein gewisser Vorfall nahm unsere gesamte Aufmerksamkeit in Beschlag. Von draußen hörten wir Rufe und Schreie und drängten uns sofort ans Wohnzimmerfenster.

Auf der Straße, die vom Gemeindehaus heraufführte, gingen eine Frau und ein Mann. Sie voran, er ihr nach. Wir hörten, dass sie sich stritten, vor allem die Frau schimpfte laut. Plötzlich rannte sie von ihm weg und schwenkte dabei wütend ihre Handtasche. Der Mann, der etwas unsicher auf den Beinen war, lief ihr nach und rief aus voller Kehle »Ania! Ania!«, erst befehlend, dann flehend. Die Frau tat so, als würde sie ihn nicht hören, und stürmte so schnell, wie unter den gegebenen Umständen möglich, weiter. Als sie sich unserem Haus näherte, blieb sie stehen, direkt unter der Straßenlaterne, und wir erkannten, dass es Ania war, unsere Sängerin. Als der Mann sah, dass sie auf ihn wartete, eilte er zu ihr, breitete die Arme aus und redete theatralisch auf sie ein. Wir hatten den Eindruck, dass er ihr seine Liebe gestand, was sie jedoch nicht weiter zu beeindrucken schien, denn sie drehte sich zu ihm und schlug ihm mit voller Wucht die Tasche auf den Kopf. Er wankte, konnte sich aber gerade noch aufrecht halten. Daraufhin marschierte sie weiter, und man konnte an ihrem Gang erkennen, wie wütend sie war. Der Mann schlurfte hinter ihr her.

»Was war denn das?«, sagte ich und blickte die anderen überrascht an.

»Wie gemein sie ihn behandelt hat«, wunderte sich Guðrún, »dabei ist er doch wirklich ein netter und attraktiver Kerl.«

»Ja«, sagte Eva, »das ist wahrscheinlich genau das Problem, er sieht zu gut aus. Die Frauen lassen ihn nicht in Ruhe, wenn sie was getrunken haben, sie schmeißen sich an ihn ran, und Ania ist alles andere als begeistert darüber.«

So wie es aussah, erfuhren Guðrún und ich so einiges über das Verhalten und die Gefühle der Thorrablót-Gäste, obwohl wir gar nicht dabei waren. Doch es sollte noch schlimmer kommen. Wir saßen zwar wohlbehütet im mollig warmen Haus und mussten, abgesehen von der Essenszubereitung, keine Heldentaten vollbringen, aber mich beschlich ein beunruhigendes Gefühl, als Petra uns erzählte, was sie mitbekommen hatte. Und woran sie sogar gewissermaßen beteiligt gewesen war, was sie natürlich nicht zugeben wollte.

Als Petra nach Hause kam, war sie in heller Aufruhr. Sie war so aufgewühlt, oder erschrocken, dass sie ein volles Schnapsglas hinunterstürzte, bevor sie überhaupt etwas sagen konnte. Dann ließ sie sich aufs Sofa fallen, und obwohl Eva noch da war, allerdings schon im Mantel, nahm Petra keine Rücksicht auf ihre Sprachkenntnisse und berichtete uns auf Isländisch, was sie erlebt hatte.

»Er bringt sie um«, stöhnte sie.

Natürlich wollten wir wissen, wer wen umbrachte, aber Petra rückte nicht sofort mit der Sprache heraus, sondern erzählte, sie sei länger geblieben als geplant, weil der Werksleiter – sie nannte ihn immer noch nicht beim Namen – sie zum Tanzen aufgefordert habe. Die Aufführungen seien beendet gewesen, die Tanzfläche freigeräumt, und die Band schon auf der Bühne. Sie habe sich schon zum Aufbruch bereit gemacht, sei nur noch kurz geblieben, um einen Kaffee zu trinken und mit den Frauen in der Küche zu quatschen, da sei er gekommen und habe sie zum Tanzen aufgefordert. Sie habe sich überreden lassen und dreimal mit ihm getanzt. Dann habe sie gehen wollen, aber er habe sie angefleht, doch noch ein Bier mit ihm zu trinken, dann könnten sie sich noch ein bisschen über die Aufführung und so weiter unterhalten. Und als sie zusammengesessen hätten, ganz ins Gespräch vertieft, sei plötzlich Krummi, Juanes Freund, zu ihnen gekommen und habe sie angepöbelt. Er habe Petra beschuldigt, dreist und egoistisch zu sein, diese Scheißproben mit den Frauen kämen doch nur ihr zugute, sie wolle sich nur einschleimen, diese hart arbeitenden Frauen und Mütter hätten wegen ihrer Ambitionen keine Zeit mehr, sich um ihre Kinder und den Haushalt zu kümmern, und dann habe er sie zur Krönung auch noch als miese Beziehungszerstörerin beschimpft. Da sei der Werksleiter ausgerastet, er besitze nämlich nur begrenztes Verständnis für Betrunkene, habe den Mann am Kragen gepackt und vor die Tür befördert. Der Werksleiter sei dann wieder reingekommen und habe sich weiter mit ihr unterhalten wollen, aber

Krummi sei zurückgekehrt, mit Schnee in den Haaren, und habe ihm ein Bierglas ins Gesicht geschüttet. Daraufhin sei der Teufel los gewesen. Der Werksleiter sei aufgesprungen, habe den Mann gepackt, ihn wie Schaf nach draußen getragen und in die nächste Schneewehe geschleudert. Draußen hätten ein paar Leute bei dem Anblick gefeixt, und Petra habe sich schnell aus dem Staub gemacht.

»Das Problem ist«, sagte Petra, nachdem sie tief Luft geholt hatte, »dass Krummi wahnsinnig eifersüchtig war, als er Juane auf der Bühne gesehen hat.« Nach der Vorführung habe Juane ihr hinter der Bühne gestanden, dass sie Angst habe, weil sie gesehen habe, wie Krummi bei ihrem Auftritt vor Eifersucht und Wut gekocht habe, er könne es nicht ertragen, wenn andere Männer sie anschauen würden. Er habe ihr nur erlaubt, mitzusingen, damit er selbst zum Thorrablót käme, und habe wohl nicht damit gerechnet, dass andere sich überhaupt für sie interessieren könnten. »Sie hat vor Angst gezittert, die Arme«, schloss Petra und schaute uns verzweifelt an.

Wir saßen noch bis tief in die Nacht hinein in Guðrúns Haus zusammen. Eva hatte einiges zu der Geschichte beizusteuern, nachdem wir es geschafft hatten, Petras Bericht für sie zu übersetzen. Sie erzählte, Krummi komme manchmal in die Fischfabrik, um nach Juane zu schauen, und beschrieb uns ein bisschen, wie er sich dabei aufführte, dabei arbeitete er doch im Nachbarort. Die Sache gefiel uns gar nicht.

»Warten wir erst mal ab«, meinte Petra. »Wir machen eine Pause, bis die Wogen sich geglättet haben, und proben dann weiter für das Osterkonzert. Heute Abend haben die Frauen bewiesen, wie gut sie sind. Ich denke gar nicht daran, aufzuhören, nur wegen so einem Mistkerl. Und du warst wirklich herausragend«, fügte sie zu Eva gewandt hinzu.

Evas Schritte waren schwungvoll, als sie nach Hause ging. Meine waren dagegen viel schwerfälliger. Ich weiß auch nicht, warum, aber ich hatte ein ungutes Gefühl. Als ich zu Hause war und mich auszog, fiel mir plötzlich auf, dass ich in den letzten Tagen kaum an meine eigenen Probleme gedacht hatte, meine Gedanken drehten sich ausschließlich um das Leben anderer.

Vom Gemeindehaus dröhnte immer noch Musik herüber, als ich ins Bett kroch.

Unwetter

Die Vögel flogen schon wieder gegen mein Fenster.

Doch inzwischen wusste ich, dass sie keine Horrorattacke wie im Kino vorbereiteten, sondern einfach nur Hunger hatten, die Armen. Draußen herrschte ungewöhnlich starker Frost, und für die zierlichen Schnäbel war es schwer, Nahrung aus dem Boden zu picken. Bald würde es bestimmt wieder anfangen zu schneien. Ich beschloss, kurz in den Laden zu gehen und Maiskörner für sie zu kaufen, die ich meinte, dort gesehen zu haben. Nach einigen Tagen Einsamkeit sehnte ich mich außerdem nach Menschen. Der Laden war meine letzte Rettung. Ich wollte nach so kurzer Zeit nicht schon wieder bei Petra und Guðrún aufkreuzen, man durfte den Leuten nicht ständig auf die Pelle rücken, aber seit ich mich an ihre Gesellschaft gewöhnt hatte, konnte ich kaum noch auf sie verzichten.

An einem Morgen war ich die Einsamkeit so leid gewesen, dass ich meine Tochter in Australien angerufen hatte. Sie bereitete gerade das Abendessen vor und dachte, es sei etwas passiert. Ich versicherte ihr, es sei nichts passiert, und fragte sie unverblümt, ob sie nicht nach Hause kommen wolle, ob es nicht langsam genug sei.

»Mama«, sagte sie mit Nachdruck, »begreifst du denn nicht, dass ich einen Mann kennengelernt habe, den ich sehr gern habe?«

Da ich wusste, dass der besagte Mann eine Farm besaß, fragte ich sie, ob sie nicht vor allem seine Pferde gern habe, ob das nicht das Problem sei. Sie stöhnte, und ich ergriff die Gelegenheit und fügte hinzu, bei uns gäbe es doch genug Pferde, sie könne doch zu Hause in Island tausend Höfe haben.

»Du verstehst das nicht«, erwiderte sie. Womit sie absolut recht hatte, ich verstand einfach nicht, warum sie wegen eines Mannes in Australien blieb, der Kerl musste wirklich besondere Fähigkeiten haben, doch darauf wollte ich lieber nicht näher eingehen. Also sagte ich nur, ich würde sie sehr vermissen, sie sei doch meine einzige Tochter, und ich fände es schrecklich, dass wir nicht im selben Land leben würden.

»Ach Mama, ich komme zu Besuch, vielleicht noch in diesem Jahr.«

Zu Besuch. Meine Tochter würde nur zu Besuch kommen. So war es nun mal, manche wurden von ihren Kindern nur besucht, bei anderen wohnten sie direkt nebenan. Ich gehörte zu den Unglücklichen. Lange saß ich da und bemitleidete mich für meine auseinandergerissene Familie, bis mir einfiel, dass mein Sohn und meine beiden Enkelkinder in Reykjavík nicht weit von mir entfernt wohnten. Da beruhigte ich mich wieder. Ich dachte an meine Kinder, als sie noch klein waren, als ich noch die wichtigste Person in ihrem Leben gewesen war – warum hatte ich diese Zeit nicht mehr genossen? Manchmal träumte ich von ihnen, und im Traum waren sie immer klein.

Die Vögel holten mich zurück in die Realität. Ich hatte versucht zu streichen, war aber so zerstreut gewesen, dass ich dieselbe Stelle zweimal gestrichen hatte. Jetzt war ich froh, einen Grund zu haben, runter zum Laden zu stapfen.

Die Kassiererin war jedes Mal wachsam, wenn ich zur Kasse kam, schaute mich fragend an, wenn sie die Summe nannte, als würde sie auf eine Einwilligung von mir warten. Das machte sie auch diesmal, und ich konnte mir ein Lächeln nicht verkneifen. Sie sah mein Lächeln, entspannte sich sofort und sagte, die Vögel würden sich bestimmt über die Leckerbissen freuen. Um mit ihr ins Gespräch zu kommen, fragte ich, ob es bei der Thorrablót-Feier nicht auch viele Leckerbissen gegeben habe, sie sei doch bestimmt dort gewesen, und sie antwortete ganz offen, sie halte nicht viel von diesem sauer eingelegten Zeug, sie würde nur hingehen, um sich zu amüsieren, sich mal blicken zu lassen und andere Leute zu treffen, denn hier habe man ja nicht oft Gelegenheit, sich in Schale zu schmeißen. Damit war das Eis gebrochen, und sie erzählte mir, man habe bis früh morgens gefeiert, es sei aber alles gut gelaufen, alle seien zufrieden gewesen, bis auf ein paar Typen, die immer stockbesoffen wären und randalieren würden. Ich bekam auch zu hören, dass der Mann von der jungen Ausländerin, die bei mir zu Hause proben würde, herumgepöbelt und das arme Mädchen an den Haaren nach Hause gezerrt habe. Wahrscheinlich habe er sie zu Hause grün und blau geschlagen, alle wüssten ja, wie er sei, wenn er getrunken hatte.

Das wussten also alle. Außer mir. Und alle wussten, dass die Ausländerinnen bei mir probten. Auf den guten, alten Dorfklatsch konnte man sich verlassen.

Kaum hatte ich eine kleine Stelle im Garten vom Schnee befreit und die Körner ausgestreut, kamen die Vögel schon angeflogen. Alle Vögel dieser Welt, wie mir schien, als ich mit dem Besen im Türrahmen stand und sie beobachtete. Sie störten sich überhaupt nicht an meiner Anwesenheit. Auf dem Fleck, der vorher weiß gewesen war, herrschte nun ein braunschwarzes Gewimmel. Es war wundervoll, die kleinen Vögel beim Fressen zu beobachten, und mir ging durch den Kopf, dass ich bis auf meine Kindheit mein ganzes Leben lang andere verpflegt hatte. Das war keine schlechte Aufgabe. Ich wünschte mir, ich könnte alle Kinder auf der Welt verpflegen.

Es war so süß, kleinen Kindern beim Essen zuzuschauen.

Die Vögel weckten einen Freiheitsdrang in mir, und ich wünschte mir, fliegen zu können wie sie, einfach irgendwohin. Tief im Inneren kannte ich den Grund für meine Sehnsucht, ich wollte schlicht und ergreifend vor dem Streichen davonfliegen. Nicht, dass ich die Arbeit schwierig fand, sie war nur langweilig, aber ich wollte den Gedanken entfliehen, die mich bedrängten, wenn ich mit dem Pinsel über die Holzpaneele strich. Ich musste immer automatisch an meine alten Kollegen denken, an meine Vorgesetzten, rief mir Ereignisse ins Gedächtnis, Gespräche, Worte, flüchtige Blicke, wer was zu wem gesagt hatte, wer entschieden hatte, mich zu entlassen. Warum hatte ich ständig das Gefühl, weggedrängt oder aus dem Weg geräumt worden zu sein? Warum dachte ich so? War ich vielleicht doch irgendwie verrückt? Verrückt oder nicht, beim Streichen jedenfalls spann ich mein Netz immer weiter wie eine Spinne.

Die Spinne hatte mir jedoch etwas voraus, nämlich, dass sie Fliegen fing.

Die weiße Farbe wühlte unangenehme Erinnerungen auf, und wegen ihrer Neutralität sah sich mein Kopf gezwungen, Bilder auf die weiße Fläche zu projizieren. Dabei wählte er solche aus, die er selbst nicht verstand. Mir wurde bewusst, dass ich jedes Mal, wenn ich den Pinsel in die Hand nahm und weiße Farbe auftrug, über die Vergangenheit nachgrübelte. Ich verstand nicht, woran das lag, gab aber der weißen Farbe die Schuld. Sie war wie eine Leinwand, die auf eine Geschichte und auf Farben wartete. Meistens hatte ich beim Streichen das Radio laut gestellt, hörte Musik, Diskussionen, Geschichten, Nachrichten, doch immer wenn ich an Ereignisse aus der Vergangenheit dachte, meist an Ereignisse in der Firma, machten meine Ohren dicht. Als wäre das ein Rätsel, das ich lösen musste. Ich zuckte zusammen, wenn ich merkte, dass die Geschichte im Radio längst zu Ende war, die Nachrichten ebenfalls, und ein langatmiger Wetterbericht begonnen hatte.

Eines Tages beschloss ich beim Streichen, den Spieß umzudrehen. Anstatt mich von der weißen Farbe zu Grübeleien anstacheln zu lassen, wollte ich mein Trauma damit übermalen. Ich tauchte den Pinsel in die Farbe, und während ich über die Holzpaneele strich, sagte ich laut: »Jetzt überstreiche ich meine Wut.« Als Nächstes kam die Melancholie, danach die Ohnmacht, und so machte ich weiter, kämpfte lange mit jedem einzelnen Thema.

Bei dieser Therapie befand ich mich gerade, als Petra vorbeischaute.

Sie öffnete die Tür, ohne vorher anzuklopfen, schaute sich kurz um, so wie man es tut, wenn man sich einen Überblick über die Arbeit anderer verschaffen will. Ich wartete darauf, dass sie meine Ausdauer und meinen Fleiß kommentieren würde, was sie jedoch nicht tat, obwohl sie über meine Arbeit nachzudenken schien.

Als sie endlich das Wort ergriff, sagte sie, sie mache sich Sorgen um Juane. Der Werksleiter sei zu ihr nach Hause gekommen und habe sie gefragt, ob sie Juane gesehen habe, sie sei nach dem Thorrablót-Fest nicht zur Arbeit gekommen. Das sei jetzt schon mehrere Tage her, und sie sei nicht aufgetaucht, habe noch nicht einmal angerufen und sich krankgemeldet, das sei doch merkwürdig. Der Werksleiter sei sehr beunruhigt gewesen, und das sei sie inzwischen auch. Außerdem würden die Proben für Ostern bald anfangen, da sei es nicht gut, wenn Juane fehle. Wegen der Auseinandersetzung mit Krummi beim Thorrablót wolle der Werksleiter nicht bei ihm anrufen oder vorbeischauen und habe sie darum gebeten. Das Problem sei nur, dass sie sich nicht traue, zu Juane zu gehen, um nachzusehen, ob mit ihr alles in Ordnung war, sie habe nämlich eine Scheißangst vor Krummi, nachdem sie ihn an dem Abend erlebt habe.

Dann fixierte sie mich. Ich brauchte einen Moment, um zu kapieren, dass sie einen Laufburschen brauchte, und der war ich.

»Du willst doch wohl nicht, dass ich sie anrufe?«, fragte ich überrascht.

»Nein«, antwortete sie prompt, »ich will, dass du hingehst und bei ihnen anklopfst. Dann siehst du ja, ob irgendwas nicht stimmt. Du hast mehr Mumm als ich.«

Es war unglaublich, wie perfekt Petra es beherrschte, anderen einzureden, dass sie etwas besonders gut konnten. Aber ich ließ mich nicht von ihr einwickeln, ich sah schon vor mir, wie peinlich es wäre, ungebeten und ohne offenkundigen Grund bei den beiden aufzukreuzen. »Nein«, sagte ich und zeigte mit dem Pinsel auf sie, »darum musst du dich schon selbst kümmern.«

Da reckte sie das Kinn und erwiderte: »Ich glaube, es würde dir mal ganz guttun, dich mit wirklich wichtigen Dingen zu beschäftigen. Du konzentrierst dich doch sowieso nicht auf deine Arbeit. Du bist total unorganisiert, streichst ein paar Wände im Wohnzimmer, lackierst nur ein Fenster, anstatt alle, schleifst das Küchenfenster und streichst in der Küche eine Wand, stürzt dich dann wieder aufs Wohnzimmer und streichst da weiter, du bist doch mit den Gedanken ganz woanders, das sieht man an deiner Arbeitsweise.«

Ich starrte sie mit offenem Mund an und ließ den Pinsel sinken. Dann wanderte ich durch die Zimmer und sah, dass sie damit gar nicht so falschlag. Ich hatte hier und dort ein bisschen gestrichen, aber nichts zu Ende gebracht, bis auf die Vorratskammer, mit der ich angefangen hatte. Ich war so erstaunt über mich selbst, dass ich mich setzen musste. Diese Arbeitsweise konnte ich mir nicht erklären. Das sah mir überhaupt nicht ähnlich, ich war doch sonst immer so gut organisiert, dass die Leute sich über mich lustig machten. »Flóra geht immer um Punkt zwölf in die Mittagspause. Lass bloß die Finger von Flóras Schreibtisch – sie merkt, wenn der Stift einen Zentimeter weiter rechts liegt.« Ich musste in den letzten Tagen völlig geistesabwesend gewesen sein.

»Du musst mehr rausgehen und unter die Leute kommen«, meinte Petra. »Du solltest mehr in der Realität leben. Komm schon, geh kurz bei Juane vorbei und check mal, was da los ist.«

»Und was soll ich sagen?«, fragte ich kleinlaut.

»Sag einfach, du wolltest die Frauen zum Pfannkuchenessen einladen, seist in der Fischfabrik gewesen und hättest Juane dort nicht angetroffen, deshalb hättest du dir überlegt, mal bei ihr vorbeizuschauen.«

Petra musste mir zeigen, in welchem Haus Juane wohnte. Es stand am Dorfrand, eines der Häuser, die mir ziemlich einsam vorkamen. Unangenehmes soll man nicht aufschieben, dachte ich, zog mir die Mütze tief ins Gesicht und schob die Hände in die Anoraktaschen.

Draußen war es kalt, und ich hatte den Eindruck, dass das Wetter sich verschlechterte, über dem Ort pfiff ein heftiger Wind. Krummis Haus war ungepflegt, das sah ich sofort, es hätte dringend einen Anstrich nötig gehabt. Ich fragte mich, warum der Mann den letzten Sommer nicht dafür genutzt hatte. Es handelte sich um ein schlichtes, einstöckiges Haus mit Keller, das laut Petra an der Stelle eines Bauernhofs errichtet worden war, den man abgerissen hatte. Ich hatte ein bisschen Bammel davor, diesem fiesen Kerl zu begegnen, und stellte mir vor, er wäre stämmig, mittelgroß mit stechenden Augen und einem brutalen Zug um den Mund. Ich hatte mir vorher Gedanken darüber gemacht, wie man mit solchen Männern wohl am besten umging, ob es aussichtsreicher wäre, resolut und kurz angebunden oder eher unterwürfig zu sein, den Kopf schief zu legen und ihm etwas vorzujammern.

Ich klingelte und trat ein paar Schritte zurück, während ich darauf wartete, dass jemand zur Tür kam. Nichts passierte, aus dem Haus drang kein Geräusch, und ich hörte nur das Heulen des Windes. Ich hatte schon dreimal geklingelt und wollte gerade umkehren, ziemlich erleichtert, als die Tür aufging.

Ein junger Mann, schön wie ein Gott, erschien in der Türöffnung. Blond, groß und schlank, mit perfekten Gesichtszügen. Ich brachte kein Wort heraus, starrte ihn nur irritiert und bewundernd an. Er registrierte meine Reaktion sofort, merkte mir meine Faszination an und war die Freundlichkeit in Person. Er hob die Augenbrauen und sagte fragend: »Ja?«

»Äh, also, es geht um die Pfannkuchen«, stammelte ich schließlich.

»Pfannkuchen?«

»Ja, die ich gebacken habe, ich wollte die Frauen zum Pfannkuchenessen einladen, auch Juane.«

»Sie einladen?«, wiederholte er.

Er klang so, als wäre er gekränkt, dass ich sie und nicht ihn einladen wollte.

»Ja«, schnurrte ich wie eine Katze, »ich wollte die Mädels einladen, denen ich Isländisch beibringe, und Juane war nicht in der Fischfabrik, deshalb bin ich einfach vorbeigekommen.«

Er ließ die Augenbrauen sinken, schaute mich einen Moment an und sagte dann langsam: »Ach, Sie sind das also.« Er hob die Augenbrauen wieder und sagte höflich, mit einem Lächeln auf den Lippen: »Juane kann leider nicht zum Pfannkuchenessen kommen. Sie liegt mit Grippe im Bett und ist noch ziemlich schlapp, sie schläft gerade. Aber ich richte ihr Grüße von Ihnen aus.« Dann lächelte er noch einmal und schloss die Tür.

Das war es, ich hatte meine Pflicht erfüllt und war geradezu erleichtert, dass Juane die Grippe hatte, denn da konnte man nichts machen. Leichtfüßigen Schrittes entfernte ich mich von ihrem Haus.

So objektiv wie möglich erzählte ich Petra und Guðrún von meiner Begegnung mit Krummi. Ich berichtete ihnen haarklein, was ich gesagt und was er entgegnet hatte, und meinte dann, ich würde nicht verstehen, warum der Mann Krummi, Rabe, heiße, er müsse doch viel eher Bjartur, der Helle, oder so heißen.

Tante und Nichte schwiegen lange, wechselten einen Blick und schauten dann aus dem Fenster auf die Häuser in der Straße.

Guðrún öffnete eine neue Kekspackung. Dann sagte sie, das sei aber überaus merkwürdig. Petra pflichtete ihr bei: »Dieses Verhalten passt überhaupt nicht zu ihm.« Die beiden waren so vehement, dass ich lieber nicht erwähnte, was für eine faszinierende Ausstrahlung der Mann gehabt hatte.

Wir beschlossen, ein paar Tage abzuwarten, vielleicht hatte Juane ja wirklich die Grippe, und ärgerten uns, dass wir sie nicht anrufen konnten, denn der Werksleiter hatte Petra gesagt, Juane besitze kein Handy. Wenn sie nicht zur Arbeit kommen konnte, was schon mal vorkam, rief sie nie an, und Krummi sah auch keinen Anlass, sie krankzumelden. Aber sie war noch nie so lange am Stück nicht zur Arbeit erschienen.

Petra wollte an ihrem Plan festhalten, egal was die Leute sagten. Sie würde mit den beiden anderen Frauen und den acht Tenören proben, und ich solle mich nicht wundern, wenn Ania und Eva zum Ausspracheunterricht zu mir kämen.

Das Meer war aufgewühlt an dem Tag, als sie kamen.

Vor Einbruch der Dunkelheit war das Licht kalt und abweisend, doch im Lauf des Abends, als die Laternen angingen und man die Leute von der Arbeit oder aus den Geschäften kommen sah und das Meer im Dunkeln lag, wirkte das Dorf behaglicher.

Doch das Meer war aufgewühlt, und mein Gefühl sagte mir, dass wir bald mit dem schlimmsten Winterwetter zu rechnen hätten. Mit Unwetter womöglich.

Ich hatte mich von meinem jüngsten Gedankenchaos erholt, war vernünftig geworden. Ich bezeichnete meine Anfälle – jene Stunden, in denen ich einfach nur dasaß und an alles dachte, was ich verloren hatte, meine Arbeit, mein Selbstwertgefühl, mein Zuhause und die Sicherheit – als Gedankenchaos, denn dann hatte ich keine Kontrolle mehr über meine Gedanken, sie verhielten sich wie eine flackernde Kerzenflamme bei Durchzug. Aber Petra hatte mich bei meinem Stolz gepackt mit ihrer Aussage, meine Arbeit sei unorganisiert. Irgendwo ganz hinten in meinem Kopf besaß ich immer noch ein kleinwenig Stolz.

Ich stellte einen Arbeitsplan auf, wollte das kalte Tageslicht zum Streichen nutzen und rechnete aus, wie viel ich an einem Tag schaffen konnte. Ich rechnete auch aus, wie viel ich in einer Woche essen würde, damit mein Plan nicht durcheinandergeriet. Ich füllte die Vorratskammer und den Kühlschrank mit Lebensmitteln. Solange ich nach diesem Plan arbeitete, kam ich nicht vom Weg ab. Kein störendes Gedankenchaos. Die schweren Stunden begannen, wenn die Laternen im Dorf angingen und ich mein Tageswerk beendet hatte.

Die Abende langweilten mich.

Sie waren anders als die Abende in meiner Wohnung in Reykjavík. Damals hatte ich es genossen, von der Arbeit nach Hause zu kommen und einfach zu schweigen, nachdem den ganzen Tag Menschen um mich gewesen waren. Ich hatte leise Radio gehört, mir in aller Ruhe etwas gekocht, es mir dann auf dem Sofa gemütlich gemacht, mit einem Auge ferngesehen und mit dem anderen ein Buch gelesen. Aber wenn ich den ganzen Tag alleine war, hatte ich das dringende Bedürfnis, abends mit jemandem zu reden. Wenigstens ein Gegenüber zu haben, und seien es auch nur die Leute im Fernsehen. Ich bereute es, den Fernseher für die Touristen in meiner Wohnung gelassen zu haben, und ärgerte mich über mich selbst, dass ich meinem Sohn gesagt hatte, wohl in einem Anflug von Überheblichkeit, ich bräuchte kein Fernsehgerät.

Das Meer war aufgewühlt, ich stand am Fenster und sah zu, wie es von der Dunkelheit verschluckt wurde, als Ania und Eva den Bürgersteig hinaufkamen. Ich begrüßte sie herzlich und merkte, wie sehr sie sich darüber freuten. Sie seien zu einer kurzen Ausspracheübung gekommen, sagten sie auf Englisch, aber wir hatten uns viel zu erzählen, bevor wir mit dem Unterricht begannen.

Das Gespräch drehte sich zunächst um Juane, die seit Tagen nicht auf der Arbeit erschienen war und laut Krummi mit Grippe im Bett lag. Natürlich tauschten wir uns über den Mann aus, doch da wir alle Zugezogene waren und seine Vergangenheit nicht kannten, wussten wir nicht viel über ihn. Dann sagte Ania, es sei so schwer, sich in eine Gemeinschaft zu integrieren, in der alle sich von Kindesbeinen an kannten, alle in derselben Schule gewesen waren oder zusammen gearbeitet hatten, als Ausländerinnen würden sie sich oft wie Außenseiter fühlen. Die Leute würden nicht auf sie zugehen, sondern einfach wegschauen, um nicht mit ihnen reden zu müssen, für die seien sie nur Arbeitskräfte, mit denen man nicht näher zu tun haben wollte.

Eva pflichtete ihr bei und meinte, sie habe nie geglaubt, dass es so schwer sein würde, sich in die isländische Gesellschaft zu integrieren. Nicht nur Freunde würden unglaublich fest zusammenhalten, sondern auch die Familien, da komme kein Außenstehender hinein. »Ihr bleibt lieber unter euch, ihr alle, oder ›wir Isländer‹, wie ihr immer sagt: wir, wir, wir.«

Zuerst war ich erschrocken und murmelte nur: »Sind wir wirklich so schlimm?« Doch dann vertraute ich ihnen an, dass es mir ähnlich erginge, ich würde mich oft fühlen wie die Einwanderer, die vor über hundert Jahren von Europa nach Amerika gefahren waren, oder wie die Isländer, die nach Kanada gefahren waren, ich hätte nur den Vorteil, dass ich die Landessprache beherrschen würde. Aber immerhin würde ich sie und Juane kennen, und Guðrún, Petra und Tumi, und darüber sei ich sehr froh.

Die beiden waren ein bisschen versöhnt, als sie hörten, dass sie mir wichtig waren.

Wir kamen mit den Ausspracheübungen gut voran, die Frauen kannten inzwischen die Lieder und konnten die Texte stellenweise schon mitsingen, was natürlich den Ausschlag gab, denn man lernt das, was man singen kann, viel leichter. So lief es eine ganze Weile gut, bis das Wetter das Ruder übernahm. Es schlug urplötzlich um. Auf den Sturm folgte heftiger Schneefall, so dass man nicht mehr bis zum nächsten Haus sehen konnte.

Die Frauen wollten erst einmal abwarten, denn bei diesem Wetter konnte man keinen Hund vor die Tür jagen. Ania rief ihren Mann an, der die Kinder schon abgeholt und nach Hause gebracht hatte und nun von Ania Anweisungen erhielt, was er ihnen zu Essen machen sollte, falls sie es nicht mehr rechtzeitig schaffen würde.

»Eigentlich kann er das auch alleine«, meinte Ania, »aber er hat so wenig Phantasie beim Kochen.«

Ich musste mich derweil um das Essen für uns alle kümmern, denn inzwischen war es ausgeschlossen, dass die Frauen zum Abendessen nach Hause kommen würden. Nachdem ich sie zu ihren Vorlieben befragt hatte, entschieden wir, gemeinsam eine internationale Fleischsuppe zu kochen, eine Mischung aus der isländischen, der polnischen und der ungarischen Variante. In der kleinen Küche herrschte ausgelassene Stimmung.

Ich hatte die beiden noch nie gefragt, warum sie ihre Heimatländer verlassen hatten und ausgerechnet nach Island gekommen waren, doch da ich die Ältere war und sie auch noch zum Essen einlud, nahm ich an, dass ich sie ruhig danach fragen konnte. Was auch in Ordnung war, sie hatten nichts dagegen, bei einer heißen Fleischsuppe darüber zu reden.

Eva erzählte, sie habe Ungarn nie wirklich den Rücken gekehrt, sondern beschlossen, alle Länder zu bereisen, die sie interessieren würden, dort eine Zeitlang zu bleiben und zu arbeiten, Land und Leute kennenzulernen. Sie habe schon in vielen Ländern gelebt, wahrscheinlich habe sie das Fernweh im Blut. Singen habe sie nur aus Spaß gelernt, danach habe sie Philosophie studiert, weil sie die Kultur und die Denkweise von Menschen unterschiedlicher Herkunft besser verstehen wolle.

»Eva hat einen Doktor in Philosophie«, erklärte ich.

Ania schnappte nach Luft, so erstaunt war sie.

»Sie schreibt über Menschen in anderen Ländern«, ergänzte ich, »und wo würdest du gerne leben, wenn du alt bist?«

»Ich will so lange reisen, bis ich tot umfalle«, antwortete Eva.

»Hast du dich denn nie verliebt?«, fragte Ania mit großen Augen.

Doch, sagte Eva, sie habe sich mal in einen Mann verliebt, mit dem sie in Budapest zusammen Gesangsunterricht genommen habe, aber die Beziehung sei gescheitert, er habe mehr künstlerischen Ehrgeiz entwickelt als sie und sei inzwischen Opernsänger in Italien. »Danach ist mir die Liebe nicht mehr untergekommen.«

»Wolltest du nie Kinder haben?«, stammelte ich.

»Nein, Kinder wollte ich nie in die Welt setzen.«

»Und was machst du, wenn du alt bist?« Obwohl mir durchaus bewusst war, wie albern diese altmodischen Fragen klangen, konnte ich mich nicht zurückhalten und fragte weiter: »Was willst du dann tun? Deine Familie stirbt, deine Freunde sterben, und du wirst ins Altersheim abgeschoben, wo dich niemand besuchen kommt.«

»Meinst du, ich werde so alt?«, entgegnete sie, als hätte sie das nie für möglich gehalten.

Da fiel mir auf, dass ich mit Mitte dreißig auch nie für möglich gehalten hätte, dass ich mal alt werden könnte. Dennoch war die Lebenseinstellung der Ungarin so anders als meine, dass ich beim besten Willen nicht aufhören konnte, darüber nachzugrübeln. Ich fragte, ein bisschen resigniert vielleicht: »Und was machst du abends, wenn du alleine bist?«

Eva war keineswegs um eine Antwort verlegen und sagte, sie gehe spazieren, schaue fern, informiere sich über Länder, die sie interessieren würden, über deren Geschichte, Geographie und Sprache, und manchmal spiele sie auch einfach nur den ganzen Abend Geige.

»Du spielst Geige?!«, rief Ania.

»Ich hatte als Kind Geigenunterricht«, antwortete Eva kurz angebunden.

»Ich kann nur ein bisschen Gitarre spielen«, nuschelte Ania über ihrer Fleischsuppe.

In den nächsten Minuten aßen wir schweigend, ziemlich nachdenklich, da weder Ania noch ich jemals eine Frau kennengelernt hatten, die mit sich alleine so zufrieden war. Es wirkte geradezu übermenschlich. Schließlich war es Eva, die die Fragerei in eine andere Richtung lenkte.

»Und was ist mit dir und der Liebe?«, fragte sie und blickte direkt in Anias dramatische Augen.

»Mir ist die Liebe in die Quere gekommen«, antwortete Ania mit einem Hauch von Ironie. Ohne allzu neugierig erscheinen zu wollen, drehte ich mich zu ihr und fragte, warum sie und ihr Mann nach Island gekommen seien. Da schleuderte sie ihren Löffel auf den leeren Suppenteller, fasste sich an die Kehle, als bekäme sie keine Luft mehr, und sagte mit tränenerstickter Stimme: »Jetzt wisst ihr es: Ich hab an der Krakauer Oper gesungen.«

Wir waren baff. Da saßen wir hier in den Westfjorden bei völlig verrücktem Wetter mit einer Opernsängerin aus Krakau. Die in der Fischfabrik arbeitete.

Eva verschluckte sich an ihrer Suppe: »Warst du wirklich an der Oper? Das hast du uns ja nie erzählt!«

Ania entgegnete schnippisch, wann sie das denn hätte erzählen sollen, in der Fischfabrik vielleicht? Ob sie einfach so mit den Gummistiefeln auf den feuchten Boden hätte stampfen und rufen sollen: »Mädels, ich bin Opernsängerin! Ich singe jetzt für euch die Tosca! Meint ihr nicht, dann hätten mich alle ausgelacht? Mir hat es schon gereicht, Ausländerin zu sein.«

Es stellte sich heraus, dass Ania nicht lange an der Oper gewesen war. Ihr musste man nicht jedes Wort aus der Nase ziehen, sie war nicht so verschlossen wie Eva. Sie und ihr Mann waren seit dem Studium zusammen, sie hatte Gesang studiert und er Maschinenbau. Ihr Gesanglehrer brachte sie im Opernchor unter, weil er meinte, sie habe eine phantastische Stimme und müsse unbedingt auf die Bühne. Und so nahmen die Dinge ihren Lauf. Sie bekam eine große Rolle angeboten und hatte sie gerade mal zwei Monate gesungen, als sich herausstellte, dass sie im vierten Monat schwanger war. Daraufhin stellte der Operndirektor eine andere ein, bot ihr aber an, zurückzukommen, wenn das Kind auf der Welt und alles wieder etwas ruhiger wäre. Es wurde allerdings so ruhig, dass sie gar nicht mehr zurückkehrte. Sie litt lange an Wochenbettdepressionen, und als sie endlich wieder auf den Beinen war, wurde sie erneut schwanger. Als das zweite Kind auf die Welt kam, wurde ihr Mann arbeitslos, und sie mussten weiter in den Norden ziehen, in eine Kleinstadt, wo er einen Job bekam, den er jedoch auch wieder verlor. Dann hörte er von alten Bekannten, die nach Island gegangen waren und dort genug Arbeit hatten, und ließ nicht locker, bis sie einverstanden war, mit ihm in den Nordatlantik zu ziehen. So formulierte sie es. Was hätte sie auch anders tun sollen, die Kinder brauchten schließlich etwas zu essen und ein Dach über dem Kopf. Sie biss die Zähne zusammen und schwor sich, nie mehr zu singen, auch nicht, wenn die Kinder groß wären: »Ich wollte mich an der Welt rächen, indem ich ihr drohte, dass sie mich nie wieder singen hören würde.«

Anias Geschichte war eine der traurigsten, die ich je gehört hatte. Meine Kündigung und meine Arbeitslosigkeit waren lächerlich im Vergleich zu der grausamen Tatsache, dass eine Opernsängerin aus dem alten Europa tagein, tagaus in Gummistiefeln isländischen Fisch filetierte.

Während wir am Fenster standen und in das Unwetter hinausstarrten, fragten die beiden, ob die Winter in Island immer so seien, ob sie das in Zukunft erwarten würde. Ich antwortete schleppend, das sei bei weitem nicht immer so, das Wetter könne auch mal schön sein, und das sei doch immer noch besser als im Krieg zu leben, so wie viele andere Menschen. Ich wollte einfach nur positiv sein. Doch dann fiel mir die Geschichte von der deutschen Frau aus dem Buch ein, das ich in Boston gekauft hatte. Ich hatte in letzter Zeit oft an sie denken müssen – man grübelt so viel, wenn man die Wände weiß streicht –, vielleicht weil ich mir hier in diesem kleinen isländischen Dorf oft selbst wie eine Einwanderin vorkam.

»Da war mal eine Frau«, setzte ich an, »die war Jüdin und floh kurz vor dem Zweiten Weltkrieg mit ihrem Mann und ihrem Sohn aus Deutschland. Sie waren beide Ärzte, die Frau war Chefärztin an einem Kinderkrankenhaus in Berlin, das sie selbst gegründet hatte. Doch in ihrer neuen Heimat konnten sie nur als Ärzte praktizieren, wenn sie eine amerikanische Ärztezulassung hatten. Ihr Mann bereitete sich also auf eine spezielle Prüfung vor, um diese Zulassung zu bekommen, es ging vor allem um Sprachkenntnisse, während sie als Haushälterin bei einer Familie arbeitete. Die Prüfung war schwer, deshalb lernte er den ganzen Tag und jeden Abend. Er schaffte die Prüfung, und da dachte sie, jetzt sei sie an der Reihe, und bat ihn, ihr beim Lernen und bei der Vorbereitung auf die Prüfung zu helfen, aber er weigerte sich. Er war immer dagegen gewesen, dass Frauen berufstätig waren, hatte das stets als erniedrigend empfunden, weil es in seiner Familie nicht üblich gewesen war. Sein Ziel war es, in New York eine Arztpraxis zu eröffnen. Deshalb musste sie weiter Billigjobs übernehmen, dagegen hatte er nichts, und obwohl sie versuchte, abends zu lernen, klappte es nicht, vielleicht wegen des Kindes oder der Müdigkeit, aber wohl vor allem weil er es nicht wollte. Sie waren ja eine Familie und hatten in dem fremden Land sonst niemanden. Schließlich schaffte er es mit ihrer Unterstützung, eine Arztpraxis zu eröffnen, für die sie die Räumlichkeiten gefunden hatte, und die Frau, die früher Chefärztin in einem Kinderkrankenhaus in Berlin gewesen war, wurde Sekretärin und Arzthelferin bei ihrem Mann. Sie war ihr ganzes Leben lang unglücklich, weil sie nicht als Ärztin praktizieren konnte. Das Einzige, wovon sie träumte, war, wieder Ärztin zu sein.« Ich hielt inne, weil mir klarwurde, dass Ania die Geschichte persönlich nehmen und traurig werden könnte. »Ach, das hätte ich nicht erzählen sollen, bitte entschuldige, ich verstehe nicht, warum mir das jetzt einfällt, ich wollte nur …«

»Ist schon okay«, fiel Ania mir ins Wort.

»Warum hat sich die Frau nicht von diesem Egoisten getrennt?«, fragte Eva und hob die Augenbrauen.

»Damals waren andere Zeiten«, erwiderte ich, immer noch ganz zerknirscht, »heute ist das anders.«

»Die Zeiten ändern sich«, sagte Ania, »aber die Gefühle nicht.«

Die Frauen starrten weiter in das Unwetter, und ich versuchte, mein Geplapper wieder gutzumachen. Es fiel mir nicht leicht, meine Gedanken in einer fremden Sprache auszudrücken, aber schließlich brachte ich heraus, langsam und vorsichtig, um nicht missverstanden zu werden: »Es ist so leicht, Frauen für ihre Mutlosigkeit, ihren Gehorsam und ihre Unterwürfigkeit zu verurteilen, wenn man ihre Vergangenheit und ihre Erziehung nicht kennt, wenn man das Verantwortungsgefühl für die Kinder und all die ungeschriebenen Gesetze in dem sensiblen Zusammenspiel zwischen Ehepartnern nicht nachempfinden kann.«

Die Frauen sagten kein Wort, schauten mich nur eindringlich an. Ich war ganz geknickt. Da seufzten sie und tätschelten mir den Rücken. Eva schlug vor, einen Tee zu kochen und Karten zu spielen, während wir auf besseres Wetter warteten.

Also saßen wir in der Küche und warteten, tranken Tee und spielten Whist. Ich hatte sicherheitshalber eine Kerze angezündet, falls der Strom ausfallen würde, obwohl ich wusste, dass das in Island nicht mehr häufig passierte. Aber die Kerzenflamme war beruhigend. Dann klingelte Anias Handy. Es war ihr Mann, der sagte, sie solle bei mir übernachten, er habe gehört, dass sich das Wetter in den nächsten Stunden nicht bessern würde.

Ich suchte in Truhen und Schränken nach Bettzeug für die Sängerinnen und bot ihnen die beiden Zimmer auf dem Dachboden an, ich selbst würde auf dem Sofa im Wohnzimmer schlafen. Sie meinten, das Sofa sei bestimmt zu kurz, um darauf zu schlafen, doch ich log ihnen vor, ich sei schon oft auf dem Sofa eingenickt und erst am nächsten Morgen wieder aufgewacht. Sie willigten ein, und mit einem Mal waren wir drei Freundinnen, die sich unter demselben Dach bettfertig machten.

Die Atmosphäre im Haus schien sich durch diese Situation zu verändern, ohne dass ich hätte sagen können, wie. Aber ich war froh, dass das Wetter sich so aufführte.

In der Küche ließ ich ein kleines Licht brennen, das sanft ins Wohnzimmer schien, und während ich zusammengerollt auf dem Sofa lag, denn es war tatsächlich viel zu kurz, merkte ich, wie unangenehm es war, im Wohnzimmer zu schlafen, wenn keine Gardinen vor den Fenstern hingen. Ich grübelte darüber nach und konnte nicht sofort einschlafen. Und mitten in meinen Gardinenüberlegungen machte sich das blöde Fenster auf dem Dachboden bemerkbar, es schlug mit einem Knall auf, schaffte es aber zum Glück nicht, die Haustür aufzudrücken, die fest verschlossen war. Als ich nach oben ging, um das Fenster zu schließen, sah ich zu meinem Kummer, dass die Fensterriegel lose waren, das musste man reparieren. In den Zimmern war es ganz still, ich ging wieder hinunter und versuchte einzuschlafen. Doch ich schlief schlecht, die Fenstergeschichte hatte mich aufgeschreckt. Später wurde ich immer wieder wach, weil sich die Toilette unten befand und meine Gäste sie mehrmals benutzten, sich abwechselnd die Treppe hinauf- und hinunterschlichen wie Gespenster.

Trotzdem fand ich es schön, dass sie da waren.

Erst am nächsten Morgen, als der Sturm nachließ, sollte ich

erfahren, dass mich noch mehr Übernachtungsgäste erwarten würden.

Bei Petra fand eine Versammlung statt.

Sie begann schon, bevor die Arbeit und die Schule anfing. Petra rief mich an und bat mich, sofort zu kommen, da war es gerade mal sieben. Den Anlass für die Versammlung würde ich erfahren, wenn ich käme. Hastig zog ich mich an und schlich mich aus dem Haus, ohne mich von den Frauen auf dem Dachboden zu verabschieden.

Das Dorf lag noch im Dunkeln, aber die Straßenlaternen leuchteten mir den Weg. Das Unwetter hatte sich in der Nacht gelegt, und dann hatten auch die Toilettengänge aufgehört, und ich war endlich eingeschlafen, doch der nächtliche Schneesturm hatte feinkörnige Schneewehen gebildet, die sich sanft an die Gärten und Autos auf beiden Seiten der Straße schmiegten. Im Dorf herrschte Stille, diese eigenartige Stille, die eintritt, nachdem die Wettergötter ihre Wut an uns ausgelassen haben. Die Straßen waren für größere Autos befahrbar, und ich konnte ohne große Mühe zu Petras Haus wandern.

Das eigentlich Guðrúns Haus war, obwohl ich immer das Gefühl hatte, es wäre Petras Haus.

In Petras Küche hatten sich mehrere Leute versammelt. Der Werksleiter und zwei der acht Tenöre saßen mit Kaffeebechern am Küchentisch und knabberten Kekse. Guðrún stand mit einem Fernglas neben dem Kühlschrank und spähte damit durchs Fenster. Ich stand da wie bestellt und nicht abgeholt und blickte abwechselnd zu Guðrún und den Männern, bis Petra mir die Sachlage erklärte.

Schon seit zwei Wochen habe niemand mehr etwas von Juane gehört oder gesehen, was eine lange Zeit für eine Grippe sei, und sie würden sich Sorgen machen. Seit einer guten Woche, seit sie mich zu ihr geschickt hätten, würden Guðrún und Petra das

Haus überwachen. Allerdings in erster Linie Guðrún, die den ganzen Tag zu Hause war. Die Vorderseite des Hauses könne man mit dem Fernglas durchs Küchenfenster nämlich gut erkennen. Während dieser Zeit habe Guðrún Krummi morgens immer aus dem Haus gehen, in den Wagen steigen und wegfahren sehen, wahrscheinlich in den Nachbarort, wo er vorübergehend arbeitete, soweit man informiert sei. Gegen Mittag komme er wieder nach Hause, und danach rege sich beim Haus nichts mehr bis zur Abendessenszeit, dann fahre er mit dem Wagen weg, komme aber rasch wieder zurück. Juane sehe man überhaupt nicht, sie würde noch nicht einmal hinaus auf die Treppe kommen, um frische Luft zu schnappen, und auch nicht auf der anderen Seite des Hauses auf den Balkon, weil es nämlich keinen Balkon gebe. Allerdings habe Guðrún – und da waren wir offenbar beim Kern der Sache angelangt, Petra wurde ganz ernst –, ja, Guðrún höchstpersönlich, die sonst nie aus dem Haus ging, bei ihm angeklopft und nach Juane gefragt. Darauf habe er behauptet, Juane sei nach Reykjavík gefahren, ob sie das nicht wisse. Er habe ganz verwundert getan und gesagt, er habe gedacht, Juane hätte sich von ihnen verabschiedet. Woraufhin Guðrún gefragt habe, was Juane denn in Reykjavík machen würde, und da habe er gesagt, ihre Beziehung sei beendet und sie würde wahrscheinlich zurück nach Spanien fahren. Aber sie hätten sie nicht ins Auto steigen sehen, und Petra habe mit dem Busfahrer gesprochen, der den Nachbarort anfuhr. Der habe ihr bestätigt, dass Juane nie zu ihm in den Bus gestiegen sei.

So sehe die Sache aus. Sie wüssten nicht, ob Juane noch am Leben oder schon tot sei. Aber sie hätten sich vorgenommen, es herauszufinden.

Alle schwiegen und schauten mich an. »Was soll ich machen?«, stammelte ich, obwohl mir sofort klar war, welche Rolle ich bei ihrem Plan spielen sollte.

Sobald Krummi das Haus verlassen und wegfahren würde,

sollte der eine Tenor ihm nachfahren. Er würde die anderen anrufen, wenn Krummi das Dorf hinter sich gelassen hatte, und dann am Dorfrand im Auto warten und Wache halten. Ich sollte derweil zum Haus gehen und anklopfen. Wenn niemand zur Tür käme, sollte ich durch den Briefschlitz nach Juane rufen, und wenn sie nicht antworten würde, sollte ich den anderen ein Zeichen geben. Dann würden der Werksleiter und der andere Tenor kommen, der seines Zeichens Schlosser war, und die Tür aufbrechen.

Da ich es ziemlich kompliziert und abwegig fand, um sieben Uhr morgens aus dem Bett getrommelt zu werden, nur weil ich durch einen Briefschlitz nach jemandem rufen sollte, fragte ich, ob es nicht einfacher sei, wenn Petra das übernehmen würde. Guðrún ließ das Fernglas sinken und sagte trocken: »Petra hat Schiss, weil so ein Typ wie Krummi sie mal verprügelt hat, und du bist aus irgendwelchen unerfindlichen Gründen nicht ängstlich.«

Ich war völlig baff, erwähnte jedoch nicht, dass sich noch nie jemand groß über meinen Charakter geäußert hatte, abgesehen von meiner ehemaligen Kollegin vielleicht, die gesagt hatte, ich sei spießig. In diesem Augenblick war es wohl nicht angebracht, sich Gedanken über die eigene Persönlichkeit zu machen, aber ich nahm mir vor, es später in aller Ruhe zu tun, und fragte, warum zum Teufel sie nicht einfach zur Polizei gehen würden.

Da wetterte der Werksleiter: »Erstens ist die Polizeiwache im nächsten Ort, zweitens gibt es so was wie Privatsphäre, drittens haben wir keine Beweise, und viertens erledigen wir das unter uns.«

Wir warteten und glotzten auf Guðrúns Fernglas. Ich spürte, wie sich Nervosität in mir breitmachte, ließ mir aber nichts anmerken, denn ich wollte den Männern in nichts nachstehen. Sie warteten seelenruhig ab, lehnten sich auf ihren Stühlen zurück und streckten die Beine aus.

In den Adern dieser Kerle floss bestimmt kein Blut.

Die Tenöre waren Brüder, hatte Petra mir mal erzählt, einer war Lehrer, der andere Schreiner und Schlosser, beide groß und kräftig wie der Werksleiter, aber nicht ganz so füllig wie er. Sie waren keine Typen, die viel schwafelten, aber wenn es ums Singen ging, funktionierten ihre Stimmbänder prächtig, das wusste ich.

Um die Stille zu durchbrechen, fragte ich nach Tumi, ob er nicht aufstehen und in die Schule gehen würde.

»Ich lasse ihn ausschlafen«, antwortete Petra knapp. Sie stand mit verschränkten Armen und vorgerecktem Kinn neben dem Küchenschrank. Ich hatte keine Zweifel daran, wer den Überfall angeleiert hatte.

Endlich war es so weit. »Er kommt raus«, sagte Guðrún, »er steigt in den Wagen.«

Der eine Tenor wuchtete sich schwerfällig vom Stuhl hoch und ging nach draußen. Ich zog meine Mütze und meine Handschuhe an. Petra machte eine ruckartige Kopfbewegung, um mir zu signalisieren, dass ich losgehen sollte.

Im Morgengrauen verließen die Leute mit ihren Kindern nach und nach die Häuser, dick eingemummelt, denn nach dem nächtlichen Sturm hatte plötzlicher Frost eingesetzt. Der Schnee knirschte leise unter meinen Füßen, als ich zum Ende der Straße und den Hang hinauf ging, bis zu dem obersten und letzten Haus auf der rechten Seite. Die Fenster im Erdgeschoss waren klein und wirkten wie ausgestorben, es brannte kein einziges Licht. Wobei es ja eigentlich auch unnötig war, Strom zu verschwenden, wenn niemand im Haus war, dachte ich. Oder war vielleicht doch jemand zu Hause und kauerte in der Dunkelheit?

Direkt vor dem Haus stand eine Straßenlaterne, sehr praktisch für alle, die weiter unten im Dorf mit Ferngläsern am Fenster standen, außerdem konnte sich der Hauseigentümer dadurch eine Außenlampe vor der Eingangstür sparen.

Ich stieg die Treppe hinauf, nur ein paar Stufen, und klopfte an die Tür. Ich schlug und hämmerte immer fester. Da diese Methode erfolglos blieb, tat ich das, was man mir aufgetragen hatte, und rief durch den Briefschlitz nach Juane. Viele Male. Ich legte das Ohr an die offene Klappe, lauschte kurz, rief dann weiter, schrie fast, bis ich es aufgab.

Ich gab den anderen das Zeichen, wandte mich von der Tür ab und klatschte über dem Kopf in die Hände. In der Stille hörte ich den Jeep des Werksleiters anspringen, und kaum hatte ich mich umgedreht, da blendeten mich schon die Autoscheinwerfer.

Der Tenor ging entschlossen zu Werk. Um die Taille trug er einen Gürtel mit vielen Fächern und erinnerte an einen bewaffneten Soldat. Er musste nicht lange an dem Schloss herumschrauben, bis die Haustür aufging. Der Werksleiter zog eine starke Taschenlampe aus seiner Anoraktasche, der Tenor zog eine zweite aus seinem Waffenfach, sie schalteten die Lampen ein und betraten das Haus, während ich ihnen in einigem Abstand folgte.

»Sollen wir nicht einfach das Licht anmachen?«, fragte ich.

Der Werksleiter antwortete mit leicht mitleidiger Stimme, da er mich wohl nicht für besonders scharfsinnig hielt: »Es ist unnötig, das ganze Haus zu erleuchten, sonst ruft noch irgendein Schwachkopf bei diesem Arschloch an und sagt ihm, dass jemand im Haus ist.«

Ich war zwar keine Fachfrau in Einbruchsdingen, fand es aber eher unwahrscheinlich, dass in einem kleinen Dorf, in dem jeder jeden kannte, der eine beim anderen einbrach, und das auch noch so kurz nach einem Unwetter. Aber ich hielt lieber den Mund, bezog neben dem Küchentisch Stellung, der vom Schein der Straßenlaterne beleuchtet wurde, und überließ den Männern das Suchen. Erst jetzt wurde mir der Ernst der ganzen Sache bewusst. Ich war so sehr mit der morgendlichen Versammlung bei Petra beschäftigt gewesen, dass ich mich gar nicht richtig auf Juane konzentriert hatte. Hatte sie nach der Grippe das Land verlassen, oder versteckte sie sich tatsächlich in diesem Haus? Krank? Verletzt? Weiter wollte ich nicht denken, das überstieg meine Vorstellungskraft.

Die Männer bewegten sich leise durchs Haus, aber ich konnte hören, wie sie Zimmer- und Schranktüren öffneten und schlossen, Möbel zur Seite rückten, dann knarrte die Kellertreppe. Ich wollte mich ebenfalls nützlich machen, öffnete alle Küchenschränke und -schubladen und suchte nach Hinweisen auf die Lebensmittelvorräte und die Anzahl der Personen im Haus, war jedoch überrascht, wie ordentlich der Mann alles eingeräumt hatte.

Plötzlich hörte ich die Männer unten im Keller laut fluchen und rief instinktiv: »Habt ihr was gefunden?« Da sie nicht antworteten, rief ich noch einmal. Ich war beunruhigt und fand eigentlich, dass es genug war. Ich hörte sie weiter fluchen, aber sie schienen mich nicht gehört zu haben. Offenbar machten sie sich da unten an irgendetwas zu schaffen. Ein kalter Schauer lief mir über den Rücken.

Als ich den Kühlschrank aufmachte, meinte ich, direkt neben mir ein Geräusch zu hören. Ich stand mucksmäuschenstill da und lauschte. Es war kein Rascheln, eher ein Summen. Das ist der Kühlschrank, dachte ich und machte ihn wieder zu. Ich hatte nichts Ungewöhnliches darin entdeckt, nur das Übliche: Milch und Quark und Käste und Ketchup und ein paar Reste. Aber ich hörte das Summen immer noch, eine Art Singsang, wie wenn man leise vor sich hin summt.

Ich hatte den Eindruck, dass das Geräusch von oben kam, und überlegte, ob es vielleicht über der Küche eine Dachkammer gab. Als ich nach einer Luke in der Decke suchte, meinte ich plötzlich, dass das Geräusch von unten kam, ich konnte es am deutlichsten hören, wenn ich neben der offenen Küchentür stand. Endlich kam ich darauf, einen Blick hinter die Küchentür zu werfen.

Dahinter befand sich eine schmale, niedrige Tür. Na klar, die Vorratskammer, dachte ich, früher hatten alle so was. Ich griff nach der Klinke, die Tür war abgeschlossen, aber der Schlüssel steckte im Schloss. Ich öffnete sie, und es handelte sich tatsächlich um eine Vorratskammer.

Der Singsang verstummte. Dann schaltete ich das Licht ein.

Juane saß zusammengesunken da, ihr ganzer Körper in ein verknotetes Netz eingewickelt.

»Was machst du denn in der Vorratskammer, Juane?«

Es ist interessant, wie der Kopf schlimme Bilder verarbeitet. Er versucht sie abzumildern, indem er ganz schnell andere Bilder produziert, teilweise so banale, dass man sich fast dafür schämt, in einem kritischen Moment etwas so Unwürdiges gedacht zu haben. Das Erste, was mir in den Sinn kam, als ich Juane zusammengesunken auf dem Boden kauern sah, fest eingewickelt in ein Kabeljaunetz, war, was für eine hässliche Farbe die Vorratskammer hatte. Dass meine Vorratskammer in Helgas Haus viel schöner aussah. Das Nächste, was durch meinen erbärmlichen Kopf ging, war, wie abgemagert Juane war, fast nur noch Haut und Knochen. Unter dem Netz trug sie Unterwäsche. Und hatte einen Knebel im Mund.

Ich hob sie hoch, so wie eine Mutter ihr Baby aus dem Kinderwagen hebt. Sie war ausgekühlt. Ich trug sie in die Küche, setzte sie auf den Rand des Küchentischs, nahm ihr den Knebel aus dem Mund, holte aus einer Schublade eine Schere und begann, ihr das Netz vom Körper zu schneiden. Am Schwierigsten war es an den Beinen, wo das Netz fest verknotet war.

Wir sagten beide kein Wort, Juane starrte mit gebrochenen Augen vor sich hin, während ich schnitt.

Die Männer sagten auch nichts, als sie aus dem Keller wieder heraufkamen. Sie standen nur in der Türöffnung und trauten ihren eigenen Augen nicht. Dann tauschten sie einen Blick, der Tenor machte auf dem Absatz kehrt, ging raus und kam mit einer Decke zurück. Wir befreiten Juane aus dem Netz und wickelten sie in die Decke.

Der Tenor trug sie zum Auto, während der Werksleiter und ich unsere Spuren beseitigten. Wir legten die Schere in die Schublade, nahmen das Netz mit und schlossen die Vorratskammer ab.

In diesem Haus war niemand gewesen.

Wir hatten noch kein einziges Wort gesprochen, keiner von uns. Ich saß mit Juane im Arm auf dem Rücksitz. Erst als wir zu Petras Haus kamen, hielt der Werksleiter kurz an und sagte: »Wir gehen nicht rein, ich will nicht, dass Tumi das sieht.« Petra und Guðrún standen am Fenster, er gab ihnen ein kurzes Zeichen und fuhr weiter. Wir fuhren zu mir.

Mein Bettzeug lag noch auf dem Sofa, und wir wickelten Juane in meine Bettdecke, ohne ihr die andere Decke abzunehmen, denn sie brauchte jetzt viel Wärme. Dann sank sie auf mein Kissen. Ich blieb bei ihr sitzen, und sie schob ihre zierliche Hand in meine.

Wir flößten ihr heißes Wasser mit Milch ein, doch als ich ihre Verletzungen untersuchen und ihren Körper unter der Decke in Augenschein nehmen wollte, fing sie an zu jammern. Also warteten wir damit. Wir unterhielten uns leise und überlegten die nächsten Schritte. Ich fand es selbstverständlich, dass wir Juane sofort ärztlich untersuchen lassen würden und dass sie anschließend Strafanzeige gegen den Mann erstatten würde. Da sagte der Tenor, er hieß Andrés: »Wir sind hier nicht in Reykjavík. Wir haben kein Gesundheitszentrum und keine Polizeiwache, aber es gibt eine Krankenschwester, die die Kinder in der Schule untersucht.«

Nach einigem Hin und Her wurde beschlossen, dass der Werksleiter die Krankenschwester holen sollte. »Ich rufe auch bei der Polizei an«, sagte er beim Rausgehen. Ich erklärte, ich würde Petra anrufen, sie würde bestimmt schon ungeduldig auf Neuigkeiten warten.

Erst dann fielen mir meine Übernachtungsgäste wieder ein.

Andrés setzte sich zu Juane, damit ich kurz raufgehen konnte. Er wollte ihre Hand nehmen, doch sie zog sie zurück, blickte ihm aber fest in die Augen.

Ich schlich die Treppe hinauf in der festen Annahme, dass die Sängerinnen nach der unruhigen Nacht noch schliefen, schaute in beide Zimmer, sah jedoch nur zwei ordentlich gemachte Betten. Sie waren weg, hatten aber Zettel auf ihren Betten hinterlassen. Ich nahm die Zettel und verglich sie, sie waren fast identisch. Beide hatten ein Herz gemalt und auf Isländisch hineingeschrieben: danke.

Erst da, nach so vielen Monaten, brach ich in Tränen aus.

Das Netz hatte große Maschen.

Es musste ein Kinderspiel gewesen sein, eine kleine Frauenhand hindurchzustecken, vielleicht war Juanes Körper deshalb mehrmals mit dem Netz umwickelt worden. Aber warum fesselte man eine Frau mit einem Netz und sperrte sie in eine Vorratskammer? Die Beweismittel lagen auf meinem kleinen Schulpult, wir hatten sie für die Polizei zurechtgelegt, falls Juane Anzeige erstatten würde.

Doch genau da lag der Hund begraben, denn Juane wollte nichts sagen. Petra saß bei ihr auf dem Dachboden, wo wir das Zimmer neben meinem für sie eingerichtet hatten, und bemühte sich, sie zum Reden zu bringen, doch Juane kniff die Lippen zusammen und drehte den Kopf weg.

Die Krankenschwester, eine ruhige ältere Frau, war gekommen und hatte einen Bericht geschrieben, nachdem sie Juane untersucht und Fotos von ihren Verletzungen gemacht hatte. Es gab kaum eine Stelle an ihrem Körper, die nicht geprellt oder eingeschnitten war. Ihre Beine waren rot und geschwollen. Eine genauere Untersuchung war nicht möglich, denn Juane hatte nach der Frau getreten, als sie ihre Geschlechtsorgane untersuchen wollte. »Schon gut, schon gut, Liebes, jetzt schlafen wir«, sagte die Krankenschwester einlullend und breitete die Decke über Juane.

Ich war unzufrieden mit diesem Ergebnis und sagte zu der Krankenschwester, als wir wieder unten waren, es sei sehr wichtig zu wissen, ob sie vergewaltigt worden war, dass müsse ihr doch klar sein. »Sie wurde nicht vergewaltigt«, erwiderte die Frau bedächtig.

»Wie können Sie das wissen, ohne sie untersucht zu haben?«, fragte ich aufbrausend.

Die Frau schwieg lange, während sie ihre Schuhe und ihren Mantel anzog, und antwortete schließlich: »Das sagt mir meine Erfahrung.«

»Erfahrung?!«, entgegnete ich empört. So etwas Dummes hatte ich noch nie gehört. Da drehte sie sich um, kam mit festen Schritten auf mich zu, schaute mir fest in die Augen und sagte: »Ich kannte Krummi schon als Kind.« Dann verließ sie das Haus.

»Sie schläft«, sagte Petra, als sie herunterkam, »wir sollten sie schlafen lassen.« Ich erzählte ihr fassungslos, was die Krankenschwester gesagt hatte. Petra ließ den Kopf hängen und stöhnte: »Ja, aber selbst wenn es keine Vergewaltigung war, ist es Freiheitsberaubung. Der Werksleiter hat die Polizei im Nachbarort informiert, sie kommt nachher.«

Wir rekapitulierten die Ereignisse des Morgens, Stück für Stück, wie ich Juane entdeckt hatte, wie sie reagiert hatte, und blickten uns immer wieder ratlos an. Sollten wir versuchen, Juanes Familie zu informieren und sie zurück nach Spanien schicken, sobald der Fall aufgenommen worden war? Was würde Juane wollen?

Die Polizei kam gegen Mittag in Begleitung von Jóhannes. Die

Polizisten musterten das Netz, das ich auf einen der Schulpulte gelegt hatte, und fragten mich, ob ich Fotos von Juane gemacht hätte, bevor ich das Netz aufgeschnitten hatte. Das hatte ich nicht, ich hatte mein Handy nicht dabeigehabt, und selbst wenn ich es dabeigehabt hätte, hätte ich das wahrscheinlich vergessen, weil ich so schockiert gewesen war. Die Polizisten schauten Jóhannes fragend an, doch er musste dasselbe eingestehen, keine Fotos, er sei so erschüttert gewesen, als er Juane gesehen habe, dass er nur daran gedacht habe, sie so schnell wie möglich von dort wegzubringen. »Aber«, sagte er, »es gibt drei Zeugen für dieses Verbrechen.«

Die Polizisten meinten, sie müssten mit dem Opfer sprechen, und stiegen langsam und vorsichtig die schmale Treppe hinauf. Jóhannes und ich blieben unten und lauschten. Wir hörten die Männer ein paar Fragen stellen, doch es kam keine Antwort. Das Opfer wollte sich nicht äußern und hatte sich zur Wand gedreht. Die Reaktion des Opfers müsse in den Bericht mit aufgenommen werden, wurde uns gesagt. Dann nahmen die Polizisten das Netz mit.

Die weiteren Vernehmungen fanden in Guðrúns Haus statt. Es war wohl schon öfter vorgekommen, dass die Polizei dort ihre Zelte aufgeschlagen hatte. Wir wurden vernommen, einer nach dem anderen, die Zeugen und die Krankenschwester, und Petra blieb so lange bei Juane. Die Polizisten ließen uns wissen, dass sie Krummi vernehmen würden, und meinten, die Sache sei ernst, immerhin handele es sich um Freiheitsberaubung und Körperverletzung.

Ich war total erschöpft, als ich zurück nach Hause kam, die Sache war mir ganz schön an die Nieren gegangen. Juane schlief, und Petra bat mich, sie anzurufen, sobald sie aufwachen würde, doch kam mir plötzlich der Gedanke, was ich eigentlich tun sollte, falls Krummi bei mir auftauchte.

Petra wich meinem Blick aus und sagte schließlich: »Tja,

ich weiß auch nicht, du wirst dir schon zu helfen wissen. Das schaffst du, so wie ich dich kenne.« Mit diesen Worten war sie durch die Tür. Ich war zur alleinigen Wächterin einer jungen Frau geworden, die misshandelt worden war. Und musste jeden Moment mit dem Besuch eines Verbrechers rechnen.

Ich überlegte eine Weile und beschloss dann, mich zu bewaffnen. Ich holte einen Hammer und eine Schaufel aus dem Schuppen, verriegelte die Haustür, schloss die Fenster und hielt wichtige Telefonnummern in meinem Handy bereit. Ich hatte eine neue und verantwortungsvolle Rolle im Leben übernommen.

Frost

Allerdings war meine Rolle in den darauffolgenden Tagen ziemlich schwierig.

Die Frau auf dem Dachboden schwieg. Am ersten Abend musste ich ihr auf die Toilette helfen, weil sie zu entkräftet war, aber sie wollte nichts essen. Sie wollte nur schlafen, wenn Licht brannte und die Tür zwischen unseren Zimmern offen stand. Ich versicherte ihr, dass ich unten auch eine Lampe anlassen würde, doch bevor ich nach oben ins Bett ging, schaltete ich unten für einen Moment alle Lichter aus, damit ich durchs Fenster nach draußen schauen konnte. Ich spähte in die Finsternis, um sicherzugehen, dass niemand ums Haus herumstrich, doch nichts regte sich. Jetzt wäre es gut gewesen, die Vorhänge zuziehen zu können, und ich bereute es inständig, die alten Gardinen weggeworfen zu haben. Ich ließ im Flur und in der Küche das Licht brennen und nahm den Hammer mit nach oben, war die ganze Nacht in Alarmbereitschaft.

Am Morgen, als es anfing zu dämmern, ging ich unverzüglich in Juanes Zimmer. Sie schlief. Wahrscheinlich hatte sie in den letzten Tagen nicht viel geschlafen. Sie hatte wohl gehört, wie ich das Frühstück machte, denn von oben hörte ich Geräusche. Da stand sie auf dem Treppenabsatz und gab mir zu verstehen, dass sie herunterkommen wollte. Sie sah schrecklich aus, ich hatte noch nie jemanden mit so dunklen Ringen unter den Augen gesehen. Nachdem ich ihr ins Badezimmer geholfen hatte, zeigte sie auf die Dusche.

Ich machte alles so wie bei meinen Kindern, seifte sie ein, wusch ihr die Haare, kämmte sie, natürlich mit meinem Kamm, denn sie hatte ja nichts dabei, zog ihr dann Unterwäsche und einen Schlafanzug von mir an, alles viel zu groß, diese Frau war so schmächtig, und warf ihr meinen Bademantel über. Anschließend schleppte sie sich mit meiner Hilfe wieder nach oben, und ich sagte ihr, dass sie jetzt etwas heißen Kräutertee trinken müsse, da gehe kein Weg dran vorbei. Dabei war ich sehr resolut. Ich flößte ihr ein paar Schlucke ein. Es war schon ein gewisser Erfolg, sie gewaschen und ihr ein heißes Getränk eingeflößt zu haben, aber sie zum Reden zu bringen, war unmöglich. Sie schüttelte noch nicht einmal den Kopf, als ich es probierte, sondern schwieg einfach hartnäckig.

Gegenüber diesem Schweigen war ich machtlos.

Wenn das Ganze in Reykjavík passiert wäre, hätte ich mich selbstverständlich mit einer Hilfseinrichtung in Verbindung gesetzt, aber im Dorf gab es so etwas nicht. Das Einzige, was ich tun konnte, war, ihr etwas Flüssiges zu verabreichen, festes Essen wollte sie nicht, und dafür zu sorgen, dass sie sich erholte. Ich konnte ihr noch nicht einmal etwas zu lesen geben. Im Bücherregal standen keine englischen Bücher, und ich wollte nicht zu der kleinen Bücherei gehen, weil ich mich nicht traute, sie auch nur eine Sekunde alleine zu lassen.

Eva und Ania kamen prompt am nächsten Tag, tätschelten und streichelten Juane, redeten sanft auf sie ein, konnten ihre Seele jedoch ebenso wenig öffnen wie alle anderen, die es versuchten.

Petra kam und schaffte es auch nicht, Juane zum Reden zu bringen. Kurz darauf kamen der Werksleiter und Andrés, der Tenor. Sie gingen nicht nach oben, erzählten mir aber, dass die Polizei Krummi verhaftet und verhört habe. Danach sei er zu seiner Arbeit in der Netzfabrik im Nachbardorf gegangen, so als wäre überhaupt nichts geschehen. Nach dem Verhör habe die Polizei ihn einfach laufen lassen. Man sehe keinen Grund, ihn festzuhalten, denn er habe alles gestanden, und Juane hatte ja keine Anzeige erstattet. Die Sache würde nun der Staatsanwaltschaft übergeben.

Zugleich versicherten sie mir, ich könne ganz ruhig bleiben, der Werksleiter und die acht Tenöre hätten sich vorgenommen, Krummi zu überwachen. In der Tat würde das ganze Dorf ein Auge auf ihn haben, die Nachricht habe sich nämlich in Windeseile herumgesprochen, und die Leute seien erschüttert.

Das Dorf hatte alles im Blick, das hätte ich mir ja denken können. Am dritten Tag wurde ich langsam unruhig, weil ich so lange nicht aus dem Haus gekommen war, rief den Werksleiter an und bat ihn, mich eine Weile abzulösen, damit ich in den Laden gehen und für Juane eine Zahnbürste kaufen konnte. Petra traute ich es nicht zu, Juane zu bewachen, sie schien mir zu unbedarft für eine solche Aufgabe.

Jóhannes kam, und seine Präsenz drang in jede Ecke des Hauses. Er machte sich Sorgen, weil Juane so lange schwieg. »Die Hauptzeugin sagt kein Wort«, klagte er stirnrunzelnd, als wäre es meine Aufgabe, sie zum Sprechen zu bringen. »Das geht so nicht, wir können den Mann nicht bis in alle Ewigkeit überwachen«, stöhnte er, als läge die Gesetzesvollstreckung allein auf seinen Schultern. Am liebsten hätte ich ihm etwas an den Kopf geworfen, ihn gefragt, für was sie mich eigentlich halten würden, für eine Krankenschwester oder eine Pflegerin? Dass ich nur in die Westfjorde gekommen sei, um ein Haus zu streichen, aber ich beherrschte mich. Ich bat ihn lediglich, ganz ruhig in der Küche sitzen zu bleiben, solange ich weg wäre, Juane schlafe, aber sie könne Angst bekommen, wenn sie aufwachen würde und so ein Monstrum von Kerl sich über sie beugen würde. Jóhannes senkte gekränkt den Kopf und ließ sich schwerfällig auf einem Küchenhocker nieder.

Ich hatte mich erst ein paar Meter vom Haus entfernt, als mir von der Straße unterhalb jemand etwas zurief. Die Nachbarin hatte mich und mein Haus, beziehungsweise Helgas Haus, beobachtet und rief mir von der Treppe aus zu, wie es Juane gehe. Mir war diese Frau schon aufgefallen, als ich das erste Mal ins Dorf gekommen war, damals hatte sie so getan, als würde sie mich nicht sehen. Ich antwortete, es gehe ihr den Umständen entsprechend. »Das arme Mädchen«, entgegnete die Frau. »Bitte sagen Sie mir Bescheid, wenn ich irgendetwas tun kann.«

Als ich im Laden in der Kühltruhe nach etwas suchte, das ich für uns kochen konnte, wandte sich ein Mann an mich, den ich noch nie gesehen hatte, und meinte, das sei ja schrecklich, dieses Schwein, solche Typen solle man kastrieren, wie es denn dem armen Mädchen gehe? Und an der Kasse fragten mich zwei Leute, die ich ebenso wenig kannte, wie das denn alles passiert sei, und wollten die ganze Geschichte hören. Ich stieß das Wichtigste hervor, ohne ins Detail zu gehen, fügte noch hinzu, ich müsse jetzt schnell nach Hause zu dem Mädchen und ließ die Leute in einem angeregten Gespräch über das Böse im Menschen zurück. Selbst die Kassiererin hatte eine Pause eingelegt, um sich an der Diskussion zu beteiligen.

In der kleinen Bücherei wollte ich mich nach englischer Lektüre umschauen, als Zeitvertreib für Juane, wenn es ihr wieder etwas bessergehen würde, doch kaum war ich eingetreten, kam die Bibliothekarin auf mich zu, setzte ihre Brille ab und fragte, ob ich für das arme Mädchen etwas zu lesen bräuchte. Ich war total überrascht, die Frau schien meine Gedanken gelesen zu haben, und als ich nicht viel herausbrachte, sagte sie: »Ja, ich weiß, es sollte etwas Leichtes sein, das sie ein bisschen aufheitert, nicht wahr?« Sie lächelte wissend, wies mich an, ihr zu folgen, und zog dann ein paar Zeitschriften hervor, die sie am Tresen aufbewahrt hatte. »Die neuesten ausländischen Modezeitschriften, ganz frisch aus Reykjavík, leider habe ich kein gutes Buch auf

Englisch, das ihr gefallen könnte, nur alte Krimis, und die wären jetzt nicht gut für sie«, erklärte sie mit einer Sorgenfalte zwischen den Augen, die den Ernst der Sache unterstrich. Dann fügte sie leise hinzu: »Gehen Sie mit der Sache bloß nicht an die Presse!«

»Ich? An die Presse?«, erwiderte ich, bass erstaunt über diese Unterstellung.

»Ja«, sagte sie, »das ganze Gerede über Gewalt und Sexualverbrechen, das bringt das Dorf in Verruf, dann wollen keine jungen Leute mehr herziehen.«

Wenn die Geschichte nach Reykjavík drang, war das also meine Schuld. Und ich saß hier fest, weil die Straßen dicht waren. Falls diese spiegelglatten und gefährlichen Straßen überhaupt jemals geräumt wurden, türmten sich die Schneewände manchmal bis zu zehn Meter hoch, wenn nicht gar noch höher. Und ich war hier, mit dem ganzen Dorf in Alarmbereitschaft. Ich musste darüber nachdenken, wie gut mich hier alle kannten, Leute, die mir völlig fremd waren, als hätten alle von Anfang an von meiner Anwesenheit gewusst. Was sie wohl über mich geredet hatten?

Der Werksleiter saß in der Küche, als ich zurückkam, und versicherte, er habe sich nicht vom Fleck gerührt und nicht versucht, mit Juane zu reden, er finde es aber wichtig, dass ich sie zur Vernunft bringen würde, sie müsse Anzeige gegen den Mann erstatten, dieser Verbrecher dürfe nicht frei im Dorf herumlaufen. Dann gab er mir noch ein paar Ratschläge fürs Streichen, meinte, ich hätte gute Arbeit geleistet, auch wenn ich zuerst die Fenster hätte streichen sollen, aber ich käme wohl eher langsam voran. Danach meinte er, er müsse jetzt gehen, die ganze Fischfabrik warte auf ihn.

Am Abend kamen sie wieder, Petra und er, als wären sie die besten Freunde, und wollten wissen, ob Juane inzwischen geredet habe. Petra war besorgt, und ich hatte den Eindruck, dass sie mir unterschwellig Vorwürfe machte, weil ich noch keinen besseren Kontakt zu meinem Schützling bekommen hatte. Es sei seelisch belastend für das Mädchen, diese grauenhafte Erfahrung zu verdrängen, und zudem eine Gefahr für die Gemeinschaft, wenn dieser Verbrecher frei herumlief. Der Werksleiter pflichtete Petra in allem bei, nickte und ließ sie nicht aus den Augen. »Außerdem musst du sie dazu bringen, dass sie etwas isst«, sagte Petra.

Ich entgegnete, ich könne leider nicht mehr tun, ich hätte alles versucht, ich könne ihr ja schließlich kein Essen aufzwingen, und vielleicht sei ich einfach nicht die richtige Person, um jemanden zum Reden zu bringen. Kaum hatte ich das ausgesprochen, kam mir eine Idee, und ich fragte, ob es nicht ratsam sei, die Pfarrerin hinzuzuziehen.

»Die Pfarrerin?«, echote der Werksleiter und schaute zu Petra. »Spricht die Englisch?«

»Ja, bestimmt«, antwortete Petra zerstreut. Es war offensichtlich, dass ihr diese Möglichkeit nie in den Sinn gekommen wäre. Doch dann ergänzte sie, natürlich könne man die Pfarrerin darauf ansprechen, sie sei schließlich Seelsorgerin, das Problem sei nur, dass sie auch für andere Gemeinden zuständig und nicht immer vor Ort sei, aber sie werde sich mal erkundigen.

Daraufhin gingen sie. Man würde mit der Pfarrerin reden. Bevor sie sich verabschiedeten, ging Petra nach oben zu Juane, sprach kurz mit ihr, meinte jedoch, als sie wieder herunterkam, Juane habe nicht geantwortet und nur mit leerem Blick an die Wand gestarrt.

»Ich weiß«, sagte ich, »wenn sie die Augen auf hat, starrt sie immer an die Wand, aber immerhin wollte sie, dass ich sie wasche, das ist ein gutes Zeichen.«

Wie üblich überprüfte ich alle Sicherheitsvorkehrungen, bevor ich ins Bett ging. Verriegelte die Haustür und schloss sorgfältig sämtliche Fenster, schaltete unten das Licht aus und trat dann von einem Fenster ans andere, starrte hinaus in die Finsternis und dachte nach.

Eigentlich war es merkwürdig, dass ich auf die Idee gekommen war, einen Geistlichen zu rufen, da ich in einem atheistischen Haushalt groß geworden war. Ich wäre weder getauft noch konfirmiert worden, wenn meine Großmutter meine Eltern nicht dazu überredet hätte. Sie war es auch, die mir das Vaterunser beigebracht hatte. Damals waren meine Eltern auf einer botanischen Reise durch Schottland gewesen und hatten mich in der Obhut meiner Großmutter gelassen, die um die achtzig war. Jeden Abend sprachen wir das Vaterunser, dazu noch ein paar Psalmen über Jesus und das Licht, und ich weiß noch, wie wohl und geborgen ich mich unter der Bettdecke fühlte, mit meiner Großmutter auf der Bettkante. Leider blieb sie mir nicht mehr lange erhalten, ich hatte gerade Abitur gemacht, als sie mit über neunzig starb. Sie erlitt zu Hause auf der Treppe einen schlimmen Beinbruch und meinte, nun wolle sie nicht mehr. Und es war, als würden ihre Seele und ihr Körper diesem Befehl gehorchen. Sie lag im Krankenhaus, zum ersten Mal in ihrem Leben, und kam nicht wieder heraus. Einmal saß ich an ihrem Bett, und da sagte sie: »Flóra, ich glaube, mein Herz will nicht mehr.«

Doch ihr Vaterunser lebte weiter. Ich brachte es meinen Kindern bei, damit sie mir später nicht vorwerfen konnten, ich hätte das versäumt. Doch ich selbst hatte seit Jahren nicht mehr gebetet, vielleicht zwei- oder dreimal ganz schnell, wenn viel auf dem Spiel stand.

Ich spähte in die Dunkelheit und ahnte, dass der Mann eines Abends da draußen stehen würde, trotz der Überwachung des Dorfes. Ich war schon immer gut darin gewesen, zwei und zwei zusammenzuzählen.

Die Pfarrerin kam am nächsten Tag, kurz vor Mittag.

Ich hatte sie zweimal in der Kirche gesehen, als Petra geprobt hatte. Sie war eine lebhafte Frau um die fünfzig mit vollen, blonden Haaren und einem hübschen Gesicht. Petra hatte erzählt, sie sei unerschütterlich und nehme ihren Glauben sehr ernst. Unter der Jacke trug sie ein Priesterhemd und um den Hals eine lange Silberkette mit einem Kreuz.

»Wo ist das Mädchen?«, fragte sie, nachdem ich ihr den Mantel abgenommen hatte.

»Sie ist immer noch oben«, antwortete ich.

»Ja, ach so«, entgegnete sie, »dann gehen wir doch erst mal in die Küche und trinken einen Tee, bevor ich raufgehe.«

In der Küche fragte sie mich nach Juanes Befinden, über das ich ihr ausführlich Bericht erstattete, doch als es um ihre Vergangenheit und persönlichen Verhältnisse ging, musste ich gestehen, dass ich überhaupt nichts über sie wusste, außer dass sie Spanierin war.

»Dann ist sie bestimmt katholisch«, meinte die Pfarrerin lächelnd. »Und Sie?«, fragte sie dann, »sind Sie Christin?«

»Ja, ich bin getauft und konfirmiert«, antwortete ich gewissenhaft und war auf einmal heilfroh über die Beharrlichkeit meiner Großmutter.

»Und sind Sie gläubig?«, fuhr sie fort.

»Doch, doch«, sagte ich, obwohl ich noch nie groß darüber nachgedacht hatte, ob ich gläubig war. Ich fand es nicht so wichtig, woran man glaubte.

»Warum kommen Sie dann nie zur Messe?«, fragte sie hartnäckig.

»Na ja, ich musste ja das Haus streichen«, stotterte ich.

»Stimmt, Sie sind am Streichen, aber vielleicht kommen Sie nächstes Mal, wenn ich die Messe abhalte?«, insistierte sie, immer noch lächelnd.

Ich wusste, dass das keine Frage war, sondern ein Befehl, und antwortete hastig, ich würde bestimmt das nächste Mal kommen. Mir blieb ja nichts anderes übrig, weil die Frau uns helfen wollte. Dann erkundigte sie sich, wie oft ich mit Juane reden würde und worüber.

»Ich rede nicht besonders viel mit ihr«, sagte ich langsam, »am ehesten über das Wetter und die Vögel, während ich sie wasche und ihr Bett mache. Sie sagt gar nichts, dämmert den ganzen Tag vor sich hin wie eine Gefangene in Untersuchungshaft, außerdem weiß ich nicht, worüber ich reden soll, wahrscheinlich habe ich Angst, etwas zu sagen, das schlimme Erinnerungen in ihr wachrufen könnte.«

Die Pfarrerin schaute mich warmherzig an, streichelte über meine Hand, die den Teebecher festhielt, sagte aber nichts. Dann stand sie auf. »Ich gehe jetzt nach oben«, kündigte sie an.

Ich bin nicht der Typ, der andere Leute belauscht, bin generell nicht sehr neugierig, aber diesmal konnte ich mich nicht beherrschen, blieb unten an der Treppe stehen und versuchte zu hören, wie die Pfarrerin es anstellen würde, Juane zum Reden zu bringen.

Man hörte ein kurzes Knarren, als sie sich zu ihr auf die Bettkante setzte. Die beiden waren sich bereits in der Kirche begegnet, kannten sich also vom Sehen, und vermutlich hatte Petra die Pfarrerin und die Sängerinnen irgendwann einmal miteinander bekannt gemacht, denn ich hörte nicht, dass die Pfarrerin sich vorstellte. Nach einer Weile sagte sie: »Im Namen des Vaters, des Sohnes und des Heiligen Geistes.« Was dann kam, verblüffte mich: Ich hörte sie beten und verstand kein einziges Wort, bis mir klarwurde, dass sie nicht auf Isländisch, sondern auf Spanisch betete! Ich hatte gar nicht gewusst, dass die Frau Spanisch sprach. Das hatte mir niemand gesagt. Ziemlich lange verharrte ich unten am Treppenabsatz, weil ich wissen wollte, ob Juane etwas sagen würde, doch das war nicht der Fall, nur die Pfarrerin redete, langsam und liebevoll. Daraufhin ging ich zurück in die Küche und wartete.

Als die Pfarrerin wieder herunterkam, hatte sie die Hände gefaltet: »Ich gehe jetzt und komme morgen wieder. Juane hat nichts gesagt, aber ich habe die Hoffnung in ihren Augen gesehen.«

»Sie sprechen ja Spanisch!«, rutschte es mir heraus.

»Ich war ein Jahr lang als Austauschschülerin in Spanien«, entgegnete sie verschmitzt. Dann wurde ihr Gesicht wieder ernst, sie schaute mir tief in die Augen und fragte: »Haben Sie nicht gesagt, sie sei in ein Netz eingewickelt gewesen, als man sie fand?« Ich sagte, das sei richtig. »Wissen Sie, warum?«, fragte sie weiter und wiegte den Kopf hin und her. Ich antwortete, das wüsste ich nicht, das Mädchen wolle ja nicht reden.

Als die Pfarrerin durch die Tür ging, drehte sie sich noch einmal zu mir um und bat mich, mich hin und wieder zu Juane zu setzen und ihr etwas aus meinem Leben zu erzählen.

»Aus meinem Leben?«, wiederholte ich. »Da gibt's nichts zu erzählen.« Ich musste wohl ein entsetztes Gesicht gemacht haben, denn sie sagte: »Schon gut, schon gut, erzählen Sie ihr einfach, wie Sie als kleines Mädchen waren oder was Sie mal gelesen haben, ach ja, und es ist ziemlich wichtig, dass Sie mit ihr das Vaterunser beten, wenn Sie sie abends zudecken.«

Verdutzt erwiderte ich: »Aber ich kann das weder auf Spanisch noch auf Englisch.«

»Nein, Sie beten natürlich auf Isländisch«, entgegnete sie und ging lächelnd die Stufen hinunter.

Es vergingen zwei Stunden, bis ich den Pinsel weglegte und nach oben ging. Juane dämmerte wie üblich vor sich hin. Ich blieb in der Tür stehen und hielt einen Moment inne. Ich konnte in beide Zimmer hineinschauen, in ihres und in meines, sie waren wie ein Spiegelbild, genau gleich eingerichtet, an der Wand ein schmales Bett, daneben ein kleiner Nachttisch, unter dem Fenster eine Kommode, an der Wand neben der Tür ein Sessel und ein Kleiderschrank. Die Sessel waren jedoch nicht gleich, der eine war kleiner als der andere. Ich überlegte, welches Zimmer Helga und der Schreiner wohl als Schlafzimmer benutzt hatten, doch dann wurde mir klar, dass sie getrennt geschlafen haben mussten und deshalb die Zimmer gleich eingerichtet hatten. Wahrscheinlich schlief ich in Helgas Zimmer, denn der Sessel dort war kleiner. Darüber hatte ich vorher noch nie nachgedacht. Die Eltern meiner Schwiegertochter hielten es vermutlich genauso, wenn sie den Sommer in dem Haus verbrachten. Oder sie hatten die Zimmer neu eingerichtet. Ich nahm mir vor, meine Schwiegertochter bei Gelegenheit anzurufen und näher nach dem Haus zu befragen.

Mein Blick fiel auf Juanes Fuß, der unter der Bettdecke hervorlugte. Er war nicht mehr so stark geschwollen wie am ersten Tag, sah aber immer noch dick aus. Da fiel mir ein, dass es vielleicht nicht dumm wäre, ihn mit Öl zu massieren, um die Blutzirkulation anzuregen. Ich holte das Olivenöl aus der Küche – das war das Einzige, was ich hatte – und setzte mich vorsichtig mit der Flasche zu ihr auf die Bettkante.

Es dauerte eine ganze Weile, bis Juane die Augen aufschlug. Da sagte ich behutsam, ich würde ihr ein bisschen die Füße massieren, und weil sie nichts erwiderte, aber den anderen Fuß ganz langsam unter der Bettdecke hervorstreckte, wusste ich, dass sie nichts dagegen hatte. Ich zog den Sessel zum Bettende, legte ihre Füße in meinen Schoß und begann, mit sanftem Druck über ihre Fußrücken zu streichen.

Ich hatte noch nie jemandem die Füße massiert, bis auf die Füße meiner Kinder, als sie noch kurze, weiche Beinchen hatten, die man ständig drückte, knuddelte und küsste. Wie wundervoll ihre Füßchen gewesen waren. Und die Füße meiner Enkelkinder, wie oft hatte ich ihre Fußsohlen an meine Nase gehalten, ihren Duft eingesogen und sie mit Küssen bedeckt.

Es fiel mir leichter, zu reden, während ich mit etwas beschäftigt war: »Ich weiß noch, wie geschwollen und wund meine Füße waren, als ich einmal von einer Skifahrt mit meiner Klasse zurückkam. Die Skischuhe waren nämlich zu klein, ich war dreizehn, und meine Füße wuchsen ständig und zwar ganz schön schnell, bis ich fünfzehn war, da hörten sie plötzlich auf. Meine Eltern wollten mir eigentlich neue Skischuhe kaufen, vergaßen es aber immer, weil sie so viel arbeiteten. Sie waren den ganzen Tag in der Uni, unterrichteten oder forschten, und abends saßen sie meistens in ihren Arbeitszimmern und beschäftigten sich weiter mit ihren Forschungen. Man konnte froh sein, zu den Mahlzeiten etwas zu essen zu bekommen, dass sie wenigstens daran dachten, ihr Kind zu ernähren. Es kam mir so vor, als befänden sie sich bei ihren Forschungen in einem ständigen Wettkampf mit der Zeit, vielleicht wollten sie etwas beweisen, bevor sie starben. Sie haben mich sehr spät bekommen, weißt du, waren beide schon über vierzig, als ich auf die Welt kam. Waren wohl beide ziemlich überrascht über mein Zustandekommen, sie hatten es nämlich längst aufgegeben. Allerdings glaube ich, dass meine Mutter nie ein Kind bekommen wollte, auch wenn sie das nicht direkt sagte. Aber ich merkte es später, sie fand Kinder süß und nett, wenn jemand sie zu Besuch mitbrachte, wurde aber ungeduldig, wenn sie zu lange blieben. Ich glaube, sie wollte gar keine Kinder großziehen, die störten sie nur bei ihren botanischen Forschungen. Meine Geburt muss furchtbar schwer gewesen sein, ich lag falsch herum und war ein ziemlich großes Baby. Nach der Geburt brauchte sie lange, um sich zu erholen, außerdem schrie ich im ersten Jahr jede Nacht, ich hatte wohl etwas an den Ohren, jedenfalls war sie seit meiner Geburt sehr empfindlich, bekam Rücken- und Bauchschmerzen und Gott weiß was.«

Als ich das Wort Gott sagte, erinnerte ich mich an die Pfarrerin und dachte, dass sie bestimmt gewollt hätte, dass ich etwas Nettes aus meiner Kindheit erzählte, aber mir fiel auf Anhieb nichts ein. Ich hörte auf, Juanes Fuß zu massieren und starrte auf die Bettdecke, während ich verzweifelt mein Gedächtnis durchforstete. Da sah ich, dass Juane mich anschaute. Es war etwas Neues, ihrem Blick zu begegnen. Ich freute mich, war aber gleichzeitig mit meinem Latein am Ende. Ich wollte es erst einmal dabei belassen und nahm an, dass sie vielleicht Appetit hätte, weil sie mich so anschaute. Ich ging runter in die Küche, um Obst und Brot zu holen.

Als ich wieder heraufkam, hatte sie sich zur Wand gedreht, deshalb stellte ich das Tablett auf den Nachttisch. Als ich es später wieder holte, sah ich zu meiner großen Zufriedenheit, dass sie sowohl in den Apfel, als auch in das Brot gebissen hatte.

Am Abend betete ich mit ihr das Vaterunser. Ich fand es lächerlich, auf der Bettkante zu sitzen und mit einer Frau über zwanzig ein Gebet zu sprechen, und erklärte ihr, sie müsse sich damit begnügen, es auf Isländisch zu hören, ich könnte es nämlich in keiner anderen Sprache. Dann starrte ich auf den Boden und sprach langsam das Gebet, wie die Pfarrerin es mir aufgetragen hatte. Ich spürte, dass Juane zuhörte. Am Ende deckte ich sie zu und sagte Amen und Gute Nacht.

An den darauffolgenden Tagen behielt ich dieses Programm bei.

Ich massierte mehrmals am Tag Juanes Füße und erzählte ihr dabei von mir. Mir fielen so viele Dinge wieder ein, all die ruhigen Jahre in meinem Elternhaus, oder vielmehr die stillen Jahre, in denen meine Eltern geforscht und ich Bücher gelesen hatte. »Es lief noch nicht einmal das Radio«, erzählte ich, »außer wenn die Nachrichten kamen, und sie hörten ganz selten Musik, stell dir mal vor. Man verhielt sich einfach möglichst unauffällig, selbst meine Freundinnen erzählten mir später, wie leise sie immer sein mussten, wenn sie bei mir zu Hause zu Besuch waren. Vielleicht verliebte ich mich deshalb in meinen späteren Mann, in seiner Gesellschaft war immer viel los. Viele Geschwister, viele Freunde, immer irgendwo Partys oder lustige Reisen mit der Clique. Das war eine Riesenveränderung für mich, wir zogen auch schnell zusammen.«

Ich sah ein vages Interesse in Juanes Augen aufblitzen, als

ich von meinem Ex-Mann sprach, dabei wollte ich nun wirklich nicht viel über ihn sagen, erzählte aber immerhin, dass mich seine extrovertierte Art in den ersten Jahren begeistert hatte, er aber mit der Zeit immer langweiliger geworden war. Das sei ja oft so bei Männern, die sich in der Öffentlichkeit betont fröhlich gaben, die seien zu Hause todlangweilig. Ich hätte schwören können, dass ein winziges Lächeln in ihren Augenwinkeln erschien, als ich das sagte.

Die Pfarrerin kam und stärkte Juanes Seele mit vielen langen Gebeten auf Spanisch, was ihr anscheinend guttat, denn danach schlief sie ganz friedlich. »Aber ich kriege kein Wort aus ihr heraus«, seufzte die Pfarrerin resigniert. Sie trank in der Küche mit mir Tee, war wortkarg, wärmte sich die Hände an der Teetasse, wiegte sich kaum merklich hin und her und sagte dann in einem Ton, wie man ein Gedicht aufsagt: »Ein Fangnetz haben sie mir in den Weg gelegt, jeden Lebensmut wollten sie mir nehmen. Eine Fallgrube haben sie für mich gegraben, doch sie selbst sind mitten hineingestürzt.«

Sie war still und tief in Gedanken, als sie sich verabschiedete.

Ich setzte meine Monologe auf Englisch fort und dachte mir, wenn ich nur lange genug reden würde, wäre Juane irgendwann erschöpft und würde mir ins Wort fallen. Ich wurde selbst immer so müde, wenn andere Leute ununterbrochen quasselten. Deshalb erzählte ich ihr von meinen Kindern, wie schrecklich ich es fände, dass meine Tochter in Australien lebte. Verknallt in irgendeinen Australier und seine Pferde. Wenn sie sich endlich eines Besseren besinnen und nach Hause kommen würde, wäre ich bestimmt längst tot. Ich weinte, als ich darüber sprach, und musste mir die Augen mit dem Pulloverärmel abtupfen. Aber das habe sie schon als Kind gehabt, dieses starke Fernweh, was solle man mit solchen Kindern nur anfangen, man könne ihnen ja schlecht mit über dreißig noch in ihr Leben hineinreden. Doch mein Sohn, der würde nicht wegziehen, dem sei seine gesellschaftliche Stellung sehr wichtig, er sei konservativ und clever und ein ehrenwerter Mann. Er habe mir geholfen, eine Wohnung zu finden, als ich mich scheiden lassen und das Haus verkaufen musste, und jetzt habe er meine Wohnung vermietet und mich in die Westfjorde verfrachtet, um das Haus seiner Schwiegereltern zu streichen, dabei würde mich das Streichen doch so langweilen, aber ich fände einfach keinen anderen Job und müsse dankbar dafür sein.

Dann gingen auf einmal die Pferde mit mir durch, und ich konnte mich nicht beherrschen, ihr von dem besagten Tag zu erzählen, als ich sämtliche Kosmetikartikel, Strumpfhosen und hochhackigen Schuhe weggeworfen und mir einen Bubikopf schneiden lassen hatte. Die Geschichte vom Abend des selbigen Tages bekam sie auch noch zu hören, als ich in die Kneipe gegangen und von diesen Typen zusammengeschlagen worden war. Deshalb habe man mich in die Westfjorde verbannt wie eine schwer erziehbare Jugendliche. Der Vorfall vor der Kneipe habe sich herumgesprochen, und mein Sohn habe sich für seine Mutter geschämt.

Jetzt sah ich ein deutliches Interesse in Juanes Augen.

Sie schaute mich erwartungsvoll an, als würde sie auf die Fortsetzung warten. Ich lachte kurz auf und seufzte: »Tja, mit mir hat man nur Scherereien.« Im selben Moment ging mir ein Licht auf. Ich erkannte endlich einen Zusammenhang. Ich war nicht aus Wut auf die Gesellschaft in die Kneipe gegangen, sondern aus Wut auf mich selbst. Ich war wütend gewesen, weil ich mich in Boston in den Kellner verguckt hatte.

Für einen Moment war ich ratlos. Dann sagte ich schwermütig: »Ich hab solches Pech in der Liebe. Ich glaube, mit mir stimmt irgendwas nicht.«

Da sah ich Mitleid in ihren Augen, tiefes Mitleid in ihren großen, braunen Augen. Bevor ich wusste, wie mir geschah, klagte ich ihr mein Leid und erzählte ihr von dem Kellner in Boston.

Ich reiste mit drei Frauen ins Ausland, nach Boston, und als wir vier in dem kleinen Frühstücksraum saßen, kam der Kellner zu uns. Es gab kein Büfett wie in europäischen Hotels, sondern der Kellner kam und nahm wie in einem Restaurant unsere Bestellungen auf. Er flirtete und plauderte mit uns, als er die Bestellung notierte, und als er hörte, dass wir aus Island kamen, begriff er sofort, dass wir zum Shoppen da waren, und gab uns ein paar gute Tipps. Er empfahl uns ein großes Einkaufscenter vor den Toren der Stadt, wo es dieselben Produkte gab wie in der Innenstadt, nur viel günstiger, und meine Reisegefährtinnen sagten, genau dort wollten sie hin. Während er das Frühstück servierte, unterhielten wir uns über Geschäfte und öffentliche Transportmittel, er scharwenzelte um uns herum, weil sonst nicht viele Gäste im Saal waren, das Frühstück war nämlich nicht im Hotelpreis inbegriffen, und ich musterte ihn verstohlen.

Er musste Anfang fünfzig sein, jugendlich und gut in Form, groß und schlank mit schönen, hellroten Haaren. Er trug eine schwarze Hose und ein weißes Hemd, war lässig und selbstbewusst, wobei sein maskulines Aussehen nicht ganz zu seinem Verhalten passte. Er redete so mit uns, wie Frauen sich untereinander unterhielten, mit denselben Ausdrücken, denselben Gesten, und ich wusste nicht, ob dieses Verhalten natürlich oder antrainiert war, um die Gäste zu hofieren, jedenfalls strahlte er eine Herzlichkeit aus, die mir sofort an ihm gefiel.

Meine Reisegefährtinnen berieten sich und planten den Tag. Irpa, die sich dafür stark gemacht hatte, dass ich mitfuhr, musterte mich und fragte, ob ich nicht gut drauf sei. Was ich definitiv nicht war, ich hatte schlecht geschlafen und druckste herum, ich würde lieber in der Innenstadt shoppen gehen, ich wolle sowieso nicht viel kaufen. »Dann musst du alleine gehen«, meinten die anderen, und ich entgegnete, das mache mir nichts aus, ich wolle ja auch in Buchläden, und da sei es nicht verkehrt, alleine zu sein.

»Ich gehe nicht gerne shoppen«, sagte ich zu dem Kellner, als er den Tisch abräumte, mich alleine dort sitzen sah und fragte, ob ich nicht mit meinen Freundinnen gefahren sei. Er schmunzelte.

Am nächsten Tag wollten die Frauen in einem anderen Stadtteil shoppen und fragten, ob ich mitkommen wolle. Ich machte Ausflüchte und sagte zögernd, ich wolle eigentlich lieber in der Innenstadt bleiben, vielleicht ein paar Museen anschauen und so. Sie wussten nicht, dass das ein Vorwand war, damit sie nicht mitbekamen, wie schlecht meine finanzielle Lage war. In Island arm zu sein, war beschämend. Sie dachten bestimmt, dass ich trotz meiner Arbeitslosigkeit nicht so schlecht gestellt sei – als Frau, die für niemanden sorgen musste außer für sich selbst, und eine schuldenfreie Wohnung besaß. Die konnte doch bestimmt eine Zeitlang vom Arbeitslosengeld leben, wenn sie sparsam damit umging.

Die anderen verließen das Hotel, und ich blieb alleine am Frühstückstisch sitzen.

Der Kellner kam zu mir, räumte langsam den Tisch ab, lächelte kurz, als ich aufschaute, und mir wurde innerlich ganz warm. Ein Lächeln kann dieselbe Wirkung haben wie die Sonne – man fühlt sich beschwingt, obwohl niemand etwas gesagt oder getan hat. Der Kellner trug ein hellblaues Hemd, das hervorragend zu seinen hellroten Haaren und seinen blauen Augen passte, und vielleicht registrierte er einen kurzen Moment der Bewunderung in meinem Blick, und der genügte, um ihn zu einem Gespräch zu animieren. Höflich wie er war, machte er keine Bemerkung darüber, dass ich schon wieder alleine dasaß, sondern fragte beiläufig, ob ich die Geschäfte in der Innenstadt schon gesehen hätte. Ich sagte ja, sehr schicke Läden, und da entgegnete er, er habe vergessen, mich auf ein Geschäft aufmerksam zu machen, in dem es besonders schöne Sachen gebe, in erster Linie elegante Kleider. Kleider, die mir sehr gut stehen würden, fügte er hinzu und musterte mich anerkennend.

Ich hatte mich nicht unter Kontrolle, und mein Herz machte einen kleinen Sprung, einen so kleinen allerdings, dass man ihn auf einem Kardiogramm gar nicht gesehen hätte, aber mich hatte seit Jahren niemand mehr so angeschaut. Ich bat ihn, mir zu sagen, wo sich das Geschäft befinde, und er tat das, was man immer tut, wenn man jemanden den Weg erklärt: Er zeigte in verschiedene Richtungen, erst gehen Sie in diese Straße, dann biegen Sie nach links ab, gehen dann ein Stück weiter, bis Sie zu einer Kreuzung kommen, da gehen Sie nach rechts, dann direkt wieder nach links, rechts links, links rechts, ich kam überhaupt nicht mehr mit.

Da wir beide keinen Stadtplan zur Hand hatten und mein Reiseführer oben auf meinem Nachttisch lag, suchte ich in meiner Handtasche nach einem Stück Papier, auf das er den Weg zeichnen konnte, fand aber nur meine Visitenkarten. Darauf stand meine Vergangenheit, meine gesellschaftliche Stellung, bevor ich unter die Räder gekommen war: mein Name, meine Berufsbezeichnung und ganz unten der Name meiner renommierten Firma. Ich war noch nicht dazu gekommen, die Visitenkarten aus meinem Portemonnaie zu entfernen. Doch die Rückseite war leer, und die konnte man durchaus benutzen, wenn man klein und deutlich schrieb.

Er nahm meinen Stift, beugte sich über mich, während er zeichnete und erklärte, doch die Visitenkarte reichte nicht, weshalb er die Fortsetzung auf die nächste Karte zeichnen musste, was wir beide lustig fanden. Wir lachten, und dieser kurze Moment mit seinem Kopf ganz nah bei mir wurde zu einem Bild, das ich in den darauffolgenden Wochen immer wieder aus meinen Gedanken verbannen musste. Wie die Fotos, die man früher in Portemonnaies aufbewahrte, bevor man sie nur noch auf dem Handy hatte.

Nach der Wegbeschreibung kamen wir auf die Stadt zu sprechen, auf ihre Einwohner und deren Herkunft, und er erzählte mir, sein Vater stamme aus Deutschland, dort wohne sogar noch seine Großmutter.

»Sie ist über neunzig«, sagte er, »und geht immer noch zu allen Konzerten.« Ich fragte nach, weil ich mir nicht sicher war, ob ich ihn richtig verstanden hatte, und da erzählte er mir von seiner Großmutter, die den Krieg und die Zerstörung ihrer Heimatstadt überlebt hatte.

»Stellen Sie sich nur vor«, sagte er, »bis sie fünfzehn war, lebte sie in guten Verhältnissen im stattlichen Haus ihrer Eltern in Dresden, einer der schönsten Barockstädte der Welt. Die ganze Zukunft lag noch vor ihr, sie hatte viele Erwartungen, so wie junge Mädchen nun mal sind, und dann kam der Krieg. Die Stadt wurde zwar zunächst verschont, zumal es dort nichts gab außer Kultur und alten Barockgebäuden, doch später beschlossen die Alliierten, die Kunst in die Luft zu sprengen, und eines Nachts, nur wenige Monate vor Kriegsende, starteten sie einen der größten Luftangriffe der Geschichte. Sie warfen Bomben und Granaten über Dresden ab und legten die ganze Stadt in Schutt und Asche. Etwa fünfundzwanzigtausend Menschen starben. Vor allem Frauen, Kinder und ältere Menschen, die Männer waren ja alle an der Front oder in Gefangenschaft. Meine Großmutter verlor ihre Mutter und ihre Schwester, fast alle Verwandten und ihr Zuhause. Ihr Vater kam im Krieg um. Sie überlebte alleine mit einem kleinen Kind in einer Geisterstadt. Die Frauen räumten die Trümmer weg, da die meisten Männer noch an der Front waren, doch unglücklicherweise übernahmen die Russen nach dem Krieg die Stadt, wodurch der Wiederaufbau nur langsam voranging. Zu allem Überfluss mangelte es den ostdeutschen Kommunisten an jeglichem Sinn für Ästhetik, und sie errichteten auf allen freien Flächen hässliche Plattenbauten. Die Frauenkirche, das Wahrzeichen von Dresden, das den Einwohnern von allen Gebäuden am meisten bedeutet hatte, blieb während der gesamten kommunistischen Herrschaft eine Ruine. In den sechziger Jahren riegelten die Kommunisten, wie man weiß, das Land ab und wollten einen hässlichen Klotz an der Stelle bauen, an der die Ruine der Frauenkirche stand, aber später fiel ja dann die Mauer, Gott sei Dank. Erst dann kümmerte man sich um den Wiederaufbau der Barockstadt.

Stellen Sie sich vor, meine Großmutter lebte vierundvierzig Jahre, die besten Jahre ihres Lebens, in einer zerstörten Stadt in einem abgeriegelten Land. Sie war schon weit über siebzig, als sie das Leben wieder genießen konnte. Und das tut sie, in den letzten Jahren hat sie alle Konzerte besucht, die sie ausfindig machen konnte, vor allem Kirchenkonzerte, die mag sie besonders.«

Nach diesem langen Bericht war er regelrecht außer Atem, und ich war sprachlos, denn ich bekam nicht jeden Tag Dinge zu hören, die wirklich wichtig waren. Ich starrte den Kellner nur an, in der Hoffnung, er würde weiterreden. Er konnte der Versuchung nicht widerstehen und erzählte, seine Großmutter sei nach dem Mauerfall in einen Ort in der Nähe von Bremen gezogen. Dann zählte er die Orte auf, an denen sie am liebsten Konzerte besuchte, erinnerte sich jedoch plötzlich an seine Rolle – er wusste genau, wann er sich genug um einen Gast gekümmert hatte – und sagte mit einem Singsang in der Stimme, während er ging: »Haben Sie noch einen schönen Tag!«

Doch ich konnte nicht aufhören, an seine Großmutter zu denken.

Ich war schon weit gelaufen, tief in Gedanken über die Frauen dieser Welt, und automatisch in die Richtung gelangt, in der sich nach Aussage des Kellners das Geschäft befinden musste, als ich merkte, dass ich die Wegbeschreibung auf dem Frühstückstisch liegen gelassen hatte. Nun bekam ich zu spüren, wie hinderlich und zeitraubend es sein kann, seinen Gedanken nachzuhängen. Nachdem ich mehrere Frauen nach dem Weg gefragt hatte, fand ich jedoch den richtigen Ort.

Es handelte sich um eine ziemlich kleine Boutique mit italienischer Mode. Selbstverständlich wollte ich nichts kaufen, mich nur umschauen, damit ich dem Kellner bei unserer nächsten Begegnung die Kleider beschreiben und ihm vielleicht erzählen konnte, dass das Kleid, das ich gerne gekauft hätte, nicht in meiner Größe dagewesen sei. Wie schade, würde er sagen, dann müssen Sie eben noch mal nach Boston kommen.

Aber ich hatte nicht damit gerechnet, dass die Bostoner Frauen, vor allem die, die in italienischen Boutiquen arbeiteten, begnadete Verkäuferinnen waren. Die Frau, die mich begrüßte, hatte garantiert italienische Wurzeln und gab mir das Gefühl, dass ich genau die Kundin war, auf die sie schon immer gewartet hatte. Sie bediente mich aufmerksam, zeigte mir ein Kleid nach dem anderen, forderte mich auf, ein paar von ihnen anzuprobieren, und da ich mich in der Gesellschaft dieser Frau wohl fühlte und gerne noch etwas länger in dem Laden bleiben wollte, ließ ich mich darauf ein. Wir unterhielten uns über alles Mögliche, und ich wurde immer gesprächiger, obwohl ich in den letzten Monaten ziemliche Schwierigkeiten im Umgang mit anderen Menschen gehabt hatte. Die Frau liebte ihre Arbeit, sah sofort, welche Größe ich trug, welche Kleider meiner Figur schmeichelten, welche Farben mir am besten standen, zählte sie nacheinander in der richtigen Reihenfolge auf, so dass ich zu Wachs in ihren Händen wurde.

Viel später, fast einen halben Kinofilm später, verließ ich das Geschäft mit einer Tüte mit einem wunderschönen Kleid. Und es war kein billiger Laden, und ich brauchte kein Kleid.

»Dieses Kleid kann man sowohl im Winter, als auch im Sommer tragen«, hatte sie leise und betörend gesagt und das Kleid an mir zurechtgezupft, damit es perfekt zur Geltung kam, während ich mich im Spiegel betrachtete. In diesem Augenblick sah ich eine ganz andere Person im Spiegel. Nicht die gute alte Flóra, die alles für die Familie und die Gesellschaft tat, die einen vorbildlichen Haushalt führte, gewissenhaft ihren Job machte, ständig ihre Enkelkinder hütete und am Wochenende brav fernsah.

Es war eine andere Frau. Mit anderen Bedürfnissen. Eine hochgewachsene und stolze Frau mit einer souveränen Ausstrahlung, so wie eine, die alles kann, alles weiß, das Schicksal der anderen in den Händen hat und bereit ist, jede Herausforderung anzunehmen. Die Frau in dem Spiegel dachte darüber nach, ob das Kleid dem Kellner im Hotel gefallen würde. Sein Bild erschien im Spiegel neben der neuen Frau, und ein seltsames Kribbeln durchfuhr ihren Körper. Die Atmosphäre war für ein paar Sekunden wie elektrisiert, dann hörte die gute Frau die neue Frau sagen: »Das nehme ich.«

Ich bezahlte mit der Kreditkarte. Das Bargeld, das ich dabeihatte, reichte nicht für den Preis, den die Frau, diese sympathische junge Amerikanerin mit italienischen Wurzeln, mir nannte.

Am Abend, unserem letzten Abend in Boston, aß ich mit meinen Reisegefährtinnen in einem Restaurant.

Sie waren glücklich nach einem erfolgreichen Shoppingtag, tranken Weißwein und hatten Spaß. Sie erzählten Anekdoten von den Leuten auf der Arbeit, und ich hörte gebannt zu, selbst wenn ich so tat, als würde mich das kaltlassen. Dann erwähnten sie den jungen Mann, der mir früher gegenüber gesessen hatte, meinten, er sei ein bisschen überheblich geworden, nachdem er befördert worden sei und meinen Job übernommen habe.

»Hat denn die junge Kollegin nicht meinen Job übernommen?«, fragte ich und spürte, wie mir flau im Magen wurde. »Nein«, antworteten sie, »die hat seinen Job bekommen und er deinen.«

Das hatte ich noch gar nicht gewusst. Ich hätte ihm wohl besser nicht die vielen Zolltricks beigebracht. Irpa wechselte beschämt das Thema, weil sie wusste, dass sie mir nicht die ganze Wahrheit gesagt hatte, und dann begann Emma, über den Tratsch in der Cafeteria zu reden, von wegen Frauen mittleren Alters seien Hemmklötze. Als die anderen sahen, wie ich mich fühlte, redeten sie über unverfänglichere Themen, über die Geschäfte und die Stadt, kamen auf das Hotel zu sprechen, die Mitarbeiter seien so höflich und freundlich, die Jungs am Hoteleingang so süß, die hätten ihnen mit den Tüten geholfen, auch die Frauen an der Rezeption, ja, und der Kellner, der das Frühstück servieren würde.

»Tja, Schwule sind ja immer nett«, sagte Irpa und rammte die Gabel in ihr Hähnchen. »Schwule?«, fragte ich und spürte, wie mein Herz klopfte.

»Klar«, entgegneten die anderen, »hast du nicht gemerkt, dass er schwul ist?«

Ich schüttelte den Kopf, nein, das hatte ich nicht gemerkt.

»Du kriegst aber auch gar nichts mit«, sagten sie, »du hast während der gesamten Reise nichts gesehen und nichts gehört. Hast du eigentlich schon Weihnachtsgeschenke gekauft?«

An unserem Abreisetag frühstückten wir nicht im Hotel, sondern holten uns in einem Café nur einen Snack. Ich sah den Kellner nicht mehr wieder und vermied es, an ihn zu denken. Er erinnerte mich nur daran, was für eine Versagerin ich war.

Juane schaute mich die ganze Zeit mit großen Augen an.

Es stand außer Frage, man musste nur über die Liebe reden, um jemanden von den Toten zu erwecken. In diesem Fall allerdings eher über das Verhältnis der Geschlechter. Aber egal, ihr Interesse war echt, und das war ein gutes Zeichen. Ich sagte sehr energisch, während ich sie anschaute: »Aber das bleibt unter uns, Juane, du erzählst niemandem davon.«

Ich konnte mich nicht erinnern, jemals so lange am Stück geredet zu haben. Fast schämte ich mich dafür, aber am Abend brachte ich sie dazu, eine Frikadelle und ein bisschen Salat zu essen. Ich stellte das Tablett mit dem Essen auf ihren Nachttisch und schlug vor, sie solle es doch mal probieren. Wahrscheinlich spürte sie meinen Frust und wollte mich für die Geschichte über den Kellner belohnen, denn als ich wieder heraufkam, hatte sie die Frikadelle aufgegessen. Ich kam mir vor, als hätte ich eine Heldentat vollbracht.

Das, was danach kam, war ebenfalls ein Grund zur Freude.

Juane kam fast ohne Hilfe die Treppe herunter, als sie ins Bad musste, putzte sich mit der neuen Zahnbürste die Zähne und kämmte sich. Und als ich mich wie üblich zu ihr setzte, um vor dem Schlafengehen das Vaterunser zu beten, überraschte sie mich. Als ich mit »Vater unser …« begann, wiederholte sie die Worte »Vateunse.« Ich war so erschrocken, dass ich ins Stocken kam, betete dann aber weiter, als wäre überhaupt nichts geschehen. Sie wiederholte jede Zeile, bis zum Ende des Gebets. Damit war der Sieg errungen, wie ich fand.

Die Pfarrerin war außer sich vor Freude, dass Juane das Vaterunser gesprochen hatte. Sie war so überwältigt, dass ich gar nicht wusste, worauf sie hinauswollte. Ich musste es ihr immer wieder erzählen, allerdings im Flüsterton, wir hatten uns in die Küche gesetzt, und als ich es ihr zum dritten Mal erzählt hatte, schwieg sie. Lange saß sie stumm mit ihrer Teetasse da, blickte in die morgendliche Dunkelheit und sagte dann: »Das ist der beste Beweis für die Existenz Gottes, den ich je erhalten habe.«

Ich erwähnte nicht, dass ich es war, die diesen Beweis erhalten hatte, und nach ihrer Bemerkung kreisten meine Gedanken ein paar Minuten lang um den Glauben. Auch wenn ich früher mit meinen Kindern gebetet hatte, hieß das noch lange nicht, dass ich eine gläubige Christin war. Ich hatte es getan, damit sie ähnliche Dinge lernten wie die anderen Kinder in ihrer Umgebung, außerdem hatte ich nichts gegen die Kirche an sich. Ohne groß darüber nachzudenken, war mir vermutlich klar gewesen, wie wichtig Traditionen für die Gesellschaft sind und dass die Kirche eine wichtige Rolle dabei spielt, diese zusammenzuhalten. In der Kirche ließen wir unsere Kinder taufen, konfirmieren, den

Bund der Ehe schließen, und dort nahmen sie von uns Abschied. Falls wir das Glück hatten, vor ihnen zu sterben. Die großen Momente im Leben. All unsere Mühen auf irdischem Grund verblassten, wurden belanglos im Vergleich zu den Gefühlen für unsere Nächsten. Doch nachdem ich mich als Jugendliche und später als Erwachsene in Bücher über die Geschichte der Menschheit vertieft hatte, war ich zu dem Ergebnis gekommen, dass sämtliche Religionen für politische Zwecke missbraucht wurden, um die Unterdrückung und Ermordung von Menschen zu rechtfertigen. Ich wandte mich von der Religion ab.

Trotz alledem war die Welt voller friedlicher Menschen, die an ihren Gott glaubten. An wen sollte man auch sonst noch glauben und wem sollte man vertrauen, wenn die Mitmenschen einen enttäuscht hatten? Ich konnte Juane gut verstehen.

Der Pfarrerin versicherte ich, Juane sei ihr bestimmt dankbar, dass sie in diesen schwierigen Stunden in ihrer Muttersprache mit ihr geredet habe. Das habe zweifellos dazu geführt, dass sie wieder anfing zu sprechen. Die Pfarrerin dankte mir, ging nach oben zu Juane, und der Klang dieser schönen Sprache, die sie beherrschte, drang zu mir herunter.

Später rief ich Petra an und erzählte ihr von Juanes Fortschritt. »O Gott, was bin ich froh«, stöhnte sie. Offenbar vertraute nicht nur die Pfarrerin auf den lieben Gott. Dann berichtete mir Petra, Krummi sei aus dem Dorf verschwunden. Man habe ihn seit zwei Tagen nicht mehr bei seinem Haus gesehen, und er sei auch nicht zur Arbeit in der Netzfabrik im Nachbarort erschienen. Keiner wusste, wo er war. Petra sagte theatralisch: »Ich glaube, das Dorf hat ihn vertrieben.«

Die Pfarrerin konnte an den nächsten Tagen nicht kommen, weil sie sich um andere Gemeinden kümmern musste, aber ich betreute Juane weiter wie zuvor. Einfach weitermachen, dachte ich, nach demselben Programm. Und so machte ich es. Ich versuchte, sie in regelmäßigen Abständen dazu zu bewegen, ins Badezimmer zu gehen und zu den Mahlzeiten etwas zu essen, kochte ihr andauernd heißen Kräutertee, erzählte ihr Geschichten, wenn sie nicht gerade schlief, erzählte ihr von Autobiographien, die ich gelesen hatte, weil mir die Geschichten aus meinem eigenen Leben langsam ausgingen, die waren ja auch so unbedeutend, doch es war nach wie vor unmöglich, sie dazu zu bringen, von sich aus ein einziges Wort zu sagen. Immerhin sprach sie mit mir das Vaterunser.

Was im Übrigen auch keine schlechte Ausspracheübung war.

Als ich das Badezimmer putzte und mein Blick auf das Glas mit der neuen Zahnbürste fiel, merkte ich, dass es so nicht weitergehen konnte, sie brauchte ihre Kleidung und ihre Habseligkeiten. Ich rief Petra an und bat sie, mit dem Werksleiter und dem Schlosser zu reden, sie sollten unverzüglich zu Krummis Haus gehen und Juanes Sachen abholen.

Es dauerte nicht lange, da rief der Werksleiter an und meinte, sie könnten nicht einfach in das Haus eindringen, das sei nach dem Grundgesetz Hausfriedensbruch.

Da explodierte ich. Es ist beispiellos, wenn zurückhaltende Menschen wie ich plötzlich ausrasten, obwohl sie gar nicht provoziert worden sind. Normalerweise verlor ich nie die Fassung, ich erinnerte mich nur an eine Situation, in der ich große Angst gehabt hatte. Da war mein Sohn weggelaufen, direkt auf die Straße, und hatte das große Glück gehabt, dass ein Auto gerade noch rechtzeitig bremsen konnte. Daraufhin hatte ich mich auf den Jungen gestürzt und ihn ausgeschimpft wie einen Hund, ebenso wie den Autofahrer, der überhaupt nichts verbrochen hatte. Ich hatte am ganzen Körper vor Angst gezittert. Diesmal war es, als hätte sich eine unterdrückte Wut in mir aufgestaut, wäre zu einer Blase angeschwollen und langsam aber sicher größer geworden, wie bei einem Geysir vor dem Ausbruch. Ich fing ganz leise an, wurde dann immer lauter, bis ich am Ende brüllte. Es ging um das Desinteresse der Dorfbewohner an den jungen

Ausländerinnen, die Geringschätzung misshandelter Frauen, die Ignoranz der Obrigkeit gegenüber ernsten Verbrechen, die Trägheit der Behörden, die Frauen lieber krepieren ließen, als irgendwelche uralten Gesetze zu ändern, und um die Feigheit der Bezirksregierung, die Frauen nicht vor Verbrechern schützen und für Gerechtigkeit sorgten. »Ich verlange, dass ihre Sachen zu mir gebracht werden!«, kreischte ich in den Hörer.

Da spürte ich eine sanfte Berührung am Arm. Es war Juane. Beschwichtigend sagte sie: »Alles okay, alles okay.«

Diesmal war sie an der Reihe, mir einen Kräutertee zu kochen. Noch lange saß ich zitternd da und versuchte zu begreifen, dass das wirklich ich gewesen war, die dermaßen die Fassung verloren hatte. Juane stand im Schlafanzug neben mir, und ich fragte sie erschöpft auf Isländisch: »Ist dir nicht kalt?«

»Nein«, antwortete sie auch auf Isländisch, »ich nicht kalt.«

Nach diesen Worten legte sie sich wieder ins Bett.

Am Nachmittag rief der Werksleiter an und begann das Gespräch mit: »Also.«

In diesem Ton, den man benutzt, wenn etwas erledigt oder abgeschlossen ist.

»Also was?«, entgegnete ich frostig.

Da Krummi unauffindbar sei, habe die Polizei entschieden, sein Haus aufzubrechen und die Lage zu überprüfen. »Er hätte ja tot daliegen können«, erklärte der Werksleiter, als würde es nicht um etwas ganz anderes gehen. Doch die Polizei hatte weder den Täter noch die Sachen des Opfers gefunden. Keine Spuren von Gewaltanwendung oder von der Anwesenheit des Mädchens überhaupt. Keine Kleidung, nichts, das einer Frau gehörte. Einen Computer fand man auch nicht.

»Aha«, sagte ich nach einer langen Pause, ziemlich konsterniert, »aha, aber was ist mit ihrem Koffer? Sie muss ihre Klamotten doch in einem Koffer gehabt haben, als sie nach Island gekommen ist. Hat man den gefunden?«

»Das ist ja das Merkwürdige«, antwortete der Werksleiter. »Es wurde nur ein alter, schwarzer Koffer mit seinem Namen gefunden. Und man hat ihn nie mit einem Koffer zum Auto gehen sehen, du weißt ja, dass er die ganze Zeit beobachtet wurde. Vielleicht ist das ja ihr Koffer, und er hat ihn nur mit seinem Namen beschriftet. Das können wir nicht wissen, solange die Frau nicht redet.«

»Warte mal«, sagte ich, legte den Hörer beiseite, ging nach oben und fragte Juane unmissverständlich auf Englisch: »Welche Farbe hat dein Koffer?«

Nach einer Weile antwortete sie: »Red.«

»Ihr Koffer ist rot«, sagte ich dem Werksleiter am Telefon.

»Sie spricht?«, erwiderte er verwirrt.

Es blieb ein Rätsel, was der Mann mit dem Koffer angestellt hatte. Der Werksleiter war der Meinung, er habe ihn zerschnitten oder zersägt und in den Müll geworfen oder in seiner Sporttasche mitgenommen, die habe er oft dabeigehabt, anscheinend gehe er im Nachbarort ins Fitnessstudio. Es freute ihn jedoch, dass Juane etwas gesagt hatte, das sei ein Schritt in die richtige Richtung, er werde sofort zu Petra fahren und es ihr mitteilen.

Über zwei Dinge zerbrach ich mir den Kopf: Was war das für ein Mann, auf den Juane sich da eingelassen hatte? Und wie sollte ich ihr Klamotten besorgen?

»Zieh erst mal das an«, sagte ich resigniert zu ihr und gab ihr eine Jogginghose, eine Bluse und eine Strickjacke. »Du kannst die Hosenbeine und die Ärmel hochkrempeln. Und dann komm runter zum Essen, wenn du es dir zutraust, ich kann nicht länger mit dem Tablett die steile Treppe hochsteigen.«

Ich weiß nicht, ob mich die Anspannung der vergangenen Tage so biestig machte, aber ich war auf einmal müde und genervt. Ich köchelte irgendeine Gemüsesuppe, sank dann kraftlos am Küchentisch zusammen, die Hände auf den Knien, und wiegte mich vor und zurück.

Im Geiste ruderte ich nach Reykjavík.

Ich sehnte mich nach der Stadt, nach meiner kleinen Wohnung, wollte nach Hause zu meiner Familie, meine Freundinnen treffen, mit denen ich weder telefoniert noch korrespondiert hatte, aber sie hatten ja auch nicht die Initiative ergriffen, wollte dies und jenes, oder hatten mich wirklich alle vergessen? Abgeschoben in die Westfjorde, mit Farbeimern und einer Ausländerin, die kaum ein Wort sprach?

Die Ausländerin musste meine Gedanken gelesen haben, so etwas passiert ja manchmal, habe ich gehört, denn auf einmal stand sie in der Türöffnung und schaute mit ihren großen, fragenden Augen abwechselnd auf mich und auf den Stuhl mir gegenüber.

»Ja, setz dich«, sagte ich, »das Essen ist gleich fertig.«

Ich tat so, als wäre überhaupt nichts geschehen, als wäre das alles ganz normal, sie und ich in der Küche, die gemeinsam irgendeine Gemüsebrühe löffeln. »Stehen dir gut, die Sachen«, sagte ich, ohne von meinem Teller aufzuschauen. Ich sah, dass sie nickte. Nach längerem Schweigen murmelte ich auf Isländisch: »Es friert.« Sie hörte auf zu essen, schaute mich rehäugig an und flüsterte: »Wer?«

»Na, der da oben, der über alles bestimmt«, sagte ich auf Englisch, »der bringt Frost«, und stieß dann auf Isländisch und Englisch hervor: »Es friert, und dann taut es.«

»Aha«, sagte sie, und ich konnte ihr die Erleichterung ansehen, auch wenn sie vermutlich keine Ahnung hatte, was »tauen« war.

Die Frau war wieder auf den Beinen, weil sie etwas zum Anziehen hatte, und ich begann mir Sorgen zu machen, wie ich sie an den nächsten Tagen und Abenden beschäftigen sollte. »Willst du fernsehen? Ich kann versuchen, einen Fernseher zu besorgen«, schlug ich vor. Sie zuckte mit den Achseln, als wäre sie sich nicht sicher, was sie wollte. »Willst du meinen Computer benutzen?«, fragte ich, wobei mir auffiel, dass ich in der letzten Zeit völlig vergessen hatte, den Computer einzuschalten, dabei checkte ich doch sonst immer, ob sich die Arbeitsvermittlung gemeldet hatte. Ich sprang auf und schaltete den Laptop ein. Diesbezüglich waren keine Nachrichten eingegangen, wie üblich. Auch keine persönlichen Mails, alle schienen furchtbar beschäftigt zu sein. Ich fragte Juane noch einmal, ziemlich ernüchtert, ob sie den Computer benutzen wolle, aber sie schüttelte den Kopf. »In Ordnung«, sagte ich, »dann musst du eben Radio hören, so wie ich, vielleicht kommt ja ein bisschen Musik.«

Doch die Musik kam nicht aus dem kleinen Gerät, sondern von draußen, klangvoll und lebendig.

Ich schaute aus dem Wohnzimmerfenster, das nach Norden ging, und sah den Trupp mit den Instrumenten heranmarschieren. Die Sängerinnen, Petra und den Werksleiter.

Sie hatten beschlossen, ein Salonkonzert für Juane zu geben.

Ich hätte nie gedacht, dass bei mir zu Hause mal ein Konzert stattfinden würde. Das hätte der verstorbenen Hausbesitzerin bestimmt gefallen. Allerdings wurde nur ganz am Anfang auf Helgas altem Harmonium gespielt. Alle stellten sich an einer Seite im Wohnzimmer auf, Eva mit ihrer Geige, Ania und Petra mit Gitarren und Jóhannes mit dem Akkordeon. Er quetschte sich ganz hinten in die Ecke, wo sein massiger Körper am wenigsten auffiel. Was er in dieser flotten Frauentruppe zu suchen hatte, wusste ich auch nicht, aber er schien Petra in letzter Zeit auf Schritt und Tritt zu begleiten. Wie eine Art Leibwächter. Und soweit man sehen konnte, war ihm das alles andere als unangenehm. Juane und ich sollten uns aufs Sofa setzen.

Der Besuch der Musiker überraschte uns beide, Juane wusste gar nicht, wie ihr geschah, und wirkte ganz klein und verlegen, wie sie in ihren geliehenen Klamotten neben mir saß, die Hände unter die Oberschenkel geschoben wie ein kleines Mädchen. Ich tat so, als wäre das alles ganz normal, wobei ich seit meiner

Ankunft in diesem Dorf ohnehin ständig so getan hatte, als wäre alles Ungewöhnliche völlig normal.

Petra spielte kurz auf der Tretorgel, wie um zu testen, ob sie gestimmt war, stand dann auf und sagte: »Liebe Juane, du hattest eine schwere Zeit, deshalb wollen wir etwas schöne Musik für dich spielen. Für dich spielen wir natürlich auch, liebe Flóra, wir sind dir nämlich sehr dankbar für deine Geduld.«

So begann das Konzert, alle standen da mit ihren Instrumenten, die Noten vor sich auf einem Notenständer, außer Petra, die keine brauchte. Dann erklang die Musik in meinem Wohnzimmer, sanft und schön in einer Melodie, die mir sehr gut gefiel. Alle spielten perfekt, mit konzentrierten Gesichtern, lebten sich ganz ein in die Musik und schlossen die Augen, als das Zusammenspiel seinen Höhepunkt erreichte. Ich kannte das Stück nicht, fand es aber wunderschön.

Ich spähte verstohlen zu Juane und sah ihre Augen strahlen, diesen Glanz hatte ich noch nie zuvor gesehen. Meine Augen wurden feucht, deshalb schaute ich hektisch blinzelnd in eine andere Richtung, blickte hinaus in die Dunkelheit vor dem Fenster. Dort funkelten Sterne am schwarzen Himmel, wie Diamanten auf blauschwarzem Samt. So schön hatte ich sie lange nicht mehr gesehen. Etwas in mir erhob sich, vielleicht meine Seele, und es war, als würden sich die Musik und die Natur vereinigen, um eine unsterbliche Freude in unseren traurigen Herzen zu entfachen.

Das Stück war zu Ende, und wir Zuhörerinnen klatschten begeistert. Unabhängig davon, wie es mir erging, hatte die Musik zumindest etwas Leben in Juanes Seele und Körper gehaucht, sie wirkte völlig verändert.

Die Musiker lächelten dankbar. »Von welchem großen Meister ist dieses Stück noch mal?«, fragte ich und schaute sinnierend vor mich hin, als würde mir der Name jeden Moment einfallen, doch da tönte der Hüne hinter den Frauen mit unverhohlenem Stolz in der Stimme: »Das hat Petra geschrieben.«

»Es ist von Petra!«, sagte ich auf Englisch zu Juane, und wir schauten erst einander und dann die Komponistin verdutzt an.

Petra war die Bescheidenheit in Person, so wie es sich für wahre Genies gehört, und sagte, das sei ihr eines Tages auf dem Weg zur Probe einfach so eingefallen, es handele sich um eine Mischung aus Kirchen- und Popmusik, so ungefähr in diese Richtung. Es fiel ihr offensichtlich schwer, ihr eigenes Werk zu beschreiben, sie starrte die ganze Zeit auf die Bodendielen, druckste herum, begann Sätze, ohne sie zu beenden, und fiel sich selbst ins Wort.

Daraufhin übernahm Ania und kündigte den nächsten Teil des Konzerts an. Nun würde jeder ein kleines Stück spielen, und wenn es gut laufe, würden die anderen auf ihren Instrumenten mit einstimmen. Sie fing an, und obwohl sie damals ihr Licht unter den Scheffel gestellt hatte, spielte sie hervorragend. Zudem hatte ihr ganzes Auftreten etwas Faszinierendes, sie strahlte vor Selbstbewusstsein, wenn sie vor Publikum stand. Diese Frau hatte vor ausverkauften Sälen gesungen, hatte in ihren besten Zeiten bestimmt die Bühne für sich gehabt. In ihren besten Zeiten, dabei war sie gerade mal dreißig. Die anderen stimmten nicht mit ein, sondern überließen ihr die Bühne. Das taten sie auch, als Eva mit ihrer Geige an der Reihe war. Sie spielte ein altes Stück, das ich meinte, schon einmal gehört zu haben, aber ich war mir nicht sicher, ich kannte mich mit Musikstücken zu wenig aus. Sie spielte wie ein Engel, traf immer den richtigen Ton, wirkte aber trotzdem nicht so sicher wie Ania. Was mich wunderte, denn normalerweise war die Frau sehr ausgeglichen. Als Jóhannes mit dem Akkordeon übernahm und einen alten isländischen Schlager zum Besten gab, stimmten alle mit ein und hatten einen Riesenspaß. Jóhannes war feuerrot im Gesicht und bestimmt noch nie in den Genuss gekommen, bei einem vornehmen Salonkonzert zu spielen.

Das Konzert endete mit Bravur, alle verbeugten sich, und wir applaudierten. Doch dann geschah etwas, womit niemand gerechnet hatte. Juane stand auf, ging langsam zu Ania, zeigte auf ihre Gitarre und signalisierte ihr, dass sie das Instrument haben wollte. Ania gab ihr die Gitarre, und Juane drehte sie eine Weile in den Händen. Wir warteten gespannt. Dann setzte sich Juane auf Anias Stuhl, strich ein paar Mal über die Saiten und begann zu spielen.

Das Lied, das sie spielte, war voller Wehmut und Schmerz, aber wunderschön. Es war spanisch, daran bestand kein Zweifel. Sie spielte die Musik ihrer Vorfahren, ihre Tränen, ihr Lachen, ihre Sehnsucht und ihre Freude.

Wir waren alle gerührt. Juane lächelte schüchtern, als das Lied zu Ende war. Wir seufzten, schwiegen einen Moment, voller Dankbarkeit für ihr Spiel und ihr Lächeln, und klatschten dann mit hoch erhobenen Händen. Juane winkte ab, immer noch mit einem Lächeln auf den Lippen.

Da sagte Eva mit fragendem Tonfall etwas auf Spanisch, und Juane antwortete ihr unwillkürlich. Wir blickten Eva fragend an, die genauso verwundert war wie wir und sagte: »Ich hab sie gefragt, wo sie Gitarrespielen gelernt hat, und sie meinte, bei den Schwestern.«

»Welche Schwestern?«, insistierte ich, weil ich wie üblich alles ganz genau wissen wollte, doch die anderen warfen mir warnende Blicke zu. Mehr durfte man Juane an diesem Abend nicht zumuten, deshalb sollte ich bloß nicht in ihrer Vergangenheit herumstochern oder sie nach konkreten Dingen fragen. Immerhin hatte ihre Reaktion unsere kühnsten Erwartungen übertroffen.

Zum Glück gab es noch andere, die sich Gedanken über konkrete Dinge machten. Als alle ihre Instrumente verstaut hatten, holte Ania ihren mitgebrachten Rucksack, zog einen Stapel Kleidungsstücke heraus, reichte sie Juane und sagte resolut: »Das sind neue Sachen, die hab ich gekauft, als ich abnehmen wollte, was mir gründlich misslungen ist. Du kannst sie behalten und den Rucksack auch, und hier ist noch eine kaum benutzte Jacke.« Sie drückte Juane die Kleider gegen die Brust und nahm sie fest in den Arm. Es war, als würde sie einem hungernden Kind etwas zu essen zustecken, das am liebsten in der Umarmung der Wohltäterin verharrt wäre. Die Musiker musterten derweil ausgiebig ihre Zehen.

Nachdem Ania ihrer Freundin gegenüber so großzügig gewesen war, wollte Eva sich ebenfalls erkenntlich zeigen, trat von einem Bein aufs andere, als die anderen im Aufbruch waren, und sagte, sie würde gerne noch etwas bleiben und sich mit Juane unterhalten. Wir nahmen an, dass sie Juane noch ein paar nette Worte auf Spanisch sagen wollte, und hatten nichts dagegen einzuwenden.

Die Musiker verabschiedeten sich herzlich und verschwanden in der Dunkelheit, während ich nach oben ging, weil ich das dringende Bedürfnis hatte, mich einen Moment hinzulegen. Der Abend war anstrengend gewesen. Es fiel mir schwer, es zuzugeben, aber am liebsten wäre ich jetzt alleine gewesen, wenn auch nur für ein paar Tage.

Ich musste eingenickt sein, denn plötzlich fuhr ich hoch, weil ich meinte, vor dem Haus Stimmen zu hören. Ich ging zum Fenster und spähte hinaus. Eva und Juane standen im Garten, redeten in einem aufgekratzten Tonfall miteinander, zeigten in den Himmel und seufzten verzückt. Ich blickte nach oben und sah dieselbe Pracht wie sie, tanzende Nordlichter am sternenklaren Firmament. Schon seit Jahren hatte ich keine Nordlichter mehr gesehen, denn in der Stadt konnte man sie wegen der starken Lichtverschmutzung nicht mehr erkennen, zumal die Reykjavíker ihre Stadt nachts besonders gerne hell erleuchteten.

Die Begeisterung der Ausländerinnen war verständlich, vielleicht hatte das Nordlicht sie besonders gereizt, als sie beschlossen hatten, nach Island zu kommen, dachte ich mir. Lange betrachtete ich ebenfalls das Leuchten der Natur, bevor ich das

Fenster wieder schloss. Ich überließ die Mädchen sich selbst, machte mich bettfertig und musste wohl mit dem Buch auf der Nase eingeschlafen sein, denn urplötzlich schreckte ich von einem ungewohnten Geräusch hoch. Im Nachbarzimmer hörte ich Geflüster. Um mich von der Richtigkeit meiner Wahrnehmung zu überzeugen, schlich ich zu Juanes Zimmertür und spähte mit einem Auge durch den Türspalt. Juane und Eva lagen zusammen im Bett und hatten sich viel zu erzählen.

Normalerweise hätte ich mich über Juanes Fortschritte freuen sollen. Sie hatte nicht nur in einer entscheidenden Situation ein paar Worte herausgebracht, sondern unterhielt sich auch noch mit Eva. Dennoch erfüllte es mich nicht mit Freude, im Gegenteil. Ich hatte das Gefühl, dass Juane die Zeit, die ich für sie geopfert hatte, nicht richtig würdigte – hätte sie sich nicht eher mir gegenüber öffnen sollen? War ich es nicht gewesen, die sie gewaschen, ihr auf einem Tablett Essen gebracht, ihr Geschichten, sogar die von dem Kellner in Boston, erzählt und jeden Abend mit ihr das Vaterunser gebetet hatte?

Wetterschwankungen

In jedes Menschen Gesichte steht seine Geschichte.

Irgendwann las ich mal in einem ausländischen Lyrikband ein Gedicht, das mit diesen Worten begann. Dabei möchten die meisten Leute diese Geschichte auslöschen, wenn sie ihr im Spiegel begegnen. Selbst wenn die Geschichte schön, beglückend, aufregend ist. Was sie allerdings in den seltensten Fällen ist. Doch im Spiegel wollen sie eine andere Geschichte lesen, oder lieber gar keine, wollen bis zum Tod eine glatte Kinderhaut und rosige Wangen sehen.

So sehr fürchtet der Mensch sich vor seiner eigenen Geschichte.

In aller Herrgottsfrühe stand ich vor dem kleinen Spiegel in meinem Zimmer und betrachtete meine Geschichte. Mein Gesicht hatte sie ganz gut verkraftet, aber sie war auch relativ schmerzlos gewesen, abgesehen von der Scheidung und dem Jobverlust. Dennoch hatte ich weder eine glatte Kinderhaut noch rosige Wangen, besaß nicht die Fitness und Jugend, die von den Arbeitgebern erwartet wurde, oder von den beiden jungen Frauen, die im Nachbarzimmer schlummerten.

Sie hatten mich wegen meines Alters abgeschrieben, genauso wie die Arbeitgeber. Sie wollten ihre Geschichten nicht mit mir teilen, dafür war ich wohl zu alt. Immerhin war ich noch akzeptabel, wenn es darum ging, sie zu bedienen.

Sie schliefen lange, wie so oft, wenn man bis spät in die Nacht wach geblieben ist.

Die morgendliche Stille kam mir gelegen. Ich bereitete mir in der kleinen Küche das Frühstück zu und dachte nach. Ich machte meine Abrechnung: finanzielle und gesellschaftliche Situation, es war an der Zeit für eine Zukunftsvision, wie es bei Firmen professionell heißt. Doch die Schritte in Richtung Zukunft waren schwer. Mein Auskommen war bis zum Herbst gesichert, falls die Schwiegereltern meines Sohnes mir erlaubten, bis dahin in ihrem Haus zu bleiben, doch danach erwartete mich das Ungewisse. Ich rief mich bei der Arbeitsvermittlung in Erinnerung, schickte eine wohlformulierte E-Mail, in der ich ihnen mitteilte, ich würde mein berufliches Profil erweitern, es könne also durchaus sein, dass ich einen Job annehmen würde, der nicht meiner Erfahrung entsprechen, mir aber ein festes Einkommen sichern würde. Dann wandte ich mich der weiteren Planung der Malerarbeiten zu. Petra hatte recht gehabt, als sie gesagt hatte, ich würde von einem zum anderen springen, was ja auch nicht weiter verwunderlich war, weil die Leute ständig etwas von mir wollten und mich nichts in Ruhe abschließen ließen. Also machte ich mir einen schönen Arbeitsplan, berechnete Zeitaufwand und Umfang, und war noch mittendrin, als die jungen Damen herunterkamen.

Wahrscheinlich hatten sie damit gerechnet, dass ich aufspringen und ihnen das Frühstück servieren würde, das waren sie ja inzwischen gewöhnt, aber ich blieb einfach sitzen. Sie warteten, und ihre Blicke wanderten von der Kaffeemaschine zu mir. Ich lächelte liebenswürdig und sagte auf Englisch: »Na, habt ihr gut geschlafen?«

»Ja«, antworteten beide und grinsten sich an. Dann ergänzte Eva: »Vielen Dank, dass ich bei dir übernachten durfte.«

»Ich kann mich nicht erinnern, dass ich es dir erlaubt habe«, entgegnete ich, immer noch die Liebenswürdigkeit in Person.

»Nein, das stimmt«, sagte Eva hastig. »Bitte entschuldige. Aber Juane geht es viel besser, wir haben uns noch lange unterhalten, nicht wahr, Juane? Geht es dir nicht viel besser?«

»Wie schön, dass ihr euch unterhalten habt. Redet ruhig weiter, meine Lieben, lasst euch nicht von mir stören.«

Dann vertiefte ich mich wieder in meine Berechnungen und Unterlagen. Die beiden wichen langsam zurück ins Wohnzimmer und berieten sich dort eine Weile. Dann kam Eva wieder zu mir und sagte, sie würde jetzt nach Hause gehen, sie müsse sich umziehen und dann in die Fischfabrik.

»Aha«, sagte ich, »ihr wollt also wieder arbeiten gehen.«

»Nein«, beeilte sich Eva zu sagen, »Juane nicht, nur ich.«

»Ach?«, entgegnete ich erstaunt. »Warum denn nicht Juane?«

Eva schaute mich fassungslos an, blickte dann zu Juane und sagte: »Sie traut es sich noch nicht zu.«

Mit offenkundiger Verwunderung über diese Aussage erwiderte ich: »Aber die Prellungen sind doch so gut wie verschwunden, sie will den Kerl nicht wegen häuslicher Gewalt anzeigen, sie isst, spielt Gitarre, quatscht die halbe Nacht, warum sollte sie dann nicht wieder zur Arbeit gehen? Muss sie sich nicht ihren Lebensunterhalt verdienen, so wie wir alle?«

Ich konnte ihnen ansehen, dass sie sich angegriffen fühlten. Eine solche Boshaftigkeit hatten sie wohl noch nie erlebt. Eva warf Juane einen Blick zu und sagte etwas auf Spanisch, wahrscheinlich, dass sie jetzt gehen würde. Juane schaute mich an, mit ziemlich verwirrtem Gesicht, bis ich sagte: »Du gehst natürlich mit Eva, du brauchst doch jemanden, mit dem du reden kannst, oder?«

»Aber soll sie nicht hierbleiben?!«, rief Eva.

»Sie ist hier nicht zu Hause«, sagte ich ruhig mit Betonung auf »zu Hause«.

Sie gingen beide nach oben, ohne von der Hausherrin verköstigt worden zu sein, weil die keine Lust hatte, sie zu bedienen, und verließen kurz darauf das Haus. Dabei wurde die Tür alles andere als leise geschlossen.

Als ich alleine war, legte sich Stille über das Haus wie eine dunkelgraue Wolke, die nur darauf wartete, mich zu behelligen. Das taten Wolken, obwohl sie nicht drinnen waren – unfassbar, wie nervig und ermüdend das Wetter in diesem Land sein konnte. Gleich würde es heftig anfangen zu schneien und zu regnen, dabei war der Himmel noch vor ein paar Stunden nordlichtergrün und wunderschön gewesen.

Ich öffnete einen neuen Eimer und goss die weiße Farbe in die Farbwanne. Jetzt würde ich dem Wohnzimmer den letzten Anstrich verpassen, jetzt hatte ich endlich meine Ruhe. Doch anstatt mich abzureagieren, indem ich schnell und energisch mit der Farbrolle über die Wand strich, wurde mein Verdruss nur noch größer. Meine Wut richtete sich nicht nur auf die jungen Frauen – auf die eine, die mir ihre Probleme trotz meiner aufrichtigen Fürsorge nicht anvertraut hatte, und auf die andere, die ganz selbstverständlich in meinem Haus übernachtet hatte, ohne mich vorher zu fragen –, sondern auch auf die Gesellschaft. Auf deren Einstellung und Verhalten gegenüber Frauen in meinem Alter sowie gegenüber jüngeren Frauen ausländischer Herkunft. Arbeitgeber und Behörden hatten die Lösung gefunden, und die ganze Gesellschaft machte mit: Räumen wir ältere Frauen doch einfach aus dem Weg! Schikanieren wir Ausländerinnen!

Natürlich kleckerte Farbe aus dem blöden Eimer auf den Boden, und wohl wissend, wer diese Schweinerei wieder sauber machen musste, schlug ich mit der Faust gegen die Wand, bis meine Knöchel schmerzten. Es tat so weh, immer in der Minderheit zu sein. Am meisten ärgerte mich das mangelnde Mitgefühl und die Menschenverachtung in unserer Gesellschaft. Alles, was nicht jung, reich und männlich war, wurde wegrationalisiert. Diese Einstellung hatte es früher nicht gegeben. Wodurch hatte sich die Gesellschaft verändert? Wer hatte sie verändert?

Mir fiel ein Gespräch ein, das ich einmal mit meinem Vater geführt hatte, als wir eines Sonntags in Reykjavík am Stadtteich entlangspaziert waren. Wir begegneten einer alten, abgekämpften Frau, die gebeugt an uns vorbeiging, ohne aufzuschauen. Ich sagte zu meinem Vater: »Die war aber ganz schön zerknittert.« Da blieb er stehen, drehte sich zu mir und entgegnete: »Du musst älteren und bedürftigen Menschen Respekt entgegenbringen.« Nur wenige, aber einflussreiche Worte, die mir mein ganzes Leben lang eine Lehre waren. Nun gehörte ich selbst den beiden Gruppen an, die mein Vater damals genannt hatte.

Es goss in Strömen, wahrscheinlich waren die Wettergötter der Meinung, diese Untermalung würde zu meiner Stimmung passen. Ich beruhigte mich wieder und strich unverdrossen weiter. Der Regen entspannte mich, und ich dachte über Respekt nach. Respekt zeigte sich im Verhalten gegenüber anderen. Da kam mir ein anderer Gedanke – brachte ich selbst meinem Alter Respekt entgegen? Wie stellte man das an?

Ich musste an mein Verhalten gegenüber den jungen Frauen denken. Ich hatte mich wie ein eifersüchtiges Schulmädchen benommen und sie regelrecht rausgeschmissen. Eine von ihnen sogar ins Ungewisse geschickt. Wie war es um mein Alter und meinen Respekt bestellt?

Da ich mir bei meinem Entschluss, in die Westfjorde zu fahren, nur Kälte, Schnee und Dunkelheit vorgestellt hatte, hatte ich keinen Regenmantel dabei, aber mein Kapuzenanorak war einigermaßen wasserdicht, der musste reichen. Ich stürmte hinaus in den strömenden Regen, den Hang hinunter zu Evas Haus. Falls die beiden zur Arbeit gegangen waren, mussten sie jetzt wieder zu Hause sein.

Das Haus lag im Dunkeln, kein Licht in den Fenstern, noch nicht einmal die Außenlampe brannte. Ich klopfte lange an die Tür, obwohl ich eigentlich wusste, dass es zwecklos war. Dann dachte ich, sie wären vielleicht zu Ania gegangen, und lief zu deren Haus, während mir der Regen ins Gesicht peitschte. Ich wusste, dass Ania in einem Reihenhaus im östlichen Teil des Dorfs wohnte, kannte aber ihre Hausnummer nicht und musste alle Türklingeln in Augenschein nehmen, bis ich die polnischen Namen fand. Ihr Mann öffnete die Tür, endlich sah ich diesen Mann, der die Frauen beim Thorrablót-Fest angezogen hatte wie der Honig die Bienen. Er sah ziemlich bodenständig aus, aber attraktiv und vertrauenerweckend, das musste man ihm lassen. Anias Kinder drängelten in den Flur, hängten sich an ihren Vater und starrten mich misstrauisch an, als wäre ich Rumpelstilzchen. Ich fragte nach Ania, und nachdem ihr Mann mich von oben bis unten gemustert hatte, fragte er mich auf Englisch, ob ich die Frau aus Reykjavík sei. Ich bejahte, denn mir war sonst keine Frau bekannt, die in der letzten Zeit aus der Hauptstadt hergekommen war. Er musterte mich weiter, während ich tropfnass vor ihm auf dem Gehweg stand, was auch immer er sich dabei dachte, aber irgendetwas muss es wohl gewesen sein, und sagte schließlich: »Ich glaube, sie ist bei Petra.«

Bei Guðrún und Petra war alles hell erleuchtet, was für dieses inoffizielle Gemeindezentrum nicht ungewöhnlich war, und ich musste nicht lange klopfen, bis der kleine Tumi die Tür öffnete. Er machte ein merkwürdiges Gesicht, als er mich sah. Sie hatten sich alle in der Küche versammelt, Guðrún, Petra und die drei Sängerinnen.

Ich nahm die Kapuze ab, und das Wasser tropfte von meinem Anorak auf die Türschwelle. Nach einer ewigen Zeit schaute Guðrún mich an und fragte liebenswürdig, ob ich einen Kaffee wolle. Ich lehnte dankend ab und wollte gerade zu der Rede ansetzen, die ich mir bei meinem Marsch durch den Regen zurechtgelegt hatte, als Petra kühl sagte: »Ich hätte nicht gedacht, dass du Obdachlosen die Tür weisen würdest.«

Ich war so perplex, dass ich kein Wort herausbrachte. Ich war einfach sprachlos. »Was redest du denn für einen Blödsinn?«, stammelte ich schließlich.

»Ich rede keinen Blödsinn«, erwiderte sie schroff, »ich bezweifle, dass du diese Frauen abgewiesen hättest, wenn sie Isländerinnen wären.«

Ich konnte es kaum glauben, dass ausgerechnet Petra das gesagt hatte, und blickte die Sängerinnen abwechselnd an, doch sie stierten mit grimmigen Gesichtern auf die Tischdecke. Ihrem Verhalten nach zu urteilen, hatten sie verstanden, wessen Petra mich bezichtigte.

Instinktiv wich ich zurück in den Flur, bestürzt und irritiert über Petras Anschuldigung, konnte nicht mehr logisch denken und ließ mich von der angespannten Stimmung vergraulen.

Erst draußen auf der Treppe im horizontal peitschenden Regen kam ich zu Verstand. Ich war schon wieder kurz davor, mich zurückzuziehen, ohne meine Sichtweise dargelegt zu haben. So wie ich immer geschwiegen hatte und gegangen war, wenn ich mich ungerecht behandelt fühlte. Ich wollte keinen Ärger, mochte keine Aufregung und keinen Streit, das hing mit meiner Erziehung zusammen. Lieber den Mund halten; wer sich raushält, kann nichts falsch machen, aber das hatte sich gerächt. Die Standpunkte der anderen überlebten, meine starben. Ich war diejenige, die man drangsalieren konnte, der man die Schuld in die Schuhe schieben konnte, was nie klargestellt wurde, weil ich nicht für mich eintrat.

»Scheiße«, fluchte ich laut und riss die Tür wieder auf.

Ich wandte mich direkt an Petra, und damit auch alle mitbekamen, was ich sagte, sprach ich Englisch. »Das sieht aber ganz schlecht für dich aus, Petra, dass ich Obdachlose abweise, wie du es formulierst, denn wer soll sich denn jetzt um sie kümmern, wenn nicht du? Das kommt dir als Künstlerin bestimmt nicht gelegen, wo du doch Muße zum Komponieren brauchst und alle Hände voll damit zu tun hast, dich um dein einziges Kind zu kümmern, obwohl dir jemand den Haushalt schmeißt. Man muss sich um andere kümmern, Petra, besonders um junge Leute, denen noch nicht klar ist, dass die Welt sich nicht ausschließlich um sie dreht. Jetzt musst du dich um Juane kümmern, als wäre sie dein eigenes Kind, so wie ich es bis jetzt getan habe, was ja wohl nicht an dir vorbeigegangen sein dürfte. Du hast es wirklich geschickt angestellt, alle praktischen Probleme auf andere abzuwälzen, damit du dich deinen hochintellektuellen Kompositionen widmen kannst, die bisher niemanden erfreut haben außer dein eigenes Ego. Ich finde, als Künstlerin ist es unter deinem Niveau, anderen Frauen ungerechtfertigte Anschuldigungen an den Kopf zu werfen, nur damit du selbst keine Unannehmlichkeiten hast. Und was euch angeht, Juane und Eva, glaube ich, dass es an der Zeit wäre, erwachsen zu werden, alt genug seid ihr nämlich. Ich war gut genug, um dich zu verwöhnen, Juane, aber nicht gut genug, dass du mir deine Probleme anvertraust. Aber mit Eva konntest du die halbe Nacht reden, dabei hat sie überhaupt nichts für dich getan.«

Nach diesen Worten ging ich. Der kleine Tumi hielt mir die Tür auf, wie es sich für einen wahren Gentleman gehört.

Das Dorf sah so friedlich aus.

Kleine Häuser, die sich auf einer Landzunge aneinanderreihten, zum endlosen Ozean hin, als wollten sie ihn in die Arme schließen. Heimelige Lichter in den Fenstern der Kirche, gedämpfte Beleuchtung in den wichtigsten Straßen. In den Gärten hinter den Häusern Blumen und Kohl. Kleine Motorboote im sicheren Hafen, die für die Bewohner den Fisch anlandeten. Dann kam der Sturzregen, spülte den wärmenden Mantel des Dorfes weg, und es stellte sich heraus, dass es schlecht gekleidet war, vielleicht nichts darunter trug.

Im Dunkeln sah ich das Dorf in einem neuen Licht.

Frauen unternehmen nicht viel, wenn sie nirgends zu Hause sind. In Reykjavík genauso wie auf dem Dorf. Sie sitzen einfach nur da, die Hände im Schoß, und denken nach. Oder tun so, als würden sie nachdenken, wenn sie eigentlich nur an die Decke starren.

Am Ende raffte ich mich auf und beschloss, ins Bett zu gehen. Das war meistens die beste Lösung, wenn man kaum etwas an der Situation ändern konnte. Doch als ich das Licht ausschaltete, blickte ich kurz aus dem Fenster auf das kleine, friedliche Dorf und spürte, dass es ebenfalls nachdachte.

Wenn ich als kleines Mädchen nicht einschlafen konnte, der Tag vielleicht enttäuschend gewesen war, sagte meine Mutter oft zu mir: »Schlaf nur und vergiss alles, morgen kommt ein neuer Tag, und der wird ganz anders als der heutige.« Später grübelte ich darüber nach, was sie sich dabei gedacht hatte, kam aber nie zu einem Ergebnis. Meine Mutter war keine Frau, die ihre Gefühle zeigte, aber ihre Worte lebten weiter.

Worte waren mächtig. Gehässige Menschen gaben anderen oft Spitznamen, wenn sie ihnen ein Dorn im Auge waren. Diese Spitznamen konnten einem jegliches Selbstvertrauen rauben, während der Verursacher frei herumlief, mit hocherhobenem Kopf. Mit unfehlbaren Ratschlägen wollten die Leute einen reinlegen und schlechtmachen. Das war seit langem Volkssport.

In der Dunkelheit unter der Bettdecke addierte ich zur Beruhigung eine lange Zahlenreihe. Das machte ich oft, wenn es mir schwerfiel, den Tag aus dem Kopf zu kriegen. Die Rechnung ging wie üblich auf, aber etwas anderes ging nicht auf, etwas, das ich nicht zu fassen bekam. Nach ewigem Hin- und Herwälzen spürte ich, dass dieses etwas mit den Leuten und dem Dorf zu tun hatte. Sie hätten einen gemeinsamen Nenner haben müssen, hatten ihn aber nicht.

Der neue Tag wird ganz anders. Damit hatte meine Mutter recht gehabt.

Ich schreckte im Dunkeln hoch, ohne zu wissen, ob Tag oder Nacht war, und hörte ein Klopfen an der Tür. Im Halbschlaf stürmte ich die Treppe hinunter, hielt nur kurz inne, bevor ich die Tür aufmachte, und fragte mich, warum zum Teufel ich mich so beeilte. Es klopfte wieder, und ich konnte hören, dass die Faust, die gegen die Tür schlug, nicht groß war. Ich öffnete, und draußen in der Dunkelheit stand der kleine Tumi.

»Tumi, was machst du denn da draußen mitten in der Nacht?«

»Die Tür war abgeschlossen«, sagte er verblüfft.

»Ja, ich schließe immer ab, bevor ich abends ins Bett gehe.«

»Es ist keine Nacht, es ist Morgen, ich bin auf dem Schulweg«, entgegnete er, ziemlich irritiert über meine Reaktion.

»Oh, du bist auf dem Schulweg?« Erst jetzt sah ich, dass er einen Schulranzen auf dem Rücken hatte. Wir musterten einander, ich wartete auf eine Erklärung für seinen Besuch, doch sie blieb aus, und er schwieg, bis ich ihn endlich fragte, ob er nicht reinkommen wolle. Das wollte er.

»Möchtest du ein Glas Milch?«, fragte ich, während er mir in die Küche folgte.

»Ja, okay«, antwortete er wenig begeistert.

»Oder willst du lieber einen Kaffee, so wie ich?«

»Ja, gerne, mit Milch und Zucker.«

Er ließ den Schulranzen fallen, setzte sich auf den Hocker in der Ecke und senkte sorgenvoll den Kopf, wie ein Bauer, der einen schweren finanziellen Verlust erlitten hat.

»Geht's dir nicht gut?«

»Doch, schon, aber ich musste heute Nacht auf einer Matratze bei Mama schlafen, weil die Frauen in meinem Zimmer waren, die haben sich nicht getraut, zu Eva zu gehen und da zu schlafen.«

»Warum haben sie sich denn nicht getraut?«, fragte ich neugierig.

»Sie hatten Angst vor einem Mann.«

»Oh, verstehe, sie hatten Angst vor Krummi.«

»Nee, vor dem nicht, da gibt's einen anderen Mann, vor dem sie Angst haben.«

»Was??«

»Ja, so ein Mann, den Tante Guðrún kennt, aber ich glaube, Mama wusste nichts davon, weil sie so ein komisches Gesicht gemacht hat. Sie haben miteinander geflüstert, und dann haben sie mich angeguckt und gesagt: Tumi, geh ins Bett.«

Er starrte mich mit aufrichtigen Augen an, als erwarte er von mir Antworten auf das rätselhafte Verhalten der Erwachsenen.

»Tja, Tumi, ich weiß auch nicht, was da los ist, aber ich bin ja auch erst seit ein paar Wochen hier und kenne eigentlich niemanden, außer deiner Familie und den Mädchen, denen ich Isländisch beibringe.«

»Du warst sehr nett zu ihnen.«

»Ja, finde ich auch.«

»Ania, diese Blonde, du weißt schon, die hat Mama beschimpft, weil sie so mit dir geredet hat, und dann hat sie Eva beschimpft, diese Dünne, du weißt schon, und dann hat sie auch noch die Kleine mit den schwarzen Haaren beschimpft, sie hat sie alle ganz furchtbar beschimpft, und dann ist sie gegangen und hat die Tür zugeknallt.«

Ich konnte nicht verbergen, dass mir warm ums Herz wurde. »Na ja, weißt du Tumi, das ist oft so, wenn Frauen zusammen sind, dann gibt ein Wort das andere.«

»Hör zu, ich muss in die Schule, ich wollte dir nur ein Buch bringen, das leihe ich dir, es ist total alt und super spannend.«

»Oh, das ist aber nett von dir, ist es *Der kleine Hobbit* oder *Der Herr der Ringe*?«

»Nein, *Moby Dick*, das ist ein weißer Wal, mit dem ein Mann immer kämpft, aber ich verrate dir nicht, wie es ausgeht.«

Ich wollte dem Jungen nicht verraten, dass ich genau wusste, wie die Geschichte ausging. Mein Vater hatte das Buch besessen, und ich hatte es vor langer Zeit gelesen, aber ich sagte nur: »Ach ja, *Moby Dick*, das sollte ich wirklich mal lesen.«

Dann ging Tumi in die Schule.

Ich fing nicht sofort an zu lesen, obwohl ich es gerne getan hätte, aber ich hatte eine Vorahnung, dass die Lage sich zuspitzen würde, und da war es besser, sich auf einen Kampf mit den weißen Walen vorzubereiten.

Gegen zehn Uhr kamen sie anmarschiert.

Da hatte ich bereits seit zwei Stunden bei Radiomusik gestrichen und an Kapitän Ahab gedacht sowie an das merkwürdige Trachten der Menschen, sich mit einer Übermacht anzulegen, obwohl sie von Anfang an wissen, dass der Kampf aussichtslos ist. Ich hatte das Gefühl, seit meiner Kündigung mit weißen Walen gekämpft zu haben. Unglaublich, dass es mir in meinem Alter noch passierte, für meine Ehre kämpfen zu müssen, wo ich doch immer so ein friedliches Leben geführt hatte.

Als ich sie kommen sah, Petra in einem feuerroten Mantel und Juane in einem viel zu großen Anorak, beschloss ich, mich emotional abzuschotten. Ich öffnete die Tür, verharrte und schaute sie fragend an. Petra fragte, ob sie hereinkommen dürften. Ich antwortete nicht, sondern ging einfach wieder ins Haus und überließ es ihnen, ob sie eintreten wollten oder nicht. Dann nahm ich die Farbrolle und strich weiter, als wäre überhaupt nichts geschehen.

»Hör zu«, sagte Petra hinter meinem Rücken, »ich entschuldige mich für das, was ich gesagt habe. Das war ungerecht, und ich wollte dich nur verletzen, weil ich die Mädchen aufnehmen musste. Ich hab nichts gegen sie, aber ich hatte einfach die Schnauze voll von diesem ständigen Rein und Raus im Haus meiner Tante. Ich habe nie Ruhe zum Arbeiten, weil immer Gäste da sind. Wenn ich etwas zustande bringen will, muss ich nachts arbeiten, dabei bin ich von Natur aus kein Nachtmensch, und deswegen kriege ich vielleicht auch nichts Vernünftiges auf die Reihe, oder wie du gesagt hast, nichts, was die Leute erfreut. Ich kann sonst nirgendwo hin, ich bin darauf angewiesen, bei Tante Guðrún zu wohnen. Aber das Mädchen hier neben mir, ich nenne bewusst keinen Namen, hat kein Zuhause, sie hat noch nicht einmal Verwandte in Spanien, und falls sie doch welche hat, dann kennt sie sie nicht, sie wurde nämlich als Baby in einem Waisenhaus abgegeben, das von einem Nonnenorden geführt wurde. Aber sie ist mitgekommen, um sich bei dir für alles, was du für sie getan hast, zu bedanken.«

Dann wechselte Petra ins Englische und sagte zu Juane, die wie bestellt und nicht abgeholt neben ihr gestanden und dem unverständlichen isländischen Kauderwelsch gelauscht hatte: »Juane, du kannst dich jetzt bei ihr bedanken.«

»Vielen Dank, dass du so gut zu mir warst«, sagte Juane in kindlichem Englisch, und wenn mich nicht alles täuschte, zitterte ihre Stimme ein wenig. Dann warteten die Frauen auf meine Reaktion. Mit dem festen Vorsatz, mich nicht mehr so aufwühlen zu lassen – darin wurde ich langsam immer besser –, sagte ich ohne Umschweife: »Ich danke dir für deine Worte Juane, das freut mich sehr.« Dann fügte ich höflich und aufrichtig hinzu: »Ich danke euch beiden, dass ihr hergekommen seid.« Anschließend drehte ich mich wieder zu der weißen Wand und strich akribisch weiter.

Die Stille hinter mir war geradezu greifbar, wahrscheinlich hatten sie etwas anderes erwartet. Vielleicht dass ich vor lauter Rührung in Tränen ausbrechen und vor Dankbarkeit schluchzen würde, weil sie mich wieder in ihre Runde aufgenommen hatten, wo ich doch hier in den Westfjorden niemanden hatte und einsam vor mich hin strich. Woher sollten sie auch wissen, dass ich darüber hinweg war, über diese gigantische Mauer der Tränen, die Frauen sich gegenseitig aufzwingen, um nicht unterzugehen?

Ich hörte ihre Schritte hinter mir, als sie zur Tür gingen.

Als sie weg waren, war ich erleichtert. Und gar nicht unzufrieden mit mir. Es war mir bis zu einem gewissen Grad gelungen, meinem Alter Respekt zu zollen. Ich hatte mir nämlich nicht den berühmten Heiligenschein aufgesetzt, den Frauen sich wie irgendeinen dämlichen Hut aufsetzen, wenn sie demonstrieren wollen, wie gut sie sind, nur weil sie Frauen sind; ich war nicht in die Rolle gefallen, die Männer den Frauen seit Rousseaus Zeiten zugedacht haben, damit sie ihnen in ihrem Machtstreben nicht in die Quere kommen; ich hatte mich nicht wie eine Heilige verhalten und ihnen angeboten, unter meinem Dach zu wohnen und mein Brot zu essen, sondern ihnen nur für ihr Kommen gedankt. Außerdem hatte ich mich nicht von ihrer sentimentalen Masche einwickeln und von ihrer unterschwelligen Drohung einschüchtern lassen, aus der Gruppe ausgestoßen zu werden, falls ich nicht das tat, was sie wollten, und die Tatsache, dass ich nach diesem Guerillakampf noch aufrecht stand, machte mich ein klein wenig stolz.

Endlich war das Wohnzimmer weiß.

Bei Tageslicht strahlte es geradezu. Blieb nur noch die Fummelei mit den Rahmen und Mittelstreben der Fenster. Sie waren schön, die alten Fenster, das Schönste im ganzen Wohnzimmer, und kamen ohne Vorhänge am besten zur Geltung, auch wenn mich das abends beunruhigte. Wenn jemand im Dunkeln draußen vor dem Haus stand, konnte er reinschauen und genau sehen, was ich machte, ohne dass ich ihn sah. Manchmal hatte ich das merkwürdige Gefühl, beobachtet zu werden, auch wenn meine Vernunft mir sagte, dass das Einbildung war. Dennoch hielt ich mich nach Einbruch der Dunkelheit nie im Wohnzimmer auf, obwohl ich mich gerne mal nach einem langen Arbeitstag ans Harmonium gesetzt hätte.

Deshalb kam mir die Idee, meine Schwiegertochter zu bitten, für die Fenster Rollos zu bestellen, die man abends herunterziehen konnte. Ich maß die Fenster aus und rief sie in Reykjavík an. Sie fand die Idee gut und sagte, sie würde sich darum kümmern und die Rollos in die Westfjorde schicken. Dann durfte ich noch mit den Enkelkindern sprechen, die sich nach dem Baden gerade bettfertig machten, aber nach dem Telefonat war ich so deprimiert, dass ich Zwerchfellschmerzen bekam. Ich vermisste die Kinder. Was hatte ich mir nur bei der ganzen Sache gedacht? Und meine Schwiegertochter hatte mich noch nicht einmal gefragt, wie es mir ging. Die waren bestimmt alle froh, dass sie mich ans Ende der Welt in ein altes Haus in den Westfjorden verfrachtet hatten.

Ich hatte das Gefühl, nicht viel wert zu sein.

Der letzte Abend war schwer gewesen, ich hatte mich abgeschoben und einsam gefühlt, mich nach dem Essen die knarrende Treppe hinaufgeschleppt und lange reglos auf dem Bett gelegen, den zugeklappten Laptop auf dem Bauch. Meine einzige Verbindung zur Außenwelt, wie tragisch. Es war, als würde eine unsichtbare Macht über mein Leben bestimmen, und ich wusste nicht, wie ich gegen sie ankommen sollte. Zweimal hatte ich den Computer aufgeklappt und nachgeschaut, ob sich jemand für mich interessierte, privat oder beruflich, aber beides war nicht der Fall. Stattdessen gab es reichlich Rundmails. Schon bemerkenswert, wie schnell man vergessen wurde, wenn man nicht ständig online war. Aber ich hatte es mir verboten, im Internet zu surfen, das war jämmerlich, zumal Computer nie zu meinen Hobbys gehört hatten, sondern zum Job. Wobei ich mich gar nicht erinnern konnte, welche Hobbys ich eigentlich gehabt hatte, bevor ich mich – neben einem langen Arbeitstag am Computer – um die Kinder und den Haushalt gekümmert hatte. Außer Lesen natürlich, falls das als Hobby galt. Deshalb beschloss ich, ganz früh am nächsten Morgen in die Bücherei zu gehen und mir so viele Bücher auszuleihen, wie ich tragen konnte.

Jetzt betrachtete ich stolz das weiße Wohnzimmer, bevor ich losgehen wollte. Es war gut gestrichen, und ich freute mich darauf, wie es aussehen würde, wenn die Fenster fertig wären. Aber zuerst musste ich mir ausreichend Bücher besorgen, um die Abende zu überstehen, denn die Abende kamen unweigerlich am Ende eines jeden Tages.

Auf dem Weg zur Bücherei dachte ich darüber nach, mir ein Hobby zuzulegen.

Die Bibliothekarin hob die Augenbrauen, als ich hereinkam, lächelte und wartete darauf, dass ich noch etwas anderes sagen würde als »Guten Tag«. Ich erklärte, ich hätte die Modezeitschriften mitgebracht, die sie mir geliehen habe, die seien sehr hilfreich gewesen. Das war natürlich gelogen, sie waren nie durchgeblättert worden. Dann sagte ich, ich sei auf der Suche nach Lesestoff für mich, wanderte durch den Raum und inspizierte die Regale.

»Suchen Sie Romane oder etwas anderes?«, fragte die Bibliothekarin hinter mir, erpicht darauf, mich fachlich zu beraten.

»Historische Sachen finde ich ganz spannend«, antwortete ich, ohne meinen Blick von den Regalen abzuwenden.

»Meinen Sie so was wie die Volksmärchen?«

»Nein, ich dachte eher an etwas Ausländisches, haben Sie etwas über den Ersten Weltkrieg?«

»Nein«, antwortete sie zögernd und ergänzte: »Aber vielleicht über den Zweiten. Möchten Sie nicht lieber etwas über die Westfjorde, wo Sie schon einmal hier sind? Ich habe gerade ein Buch über die Regionalgeschichte reinbekommen, da steht ziemlich viel über den Ort hier drin, sehr interessant. Im Sommer, wenn die Touristen kommen, werde ich es an einen exponierten Platz stellen.«

»Ach, gibt es hier im Sommer denn viele Touristen?«

Daraufhin hielt sie mir einen langen Vortrag über den Tourismus und seine Wichtigkeit für den Ort. Sie hätten herausgefunden – wobei sie nicht erwähnte, um wen es sich dabei handelte –, dass neben der großartigen Natur die Kultur der Hauptanziehungspunkt für Touristen sei. Sie wollten sich als wichtige Kulturstätte etablieren, mit Büchern, Design, Kunst, Musik, was auch immer. Demnächst würde das alte Hotel renoviert, ein schönes Café eingerichtet, so was würde die Leute anlocken. Außerdem würde ein Buchladen mit Andenkenartikeln eröffnet, ja und allerlei auf die Beine gestellt, dadurch würden neue Arbeitsplätze für Frauen geschaffen, und im Sommer würden in der Kirche Konzerte stattfinden, davon wären die ausländischen Gäste bestimmt begeistert.

Dann wurde sie plötzlich ganz einsilbig, biss sich nachdenklich auf die Lippe und sagte, das mit dem Konzert sei so schade. Sie hätten sich so viel von Petra erwartet, und nun liege sie im Bett. Sie habe in den letzten Tagen keine Proben mehr abgehalten, und in einem Monat sei doch schon Ostern. Dabei hätten sie in der Zeitung Werbung für das Konzert machen wollen, damit alle erfuhren, wie kulturbegeistert der Ort sei. Mit gekränkter Miene fügte sie hinzu: »Und mein Mann, der ist einer von den Tenören, der hat sich so darauf gefreut.«

»Tja«, sagte ich nur, »wirklich schade.«

»Ja«, pflichtete sie mir laut und nachdrücklich bei, »das ist sehr schade. Wir versuchen alle, etwas für das Dorf und die Gemeinschaft zu tun, und dann enttäuscht sie uns und legt sich einfach ins Bett, dabei hat sie noch nicht mal die Grippe.«

Mit kurzen, kantigen Bewegungen suchte sie die Regale ab. »Sie interessieren sich wohl nicht für Bücher über die Gegend«, sagte sie knapp.

»Doch, doch«, versicherte ich ihr, um ihren Patriotismus nicht zu verletzen, »bitte geben Sie mir das Buch.«

Vor der Bücherei trat ich von einem Bein aufs andere und kämpfte mit meinem schlechten Gewissen. Auch wenn ich sauer war, wollte ich beileibe nicht diejenige sein, die verhinderte, dass Arbeitsplätze für Frauen geschaffen wurden.

Eine ganze Weile blieb ich vor Guðrúns Haus stehen und starrte zum Küchenfenster, bevor ich mir einen Ruck gab und an die Tür klopfen wollte. Doch dazu kam es nicht mehr, denn Guðrún machte von selbst die Tür auf und fragte prompt, ob ich einen Kaffee wolle. Als wir in der Küche standen, lehnte ich die übliche Kaffeebeilage des Hauses dankend ab, legte die Tüte mit den Büchern auf den Tisch und fragte nach Petra. Guðrún antwortete nach einer kurzen Pause, sie liege im Bett. Als gehörte das zur festen Routine im Leben einer Organistin. Darauf fragte ich nach Juane, und nach einer weiteren Pause und diversen Seufzern, antwortete Guðrún, die arbeite wieder in der Fischfabrik. Wenn ich mit ihr sprechen wolle, könne ich warten, sie müsse gleich da sein.

»Und Petra?«, fragte ich. »Kann ich mit der reden?«

»Sie empfängt keine Besuche, wenn sie im Bett liegt.«

»Tatsächlich?«, polterte ich wütend, stand auf, stapfte in den Flur und geradewegs zur Treppe.

»Du gehst da nicht hoch!«, kreischte Guðrún und zog an meinem Arm. Ich schüttelte sie ab und schaute sie so eindringlich an, dass sie klein beigab.

Die Komponistin lag mit zerzausten Haaren im Halbdunkel des Zimmers.

Ich schaltete das Licht ein, schloss die Tür und schaute mich um. Bücher und Notenhefte lagen auf dem Boden verstreut, am Kleiderschrank hingen mehrere Bügel mit Blusen, der Schreibtisch war voll mit Papieren und Teetassen, auf den Papieren lag eine Geige, neben dem Bett stand ein Cello und neben dem Keyboard ein Gitarrenkoffer. An der Wand hingen Bilder, die Tumi gemalt hatte. Es war ein hübsches Zimmer, trotz der Unordnung.

Die Hände in die Hüften gestützt, baute ich mich vor ihr auf und sagte: »Was soll das? Bist du krank?«

»Ach, lass mich in Ruhe«, murmelte sie endlich nach längerem Schweigen in ihre Bettdecke.

»Bekommst du dein Essen auf einem Tablett serviert, während du hier liegst?«

Da setzte sie sich halb auf. »Was zum Teufel willst du, Flóra?«

Ich nahm noch nicht einmal die Hände aus den Taschen, während ich ihr die Leviten las. »Steh auf und mach deine Arbeit, Petra! Du bist nicht krank, bestell die Leute zur Probe ein und mach weiter, du wirst dieses Konzert an Ostern geben, wie du es dir vorgenommen hast. Was du tust, ist wichtig für die Gemeinschaft. Juane kann wieder bei mir wohnen, falls sie es ist, die dich davon abhält.«

Dann ging ich zu dem großen Erkerfenster, um nach den Frauen aus der Fischfabrik Ausschau zu halten. Ich sah sie nicht, blieb aber trotzdem reglos am Fenster stehen, während ich auf eine Reaktion aus dem Bett wartete. Ich ließ den Blick über die Häuser am Hang schweifen, sah mein Haus ein Stück weiter oben auf der linken Seite, und wollte mich gerade vom Fenster abwenden, als ich Krummis Haus am Dorfrand entdeckte. In einem Fenster brannte Licht, und ich bekam einen Schreck.

»In Krummis Haus brennt Licht«, sagte ich mechanisch.

»Ach wirklich?«, tönte es nach einer ganzen Weile aus dem Bett. Petras Verwunderung klang nicht sehr überzeugend.

»Warum brennt da Licht? Hat er das Dorf nicht verlassen?«

»Woher soll ich das wissen? Ich hab andere Probleme als Lichter in irgendwelchen Fenstern. Anscheinend halten es alle für selbstverständlich, dass ich in einem Monat in unserer kleinen Kirche die Matthäus-Passion von Carl Philipp Emanuel Bach aufführe. Ein zweistündiges Werk mit Sängern, Chor und Orchester. Kein Problem, wir sind ja so clever hier in den Westfjorden.«

»Ja, aber wolltest du nicht nur einen Teil des Werks aufführen?«

»Einen Teil, ja, einen Teil! Weißt du, was die Rezensenten sagen, wenn ich nur einen Teil aufführe? Ha? Hast du keine Ahnung von Musik? Weißt du gar nichts über Musik, Mensch?!«

Petra war aus dem Bett gestürzt, und auch wenn sie sich so aufregte, hielt ich es für ein gutes Zeichen, sie wieder auf den Beinen zu sehen.

»Ich hab vielleicht nicht viel Ahnung von klassischer Musik«, gab ich zu und wich zur Tür zurück, »aber ich weiß ein bisschen über Popmusik, und da ist es völlig in Ordnung, auch mal nur einen Teil zu spielen.«

»Puh«, stieß sie überheblich hervor und stapfte durchs Zimmer.

Ich war schon halb die Treppe herunter, als ich sie schimpfen hörte: »Wichtig für die Gemeinschaft? Na, besten Dank!«

Guðrúns Verhalten hatte sich komplett verändert, als ich nach unten kam, sie war geradezu demütig und hatte wahrscheinlich in letzter Sekunde gemerkt, dass ich ihr womöglich nützlich sein könnte und deshalb lieber freundlich behandelt werden sollte.

»Wo hat Juane geschlafen?«, fragte ich.

»Was? Na, hier neben dem Fernseher.«

»Warum brennt dann in Krummis Haus Licht?«

»Was?«

»Du musst doch das Licht gesehen haben, du stehst doch ständig am Fenster.«

»Ach, du meinst, da ist Licht, aha, meinst du wirklich? Tja, ich weiß auch nicht, bist du sicher? Das ist mir gar nicht aufgefallen.«

So brabbelte sie vor sich hin, während sie unablässig durch die Küche wanderte, über die Küchengardine spähte, den Tisch abräumte, ihn wieder deckte, in einer Schublade herumkramte, schließlich einen Schrank aufmachte und tief Luft holte. Anscheinend versuchte sie, sich zu sammeln. Dann hielt sie plötzlich inne, drehte sich zu mir und fragte mich, was ich von Petra halten würde. Ob ich glauben würde, dass sie die Leute wieder zur Probe zusammentrommeln würde.

Ich sagte, ich wisse es nicht, lobte sie aber für ihr gutes Gehör. Sie überhörte meinen Kommentar geflissentlich und begann darüber zu reden, wie wichtig kulturelle Veranstaltungen für das Dorf seien, dass es wünschenswert sei, dass Petra aus diesem Tief wieder herauskomme, aber natürlich sei es nicht leicht für sie, die Leiterin persönlich, eine der Sängerinnen beherbergen zu müssen, ob es vielleicht möglich sei, dass ich Juane wieder bei mir aufnehmen würde, nur übergangsweise, also vielleicht bis Ostern?

Da sie sich weigerte, mir zu sagen, was sie über das Licht in Krummis Haus wusste, tat ich den Teufel, ihr zu sagen, dass ich genau deshalb gekommen war – um dem Mädchen eine Bleibe anzubieten. Ich schwieg und grübelte. Ich war es leid, den Leuten in diesem Dorf alles aus der Nase zu ziehen, und kämpfte gleichzeitig mit meiner Sturheit, die ich wohl von meinem Vater geerbt haben musste. Er hätte nicht aufgegeben; ich erinnerte mich an die Szene in dem Lebensmittelladen, als er nicht lockergelassen hatte, bis er die richtige Summe zu hören bekam. In diesem Moment ging die Tür auf, und diejenige, um die sich alles drehte, betrat das Haus wie ein verängstigtes Mäuschen, mit Fischgeruch in den schwarzen Haaren.

»Flóra ist hier, um dich abzuholen, Juane«, flötete Guðrún sanft.

Wir näherten uns Helgas Haus.

Hatten den ganzen Weg über kein Wort geredet, bis ich Juane ziemlich laut fragte, ob sie kochen könne. Sie war mit ihrem Rucksack neben mir hergetrippelt, hatte mich immer wieder mit großen Augen angeschaut, wie um sich zu vergewissern, ob ich zufrieden mit ihr sei, und jetzt, als ich sie endlich ansprach, legte sie los. Sie zählte auf, was sie alles kochen konnte, das meiste kannte ich nicht, zumal sie Spanisch und Englisch durcheinandersprach, völlig zusammenhanglos, wie wenn man nervös ist, und erst aufhörte, als ich ihr versicherte, das würde schon reichen.

Dann schaute ich sie an und sagte, da sie kochen könne, solle sie von nun an abends das Essen zubereiten und sich so ihre Kost und Logis verdienen. Sie nickte eifrig.

Juane richtete sich in ihrem alten Zimmer ein, fragte, ob sie vor dem Kochen noch duschen könne, und ich entgegnete, sie solle sich wie zu Hause fühlen. Anschließend kam sie geschniegelt und gestriegelt in die Küche und fragte, wo sich die Zutaten für das Essen befänden, das sie zubereiten solle. Ich hatte mir überlegt, in der Pfanne Fischpudding zu braten, dazu irgendeine Beilage – meine Kochkünste waren nicht sonderlich raffiniert, seit ich alleine lebte –, holte die Zutaten und fragte, ob sie damit etwas zustande bringen würde. Das würde wohl gehen, offenbar hatte sie isländischen Fischpudding aus der Dose schon mal gesehen.

Ich überließ ihr die Küche, ging ins Wohnzimmer, schaltete das Radio ein und machte mich daran, die Fensterrahmen abzuschleifen. Kurz vor den Abendnachrichten kam sie ins Wohnzimmer und verkündete steif, wie ein Kammerdiener auf einem alten Herrensitz, das Essen sei fertig. Es war zwar Bratengeruch durchs Haus gedrungen, aber ansonsten hatte ich von den Tätigkeiten der Köchin nichts mitbekommen. Ich hegte die schlimmsten Befürchtungen, rechnete mit einem Riesenchaos und war ziemlich überrascht, als ich die blitzsaubere Küchenablage sah. Juane hatte den Tisch hübsch für uns gedeckt, und ich machte große Augen, als sie in einer Schüssel das Essen servierte. Ich hatte noch nie Fischpudding mit Früchten und Gemüse zubereitet gesehen. Dieses normalerweise alltägliche Fischgericht schmeckte so köstlich, dass ich in den ersten Minuten gar nichts sagen konnte. Ich aß schweigend mit bestem Appetit. Dann fragte ich Juane endlich, wo sie so gut kochen gelernt habe, woraufhin sie stolz lächelte und sagte, bei den Schwestern, bei denen sie aufgewachsen sei.

»Und wer hat dir Englisch beigebracht?«

»Auch die Schwestern. Sie haben uns mittwochs in Englisch und freitags in Französisch unterrichtet. Außerdem haben wir Kochen, Nähen, Stricken und Putzen gelernt.«

Ich tat so, als wüsste ich von nichts, und fragte sie, wie viele Schwestern sie denn habe.

»Nein, das waren Nonnen in einem Kloster in Kastilien, sie nennen sich Schwestern. Sie haben elternlose Kinder aufgenommen, wir waren fünf Mädchen. Sie wollten, dass wir auch Nonnen werden, aber ich bin gegangen. Die anderen leben immer noch im Kloster.«

»Seid ihr nicht in eine normale Schule gegangen?«

»Doch, wir waren in der Schule unten im Dorf.«

»Hm«, sagte ich nur, weil ich nicht aufdringlich erscheinen wollte, redete weiter übers Kochen und die Zubereitung des Gerichts, konnte mich dann aber nicht mehr beherrschen, sie zu fragen, wohin sie denn gegangen sei, nachdem sie die Schwestern verlassen habe.

»Runter zum Strand, wo die Touristenhotels sind, ich hab in einem der Hotels geputzt.«

Ich hörte an ihrer Stimme, dass sie nervös und misstrauisch war. »Weißt du was?«, sagte ich. »Du wirst ja jetzt in den nächsten Wochen bei mir wohnen, und ich glaube, es wäre das Beste, wenn du mir die ganze Geschichte erzählst. Dann haben wir das hinter uns und können ganz normal sein. Erzähl mir, wie du Krummi kennengelernt hast, warum du mit ihm nach Island gekommen bist, und wie es dazu kam, dass wir dich in dieses Netz eingewickelt in der Vorratskammer fanden. Du musst mir nicht alles auf einmal erzählen, aber bitte versuch es.«

Ihre Augen strahlten, als sie das mit den nächsten Wochen hörte, kein Wunder, denn natürlich möchte man wissen, wo man in der nächsten Zeit unterkommt, und ich konnte ihr ansehen, dass sie versuchte, die Frau, die ihr gegenübersaß, einzuschätzen.

Der erste Teil ihrer Geschichte kam, als wir die Küche aufräumten: Sie hatte Krummi in dem Hotel kennengelernt. Er hatte sie eingeladen, und sie hatte ihn nett gefunden. Als er sie bat, mit nach Island zu kommen, ergriff sie die Chance. »Pure Abenteuerlust«, sagte sie, »außerdem war er sehr zuvorkommend und hat nicht versucht, mich ins Bett zu kriegen.«

Der zweite Teil folgte nach dem Abendessen. Ich machte mir Sorgen, wie ich sie einen ganzen Abend lang beschäftigen sollte, und als ich mich dafür entschuldigte, dass es keinen Fernseher gab, sagte sie, das mache nichts, sie habe noch nie viel ferngesehen. Ich bot ihr an, meinen Computer zu benutzen, aber sie wirkte nicht sonderlich interessiert, also endete es damit, dass ich sie fragte, ob sie mit mir Karten spielen wolle. Sie wollte. Nachdem wir unsere Kenntnisse in verschiedenen Kartenspielen abgeglichen hatten, einigten wir uns auf Quartett, machten es uns an dem kleinen Esstisch gemütlich, tranken Tee, knabberten Datteln und lauschten mit einem Ohr der Musik aus dem Radio. Während sie mich nach einem Buben fragte, erzählte sie beiläufig, das Zusammenwohnen mit Krummi habe in den ersten Wochen gut funktioniert, sie habe sich nur gewundert, dass er nie versucht habe, mit ihr zu schlafen.

Ich entgegnete, das würde mich auch wundern. Meistens wären Männer ja, was das betraf, nicht so zurückhaltend, wenn sie die Gelegenheit hätten. Darauf meinte sie, sie sei zwar zunächst erleichtert gewesen, habe sich dann aber schon gefragt, warum er sich nicht für sie als Frau interessieren würde, ob sie zu hässlich sei. Ob er nur ein Dienstmädchen haben wolle.

Ich fragte sie nach einer Dame. Sie hatte keine und sagte, ich solle ziehen. Nachdem ich eine Karte gezogen und gepasst hatte, erzählte sie, Krummi habe sich eines Abends betrunken, und da habe sie festgestellt, dass er gewalttätig sei. Zum Glück habe sie am nächsten Tag nicht zur Arbeit gemusst, es sei nämlich Wochenende gewesen. »Aber er hat mir absichtlich nicht ins Gesicht geschlagen«, fügte sie hinzu und fragte, ob ich eine Zwei hätte. Ich hatte eine, gab sie ihr und fragte dann, ob sie nie versucht habe, zu gehen.

»Gehen? Wohin hätte ich denn gehen sollen? Ich kannte hier ja niemanden. Außerdem hatte ich kein Geld, mein Gehalt wurde auf sein Konto überwiesen, er hat es immer hinausgezögert, mit mir zur Bank zu gehen und ein Konto für mich zu eröffnen. Ich dachte immer, es würde irgendwann besser werden. Manchmal war er freundlich und nett, machte mir Komplimente, sagte, wir würden im Frühling in den Nachbarort ziehen, er würde da eine Wohnung kaufen, vielleicht bekäme ich einen Job im Hotel, dann könne ich dort ein Konto eröffnen, vielleicht würden wir heiraten und Kinder kriegen, aber dann trank er wieder und schlug mich, und an einem Abend zerschmetterte er mein Handy.«

Ich beließ es fürs Erste beim zweiten Teil und fragte sie nicht weiter nach den Misshandlungen, vielleicht um sie oder mich selbst so kurz vorm Zubettgehen vor diesen hässlichen Beschreibungen zu bewahren, denn ich spürte, dass wir beide heftiger atmeten. Stattdessen sagte ich, um dieses Kapitel abzuschließen, dass ich überhaupt nicht verstehen könne, wie sie das so lange ausgehalten hätte.

»Was hättest du denn gemacht?«

»Ich wäre wahrscheinlich zu den Nachbarn gelaufen und hätte sie um Hilfe gebeten«, sagte ich.

»Aber das hab ich doch!«

»Was?«

»Sie haben mir die Tür vor der Nase zugeknallt und gemeint, sie wollten sich nicht in unseren Streit einmischen.«

Resigniert warf ich die Karten auf den Tisch. »Das kann doch nicht sein, wir Isländer haben uns immer gegenseitig geholfen.«

»Wir Isländer«, wiederholte sie langsam.

Ich senkte den Kopf, total erschüttert.

Der dritte und letzte Teil handelte von Freiheitsentzug. Sie erzählte ihn mir am nächsten Tag, just in dem Moment, als uns das Wetter unserer Freiheit beraubte. Als wir aufwachten, stürmte und schneite es so heftig, dass ich ihr verbot, zur Fischfabrik zu laufen, bevor das Wetter nicht besser würde. Stattdessen gab ich ihr Schleifpapier und sagte, sie könne mir gerne dabei helfen, die Fensterrahmen zu schleifen, wenn sie Lust habe. Sie war einverstanden, und ich begann, die Rahmen zu streichen, die schon fertig geschliffen waren.

Gegen zehn Uhr machten wir eine Pause und standen uns mit unseren Kaffeebechern gegenüber. Juane musterte die schneebedeckten Fensterscheiben, die keinen Spalt frei ließen, durch den man hätte hinausschauen können, und sagte, sie habe noch nie im Leben solches Wetter erlebt. Wahrscheinlich wurde ihr das heftige Klima in unserem rauen Land in diesem Moment zum ersten Mal richtig bewusst, denn sie zeigte immer wieder mit dem Daumen zu den Fenstern und fragte, ob wir genug Lebensmittel im Haus hätten, falls das Wetter länger so bleiben würde.

Ich versicherte ihr, dass sich in der Vorratskammer genug Essen für mehrere Tage befand.

Damit waren wir beim Thema Vorratskammer. Sie registrierte meinen fragenden Blick und stöhnte. Ich sagte ihr unumwunden, dass es mir ein absolutes Rätsel sei, warum Krummi sie in ein Netz gewickelt und in die Vorratskammer gesperrt habe.

»Er hat in einer Netzfabrik gearbeitet«, setzte sie an.

»Was du nicht sagst.«

Sie warf mir einen irritierten Blick zu, da sie die Redewendung nicht verstand, doch ich blickte sie weiter aufmunternd an. Sie zögerte, doch dann kamen die Erklärungen, konfus und abgehackt. Krummi sei nach dem Thorrablót-Fest ausgerastet, weil ein paar junge Männer mit ihr tanzen wollten. Danach habe er tagelang gesoffen, ihr alle Klamotten weggenommen und ihr verboten, das Haus zu verlassen. Als er irgendwann eingenickt sei, habe sie sich zu seinem Computer geschlichen, um Hilfe zu holen, doch da sei er aufgewacht und habe wissen wollen, was sie da mache. Sie habe geantwortet, sie wolle ins Internet, woraufhin er gezetert habe, wenn sie ein Netz wolle, könne er ihr eins besorgen. Dann habe er im Keller das Netz geholt und sie darin eingewickelt.

Sie holte tief Luft. »Dann ist er endlich zur Arbeit gefahren«, fuhr sie fort, »und hat noch gesagt, ich wäre in der Vorratskammer am besten aufgehoben, solange er weg sei. Ich war so froh, als ich dich gesehen hab.«

Ich rieb mir mit der Hand über die Stirn und sank aufs Sofa. Diese Brutalität war einfach zu viel für mich.

Wir schwiegen lange und lauschten dem Sturm, der gegen das Fenster peitschte. »Hat er dich vergewaltigt?«, brachte ich schließlich heraus. Sie schaute mich an, lange, und sagte dann: »Das konnte er nicht.«

»Konnte er nicht?«

»Er konnte nicht«, flüsterte sie, »er konnte nicht mit einer Frau zusammen sein, du weißt schon, da hat irgendwas nicht funktioniert bei ihm, da unten.«

Nach dieser Enthüllung traute ich mir den nächsten Teil nicht zu.

Nach einer langen Pause sagte sie zögernd: »Weißt du, ich hab's niemandem erzählt, das mit dem Kellner in Boston.«

»Hm, das ist gut.«

»Aber ich finde nicht, dass du Pech in der Liebe hast, du warst doch viele Jahre verheiratet, und da hat alles gestimmt, oder?«

Doch, das musste ich wohl zugeben, damals hatte alles gestimmt, so gesehen.

Dann schaute sie aus dem Fenster und sagte ganz leise: »Ich will zurück nach Spanien.«

»Weißt du was? Am liebsten würde ich mitkommen.«

Die Wettergötter zogen es vor, nachzugeben.

Das taten sie immer, wenn die Isländer damit drohten, das Land zu verlassen. Dann spendierten sie schönes Wetter und wolkenlosen Himmel, so dass die Leute es zutiefst bereuten, jemals erwähnt zu haben, ins Ausland zu wollen. Wenn ich ein anderer Typ Mensch gewesen wäre, mit ein bisschen mehr Abenteuerlust im Blut und der Sorglosigkeit der jungen Leute, hätte ich zu Juane gesagt, Schätzchen, genug mit diesem Mist, lass uns abhauen. Dann hätte ich die Tür von Helgas Haus zugeknallt und mich ins Ungewisse gestürzt, schnurstracks in die Sonne nach Spanien, und alles andere wäre mir schnuppe gewesen. Doch ich litt unter der Zwangsvorstellung, sämtliche Aufgaben, die man mir aufgetragen hatte, zu Ende zu bringen, wie unbedeutend sie auch sein mochten, und das hielt mich davon ab. Ich konnte es nicht ändern, aber ich fühlte mich nur wohl, wenn mein Leben in geordneten Bahnen verlief.

Was ja vielleicht nicht verkehrt war, oder besser gesagt, zum Glück verlor ich nicht den Verstand und traf eine voreilige Entscheidung, denn die Zeit, die vor mir lag, entpuppte sich als die schönste Zeit in meinem Leben, war erfüllt von Freude und Gesang. Die Organistin erhob sich vom Totenbett.

Petra zitierte den Werksleiter zu sich. Selbstverständlich kam er angerannt, als seine Angebetete ihn rief und mit ihm über kürzere Arbeitszeiten ohne Gehaltseinbußen für die Sängerinnen verhandeln wollte. Die Reederei solle die zusätzlichen Kosten übernehmen, für die Kultur und den Aufbau des Orts, denn sie habe vor, zweimal in der Woche schon um drei Uhr anstatt um vier oder fünf mit den Frauen in der Kirche zu proben, jede Stunde zählte.

Ein paar Waffeln hatte der Werksleiter wohl schon intus, das erzählte mir Tumi im Nachhinein, als Petra eiskalt sagte: »In Ordnung, vergessen wir's, lassen wir diesen gottverdammten Ort doch einfach in Elend und Dreck verrecken.«

»Hat sie das so gesagt?«, fragte ich Tumi, der verlegen bejahte, seine Mama würde manchmal so komische Sachen sagen.

Die Reederei wollte das Dorf offenbar vor einem solchen Schicksal bewahren und traf mit dem Werksleiter und Petra eine Vereinbarung, unter der Voraussetzung, dass es vertraulich blieb, das dürfe sich auf keinen Fall unter den Arbeiterinnen in der Fischfabrik herumsprechen, und diejenigen, die Bescheid wüssten, sollten so schlau sein, den Mund zu halten.

In den letzten Wintermonaten erwachte die Kirche zum Leben.

Die drei feschen Frauen hatten einen erfrischenden Einfluss auf den Geist der Kirche, mit einem Anflug von Fischgeruch im Haar wärmten sie den Altar und die Kirchenbänke mit ihren kraftvollen Stimmen, während der Frost auf den Fensterscheiben Raureif bildete. Da standen sie in Wollsocken und sangen aus voller Kraft – der Küster hatte darauf bestanden, dass sie ihre Schuhe auszogen, bevor sie das heilige Haus betraten, jedoch im Gegenzug versprochen, besser zu heizen, was er auch hielt, und vielleicht aus diesem Grund, oder wegen der Wärme ihrer Stimmen wurde die Atmosphäre in dem Gotteshaus immer gemütlicher, geradezu ausgelassen. Es gibt kaum etwas Schlimmeres für den Geist als kalte Kirchen.

Zwar hatte ich bei den Proben nichts zu suchen, denn der Aussprache-Unterricht fand nicht in der Kirche, sondern bei mir zu Hause beziehungsweise in Helgas Haus statt, falls im Eifer des Gefechts überhaupt dafür Zeit blieb, aber ich hatte es mir angewöhnt, in der Kirche vorbeizuschauen, wenn ich einkaufen ging, dann konnte Juane mich nach Hause begleiten.

Manchmal spazierte ich auch morgens mit ihr zur Fischfabrik unter dem Vorwand, ein bisschen frische Luft schnappen zu wollen, bevor ich meine Nase in die Farbeimer stecken würde. Seit ich in Krummis Haus Licht gesehen hatte, war ich beunruhigt. Ich hatte Juane nicht weiter nach ihrem Aufenthalt in seinem Haus befragt, sie wurde immer so trübsinnig, wenn das Gespräch darauf kam, zudem spürte ich ihr Bedürfnis, zu vergessen und ein neues Leben anzufangen. Was sie durch den Kontakt zu mir und den Sängerinnen auch tat, wie ich fand. Wobei Petra ebenfalls einen großen Anteil daran hatte, ihr gefielen die ungewöhnlich hohen Töne in Juanes Stimme immer besser, und sie motivierte und lobte sie ausgiebig, was ein großer Ansporn für sie war.

Die anderen waren ebenfalls in ihrem Element, wie mir schien, besonders Ania, die ihre tiefe, dramatische Stimme lächelnd und mit ausgebreiteten Armen erschallen ließ, so mitreißend, dass man automatisch an die vorderste Kante der Bank rutschte, um ihr näher zu sein. Bei Eva war es anders, man sah zwar, wie glücklich sie beim Singen war, wie sehr sie die Kunst genoss, doch wenn die Probe zu Ende ging, wirkte sie geradezu deprimiert. Ich konnte mir diesen Sinneswandel nicht erklären, und wenn ich sie einlud, mit zu Juane und mir zum Essen zu kommen – schließlich war sie alleine und hatte niemanden, der auf sie wartete –, war sie regelrecht erleichtert. Als hätte sie Angst, nach Hause zu gehen. Ich erinnerte mich dunkel an das Gespräch mit Tumi, als er zu mir gekommen war und mir das Buch von Moby Dick geliehen hatte. Da hatte er sich darüber beschwert, auf einer Matratze bei seiner Mutter schlafen zu müssen, weil Eva und Juane sein Zimmer bekommen hätten, da sie sich wegen eines Mannes nicht zu Eva nach Hause getraut hätten. Es handele sich jedoch nicht um Krummi, sondern um einen anderen Mann. Jemanden, den Guðrún kannte. Wobei es durchaus sein konnte, dass der Junge die Namen durcheinandergebracht hatte, das kam bei Kindern ja schon mal vor, denn es war doch ziemlich abwegig, dass sich zwei brutale Frauenhasser am selben Ort aufhalten sollten.

Mein siebter Sinn ließ mir keine Ruhe, und eines Abends lud ich Eva ein, bei mir zu übernachten, es rutschte mir einfach so heraus, als ich sah, wie ungern sie nach Hause gehen wollte. Ein so erleichtertes Lächeln hatte ich selten gesehen. Sie wollte allerdings nicht auf dem Sofa im Wohnzimmer schlafen und sich von den Fenstern anglotzen lassen, wie sie es ausdrückte, was ich gut verstand. Deshalb schlief sie oben bei Juane, wie damals. Die beiden quatschten nicht mehr lange, ich hörte sie nur noch kurz flüstern, dann war alles still.

Die Abende, an denen wir uns zu dritt trafen, waren wunderschön: Wir spielten, unterhielten uns, und ich brachte ihnen Isländisch bei – keine Aussprache-Übungen, sondern einfache Redewendungen wie »Das ist toll« oder »Dazu habe ich keine Lust, hör zu, ich fahre in Urlaub, das kannst du selber machen« und so weiter. Manchmal amüsierten wir uns köstlich, besonders wenn ich ihnen beibrachte, wie man ordentlich fluchte. Sie halfen mir, die Rollos im Wohnzimmer anzubringen, als diese aus Reykjavík eintrafen, und der Raum wurde sofort gemütlicher, und wir mussten nicht mehr befürchten, aus der Dunkelheit beobachtet zu werden. Es hatte gewisse Vorteile, abends manchmal beide Frauen im Haus zu haben, brachte es aber auch mit sich, dass ich mehr einkaufen musste. Fast täglich ging ich in den Laden, weil immer irgendetwas fehlte, denn wenn alle da waren, musste ich zwei Personen mitversorgen. Und beide hatten einen gesegneten Appetit. Dazu kamen Snacks für die Abende, an denen die Aussprache-Übungen bei mir stattfanden, dann musste ich den Frauen in den Pausen etwas anbieten und meinen Einkauf dementsprechend planen.

Sie machten unglaubliche Fortschritte in Isländisch, manchmal konnte man ihnen kaum anhören, dass sie Ausländerinnen waren, wobei Ania und Eva erzählten, sie seien es gewohnt, auf Deutsch zu singen, darauf bildeten sie sich ein bisschen was ein. Auch wenn Juane nicht auf Opernbühnen gestanden hatte, konnte sie den anderen durchaus das Wasser reichen, und es fiel ihr leicht, Laute nachzusprechen.

Das Werk, das Petra an Ostern aufführen wollte, kannte ich nicht. Bach war mir zwar ein Begriff – wer kannte ihn nicht –, aber dass seine Söhne auch berühmte Musiker waren, wusste ich nicht, zumal ich nie so viel klassische Musik gehört hatte wie Petra. Dennoch war ich diejenige, der sie ihre Sorgen anvertraute, oder besser gesagt, bei der sie sich beklagte.

Kurz vor der Probe stand sie mit vollgekritzelten und zerknitterten Notenblättern in den Händen in der Kirche, redete mehr mit sich selbst als mit mir über Kürzungen und Wiederholungen, und ich nickte, sagte »ja genau«, und dann redete sie weiter und fragte, ob ich es nicht genial fände, Ania anstelle eines der Tenöre das Rezitativ, den Evangelienbericht, singen zu lassen, ihre Stimme sei so breit und tief, und ich pflichtete ihr voll und ganz bei. »Natürlich lasse ich einen Tenor die Worte Jesu singen«, erklärte sie und blinzelte mir zu, woraufhin ich aus voller Überzeugung entgegnete, das solle sie tun. Dann holte sie tief Luft und meinte: »Na ja, immerhin habe ich drei Soprane, drei Tenöre, davon einen tiefen, der den Bass ersetzt, und diesen kleinen Chor. Im Ausland wird das Werk ja immer von einem gemischten Chor aufgeführt, aber den gibt es hier nun mal nicht. Die Soprane müssen beim Chor mitsingen, genau wie die Tenöre, wenn sie nicht gerade ein Solo singen.«

Ich fand es merkwürdig, dass keine Frau aus dem Dorf im Kirchenchor mitsingen wollte, denn sie waren bestimmt nicht alle so unmusikalisch wie ich, oder etwa doch?

Die acht Tenöre kamen jedoch gewissenhaft im Gänsemarsch zur Probe, klopften sich polternd im Vorraum den Schnee ab, scherzten und schlugen sich gegenseitig auf den Rücken, bevor sie in Socken durch den Mittelgang tappten. Für sie war es kein Problem, sich auf der Arbeit freizunehmen, das war überhaupt kein Thema, sie gingen einfach, nachdem sie angekündigt hatten, sie müssten zur Chorprobe. Und damit war die Sache erledigt.

Ich hörte gerne zu, wenn Petra eine eigene Probe für den

Chor abhielt. Es faszinierte mich, den kraftvollen Stimmen zu lauschen, nur wenn Petra begann, zu gestikulieren und Anweisungen zu geben, über Töne und Techniken zu dozieren, schlich ich mich mit meiner Einkaufstasche aus der Kirche.

Auf dem Weg zum Einkaufen schaute ich oft in der Kirche vorbei, schlüpfte leise hinein und setzte mich in die hinterste Bankreihe. Es war eine Erfüllung, dem Gesang zu lauschen, es entspannte mich, und ein Glücksgefühl strömte durch meinen Körper. Ich hatte den Eindruck, etwas Sinnvolles bewirkt zu haben.

Petra spürte meine Anwesenheit in der hintersten Bankreihe und wusste, dass ich nicht dort gewesen wäre, wenn mir der Gesang keine Freude bereitet hätte, das konnte ich ihr ansehen. Sie wusste auch, dass ich sie als Künstlerin bewunderte. Ich merkte, dass meine Nähe ihr Selbstbewusstsein stärkte, sah es an ihren Bewegungen, ihrem Gesichtsausdruck. Und ich sog ihren Ehrgeiz in mich auf.

Irgendwann, ohne dass ich es gemerkt hatte, war mein eigener Ehrgeiz verschwunden. Ich konnte den Zeitpunkt nicht genau festmachen – war es, nachdem ich meinen Job verloren hatte, oder schon lange davor? Ich konnte mich erinnern, dass ich früher einmal ehrgeizig gewesen war, ich hatte den Ehrgeiz in meinen Adern gespürt, aber nie definiert, worin er sich äußerte. In Arbeitseifer und Gehorsam gegenüber meinem Chef? Indem ich versuchte, im Büro die Fleißigste zu sein, um ein winziges Lob zu erhaschen? In einem schönen Zuhause? Indem ich mich bemühte, die perfekte Frau zu sein, die immer über die neuesten Trends Bescheid wusste, blendend aussah, Dinnerpartys und Feste schmiss, um von Familie und Freunden Anerkennung zu bekommen? Hatte mein verschwundener Ehrgeiz sich darin geäußert? War das alles gewesen?

Und da stand sie nun, Petra, in einem braunen Wollkleid, mit wirr abstehenden Haaren, und dirigierte die Männer, oder die

Frauen, und alle dienerten und buckelten und gehorchten ihr blind, weil sie ihre Energie und ihren Ehrgeiz spürten. Nicht selten sank ich auf meinem Platz zusammen, wenn ich daran dachte, dass diese talentierte Frau nur Organistin in einer kleinen Kirche in einem kleinen Dorf war. Gehörte eine solche Frau nicht in eine Domkirche?

Mit der Zeit wurde meine Anwesenheit immer präsenter, und eines Tages erhob ich mich aus der letzten Bankreihe und sagte laut: »Nein, so geht das nicht.« Man war an dem Punkt angelangt, an dem die Einzelproben abgeschlossen waren und die Leiterin mit der ganzen Gruppe probte. Sie haderte mit der Aufstellung, wo genau die Sänger bei dem Konzert stehen sollten. Der Chor rechts oder links, der Sopran weiter vorne oder weiter hinten, der Tenor weiter oben oder weiter unten, der Bass an der Seite oder in der Mitte, es gab ständig Änderungen. Als Petra endlich mit der Aufstellung zufrieden war und erleichtert durchatmete, stand ich auf, trat in den Mittelgang und sagte: »Nein, so geht das nicht.«

Auf dem Nachhauseweg konnte ich mich nicht mehr genau erinnern, was ich noch alles gesagt hatte, es war einfach aus mir herausgebrochen wie ein altes Gedicht, das man einmal auswendig gelernt hat. Ich hatte Anweisungen gegeben, die Leute hin und her geschoben wie Figuren auf einem Schachbrett, und alle hatten stumm gehorcht, als wäre eine Fachfrau am Werk, während die eigentliche Leiterin sich wortlos das Kinn rieb. Als ich fertig war, herrschte Stille. Der Anblick, der sich dem Zuschauer bot, war phantastisch, ein regelrecht künstlerisches Arrangement, das konnte ich sehen. Ich hatte schon immer ein gutes Gefühl für Räume gehabt, das hatte meine Mutter mir immer gesagt. Doch dann kam ich wieder zu mir und war völlig zerknirscht. Ich hatte mich in etwas eingemischt, das mich nichts anging. Mit hängendem Kopf eilte ich aus der Kirche.

Die Wetterschwankungen im März brachten einen schier um.

Es schneite oder regnete mit lautstarken Windböen, die gegen die Fenster schlugen, so dass das ganze Haus knarrte. Man kam nur mit kniehohen Gummistiefeln zum Laden, watete durch den Schneematsch oder rutschte auf dem spiegelglatten Eis aus, wobei der verdammte Sturm, der mal von rechts, mal von links gegen die Wangen peitschte, das Schlimmste war.

Dennoch stimmte mich das Licht optimistisch. Als es morgens endlich wieder früher hell wurde, merkte ich, wie erdrückend die Dunkelheit für den Körper und die Seele gewesen war, und wie schwer es mir gefallen war, aufzustehen, nur um die Wände zu streichen und mit mir selbst zu reden. Im Hellen hatte ich viel mehr Energie, sowohl was das Reden, als auch was das Arbeiten anging. Ich machte mich mit dem Pinsel über die Küche und den Flur her, und wenn Juane nach Hause kam, stand mein Mund nicht mehr still. Ich redete Englisch oder Isländisch mit ihr und merkte meist gar nicht, welche Sprache es war. Meine Redseligkeit führte dazu, dass Juane immer mehr isländische Wörter lernte. Eines Abends beim Kochen, als sie am Herd stand und in den Töpfen rührte, sagte sie ohne zu überlegen: »Gib mir bitte mal die Butter.« Ich gab ihr die Butter und ließ mich weiter darüber aus, was ich in den Sechsuhr-Nachrichten über die allgemeine Weltlage gehört hatte, und merkte erst viel später, dass sie Isländisch gesprochen hatte.

Juane ging es besser, das merkte man an ihrem ganzen Auftreten. Die Proben in der Kirche taten ihr gut, und nachdem der Werksleiter ein Konto für sie eröffnet und sie eine Bankkarte in die Hände bekommen hatte, ging sie hocherhobenen Hauptes durchs Dorf. Sie interessierte sich mehr für die isländische Gesellschaft und fragte mir Löcher in den Bauch. Was junge Frauen in ihrem Alter machen würden? Ob sie früh heiraten oder lieber eine Ausbildung machen wollten? Und wenn sie beides wollten und Kinder bekämen, wer sich dann um die Kinder und den

Haushalt kümmern würde? Sie fragte mich nach Gehältern und Kosten für eine Mietwohnung in Reykjavík, was für Jobs man nach einer Gesangsausbildung bekommen würde, und ich beantwortete ihr alles bereitwillig, erst auf Isländisch und dann auf Englisch. Ich machte sie darauf aufmerksam, dass es gut für sie wäre, Online-Zeitungen zu lesen, wenn auch erst mal nur die Überschriften, woraufhin sie sich abends dafür Zeit nahm. Oft schien sie jedoch die meiste Zeit damit zu verbringen, im Internet ihr Bankkonto aufzurufen, als wollte sie sich vergewissern, dass eine gewisse Summe noch vorhanden war.

Dabei interessierte sie sich sehr für Nachrichten aus dem Ausland und wollte immer genau wissen, was gerade in ihrer Heimat und generell in Europa passierte, und ich erzählte ihr alles, was ich im Radio darüber gehört hatte. Ich hatte noch nie so viel und so lange geredet. Wenn ich abends im Bett darüber nachdachte, fiel mir auf, dass mir noch nie jemand so aufmerksam zugehört hatte wie Juane. Niemand. Was ich gesagt hatte, war nie bemerkenswert gewesen. Und wenn ich etwas gesagt hatte, das ich selbst bemerkenswert fand, hatten die Leute einfach geschwiegen, als wäre es gar nicht bemerkenswert gewesen. Ich sah die Menschen vor mir, mit denen ich mich umgeben hatte, meinen Ex-Mann, meinen Sohn, Kollegen. Ich war ja nur eine Frau, eine Sekretärin, die nichts Besonderes von sich gab. Doch Juane hörte zu, und ich redete und redete.

Es sollte sich allerdings herausstellen, dass es noch mehr Leute gab, die gerne redeten.

Wir wollten gerade aus dem Haus gehen, ich wollte mit Juane zur Probe, als mein Handy klingelte. Es war mein Sohn, der nie ohne Grund anrief, wie ich aus Erfahrung wusste. Er war nie der Typ gewesen, der gerne telefonierte. Ich gab Juane ein Zeichen, kurz auf mich zu warten.

Erst fragte er, wie es mir gehe, und ich sagte, es gehe mir gut. Dann wollte er wissen, wie ich mit dem Streichen vorankäme.

Ich sagte, ich würde gut vorankommen, und fragte ihn, wie es ihm gehe und was es Neues von den Kindern gebe. Er ging kurz darauf ein und sagte dann: »Ich hab gehört, dass das Haus meiner Schwiegereltern zu einem Flüchtlingslager für Ausländerinnen geworden ist, stimmt das?«

»Wovon sprichst du?«, entgegnete ich völlig perplex.

»Angeblich hast du Ausländerinnen bei dir einziehen lassen.«

»Ausländerinnen?«, fragte ich zurück, während ich fieberhaft nach einer Antwort suchte.

»Ja, angeblich wohnen sie bei dir«, sagte er ungeduldig.

»Na ja, die Organistin hat mich öfter mit ausländischen Sängerinnen besucht«, sagte ich wahrheitsgemäß, »ich wusste nicht, dass ich hier keinen Besuch empfangen darf.«

»Das meinte ich nicht«, entgegnete er schroff.

»Also weißt du«, entgegnete ich genauso schroff, »wenn mich die Frauen nicht mehr besuchen dürfen, bin ich weg. Mir reicht's. Es ist verdammt nochmal schwer genug, in dieser Scheißdunkelheit zu streichen und nicht wegzukommen, weil die Straßen dicht sind, und da beschwerst du dich darüber, dass ich Besuch kriege.«

Da beruhigte er sich und erklärte, sein Schwiegervater habe einen Anruf erhalten, man habe ihn darüber informiert, sein Haus in den Westfjorden sei voller Ausländerinnen aus der Fischfabrik, und das habe er nur überprüfen wollen, weil er ja für meinen Aufenthalt in dem Haus verantwortlich sei.

Ich fragte, wer denn angerufen habe, und er antwortete, es sei ein Mann mit einer unterdrückten Rufnummer gewesen.

»Aha«, sagte ich. »Ist ja schön, dass du dich für mich verantwortlich fühlst, aber wenn ich mit niemandem mehr reden darf, keine Frauen zum Essen einladen und sie bei mir übernachten lassen darf, weil sie wegen Unwetter nicht mehr nach Hause kommen, dann will ich auch nicht länger hier sein. Sag diesen Leuten in meiner Wohnung, dass sie rausmüssen. Du hast die Wohnung ohne mein Wissen vermietet, wenn ich mich recht erinnere, und ich komme nächste Woche nach Reykjavík. Es ist nämlich verdammt schwierig und langweilig, dieses Haus zu streichen.«

»Nein, bitte, Mama«, beeilte er sich, zu sagen. Normalerweise sagte er nur »Mama«, wenn es um etwas sehr Wichtiges ging, also hatte er offensichtlich ein Problem. »Nein, bitte, Mama, so schlimm ist es ja nun auch nicht, natürlich ist es schön, dass der Organist dich besucht, mein Schwiegervater wird sich freuen, das zu hören, nein, nein, jetzt weiß ich ja, was Sache ist, der Anrufer war bestimmt nur einer von diesen Querulanten.«

Ich schwieg, und er fragte in geschäftigem Ton, wie das Wetter sei.

»So beschissen, dass ich noch nicht mal den Müll rausbringen kann«, log ich mit theatralischer Stimme.

»Du Arme«, sagte er versöhnlich, »aber dann weiß ich ja jetzt, was los ist, und bitte grüß schön.« Eigentlich hätte ich ihn fragen sollen, wen, aber ich ließ es bleiben und verabschiedete mich einsilbig.

Juane war wie angewurzelt stehen geblieben und hatte zugehört. Sie starrte mich an.

»Er glaubt, die Organistin wäre ein Mann«, sagte ich. »Jetzt müssen wir aber schnell runter zur Kirche, sonst kommen wir noch zu spät.«

In einer Kirche verliert man bei Musik jegliches Zeitgefühl.

Die Zeit löst sich in einer Atemlänge auf, und niemand vermisst sie, als hätte es sie nie gegeben. Durch ihre Stille schien die Kirche der Musik Respekt zu zollen. Die Atmosphäre war so ähnlich wie in Museen und alten Bibliotheken, in denen man der Kunst Respekt zollt und sich still verhält, bis man wieder draußen ist. Ich ließ die Gedanken schweifen, während ich der Musik lauschte.

Mit Genugtuung sah ich, dass sie die Aufstellung, die ich vorgeschlagen hatte, beibehielten. Sie klangen harmonischer als beim letzten Mal und sangen ziemlich lange, bis Petra anfing zu gestikulieren und die prächtige Vorführung mit ihren Bemerkungen unterbrach. Sie waren gerade bei der Kreuzigung angelangt.

Während ich dasaß und stolz meine Sängerinnen betrachtete – ich fand nämlich, dass sie ein bisschen mir gehörten –, während ich also dasaß und zuhörte, schoss mir der Gedanke durch den Kopf, dass Juane für den Auftritt gar kein Kleid besaß. Natürlich besaß sie kein Kleid, sie hatte ihre Klamotten, die sie aus Spanien mitgebracht hatte, ja nie zurückbekommen. Sie besaß nur ihre Arbeitskleidung und die Sachen, die Ania ihr geschenkt hatte und die sie zu Hause trug. Dazu noch einen Schlafanzug und Unterwäsche, die ich ihr besorgt hatte. Wie hatten wir uns das eigentlich vorgestellt? Natürlich konnten wir den Schneemassen die Schuld daran geben, dass wir nicht in den nächsten Ort gefahren waren und Kleidung gekauft hatten, aber das war kein Grund, denn Kleidung konnte man auch im Internet bestellen. Alle hatten nur an sich gedacht, wie üblich. Oder, und das kam mir wahrscheinlicher vor, sie waren in diese Winterstarre verfallen, die einen überkommt und erst wieder verschwindet, wenn die Dunkelheit nachlässt und das Wetter sich bessert.

Doch nun hatte sich das Wetter gebessert, und ich war mit der bitteren Wahrheit konfrontiert.

Nach dem Ende der Probe bat ich Petra und die Mädchen, noch einen Moment zu warten. »So geht das nicht«, sagte ich, als sie im Kreis um mich herumstanden, und Petra verdrehte genervt die Augen. Was ging denn nun schon wieder nicht?

»Juane braucht ein Kleid für das Konzert«, sagte ich.

Wenn ich gewusst hätte, welche Hysterie dieses Kleid auslösen würde, hätte ich den Mund gehalten.

Immer wenn Petra vor oder nach der Probe mit den Frauen

über das Werk von Bach sprach, dieses großartige Werk, das man interpretieren und von allen Seiten betrachten musste, nickten sie zustimmend, äußerten nie ihre Meinung, weder über das Werk noch über die Aufführung, beflissen, die Anweisungen der Leiterin umzusetzen, ganz professionell. Ich hatte sie nie über das Werk streiten hören, sie hatten es nie in Frage gestellt oder kommentiert, doch als ich das fehlende Kleid erwähnte, einen Fetzen Stoff, der im Vergleich zu einem Meisterwerk der Musikgeschichte völlig unbedeutend war, befand ich mich auf einmal auf einem schnatternden Vogelfelsen.

Ania und Eva redeten beide gleichzeitig, so laut, dass es in den Ohren weh tat, meinten zuerst, das sei typisch Frau, dieses Gejammer, von wegen man habe nichts zum Anziehen, obwohl der Kleiderschrank proppenvoll sei, und verkündeten, ihnen gehe es genauso, sie hätten nichts anzuziehen, wüssten nicht, was sie tragen sollten, plapperten fieberhaft über die Farben von Kleidern, was ihnen am besten stehen würde, was überhaupt nicht ginge, während Juane vergeblich versuchte, sie zu unterbrechen, die Sache zu erklären, und Petra immer wieder sagte »Mädchen, Mädchen, jetzt hört mir mal zu«, aber sie hörten überhaupt nichts, so wichtig waren ihnen diese Kleider, die auf einmal überlebensnotwendig zu sein schienen. Erst als Petra das Gesangbuch auf das Taufbecken knallte und ihre Stimme erhob, verstummten sie. Schnaufend sagte Petra: »Alle Sänger tragen Schwarz, und damit basta. Die Musik ist wichtig, nicht eure Klamotten, das ist hier keine Weihnachtsfeier mit roten und grünen Kleidern.«

Die Frauen hoben die Augenbrauen und wandten sich schmollend ab, obwohl das in ihren Heimatländern auch so gehandhabt wurde. Sie hatten sich versehentlich zu dieser Farbdiskussion hinreißen lassen, und solange sie den Mund hielten, nutzte ich die Gelegenheit und sagte mit Betonung auf dem Wort »kein«: »Juane hat kein Kleid.«

Da erinnerten sie sich endlich an Juanes Schicksal und senkten die Köpfe.

Am Ende wurde das Problem pragmatisch und in großer Schwesterlichkeit geklärt, mit dem Ergebnis, dass Petra Juane eines ihrer vielen schwarzen Kleider leihen, und Ania, die eine Nähmaschine besaß, es enger machen und anpassen würde.

Der angestaute Stress vor dem Konzert hatte sich in dieser ungestümen Kleiderdiskussion Bahn gebrochen.

Doch nicht nur das bevorstehende Bach-Konzert bereitete den jungen Frauen Stress.

Was ich mir ja hätte denken können. Man ist zwar oft nervös und womöglich auch aufbrausend, wenn einem ein Bühnenauftritt bevorsteht, das geht zweifellos an die Nieren, aber dabei vergisst man leicht, dass es auch noch ein Leben neben der Kunst gibt und dass das Privatleben leidet, wenn die Familie hinter der Kunst zurückstehen muss.

Eines Abends begleitete ich Juane zu Ania, wo sie zur Anprobe erscheinen sollte – nachdem ich in Krummis Haus Licht gesehen hatte, wollte ich sie im Dunkeln nicht mehr alleine losziehen lassen –, und während ich ganz entspannt wartete, als Ania das Kleid absteckte, wanderte ich vom Wohnzimmer in die Küche und plauderte ein bisschen mit Anias Mann. Er konnte schon ziemlich gut Isländisch, weil die Männer in der Maschinenfabrik kein Englisch sprachen, wie er erzählte, oder sich zumindest weigerten, englisch zu sprechen, falls sie es doch konnten, und deshalb blieb ihm nichts anderes übrig, als isländisch zu sprechen. Und die Kollegen würden ganz schön viel reden, meinte er und hob leicht das Kinn, anders als bei Ania, die beim Arbeiten immer Kopfhörer tragen und Musik hören und kaum etwas sagen würde. Nach dem Essen räumte er die Küche auf und brachte die Kinder, mit denen er allerdings polnisch sprach, ins Bett, und ich konnte an der Haltung seiner Schultern und am Ton seiner Stimme hören, dass er angespannt war. Vielleicht spült er nicht gerne, dachte ich, was ich gut verstehen konnte.

Die beiden hatten sich schön eingerichtet, alles war geschmackvoll und ordentlich, was mich nicht überraschte, da ich von Ania nichts anderes erwartet hatte. Automatisch machte ich sie für die Einrichtung verantwortlich, vielleicht weil ich ihn nicht kannte. Wieder im Wohnzimmer, fragte ich Ania, ob ihr Mann etwas dagegen habe, dass sie in der Kirche singen würde, und sie antwortete mit dem Mund voller Stecknadeln, das habe er. Sie wollte nicht näher darauf eingehen, aber ich merkte, dass es zwischen den beiden zur Zeit nicht besonders gut lief.

Juane war hingegen in Hochstimmung, das Kleid saß wie angegossen, nachdem es an den Seiten enger gemacht und die Schulternähte angepasst worden waren. Sie war sehr gesprächig, als wir im tosenden Sturm nach Hause gingen, redete über Kleider und meinte, sie habe sich, seit sie auf eigenen Füßen stehe, kein einziges schwarzes Kleid mehr gekauft, nur zwei Sommerkleider in bunten Farben. Dann verstummte sie und schaute mich an, und ich las in ihren Augen die Frage: »Wo die wohl jetzt sind?«

Doch ein Unglück kommt selten allein. Zu Hause angekommen, wollte ich gerade die Tür zumachen, als ich eine dunkelgekleidete, hochgewachsene Person durch die Gassen huschen und auf unser Haus zusteuern sah. Es war Eva.

Ich wartete noch einen Moment mit der Tür. Als sie vor mir stand, sagte sie ohne Umschweife: »Ich muss heute bei euch übernachten.« Das war unmissverständlich, und ich bat sie herein. Doch dann blieb ich hartnäckig und verlangte eine Erklärung für ihre Abneigung gegen ihr eigenes Haus.

»Da ist dieser alte Kerl, der mich ständig verfolgt und belästigt, seit ich beim Thorrablót-Fest gesungen habe. Er klopft an meine Tür und an die Fenster, folgt mir in den Laden, lauert mir auf, wenn ich rausgehe, ich kann überhaupt keine Spaziergänge mehr machen«, jammerte sie und setzte die Brille ab, um sich die Augen abzuwischen. Die Sache war schlimmer, als ich gedacht hatte, wobei ich eigentlich gar nichts gedacht hatte, denn normalerweise hielt ich mich aus den Privatangelegenheiten anderer Leute heraus, aber manchmal war man eben gezwungen, einzugreifen, wie zum Beispiel im Fall von Juane, und jetzt war es Eva. Mir blieb aber auch gar nichts erspart. Da es am sinnvollsten war, die Sache sofort in Angriff zu nehmen, damit sie sich nicht hinauszögerte wie bei Juane, bat ich Eva in die Küche, weil man dort enger beisammensaß als im Wohnzimmer, und wir nahmen alle drei Platz, Juane mit verschrecktem Gesicht, Eva den Tränen nah.

»Also«, sagte ich, und im selben Moment wurde mir klar, dass diese jungen, talentierten Frauen, die an diesem kleinen Tisch saßen, in dieser kleinen Küche, in Island fast niemanden hatten außer mir.

»Also?«, sagte ich.

»Ich fahre zurück nach Ungarn«, stöhnte Eva. »Es macht keinen Sinn, länger hierzubleiben. Ich fühle mich wie im Gefängnis. Bei diesem Wetter ist man tagelang ans Haus gefesselt, und wenn man endlich mal einkaufen gehen kann, lauern einem irgendwelche durchgeknallten Typen auf. Das war mir vorher nicht klar. Von allen Ländern, in denen ich je gewesen bin, ist Island das schlimmste. Die Leute gehen nicht vor die Tür, fahren immer nur mit dem Auto, man lernt nie jemanden kennen, ich bin die Einzige, die im Dorf spazieren geht. Dabei arbeite ich doch, um Leute kennenzulernen, aber die Kolleginnen unterhalten sich nur in den Pausen und dann am liebsten auf Isländisch, und wenn die Arbeit vorbei ist, rennen sie sofort nach Hause. Die Isländer sind doch nicht normal, die reden nur mit Leuten, die sie kennen!«

»Das ändert sich im Frühling«, sagte ich und räusperte mich, »dann werden die Leute offener.« Was sollte ich auch sonst sagen, ich wollte ohnehin lieber beim Thema bleiben und fragte, ob sie wisse, wer dieser Mann sei.

»Ihr seid so verschlossen«, insistierte sie und schaute mir in die Augen. Juane nickte zustimmend. Beide blickten mich an, als würden sie von mir erwarten, dass ich den Charakter meiner Landsleute verteidigte. Doch darauf wollte ich mich auf keinen Fall einlassen und fragte Eva, was denn heute Abend geschehen sei, bevor sie hergekommen sei.

»Ich bin kurz zur Tankstelle gegangen, und auf halbem Weg nach Hause sah ich ihn um mein Haus herumschleichen. Dann inspizierte er mein Auto, das hat Steina mir überlassen. Wahrscheinlich hätte er als Nächstes die Reifen aufgestochen.«

»Du bist zur Tankstelle gelaufen?«, fragte Juane ungläubig.

»Warum sollte ich nicht zur Tankstelle laufen?«

»Na, weil du doch keine Zigaretten oder Cola oder solches Zeug kaufst, das es da gibt.«

»Ich hab Kaffee gekauft, verstehst du, Kaffee für morgen früh, bevor ich zur Arbeit gehe, ich hatte keinen Kaffee mehr, verstehst du, den kriegt man an der Tankstelle!«

»Verstehe, verstehe«, beeilte Juane sich zu sagen und tätschelte sie.

»Könnte es nicht sein, dass der Kerl in dich verliebt ist?«, fragte ich nachdenklich. »Du bist eine gutaussehende Frau.«

»Nein!«, stieß Eva hervor.

»Aha«, sagte ich, »du bist also rübergekommen, als du ihn gesehen hast. Hast du denn schon mal mit ihm gesprochen?«

»Nein, noch nie! Bist du verrückt, das ist ein alter Mann! Guðrún weiß davon, ich hab ihr erzählt, dass ich Angst habe, aber sie wollte nichts unternehmen. Sie hat mir nur angeboten, bei ihr zu übernachten, und gesagt, der Typ sei schon immer so gewesen, würde jungen Frauen und Mädchen auflauern, wäre aber sonst eigentlich ganz nett, verheiratet mit ein paar Kindern und Enkelkindern, ein angesehener Mann im Dorf, das würde sich schon von alleine regeln, der würde schon wieder damit aufhören, und dann wollte sie nicht weiter darüber reden.«

Das war ja ungeheuerlich! Ich stand auf, ging ins Wohnzimmer und lief dort auf und ab. Die Frauen beobachteten mich aus der Küche, reckten die Hälse und versuchten zu ergründen, was in mir vorging. »So geht das nicht«, murmelte ich, »so geht das einfach nicht.«

Natürlich war mir klar, dass man bei wichtigen Dingen keine vorschnellen Entscheidungen treffen, sondern lieber zwei, drei Tage in sich gehen sollte, und das hätte ich auch gerne getan, aber ich spürte, wie ich innerlich bebte und eine unkontrollierbare Wut ihre Klauen in meinen Kopf krallte, so dass ich die ganze Nacht wachliegen würde, wenn ich nichts unternahm.

Deshalb griff ich nach meinem Handy, rief Petra an und teilte ihr mit, ich würde mit Eva und Juane nach Reykjavík fahren, sie könne das Konzert vergessen. Es gehe nicht an, dass die Mädchen sich im Dorf nicht frei bewegen könnten wegen irgendwelcher Idioten, die in den Augen der Einheimischen so wichtig seien, dass sich niemand trauen würde, mit ihnen zu reden, noch nicht einmal Guðrún, die alle kannte. In der Leitung blieb es still, deshalb schob ich noch hinterher, die beiden könnten mit in meiner Wohnung in Reykjavík wohnen, sie würden bestimmt Jobs im Tourismus finden, sie seien ja jung und hübsch. Da in der Leitung kein Mucks zu hören war, beließ ich es dabei und legte auf.

Die Augen, die mich aus der Küche anstarrten, waren riesengroß. Die Frauen hatten ihre Namen gehört und wussten, dass es um sie ging. »Also«, sagte ich, »wir fahren nach Reykjavík, hier ist es zu gefährlich für euch. Ich rufe jetzt meinen Sohn an und lasse ihn meine Wohnung räumen, die ist nämlich voller Touristen.«

Sie starrten mich immer noch schweigend an, hatten offensichtlich noch nicht begriffen, dass die Frau mit dem Bubikopf eine Entscheidung über ihr Leben getroffen hatte. Doch da ich der Meinung war, dass man die Sache am besten vor dem Zubettgehen erledigen sollte, griff ich erneut nach dem Telefon und rief meinen Sohn an. Er fragte, ob er später zurückrufen könne, er schaue gerade eine Sendung im Fernsehen, die sei noch nicht zu Ende, aber ich sagte einfach nein. »Es dauert nicht lange«, fügte ich hinzu, »du musst meine Wohnung bis nächstes Wochenende frei machen, ich komme nach Reykjavík.«

»Aber Mama, das kann ich nicht, wir haben einen Vertrag abgeschlossen.«

»Dann löst du den Vertrag eben auf, der wurde ja auch ohne mein Wissen gemacht.«

»Aber das kann ich nicht, was soll ich den Leuten denn sagen? Und dem Makler, der sich darum gekümmert hat, die können mich verklagen, verstehst du das nicht, das ist nicht möglich!«

»Hör auf mit dem Gejammer, du lügst ihnen einfach was vor, es gibt in der Stadt genug Hotels und Wohnungen für Touristen. Ruf mich morgen an, sobald du das erledigt hast.«

Dann legte ich auf.

Als mir klarwurde, dass ich meinem Sohn wohl den Abend versaut hatte, musste ich an unser Verhältnis denken, dass ich dem Jungen vielleicht zu viel aufgebürdet hatte, nachdem sein Vater aus meinem Leben verschwunden war. Er hatte seinen Vater vor die Tür gesetzt, und ich war froh gewesen, es nicht selbst tun zu müssen. Er hatte das Haus für uns verkauft, er hatte mir die Wohnung besorgt, er hatte fürsorglich die Flügel ausgebreitet, und ich hatte mich ächzend hineingekuschelt. Es war wundervoll, einen so guten Sohn zu haben, und jetzt hatte ich ihm den Abend versaut. Ich musste auch daran denken, dass ich ihm nicht geholfen hatte, als er mich gebraucht hatte. Seine Frau und er hatten Schwierigkeiten gehabt, eine Unterbringung für die Kleine zu finden, als die Tagesmutter plötzlich erkrankte und sie noch keinen Kindergartenplatz hatten. Da hatte er mich gefragt, ob ich mir sechs Wochen Urlaub nehmen und auf die Kleine aufpassen könne, bis der Platz im Kindergarten frei würde, aber ich hatte einen Rückzieher gemacht. Hatte mich noch nicht einmal getraut, um Urlaub zu bitten, das war mir zu riskant, niemand nahm so lange Urlaub, die Leute fuhren nur in die Sommerferien, außerdem waren die Aussichten auf dem Arbeitsmarkt nicht gut, und ich wollte unbedingt meinen Job behalten. Er entgegnete, alle anderen Omas würden ihren Kindern immer unter die Arme greifen, so sei das bei ihm im Freundeskreis. »Na und?«, sagte ich nur total genervt. Einen Monat später bekam ich die Kündigung. Ich hätte also genauso gut Urlaub nehmen können. Dann wollte ich das Kind natürlich betreuen und sagte es ihm, aber er meinte – und zwar ziemlich kurz angebunden –, sie hätten eine andere Tagesmutter gefunden. Das hatte mir ganz schön zugesetzt, zusätzlich zu meinem Frust wegen des Jobverlusts.

Ich musste ziemlich zerknirscht ausgesehen haben, als ich mit dem Telefon auf dem Sofa saß, denn auf einmal standen die beiden Frauen vor mir und fragten, ob ich okay sei. Doch, antwortete ich, ich sei okay, nur das Leben sei es nicht, das könne so verdammt kompliziert sein.

Kompliziert, das war vielleicht das richtige Wort. Ich hatte mich an diesem Abend richtig auf die Hinterbeine gestellt, das hätte ich besser früher schon getan, als man mir die Kündigung vor die Nase geknallt hatte. Ich hätte damals den Mund aufmachen sollen, dann hätte ich mich besser gefühlt. Doch nun waren die Würfel gefallen, ich hatte klar und deutlich gesagt, was ich wollte. Und da standen sie vor mir, diese bezaubernden Mädchen, und ich hatte eine Entscheidung über ihr kompliziertes Leben gefällt.

Wie nicht anders zu erwarten, wollten sie wissen, was sie in Reykjavík machen sollten. Ich sagte, sie könnten bei mir wohnen, in meiner Wohnung, und dann würden wir versuchen, übergangsweise Jobs für sie zu finden, bis sie wieder nach Hause fahren würden.

»Und wir nicht singen?«, fragte Juane. Ich schüttelte den Kopf. »Nein, ihr nicht singen, ihr dürft euch nicht so behandeln lassen. Die Leute müssen euch Respekt entgegenbringen.«

Ich las die ganze Nacht.

Alte Bücher über Menschen, deren größte Sorge es ist, ob es während der Heuernte trocken bleibt. Oft musste ich zurückblättern, weil ich seitenlang nachgedacht hatte, anstatt zu lesen. Aus dem Nachbarzimmer drang kein Laut. Die Frauen waren früh ins Bett gegangen, wie Ausländer es gerne tun, wenn nichts los ist. Sie unterhielten sich jedoch leise beim Zähneputzen und Ausziehen, und auch noch, als sie im Bett lagen. Ich wusste, dass sie traurig waren, nicht singen zu können, aber auch froh, weil jemand sich für sie einsetzte.

Ich hätte sie auch gerne singen gehört, nichts hätte ich lieber gewollt, denn ich fühlte mich himmlisch, wenn sie sangen. Aber jetzt hatte ich das alles mit einem Anruf zunichte gemacht. Oder vielmehr mit zwei. Ich war zu vorschnell gewesen und wäre besser zwei, drei Tage in mich gegangen.

Ich hatte die Farbeimer im Schuppen aufgereiht, sie ordentlich der Größe nach sortiert und in eines der Regale gestellt, während sie vorher auf dem Boden durcheinander gestanden hatten. Dann hatte ich die leeren Eimer in eine schwarze Mülltüte gestopft und mich immer wieder gefragt, warum ich so dämlich gewesen war, in die Westfjorde zu fahren, was ich mir eigentlich dabei gedacht hatte. Das war nämlich das Problem, ich hatte mir zu wenige Gedanken gemacht, außer vielleicht darüber, ob ich wieder eine Arbeit finden würde.

Genau genommen las ich nicht die ganze Nacht, gegen Morgen schlief ich ein, da war es schon nach vier Uhr. Mittags wachte ich auf, als Eva mich vorsichtig anstieß. »Hi«, sagte sie, als ich die Augen aufgeschlagen hatte, »er ist da.« Das sagte sie auf Isländisch, feierlich, als würde sie die Ankunft des Erlösers ankündigen. »Wer ist da?«, fragte ich, und sie antwortete, Jóhannes aus der Fischfabrik sei da, er sei unten. Dabei wechselte sie allerdings ins Englische.

Es war etwa zwölf Uhr, und Jóhannes stand in all seiner Pracht im Wohnzimmer. Er begrüßte mich herzlich und neigte den Kopf, als wäre ich adelig. Ich nahm mir vor, nicht zu freundlich zu sein. Er sagte, die Sache sei geklärt, das hätten sie gestern Abend noch erledigt, sie hätten mit diesem Schuft geredet, der Eva nachspionieren würde, und außerdem hätten sie die Überwachung von Krummis Haus wieder aufgenommen.

Ich fragte ihn nicht, bei wem es sich um diese »sie« handele, sondern schaute ihn nur finster an, woraufhin er sich beeilte, alles ins Englische zu übersetzen, damit die Mädels ihn auch richtig verstanden. Dann wiederholte er mehrmals »wie gesagt«, bevor er lächelnd in die Hände klatschte und verkündete, jetzt könnten sie, wie gesagt, singen, und außerdem, wie gesagt, wieder zur Arbeit kommen.

Evas und Juanes Gesichter hellten sich auf. Ich zog einen Flunsch und ging in die Küche, ohne mich weiter über die Sache zu äußern, und kurz darauf gingen die beiden zur Arbeit.

Das Problem war zwar gelöst, aber was mich anging, immer noch vertrackt wegen des gestrigen Gesprächs mit meinem Sohn. Ich war wohl oder übel gezwungen, ihn noch einmal zu kontaktieren und zurückzurudern.

Ich rief ihn auf dem Handy an, er war sofort am Apparat, und ich sagte knapp, wenn er den Vertrag noch nicht aufgelöst habe, könne er ruhig bis nach Ostern damit warten.

»Aha«, entgegnete er ziemlich schnippisch, »schön zu hören. Du hast ja auch einen Auftrag übernommen, und normalerweise lässt man seine Arbeit nicht einfach stehen und liegen, oder?«

Damit traf er genau den wunden Punkt. »Ach«, sagte ich

langsam und ruhig, »wenn ich mich recht erinnere, fandest du es ganz selbstverständlich, dass ich mir auf der Arbeit sechs Wochen Urlaub nehme, um das Kind zu hüten, als die Tagesmutter krank war, weil andere Omas das auch tun, wie du behauptet hast. Warum hast du dir nicht Urlaub genommen, war deine Arbeit so viel wichtiger als meine?«

Er stutzte und holte tief Luft: »Hör mal, das war letztes Jahr, willst du das jetzt wieder aufwärmen?«

»Und wenn es vor siebzehn Jahren gewesen wäre«, entgegnete ich seelenruhig. Ich war ganz entspannt, weil es mir eine gewisse Genugtuung verschaffte, endlich für mich einzutreten. Zwar beneidete ich die Großmütter, die nicht arbeiten mussten und jederzeit mit ihren Enkelkindern zusammen sein konnten, sie den ganzen Tag betüddeln konnten, aber das hätte ich meinem Sohn niemals gesagt.

Es entstand eine lange Pause, die ich nicht durchbrechen wollte. Ich hörte, wie er schluckte: »Hm, da ist noch was, was ich dir sagen wollte. Bei mir hat letztens ein Mann angerufen, ein Amerikaner, der behauptet, er hätte dich in Boston kennengelernt.«

»Was?«, sagte ich verwundert.

»Ja.« Seine Stimme wurde weicher. »Warst du in Boston mit einem Mann zusammen?«

»Nein, ich kenne niemanden in Boston.«

»Ach, er hat aber bei deiner ehemaligen Kollegin angerufen und gemeint, er hätte deine Visitenkarte. Weil sie dich nicht erreichen konnte, hat sie ihm meine Nummer gegeben. Er hat wohl gesagt, er würde nach Europa fahren und wolle auf dem Rückweg einen Zwischenstopp in Island machen. Er wollte dich auf einen Kaffee treffen.«

»Lass das«, sagte ich gereizt, nachdem ich ihm irritiert zugehört hatte, »auch wenn ich dich auf deine Überheblichkeit gegenüber meiner Arbeit hingewiesen habe, ist das noch lange kein Grund, mir solchen Unsinn zu erzählen, nur um mir eins auszuwischen.«

»Das ist kein Unsinn. Der Mann war sehr höflich, ich habe ihm gesagt, wo du dich gerade aufhältst, dass du leider nicht in der Stadt bist, und das fand er sehr schade. Er hat mich gebeten, dir schöne Grüße auszurichten, sein Name ist Martin Bindemann.«

»Bindemann? Sorry, aber ich kenne niemanden, der so heißt.«

»Na gut, aber ich hab's dir ausgerichtet.«

Dann schwiegen wir beide, bis er sagte, er würde das mit der Wohnung lassen, aber falls ich meine Meinung noch einmal ändern würde, solle ich ihm frühzeitig Bescheid geben.

Ich rief mir den Aufenthalt in Boston ins Gedächtnis. Auch wenn ich auf dieser Reise fahrig und nicht ganz bei mir gewesen war, quasi in einem Zustand geistiger Umnachtung, hätte ich mich doch wohl daran erinnert, wenn ich mit einem Mann zusammen gewesen wäre.

Mit einem Mann. Da durchfuhr es mich wie ein Blitz. Ich hatte mit niemandem gesprochen, außer mit dem Kellner im Hotel.

Am Ende des Monats ließ der Wind nach.

Der Regen forderte den Schnee immer wieder aufs Neue heraus, prasselte auf ihn ein, und als er endlich eine Pause einlegte, erschöpft von der Anstrengung, begann es zu nieseln. Die Bucht kam zur Ruhe, das Meer schlief, das Licht stieg empor, das wunderbar helle Licht grüßte frühmorgens und verabschiedete sich erst nach dem Abendessen.

Die Kinder spielten wieder draußen, und der Ort erwachte zum Leben. Ich machte Abstecher zu den wenigen Treffpunkten, die es im Dorf gab, ging in den Laden, in die Bäckerei, in die Bücherei und zur Tankstelle, um mir Zeitungen zu kaufen, die ich mittlerweile wieder las und dann an Juane weitergab. Ich plauderte mit sämtlichen Bedienungen über das Wetter und bekam Geschichten vom Wetter im letzten Jahr, im vorletzten Jahr und von vor fünf Jahren zu hören, wurde anschließend über das bevorstehende Osterkonzert in der Kirche ausgefragt, ob die

Proben gut liefen, und antwortete, davon ginge ich aus, so als wäre ich selbst im Chor. Man kam leichter mit Leuten ins Gespräch, wenn man sich schon einmal begegnet war, anders als in der Stadt, wo die Mitarbeiter ständig wechselten und man immer junge Leute einstellte, die nicht lange blieben und sich nicht übermäßig für das Wetter interessierten. Sie hatten noch nicht lange genug in diesem Land gelebt, um vom Wetter besessen zu sein, so wie diejenigen, die es seit Jahrzehnten ertragen mussten.

Mitten in Reykjavík in der Großstadt hatte ich mich zeitweise einsam gefühlt, während ich in den dünn besiedelten Westfjorden von Menschen umringt war. Man konnte zwar alles überinterpretieren, aber das war schon interessant. Arbeitsplätze waren Kontaktbörsen, und wer keine sozialen Kontakte hatte, wer keinen Partner hatte und wessen Kinder aus dem Haus waren, war tagsüber alleine. Abends häufig auch, denn dann wollten die Leute es sich nach einem langen Tag voller sozialer Kontakte zu Hause gemütlich machen. Die Berufstätigkeit von Frauen und die Computertechnik hatten den Alltag der Menschen komplett verändert, sie schauten nicht mehr spontan auf einen Kaffee vorbei, riefen nicht mehr an, um über Gott und die Welt zu plaudern, sondern schickten eine E-Mail oder eine Nachricht in den sozialen Netzwerken. Ich konnte mich glücklich schätzen, noch mit meinem Sohn zu telefonieren. Der Kontakt zu meiner Tochter fand über den Computer statt. Viele Monate im Jahr kam man wegen des Wetters nicht vor die Tür, um alte Bekannte auf ein Schwätzchen zu treffen. Das war die bittere Realität, die niemand wahrhaben wollte, zumal diejenigen, die etwas dazu hätten beitragen können, den ganzen Tag an ihren kommunikativen Arbeitsplätzen hockten. Im sicheren Nest ihrer täglichen Routine.

Und dann fuhr ich in die Westfjorde und war jeden Tag von Menschen umgeben. Eine bemerkenswerte Erfahrung. Aber wahrscheinlich wäre ich mit meinen Pinseln und Farbeimern alleine geblieben, wenn ich nicht zufällig Petra getroffen hätte. Sie war das Flaggschiff, das die Flotte hinter sich herschleppte. All die kleinen Boote, die nun bei mir vor Anker lagen.

Nicht selten saß ich da, den Pinsel in der Hand, und grübelte über meine Zukunft nach. Wer von der Arbeit gelangweilt ist, macht ausgiebige Pausen. Ich hätte vorher nie geglaubt, dass es so lange dauern würde, eine mit Holzpaneelen verkleidete Wand zu streichen. Erst musste man mit dem Pinsel in jeden Spalt, bevor man mit der Farbrolle drübergehen konnte, und oft musste man denselben Spalt immer wieder überstreichen. Mein Geist darbte, und ich sehnte mich nach etwas, bei dem man seinen Kopf einschalten musste. Das Gequassel im Radio reichte nicht, auch wenn es manchmal ganz interessant war. Was sollte ich anfangen, wenn die weiße Farbe aus meinem Leben verschwunden war? Selbst wenn ich irgendeinen Job bekäme und die Vorzüge der Kontaktbörsen genießen könnte, würde das nicht ewig währen. Mit Sorge dachte ich daran, dass ich mindestens ein Jahrzehnt als Rentnerin leben würde. Was sollte ich dann machen? Für niemanden von Nutzen. Ich hätte wohl besser die Gelegenheit ergriffen und meinem Leben in Boston ein Ende gesetzt. Jedenfalls war es eleganter, in Boston zu sterben als in Reykjavík.

Es war mir völlig schleierhaft, warum dieser Kellner aus Boston mich treffen wollte. Oder überhaupt nach Island kommen wollte. Ich hatte ihm nichts über das Land erzählt, das sein Interesse geweckt haben könnte. Wahrscheinlich war es einfach hip, einen Abstecher auf die Vulkaninsel zu machen. Oder dachte er vielleicht, er würde Nordlichter sehen? Er konnte doch einfach einen Zwischenstopp in Island einlegen, ohne mich zu treffen, aber vielleicht war er geschieden, einsam und seelisch angeschlagen, dann kamen die Leute auf die seltsamsten Ideen, über die sie sich später wunderten. In diesem Zustand hatte er bei meinem alten Arbeitgeber angerufen, es cool gefunden, jemanden in Island zu treffen, wenn er schon einmal da war. Mit wem er dort wohl gesprochen hatte? Ich hatte vergessen, meinen Sohn danach zu fragen. Wahrscheinlich reiste er nach Europa, um seine Großmutter aus Dresden noch einmal zu treffen, bevor sie das Zeitliche segnete. Ich konnte mich gut an seine Geschichten über sie erinnern. Das war eigentlich das Einzige, an das ich mich von der Reise nach Amerika erinnern konnte.

Ich wog alle Alternativen ab und kam zu dem Ergebnis, dass ich froh war, nicht in der Stadt zu sein, zumal ich den Mann erfolgreich aus meinem Kopf verdrängt hatte. Wenn sein Bild ausnahmsweise doch noch einmal vor meinem inneren Auge aufgetaucht war, hatte mich das peinlich berührt. Außerdem war ich mit anderen Leuten beschäftigt, Gott sei Dank, worüber hätte ich auch mit ihm reden sollen? Über seine Großmutter aus Dresden?

Ania aus Krakau, Eva aus Budapest und Juane aus Kastilien probten jeden Tag in der Kirche, und ihr Gesang wurde immer voller und schöner. Abends, wenn ich schlafen ging, echote er in meinem Kopf, obwohl ich so unmusikalisch war. In meinem Kopf traf ich jeden Ton, doch ihn über die Lippen zu bringen, war unmöglich. Als wäre der Ton schon immer dagewesen, läge aber noch in der Wiege und hätte nie die Chance bekommen, laufen zu lernen.

Schneeeinbruch

Der österliche Schneeeinbruch kam wie immer pünktlich.

In Reykjavík handelte es sich meist um einen unschuldigen, geradezu schüchternen Niederschlag, der nach ein paar Tagen wieder aufhörte, doch in den Westfjorden ging es wesentlich heftiger zu. Der Schnee reichte bis zu den Knöcheln. Die Sonne ließ sich jedoch immer öfter blicken und blieb manchmal den ganzen Tag, und an einem solchen Sonnentag schaute ich nach meinem Auto. Es parkte in der Straße unterhalb meines Hauses, beziehungsweise Helgas Hauses, seit ich in den Nachbarort gefahren war, um die Zutaten für das Thorrablót einzukaufen. Der Wagen hatte geduldig ausgeharrt, mal ganz weiß vom Schnee, mal klatschnass, und ich hatte es immer hinausgezögert, nach ihm zu schauen, weil ich befürchtete, dass er nach der langen Pause nicht mehr anspringen würde. Doch an diesem schönen Tag raffte ich mich auf, da ich einen bestimmten Auftrag für ihn hatte, öffnete die Wagentür und ließ den Motor an. Nach einem herzzerreißenden Röcheln sprang er an. Ich hatte vor, Juane zu dem Konzert zu fahren, damit sie gestylt und in hochhackigen Schuhen, die wir im Internet gekauft hatten, zu ihrem Auftritt käme. Sie hätte die Schuhe zwar auch in einer Plastiktüte mitnehmen und in Winterstiefeln runtergehen können, aber ich war vor allem besorgt um ihre Frisur, die bei Wind komplett ruiniert wäre. Dieser ewige Sturm in Island war für Frauen mit langen

Haaren eine Katastrophe, und im Grunde wunderte es mich, wie lange wir das ausgehalten hatten. Wobei ich es ja aufgegeben hatte, der Bubikopf hatte mich befreit.

Die Künstler machten sich dagegen gar keine Gedanken mehr über Äußerlichkeiten und Kleidung, das Thema war beendet, stattdessen wurde darüber diskutiert, ob man bei dem Konzert Eintritt verlangen und die Einnahmen für einen guten Zweck spenden sollte. Die Tenöre waren dafür, aber die Sängerinnen wurden bei dem Thema verlegen und meinten, dann würde doch niemand kommen.

»Wer will denn schon Geld bezahlen, um uns singen zu hören, Ausländerinnen aus der Fischfabrik?«, fragte mich Juane fast empört. Doch die Tenöre verfügten über ein unerschütterliches Selbstbewusstsein, und so wurde nach langen Diskussionen beschlossen, die Einnahmen bis zum Sommer aufzubewahren und dann für die Verschönerung des Dorfs zu verwenden.

»Dann kommt doch keiner, niemand will dafür bezahlen, uns singen zu hören«, jammerte Juane.

»Doch«, sagte ich entschieden, entnervt von dieser Jammerei, »es kommen schon allein alle, um die Tenöre zu hören.«

Erst da schien ihr aufzufallen, dass es noch andere Beteiligte gab als sie und ihre Freundinnen.

Und ich behielt recht. Natürlich wollten alle ihre Dorfnachbarn singen hören, die Eintrittskarten gingen weg wie warme Semmeln, und die Nervosität der ausländischen Künstlerinnen stieg. Juane und Eva litten unter schlimmem Lampenfieber, während Ania ganz ruhig blieb. »Ich weiß, dass meine Stimme jetzt gut ist«, sagte sie, »deshalb mache ich mir keine Sorgen.« Das stimmte, bei der Generalprobe am Gründonnerstag kam es mir so vor, als hätte sie versteckt eingebaute Lautsprecher, so kräftig klang ihre Stimme.

Doch nicht nur ihre Stimme war kraftvoll. Bevor wir nach der Generalprobe nach Hause gingen, zog sie uns Frauen beiseite und lud uns alle am Ostersonntag zu sich zum Essen ein. »Nach dem Ende der Fastenzeit essen wir zwar meistens frühmorgens, nach der Morgenmesse, aber ihr habt andere Sitten, deshalb wäre es schön, wenn ihr mittags kommt«, sagte sie. Die Einladung war eine schöne Überraschung, Eva und Juane freuten sich sichtlich, und Petra und ich grinsten vielsagend, denn das sah Ania ähnlich. Zusätzlich zu dem ganzen Stress auch noch ein Essen, kein Problem.

Der Karfreitag, der große Konzerttag, war ein unheimlich langer Tag. Eva kam gegen Mittag, denn ich hatte entschieden, dass sich alle bei mir zu Hause fertig machen sollten, dann konnten sie sich gegenseitig helfen. Am Nachmittag wurde Ania mit ihren Siebensachen, Kleid und Zubehör, bei mir abgeliefert. Sie und ihr Mann hatten sich für den Abend ein Kindermädchen organisiert, damit ihr Mann zum Konzert mitkommen konnte, doch laut Ania war er ihretwegen so nervös, dass er den ganzen Tag keinen Bissen heruntergekriegt hatte.

»Das ist so schwierig für ihn«, sagte Ania und verdrückte die Pfannkuchen, die ich zur Feier des Tages gebacken hatte. Ich hatte für alle den Tag geplant, wann und was sie essen sollten, um wieviel Uhr sie fertig sein mussten, und wann ich sie zur Kirche fahren würde. Es machte mir Spaß, das Leben anderer zu organisieren, obwohl es mir bei meinem eigenen Probleme bereitete.

Das Konzert sollte um acht Uhr beginnen, und eine Stunde vorher standen die Frauen schick zurechtgemacht in ihren schwarzen Kleidern vor mir, geschminkt und frisiert, und blickten mich erwartungsvoll an. Ich sollte ihr Aussehen kommentieren. Doch ich sah nicht nur drei schöne junge Frauen, sondern auch drei Künstlerinnen, sah, wie sich ihre Seelen über dem grauen Alltag erhoben, wie sie sich trotz Gegenwind und Widerstand in die Tiefe gestürzt hatten, um den Funken emporzuholen, den einen, wahren Funken.

Deshalb konnte ich zuerst gar nichts sagen, musste den Blick senken und mir mit dem Pulloverärmel die Tränen abtupfen. Sie warteten, bis ich endlich meinte, sie seien wunderschön und große Künstlerinnen. Das waren schlichte Worte, doch die Frauen spürten meine Ergriffenheit und wussten, dass sie von Herzen kamen. Ich sah ihre Augen vor Freude strahlen.

Aber Frauen sind überall gleich: Sie hatten Komplimente bekommen und wollten sich revanchieren. Sie dankten mir für meine Unterstützung, gaben mir Küsschen auf die Wange, und ich war ganz gerührt. Am liebsten hätten sie mir auch Komplimente für mein Aussehen gemacht, doch das war zweifellos nicht leicht, denn ich hatte es in den letzten Wochen ziemlich vernachlässigt. Sie fragten mich, was ich anziehen würde, und bestanden darauf, dass ich wenigstens Wimperntusche und Lippenstift auflegen sollte. Ich wollte ihnen gerne eine Freude machen, obwohl ich sämtlichen Utensilien, die die sogenannte weibliche Schönheit betonten, eigentlich abgeschworen hatte, und erlaubte ihnen nach einigem Hin und Her, mir etwas ins Gesicht zu schmieren. Was sie sofort machten, um mich anschließend in den höchsten Tönen für mein Aussehen zu loben.

Der Küster begrüßte uns mit einer Standpauke.

»Was glaubt ihr, wer hinterher die Kirche putzen muss, wenn die ganzen Leute wieder weg sind?!«, bellte er uns an, als wären wir schuld an dem bevorstehenden Konzert und den vielen Besuchern. Dabei starrte er grimmig auf unsere Schuhe, offensichtlich verärgert, weil er uns diesmal nicht mit Socken in die Kirche lassen konnte, grabschte in seiner Hemdtasche nach einem Päckchen Zigaretten und ging wichtigtuerisch nach draußen. Er sei seinerzeit einer der größten Rockstars des Landes gewesen, hatte Petra mir erzählt, und habe sich durch die laute Musik und den exzessiven Lebensstil sowohl das Gehör als auch die Stimmbänder ruiniert. Man habe ihm diesen Job verschafft, damit er etwas zu tun habe, der arme Kerl, immerhin sei er früher ihr großes Idol gewesen, doch er betrachte es offenbar als reine Barmherzigkeit, für diese Meute, wie er seine Landsleute nannte, die Kirche zu hüten.

Petra war eingetroffen, die rotbraunen Haare in Locken bis über die Schultern, und blieb so ruhig und entspannt, dass die Sängerinnen sich für ihre Nervosität fast schämten. Sie nahm sie mit in die Sakristei, während ich mich in die erste Bankreihe links vom Mittelgang setzte und die Kirche bewunderte, über der ein gewisser Glanz lag.

Nach und nach füllte sich die Kirche. Die meisten Leute, die ich aus dem Laden, der Bäckerei, der Bücherei und der Tankstelle kannte, kamen mitsamt ihrer Verwandtschaft. Jóhannes nahm ebenfalls in der ersten Bankreihe Platz, allerdings rechts vom Mittelgang, blinzelte mir mit konzentriertem Gesicht zu, und mit dem letzten Schwung traf Guðrún ein. Mit feuerroten Lippen trippelte sie durch die Kirche, in einem eleganten Mantel mit einem kleinen Hut auf dem Kopf, und drückte sich die Handtasche gegen die Brust, als würde sie ein Diebesnest betreten. Sie blieb stehen und schaute verwirrt nach rechts und links zu Jóhannes und mir, verunsichert, wem von uns sie die Ehre ihrer Anwesenheit erweisen sollte, doch in diesem Moment kam die Pfarrerin aus der Sakristei und setzte sich neben mich, so dass Guðrún sich zu Jóhannes gesellte.

Kurz bevor das Konzert begann, wurde mir flau im Magen. So schlimm, dass ich das Gefühl hatte, unverzüglich aufs Klo zu müssen, doch bevor ich über solche Maßnahmen nachdenken konnte, machte sich auch noch mein Herz bemerkbar, als würde es wachsen und brauche mehr Platz. Zusätzlich zu den Herz- und Magenschmerzen wurde mir schwindelig, ich fasste mir automatisch mit einer Hand an den Bauch und mit der anderen an die Stirn. Da spürte ich die Hand der Pfarrerin, die mir leicht den Oberschenkel tätschelte.

Die Leute schwatzten ohne Unterlass, doch als der Chor aus der Sakristei kam und sich vor dem Altar aufstellte, trat Totenstille ein. Schwarz gekleidet und würdevoll standen sie da, die acht Tenöre und die drei Sängerinnen, und ich konnte aus dem Augenwinkel sehen, wie die Augen der Zuschauer sich weiteten. Dann kam die Leiterin, die Organistin der Kirche, und ging geradewegs zur Orgel links neben dem Altar, von wo sie die Aufführung dirigierte. Das zweite Instrument war Evas Geige, auf der sie spielte, wenn sie nicht selbst sang. Diese beiden Instrumente ersetzten sechsundzwanzig Instrumente, die normalerweise bei Aufführungen der Passion in Deutschland zum Einsatz kamen, soweit ich von Petra wusste.

Das Werk begann mit einem Choral, den die drei Frauen zusammen mit einem der Tenöre, begleitet von der Orgel, sangen. Dann übernahm der Chor, und Eva und Petra begleiteten ihn gemeinsam. Als Nächstes folgte der Teil im Garten Gethsemane, und die Opernsängerin aus Krakau sang das Rezitativ, den Bericht des Evangelisten, mit ihrer tiefen, kraftvollen Stimme. Die Kirchenbesucher waren von ihrem Auftritt und ihrer Stimme beeindruckt, und ich konnte hören, wie sie nach Luft schnappten. Ania hatte den Ton für alles Weitere vorgegeben. Ich wusste, dass ich nicht die Einzige war, die eine Gänsehaut bekam und tief berührt war. Die Pfarrerin zog ein Taschentuch heraus und knetete es in den Händen, bereit zum Einsatz. Der Tenor mit der tiefsten Stimme sang den Bass, und Andrés, der Juane zusammen mit Jóhannes und mir aus Krummis Haus befreit hatte, sang den Tenor. Er war der Lieblingssänger der Dorfbewohner, hatte ich gehört, was mich nicht überraschte, denn er besaß eine herausragende Stimme. Da ich beim Pauken der Aussprache mit den Sängerinnen auch den Text geübt und mehrmals die Proben besucht hatte, wusste ich, was als Nächstes kam. Der zweite Sopran, Eva, trat vor und sang mit wunderschöner lyrischer Stimme, dann übernahm Ania mit dem

Rezitativ, und am Ende sangen die Frauen und Andrés einen Choral.

Der erste Teil war zu Ende, und nachdem Ania den zweiten Teil angestimmt hatte, trat der erste Sopran vor. Ich saß auf glühenden Kohlen wegen Juane, weil man vorher nie genau wusste, ob sie der nervlichen Belastung gewachsen war. Entweder versank sie ganz in ihrer eigenen Welt oder benahm sich wie eine kleine, ängstliche Maus, die ein Loch suchte, in das sie sich verkriechen konnte. Ihre Stimmungsschwankungen waren nie vorhersehbar. Ich tauschte einen Blick mit der Pfarrerin und sah, dass es ihr genauso erging wie mir. Als Juane ansetzte, ihre unglaublich hohe Stimme erklingen ließ und in den Dachfirst hinaufblickte, hielten die Leute die Luft an und legten sich die Hand auf die Brust. Die Pfarrerin tupfte sich die Augen, und am Ende der Arie musste ich mir ihr Taschentuch borgen.

Ich glaube, den meisten von uns Kirchenbesuchern war klar, dass wir in einen einzigartigen Kunstgenuss kamen. Die drei Sängerinnen waren keine ausländischen Frauen mehr, die in der Fischfabrik arbeiteten, sie waren ausländische Künstlerinnen.

Doch Petra, ja, es war Petra, die so ambitioniert gewesen war – wann hatte es jemals ein Organist in einer kleinen Dorfkirche gewagt, mit den Ortsansässigen ein großes Werk von C. P. E. Bach aufzuführen? War das Größenwahn? Was für eine Denkweise tickte hinter ihren rotbraunen Locken? Musste man wahnsinnig sein, um große Taten zu vollbringen? Ich starrte auf ihren Rücken und ihr Profil, während sie die Sänger mit ihren Augen und Kopfbewegungen dirigierte, und schwor mir, immer zu dieser Frau zu halten, was auch geschehen mochte.

Ich hatte den Eindruck, dass Jóhannes ähnliche Gedanken hegte wie ich, denn er sah den Interpreten zwar zu, schaute aber wesentlich öfter bewundernd zu Petra.

Doch es war vor allem die Freude am Gesang, die uns mitriss, die uns aus dem Elend des Alltags in helle Gefilde entführte, wo jeder von uns zu einer einzigartigen Perle wurde.

Im Moment der größten Erhabenheit wurde Juane plötzlich von einem Schneeball getroffen.

Ein harter Schneeball zerplatzte auf ihrer Brust.

Sie hörte auf zu singen, fasste sich mit beiden Händen an die Brust, öffnete dann ganz langsam die Handflächen und starrte sie ungläubig an, als wären sie voller Blut.

Es wurde totenstill. Wir fassten uns ebenfalls an die Brust, als hätten wir alle eine Kugel ins Herz bekommen.

Und dem war auch so. Für einen Augenblick, den niemand von uns später in Zeit hätte messen können, hörten, sahen und verstanden wir nichts mehr, saßen nur wie gelähmt da und starrten ohnmächtig auf unseren verletzten Singvogel.

In tragischen Momenten gibt es immer jemanden, der einen klaren Kopf behält, der vielleicht nicht logisch denkt, aber in der Lage ist, zu reagieren, die Situation zu entschärfen, die Leute wieder wachzurütteln. Diesmal war es Jóhannes. Er sprang auf, starrte zum Eingang der Kirche und stürmte los. Ich zuckte zusammen und hatte sofort das Gefühl, ihm folgen zu müssen. Im selben Augenblick sah ich, wie Juane zusammenbrach, sich krümmte und schluchzend nach Atem rang, Ania und Eva kauerten neben ihr, die Tenöre waren in heller Aufruhr, Petra hielt Juanes Kopf, ich rannte hinter Jóhannes her Richtung Eingang, zur offenen Kirchentür, in der er stand und Ausschau hielt. Es dämmerte bereits. »Ich kann dieses Arschloch nicht sehen«, sagte Jóhannes mit hochrotem Kopf.

Da kam der Küster um die Ecke, der rausgegangen war, um eine zu rauchen. Als er Jóhannes und mich in der Tür stehen sah, blieb er abrupt stehen.

»Was ist? Stimmt was nicht? Ist Pause?«

Jóhannes packte den alten Rockstar hart am Revers und knurrte ihn an: »Verdammt nochmal, kannst du nicht auf die

Tür aufpassen, du Idiot! Wo ist er hingerannt? Wohin? Jetzt antworte schon!« Doch der Küster konnte nicht antworten, brachte im Griff dieses riesenhaften Kerls nur ein Stammeln heraus und krächzte, er sei auf der Ostseite der Kirche gewesen und habe niemanden gesehen.

Bei dem Angreifer konnte es sich nur um einen handeln, das wussten wir beide, obwohl weder Jóhannes noch ich etwas sagten. Er war uns durch die Lappen gegangen, das war offensichtlich. Ich blickte Jóhannes vorwurfsvoll an und fragte, ob man nicht vereinbart hätte, den Mann zu überwachen, damit Juane singen konnte. »Doch«, antwortete er kleinlaut, »aber wir waren alle in der Kirche.« Im selben Atemzug fügte er hinzu: »Ich bringe ihn um.«

Ich nickte nur. Meinetwegen sollte er das ruhig machen.

Die Kirchentür wurde von innen abgeriegelt. Der Küster wollte zwar protestieren, aber Jóhannes stieß ihn weg, so dass er in der Ecke auf dem Hinterteil landete. Dann baute sich der Werksleiter vor dem Eingang auf und sagte, er werde persönlich dort stehen bleiben. Er war untröstlich.

In der Kirche herrschte Chaos. Alle drängelten sich um den Altar, Juane heulte in Andrés' Armen, der Chor und die Sängerinnen irrten hilflos umher und schrien sich an, denn man verstand sein eigenes Wort nicht bei dem Lärm, den die Kirchengäste machten, von denen einige jedoch wie vom Donner gerührt dasaßen, darunter auch Petra, die sich die Stirn hielt und auf der Orgelbank hin- und herwiegte.

Was ein kleiner Schneeball auslösen kann, das geht so nicht, dachte ich, als ich durch den Mittelgang ging. Ohne mir dessen richtig bewusst zu sein, was in letzter Zeit öfter geschah, stellte ich mich vor den Kirchenbänken auf und klatschte energisch in die Hände. Nach und nach wurden die Leute ruhiger und setzten sich wieder, als sie sahen, dass jemand eingreifen würde und etwas sagen wollte. Entschlossen reckte ich das Kinn und sagte mit lauter Stimme: »Wir werden dieses wundervolle Konzert abschließen. Jóhannes bewacht die Tür, weil der Küster nicht den Mumm dazu hatte.«

Mit Betonung auf dem Wort »Mumm«.

Das wirkte. Sowohl die Interpreten, als auch die Zuschauer fühlten sich angesprochen. Ich bezweifelte zwar, dass meine drei Sängerinnen die Redewendung verstanden, denn so gut waren sie noch nicht in Isländisch, aber die Isländer verstanden sie und räusperten sich vernehmlich. Die Chormitglieder stellten sich wieder auf und lächelten den ausländischen Sängerinnen aufmunternd zu, bis sie begriffen, dass es weitergehen würde. Juane hörte auf zu weinen, konnte aber nicht weitersingen, keiner von uns hätte sie dazu bringen können, wir sahen alle, dass das zwecklos war. Sie stand schutzsuchend neben Andrés, der fest den Arm um sie gelegt hatte, und schaute mit gebrochenen Augen auf den Boden.

Doch die Fortsetzung war ganz von der Leiterin abhängig. Was würde Petra machen? Bevor ich wieder Platz nahm, ging ich zu ihr, strich ihr fest über die Schultern und schaute sie fragend an, bis sie schließlich nickte. Eine winzige Kopfbewegung, die kaum zu sehen war.

Man war bei der Kreuzigung angelangt. Zum Glück musste der erste Sopran in diesem Teil nicht singen, nur der zweite Sopran, der Bass, der Tenor und der Chor, nicht zu vergessen Ania, die den Evangelienbericht sang, den bisher längsten in diesem Werk. Und wie hervorragend die Frau das machte, wie viel Kraft sie bewies!

Als die Passion beendet war, wollte der Applaus gar nicht mehr aufhören. Die Leute erhoben sich von ihren Plätzen, und Petra wurde gefeiert. Die Interpreten verbeugten sich viele Male, traten vor und zurück, immer wieder, es schien kein Ende zu nehmen. Schließlich gab Petra ihnen ein Zeichen, von der Bühne zu treten und in die Sakristei zu gehen.

Auf dem Weg aus der Kirche überschlugen sich die Gäste mit Lob für die Künstler, waren glücklich und stolz auf ihre Leute. Mir wurde ganz warm ums Herz, oder vielmehr nahm eine unbeschreibliche Freude Besitz von meinem Herz, ein Triumphgefühl, das ich noch nie verspürt hatte. Wir hatten es geschafft, trotz der Versuche dieses Mistkerls, das Konzert zu stören. Ich hatte jedoch den dumpfen Verdacht, dass dieses Ereignis nachhaltigen Einfluss auf Juane und Petra haben würde, was nicht weiter verwunderlich wäre. Deshalb folgte ich der Pfarrerin zusammen mit Jóhannes und Guðrún in die Sakristei, um die Lage zu überprüfen. Hinter der Bühne lagen sich die Künstler in den Armen. »Das war großartig«, sagten die Tenöre, lachten und spaßten, und Ania und Eva feierten mit ihnen, nur Juane war immer noch am Boden zerstört. Sie fing sofort an zu schluchzen, als ich sie in den Arm nahm. »Schon gut, schon gut«, tröstete ich sie und wollte mich gerade an Petra wenden und ihr für diese Meisterleistung danken, doch dann sah ich ihren Gesichtsausdruck.

Wir sahen alle ihren Gesichtsausdruck, als sie in ihren Mantel schlüpfte, die Tür der Sakristei öffnete, ihren Blick über die Lichter des Dorfes schweifen ließ, die ausgebreiteten Arme ihrer Tante Guðrún ignorierend, und in den Schnee hinausging, in hochhackigen Schuhen, mit aufgeknöpftem Mantel, die flatternden Haare im Wind.

Als Jóhannes seiner Verehrten nacheilen wollte, bat Guðrún ihn, zu warten, Petra müsse sich erst wieder fangen, das würde sie schon kennen.

Wir standen alle schweigend da und sahen ihr nach, wie sie durch den Schnee stakste und aus unserem Blickfeld verschwand. Juane durchbrach die Stille mit einem tiefen Stöhnen. »Das ist alles meine Schuld«, wimmerte sie, und es dauerte ziemlich lange, sie wieder aufzubauen.

Die Verwandten der Tenöre und Anias Mann warteten immer

noch im Vorraum. Wir gingen zurück in die Kirche, alle bis auf Guðrún und Jóhannes, die ganz langsam Petras Fußspuren folgten. Ania wurde von ihrem Mann hochgewirbelt, so stolz war er auf sie, seine Augen und seine Nase waren von den vielen Freudentränen und dem ständigen Schnäuzen noch immer gerötet. Die Ehefrauen küssten ihre Tenöre und feierten sie wie Helden, die vom Schlachtfeld heimkehrten. Eva und Juane wurden ebenfalls mit Küssen bedacht, die Verwandten streichelten Juane über den Rücken und sagten, sie solle das mit dem Schneeball nicht persönlich nehmen, der Mann sei verrückt, das wüssten doch alle. Und alle schienen auch zu wissen, wer hinter der Sache steckte, auch wenn niemand den Mann gesehen hatte, weil alle ihm den Rücken zugekehrt hatten. Ich nahm die Mädchen in den Arm und hätte nicht stolzer auf sie sein können, wenn ich ihre Mutter gewesen wäre. Nach und nach leerte sich die Kirche, und ich schickte mich ebenfalls an, mit Eva und Juane nach Hause zu fahren, denn wir hatten vereinbart, dass sie diese Nacht in Helgas Haus schlafen würden, damit wir uns noch über das Konzert unterhalten und den Abend ausklingen lassen könnten, doch da kam die Pfarrerin auf mich zu und wollte ein paar Worte mit mir wechseln. Ich sagte den Mädchen, sie sollten den Wagen nehmen und schon mal vorfahren.

Die Pfarrerin wollte mit mir über Petras und Juanes seelische Verfassung reden, wie wir am besten reagieren sollten, sie meinte, sie sei noch ganz aufgewühlt von der wundervollen Musik und auch wegen dieses bedauernswerten Mannes, der Juane andauernd bedrohe. Wir standen neben der ersten Bankreihe, während wir uns unterhielten, und plötzlich spürte ich, wie die Müdigkeit auf meine Schultern sank und an meinem Rücken hinunterglitt, ich war erschöpft von dem Konzert und der emotionalen Anspannung. Ich hielt etwas Abstand zu der Pfarrerin, um ihr zu signalisieren, dass es genug sei, blickte den Leuten hinterher, die durch die Tür gingen, und da sah ich ihn.

Er stand an der hintersten Bankreihe und wartete.

Viele hätten bestimmt geglaubt, sie hätten Halluzinationen, aber so war es bei mir nicht. Ich begriff sofort, was los war, doch anstatt forsch auf den Mann zuzugehen, ihn zu begrüßen und zu fragen, wie es ihm gehe, dachte ich darüber nach, wie es dazu kommen konnte, dass mein ereignisloses Büroleben innerhalb weniger Monate so stürmisch und unberechenbar geworden war, wie das Leben im Bruchteil einer Sekunde eine ganz andere Richtung einschlagen konnte.

Ich starrte ihn an, und er starrte mich an.

Mein Kellner aus Boston.

Dann sah ich ein kleines Lächeln, obwohl wir noch weit voneinander entfernt waren, viele Kirchenbänke. Er hatte einen Rucksack dabei, warf ihn sich über die Schulter und kam auf mich zu. Er trug einen Anorak, gute Winterschuhe und einen schicken Bostoner Schal, aber keine Mütze. Sein hellrotes Haar war etwas länger geworden. Ich ging ihm entgegen.

»How are you doing?«, fragte er, als wir einander gegenüberstanden.

»Fine, thank you«, sagte ich. Dann schwiegen wir, zwei erwachsene Menschen mit einem langen Leben auf dem Buckel wussten nichts zu sagen. Die Pfarrerin ging an uns vorbei, lächelte und hielt kurz inne, als erwarte sie, vorgestellt zu werden, aber ich schaute sie nur zerstreut an.

Erst als der Küster fast unterwürfig auf mich zukam – er hatte offenbar Schiss vor mir bekommen, weil ich zu Jóhannes gehörte –, demütig den Kopf senkte und murmelte, er müsse die Kirche jetzt abschließen, riss ich mich zusammen und bemühte mich, möglichst normal zu sein. Ich erkundigte mich bei dem Bostoner nach seiner Reise, und wir verließen gemeinsam die Kirche, feierlich wie ein frischgebackenes Ehepaar, das sich soeben vor Gott und den Menschen lebenslange Treue geschworen hat.

Die Straßenverhältnisse seien gut gewesen, sagte er, er habe sich aber auch einen Jeep gemietet, um auf alles vorbereitet zu sein. Er habe sich nun mal in den Kopf gesetzt, mich zu treffen, wenn er schon zufällig in Island sei, und als mein Sohn ihm erzählt habe, wo ich mich gerade aufhalten würde, habe er spontan beschlossen, aufs Land zu fahren und sich die Gegend im Frühling anzuschauen, aber natürlich festgestellt, dass vielerorts noch Winter sei. Vor allem aber habe er mich besuchen wollen, die einzige Isländerin, die er kenne, habe mich zum Essen einladen wollen, aber nicht damit gerechnet, dass alles geschlossen sei, er habe sich nicht vorstellen können, dass der Ort so abgelegen sei. Er sei zur Tankstelle gefahren und habe die Mitarbeiterin gefragt, ob sie meinen Namen kenne, was der Fall war, und sie habe ihm dann von dem Konzert in der Kirche erzählt, dass er mich bestimmt dort finden würde. Ein solches Konzert habe er lange nicht mehr gehört, es habe ihn völlig umgehauen.

Der Abend war kalt und klar, eine frische Brise, die den Geruch von Meer herbeitrug, Mond und Sterne am Himmel, und das Dorf schneeweiß wie ein Foto auf einer altmodischen Weihnachtskarte. Er blickte zum Himmel, atmete mit genießerischem Gesichtsausdruck tief ein und fragte mich dann, wie es mir in einem so kleinen, abgeschiedenen Ort gefalle. Ich hatte keine Lust, ihm zu erzählen, dass die meisten Orte in Island mehr oder weniger abgeschieden waren, und sagte nur, es gefalle mir ausgezeichnet.

»Hm, das ist bestimmt ein guter Ort für Frauen, die nicht gerne shoppen«, sagte er verschmitzt.

»Woher wissen Sie, dass ich nicht gerne shoppe?«, fragte ich misstrauisch.

»Das haben Sie mir in Boston erzählt.«

»Ach, habe ich das?« Ich wusste nicht mehr, was ich in Boston gesagt oder getan hatte. Dann kam es nach und nach, ich erinnerte mich wieder an das Kleid, das ich gekauft und noch nie getragen hatte, und sagte ihm, ich hätte immerhin ein Kleid in dieser Boutique gekauft, die er mir empfohlen habe. Er entgegnete, das wisse er, der Laden gehöre seiner Ex-Schwägerin, die habe ihm erzählt, eine attraktive Isländerin sei bei ihr gewesen und habe sich ein sehr schönes Kleid gekauft.

Nach dieser Information trat Stille ein. Ich fühlte mich zwar ein bisschen geschmeichelt und merkte, dass er mir mit seinen sorgfältig gewählten Adjektiven Komplimente machen wollte, unabhängig davon, ob seine Schwägerin das wirklich so gesagt hatte, erinnerte mich aber auch an die Aussage meiner ehemaligen Kolleginnen, der Mann sei schwul. Diese Tatsache veränderte die unterschwellige Bedeutung seiner Komplimente, falls es überhaupt welche gewesen waren. Ich sagte nur »hm«, und wir entfernten uns von der Kirche.

»Sie sind schon seit dem Jahreswechsel hier, oder?«, fragte er. »Langweilen Sie sich nicht? Hier ist bestimmt nicht allzu viel los.«

»Nein, hier ist nicht viel los«, antwortete ich, »bis auf den ganzen Trubel wegen des Konzerts natürlich.« Bevor ich mich versah, erzählte ich ihm von Petra und den drei Sängerinnen und wie es dazu gekommen war, dass ich ihnen mit der Aussprache half, und während ich vor mich hin plapperte, zerbrach ich mir den Kopf darüber, was ich mit dem Mann machen sollte, wo er doch so weit gefahren war.

»Das war ein phantastisches Konzert«, sagte er mit Nachdruck. »Was für Stimmen! Und die Dirigentin, die hat großes Talent. Habt ihr schon mal überlegt, in einem anderen Rahmen Konzerte zu geben?« Er malte mit der Hand Kreise in die Luft, wie um herauszufinden, wie dieser andere Rahmen aussehen könnte. Ich freute mich, zu hören, dass er »ihr« sagte, denn das bedeutete, dass ich eine wichtige Rolle dabei spielte. Ich fragte nach, was er mit diesem anderen Rahmen meine.

Er sei sich auch nicht ganz sicher, aber er habe bei seinem Besuch in Deutschland mit seiner Großmutter viele Konzerte besucht, die meisten in Kirchen in der Umgebung von Bremen, und die seien alle sehr gut besucht gewesen. »Die Deutschen sind so musikbegeistert. Und mit diesen Stimmen, da hättet ihr bestimmt Riesenerfolg. Ich war schon bei vielen Konzerten und selten so begeistert und ergriffen wie heute Abend.«

»Welche Musik wird denn in den Kirchen dort aufgeführt, nicht vor allem Passionsmusik und Kirchenlieder?«, fragte ich, und mein Atem ging schneller.

Er blieb stehen, wandte sich dem Meer zu und sagte nach kurzem Nachdenken: »Nein, keineswegs, alles Mögliche, aber ich glaube, in eurem Fall wäre es am besten, isländische Musik aufzuführen. Jedes Land hat seine Musik, seinen besonderen Ton.«

»Petra hat Musik komponiert«, sagte ich.

»Die sollte sie unbedingt aufführen«, entgegnete er.

Da standen wir unter den Sternen und unterhielten uns über Musik. Doch trotz des schönen Rahmens für dieses schwärmerische Gespräch wusste ich, dass das nächste Kapitel unweigerlich kommen würde. Und wie es sich für gastfreundliche Isländer gehörte, fragte ich ihn, ob ich ihn zu mir nach Hause einladen dürfe, zwar nicht zum Abendessen, aber vielleicht zu ein paar Scheiben Brot? Erfreut nahm er die Einladung an, und wir spazierten zu seinem Wagen, den er auf dem Parkplatz bei der Tankstelle abgestellt hatte. Er blieb immer wieder stehen, seufzte, betrachtete den Himmel, das Meer, die Lichter im Dorf, stocherte mit der Schuhspitze im Schnee, lauschte und sagte dann: »Höre ich einen Wasserfall, oder kommt das vom Meer?«

Ich lauschte, mich daran erinnernd, dass ich an meinem ersten Abend im Dorf einen Wasserfall gehört, ihn dann aber vergessen hatte, komplett vergessen. »Doch, ich glaube, da gibt es einen kleinen Wasserfall oben am Hang«, antwortete ich, woraufhin er sagte: »Sollen wir ein bisschen durchs Dorf spazieren? Ich möchte noch nicht reingehen, ich fürchte, ich werde einen solchen Augenblick sonst nie mehr erleben.«

Mir war nicht kalt, und es war schön draußen in der Abendluft, deshalb stimmte ich seinem Vorschlag zu. Während wir durchs Dorf spazierten, unterhielten wir uns über Gott und die Welt, wie man so sagt, die Zeit verging, die Lichter im Dorf erloschen nach und nach, und wir wurden immer neugieriger aufeinander. Ich fragte ihn, ob er schon lange als Kellner arbeiten würde, und er erzählte mir, dass er bei meinem Besuch damals in Boston erst seit zwei Monaten im Hotel gearbeitet habe, vorher habe er ein kleines Reisebüro geführt, das er wegen finanzieller Eskapaden des Miteigentümers schließen musste. Deshalb habe er vormittags den Kellnerjob angenommen und arbeite nun daran, im Tourismusbereich wieder Fuß zu fassen. Er habe festgestellt, dass er nur davon profitieren könne, sich mit Leuten zu unterhalten und von deren Vorstellungen zu hören. Dann fragte er mich, warum ich bei dieser Firma aufgehört hätte, bei der ich gewesen sei. Ich gestand ihm seufzend, was in meinen Leben geschehen war, man habe mir gekündigt, ich hätte keinen neuen Job gefunden und mich deshalb darauf eingelassen, dieses Haus in den Westfjorden zu streichen.

»Aaaah, jetzt verstehe ich, deshalb warst du in Boston so traurig.«

»Fandst du mich traurig?«

»Du wirktest bedrückt. Vorhin in der Kirche, als du angekündigt hast, dass das Konzert gleich weitergeht, warst du ein ganz anderer Mensch.«

Ich war kurz davor, ihn zu fragen, warum er sich von den vielen Frühstücksgästen im Hotel ausgerechnet an mich erinnern würde, da sei doch bestimmt schon mal der eine oder andere melancholisch, besonders so kurz nach dem Aufwachen, da wäre man doch manchmal ein bisschen komisch, aber ich hielt mich zurück. Zum Glück, denn im selben Moment fiel mir wieder ein, dass er ein Reisebüro besessen hatte, was sein Interesse an Island natürlich erklärte. Er hatte gar keine persönlichen Beweggründe, das war ja auch völlig klar. Ich fragte ihn höflich, ob er vorhabe, in Zukunft mit Touristen nach Island zu kommen.

»Unbedingt«, antwortete er prompt.

Nun wusste ich es. Stille trat ein, eine unangenehme Stille, er schaute mich an, als erwarte er eine interessante Bemerkung, und ich wartete darauf, dass er etwas Interessantes sagte.

»Hast du einen Ehemann?«, fragte er. Wir waren also beim Privatleben angelangt. Ich verneinte, ich hätte keinen Ehemann, wir seien seit langem geschieden, hätten aber zwei gemeinsame Kinder. Dann nahm ich all meinen Mut zusammen und fragte ihn dasselbe, ob er einen Ehemann habe.

Erst schaute er mich ungläubig an, als würde ich schlechtes Englisch sprechen, dann lächelte er gutmütig und sagte: »Du meinst eine Ehefrau? Nein, ich bin auch geschieden, ich habe eine Tochter.«

Wie immer, wenn ich mich auf eine bestimmte Sache konzentrieren musste, spielte meine Phantasie verrückt. Ich dachte an Tierdokus im Fernsehen und sah verschiedene Vogelarten in der Paarungszeit vor mir, wie die Tiere linkisch aufeinander zuhüpften, vorsichtig um den Partner herumtippelten, den Schnabel mal in die eine, mal in die andere Richtung gezückt, die Vogelaugen lebhaft und scharf, schlagende Flügel, ein Hüpfer, zappelnde Vogelbeine, Paarung beendet.

So geht das nicht, dachte ich.

Da blieb er stehen, drehte sich zu mir, schaute mir tief in die Augen und sagte: »Als ich dich in dem Hotel in Boston gesehen habe, hatte ich das Gefühl, dich schon ewig zu kennen. Das ist mir noch nie passiert.«

Ich brachte kein Wort heraus.

»Deshalb bin ich hergekommen, ich wollte mich vergewissern, dass mein Gefühl richtig war.«

»Und war es das?«, stotterte ich.

»Das war es, auch wenn die Betreffende jetzt eher aussieht wie ein Punk.«

Wir mussten beide lachen. Wir hatten mit den Flügeln geschlagen. Nur der Hüpfer fehlte noch.

Als wir die Haustür aufstießen, rief ich ein fröhliches Hallo ins Haus, damit die Mädchen wussten, dass ich da war. Ich wollte gerade noch einmal rufen, während wir unsere Schuhe auszogen, als ich Eva entdeckte. Sie hatte sich bewaffnet, um ihre Freundin verteidigen zu können. Schlief tief und fest auf dem Sofa unter einer Decke, ein Arm und ein Bein über der Lehne, mit geöffnetem Mund, so dass man ihr in den Rachen schauen konnte, und neben ihr auf dem Boden lagen die Waffen: Schaufel und Hammer.

Martin Bindemanns verblüffter Blick wanderte von den Werkzeugen zu mir, und ich musste ihm erklären, was es damit auf sich hatte, die Waffen seien zur Verteidigung gegen den Mann mit dem Schneeball. Ich senkte die Stimme, wobei ich ein bisschen hoffte, Eva würde aufwachen, damit ich sie bitten konnte, nach oben zu Juane zu ziehen. Da sie sich nicht rührte, ging ich zu ihr und wollte sie wecken, doch Martin griff nach meinem Arm und sagte: »Lass sie schlafen.«

Wir legten sie auf dem Sofa zurecht und deckten sie richtig zu.

Wie ich mir gedacht hatte, schlief Juane oben, in einer ähnlichen Stellung wie Eva. Sie waren beide nach dem Abend und der langen Vorbereitungszeit todmüde gewesen.

Wir schlichen auf Zehenspitzen in die Küche und zogen die Tür hinter uns zu.

Ich weiß gar nicht, wie viele Scheiben Brot ich für den Mann schmierte, mir war nicht klar gewesen, wie ausgehungert er war, nimmersatt wie ein Teenager im Wachstum, dazu trank er fast einen ganzen Liter Milch. Nachdem er alles verdrückt hatte, unterhielten wir uns weiter über das Konzert, und das Gespräch kam auf seine Großmutter aus Dresden. Ich wollte mehr über sie wissen, und er erzählte, sie habe jung geheiratet und sei mit seinem Vater schwanger geworden. Sein Vater sei ein guter Sportler gewesen, habe sich nach einem Turnier in Skandinavien abgesetzt und sei mit Hilfe anderer Leute in die USA gekommen. Dort brachte man ihn in einer guten Familie unter, er heiratete und bekam drei Kinder, unter anderem ihn. Seine Großmutter sah ihren Sohn erst nach Jahrzehnten wieder, als die Mauer fiel. Sie hatte immer gewusst, dass er noch lebte, ein schwedischer Geschäftsmann hatte ihr Nachrichten von ihm übermittelt. Er bekam auch Nachrichten von ihr, vermisste sie sehr und sprach mit seinen Kindern oft über sie. Sein Vater war in Deutschland früh gestorben, doch seine Mutter heiratete später einen anderen Mann und bekam mit ihm noch zwei Töchter.

Durch die Geschichten über seine Großmutter, von denen ich nie genug hören konnte, kamen wir auf den Zweiten Weltkrieg zu sprechen. Wir diskutierten über den Kriegsverlauf, über bestimmte Ereignisse, den Ablauf einzelner Schlachten, den Einfluss der Charaktere der Regierungschefs auf gewisse Entscheidungen, bis wir irgendwann beide anfingen zu gähnen. Wir waren todmüde. Er musste am nächsten Tag zurück nach Reykjavík, um am Nachmittag den Flug in die USA zu kriegen, und wollte früh losfahren, deshalb bestand ich darauf, dass er sich in mein Bett legen und ausruhen sollte. Das lehnte er strikt ab, bis ich ihm verklickerte – eingedenk der Worte meiner Oma –, dass es in Island Sitte sei, Gästen das eigene Bett zu überlassen. Diese Zeiten waren zwar längst vorbei, aber woher sollte er das wissen? Darauf nahm er mein Angebot an, vermutlich total erleichtert. Ich hatte das Bettzeug am Gründonnerstag gewechselt und nur eine Nacht darin geschlafen, bot ihm jedoch an, es frisch zu beziehen. Er lehnte dankend ab und meinte: »Wundervoll, dann schlafe ich in deinem Duft.«

Wir wünschten uns gute Nacht, blickten beide verlegen zu

Boden, bis er in mein Zimmer ging, sich neben meinem Bett auszog, unter meine Bettdecke schlüpfte.

Ich legte mich zu Juane ins Bett und wunderte mich gewaltig darüber, wie viel Platz eine so kleine Frau in Beschlag nehmen konnte.

Als ich mehr oder weniger auf der Bettkante lag, kriegte ich kein Auge zu. Ich hatte drei schlafende Menschen im Haus und konnte nicht aufhören, an den Mann zu denken, der in meinem Bett lag. Er hatte eine Tochter, hatte er gesagt, aber das war kein Beweis, dass er nicht schwul war. Viele Homosexuelle waren vor ihrem Coming-out verheiratet gewesen und hatten Kinder bekommen. Ich dachte an sein Verhalten, damals und jetzt, dachte an das, was meine ehemaligen Kolleginnen über ihn gesagt hatten, doch je mehr ich grübelte, desto verwirrter wurde ich.

Ich weiß nicht, ob meine wirren Gedanken oder die körperliche Anspannung mich dazu brachten, aufzustehen, doch bevor ich mich versah, stand ich im Flur und lauschte auf die Schlafgeräusche. Aus beiden Zimmern drang schweres Atmen, aus dem Wohnzimmer friedliches Schnarchen.

Seine Zimmertür war angelehnt, und ich stieß sie auf, konnte mich einfach nicht beherrschen. Er hatte vergessen, die Vorhänge zuzuziehen, vielleicht wollte er Mond und Sterne in seine Traumwelt mitnehmen, und sie leuchteten hell, so dass ich seinen Kopf deutlich erkennen konnte.

Ich verharrte neben dem Bett, er lag auf der Seite, mir zugewandt, ich betrachtete sein Profil, seinen Arm, der unter der Bettdecke hervorlugte, und plötzlich kam mir der Gedanke, dass es unangenehm für ihn sein musste, ein dunkles Wesen an seinem Bett stehen zu sehen, falls er aufwachte. Vielleicht würde er Angst bekommen und mich für einen isländischen Geist halten. Deshalb hockte ich mich hin und betrachtete ihn weiter. Sein Atem erinnerte mich an einen Säugling. Wenn er ausatmete, hörte man ein zartes Geräusch, wie bei Kindern, wenn sie sicher geschützt neben der Mutter liegen. Ich sehnte mich nach dem Duft seines Handrückens, näherte mich ihm und schnupperte. Nahm einen vagen Seifengeruch wahr. Und wo ich schon einmal so weit gegangen war, konnte ich auch noch weitergehen. Ich beugte mich über sein Gesicht und atmete seinen Duft ein.

Es war ein Duft, den ich nicht kannte. Ich versuchte, ihn einzuordnen, meinte erst, er rieche nach Nüssen, Zimt oder Kiefernadeln, doch dann erkannte ich allmählich den Geruch von Wald. Ich sah die hohen braunen Stämme, die Äste, grüne Blätter, Vögel, die zwitschernd von Baum zu Baum flogen, darunter Hasen, Eichhörnchen und Damwild, ich sah Wälder, wie sie nur im Ausland wuchsen. Er hatte sie im Blut, dieser Mann, der in meinem Bett lag, sie flossen durch seine Adern. Er war mir fremd, dennoch sehnte ich mich danach, in seinen Wald einzutauchen.

Ich raffte mich auf und machte, dass ich ins Bett kam.

Lange bevor das Dorf erwachte, verabschiedeten wir uns draußen auf dem Bürgersteig. Wir umarmten uns, es war fast schmerzhaft, sich von ihm zu trennen, und ich glaube, ihm erging es genauso. Ich musste ihm versprechen, im Herbst nach Boston zu kommen. Was ich dort machen sollte, besprachen wir nicht, das würden wir im Lauf des Sommers in aller Ruhe bereden. Dann machte er sich bei gutem Reisewetter auf den Weg, mein Kellner aus Boston.

An Ostern läuteten die Kirchenglocken.

Mir war nicht klar gewesen, wie viele Umstände sich Ania an den Tagen vor Ostern gemacht hatte, doch ich erfuhr, dass die Frauen aus ihrer Familie in Polen die ganze Woche damit beschäftigt waren, das Essen für den Ostersonntag vorzubereiten, an dem das Ende der Fastenzeit eingeläutet wurde. Ania behielt diese alte Tradition bei, zusätzlich zu dem Stress mit dem Konzert. Da sie ihre Großfamilie nicht um sich haben konnte, lud sie uns Alleinstehende zu den Köstlichkeiten ein, sogar Jóhannes war dabei.

Als wir uns am Ostersonntag gegen elf Uhr zu dritt auf den Weg zu Ania machten, waren wir bester Laune. Am Samstag hatten wir noch über den Schneeball geredet, beziehungsweise über denjenigen, der ihn gegen Juanes Brust geworfen hatte, hatten lang und breit über die Sache diskutiert, nachdem ich endlich aufgestanden war. Als mein Kellner losgefahren war, war ich in mein Bett gekrochen, hatte seinen Duft genossen und war wieder eingeschlafen, doch irgendwann hatten die Mädchen mich geweckt und gefragt, ob ich den ganzen Tag verschlafen wolle. Sie sagten, sie hätten am Abend noch lange auf mich gewartet, ohne zu wissen, was mich in der Kirche aufgehalten habe, woraufhin ich ihnen wahrheitsgemäß sagte, ich hätte einen Bekannten getroffen und mit ihm reden müssen. Sie hatten keine Ahnung, dass dieser Bekannte in der Nacht unter demselben Dach geschlafen hatte wie sie, und brachten die knappen Brot- und Milchvorräte nicht mit ihm in Verbindung. Wir quatschten an dem Tag noch lange und kamen zu dem Entschluss, dass Juane einfach weitermachen und sich auf gar keinen Fall von Krummi einschüchtern lassen sollte, denn genau das wollte er erreichen. Juane stimmte uns seufzend und jammernd zu. Deshalb waren wir guter Dinge, als wir an jenem Morgen zu Ania gingen, als hätten wir ein schwieriges Problem vorbildlich gelöst.

Jóhannes war selbstverständlich schon da, als wir eintrafen, Männer von seiner Statur sind immer pünktlich, wenn es etwas zu essen gibt. Das polnische Ehepaar und er hatten sogar schon mit den Köstlichkeiten angefangen. Ania begrüßte uns herzlich und entschuldigte sich, sie hätten nicht länger warten können, zu Hause in Krakau hätten sie schon längst angefangen zu essen. Dort beginne die Ostermesse um sechs Uhr morgens und dauere furchtbar lange, so dass man sofort essen würde, wenn man nach Hause käme, Brot und Eier und so weiter, dann würde man langsam zum Fleisch übergehen, das man während der Fastenzeit nicht anrühren dürfe, übrigens sei ihr Mann sehr glücklich über den vielen Fisch, den es hier in der Fastenzeit gebe. »Und wir sind natürlich aus alter Gewohnheit ganz früh aufgewacht, obwohl keine Messe war«, fügte Ania hinzu und konnte einen leichten Vorwurf in ihrem Ton nicht verbergen.

Im Wohnzimmer hatten sie den Tisch gedeckt, diese liebenswürdigen Leute, und hübsche Schalen und diverse Schüsseln mit den unterschiedlichsten Gerichten aufgereiht, Gerichte, die ich noch nie gesehen hatte, wobei der Aufbau im Großen und Ganzen an ein isländisches kaltes Büfett erinnerte, wie es früher bei Konfirmationen beliebt gewesen war. Das ganze Haus strahlte, ebenso wie die Eheleute und ihre Kinder, und uns ging das Herz auf vor Freude bei der Aussicht auf ein solches Festmahl. Ania bot uns Obstsaft an, während wir auf Petra, Guðrún und Tumi warteten, ließ einen Teller mit Käseschnittchen herumgehen, und ich wollte gerade einen Toast auf Ania und ihre Tüchtigkeit aussprechen, als Guðrún jammernd anrief und sagte, sie habe Petra nicht aus ihrem Zimmer gekriegt, sie sei seit Karfreitag nicht mehr herausgekommen. »Ich weiß nicht mal, ob sie tot oder lebendig ist.«

Jóhannes und ich nahmen uns wie üblich der Sache an und stapften missmutig zu Guðrúns Haus, mit den schlimmsten Befürchtungen. Jóhannes fragte, ob ich seit dem Konzert mit Petra geredet hätte, woraufhin ich ihn eiskalt anlog, ich sei mit den Gedanken ganz bei Juane gewesen. Daraufhin erzählte er, er sei zu ihr nach Hause gegangen, um ihr ein Osterei zu schenken, eines dieser großen isländischen aus Schokolade, die mit Süßigkeiten gefüllt sind, er habe ihr eine Freude machen wollen, aber Guðrún habe das Geschenk entgegengenommen und gesagt, Petra würde schlafen. »Und das war gestern gegen vier Uhr, verstehst du«, sagte Jóhannes.

Guðrún hatte geweint, das war unübersehbar. Sie sagte, sie

wisse einfach nicht mehr weiter, sie stehe seit zwei Tagen vor Petras Tür und flehe sie an, herauszukommen, sich wenigstens um ihr Kind zu kümmern. »Selbst ihr Kind hat es nicht geschafft, ihr einziger Sohn, der konnte sie nicht rausholen.«

Der einzige Sohn saß zu diesem Zeitpunkt mit seinem kleinen Computer in einer Ecke im Wohnzimmer und schien keine große Verbindung zur realen Welt mehr zu haben.

Obwohl es für Jóhannes ein Leichtes gewesen wäre, allein durch sein Gewicht die Tür aus den Angeln zu wuchten, nahmen wir von dieser Maßnahme Abstand, weil wir nicht sicher waren, wie Petra auf eine solche Aktion reagiert hätte. Wir einigten uns darauf, dass ich zuerst nach oben gehen und versuchen sollte, sie herauszulocken. Bevor ich raufging, fragte ich Guðrún leise, ob Petra wirklich die ganze Zeit kein einziges Mal rausgekommen sei, um aufs Klo zu gehen. Guðrún schüttelte entschieden den Kopf, nein, das sei sie nicht. »Hat sie denn einen Nachttopf bei sich?«, flüsterte ich.

»Einen Nachttopf?« Guðrún stierte mit geweiteten Augen vor sich hin, während sie überlegte, ob sich ein solcher Gegenstand im Haus befand, konnte es aber nicht bestätigen.

»Dachte ich mir«, sagte ich entschlossen, ging die Treppe hinauf, direkt zu Petras Tür und rief: »Petra, musst du nicht mal aufs Klo? Platzt du nicht langsam?«

Aus dem Zimmer drang kein Laut, aber Jóhannes verschluckte sich unten an der Treppe, pikiert über meine Herangehensweise. Mit seiner Petra über solch niedere Dinge zu reden. Das überforderte ihn völlig. Er wollte mich unbedingt ablösen, wahrscheinlich um vor der Tür herumzujammern, aber ich war noch nicht fertig. Petras Verhalten, dieses ständige divenhafte Getue, ging mir gehörig auf die Nerven, deshalb legte ich mit lauter Stimme los, sie solle sich doch bitte mal wie ein normaler Mensch verhalten und auf andere Leute Rücksicht nehmen, die müssten sich schließlich auch um ihre Kinder kümmern und sie großziehen, sie solle ihren Arsch rausbewegen – ja, in meiner Wut rutschte mir dieses Wort heraus, ich gebe es zu –, doch im nächsten Moment, nachdem ich mich ausgekotzt hatte, wurde ich ganz ruhig und sagte: »Petra, Liebes, bitte komm raus, damit wir sehen, dass alles in Ordnung mit dir ist, bitte tu es für Tumi.«

Doch aus dem Zimmer war kein Mucks zu hören.

Wir schwiegen alle und lauschten, lauschten weiter, hörten aber nichts, noch nicht einmal das leiseste Geräusch. Ich stieg die Treppe hinunter, und Jóhannes und ich tauschten einen Blick. Wir schauten uns alle drei besorgt an: Hatte Petra sich tatsächlich umgebracht? Wir starrten wie paralysiert auf die Tür, immer noch lauschend, Jóhannes hob die Schultern, atmete schwer aus und bereitete sich auf den Treppenaufstieg vor, als unten im Flur das Telefon klingelte. Guðrún griff hektisch nach dem Hörer. Es war Ania. Als sie gehört hatte, wie es um die Lage bestellt war, bat sie uns, die Tür noch nicht aufzubrechen, sie würde schnell zu uns rüberkommen.

Wenn Gefahr im Anzug ist, begibt der Geist sich nicht in tiefere Gefilde, sondern hält sich im Flachwasser, unweit vom Ufer. Er denkt nicht realistisch, sondern eher abstrakt, trifft spontane Entscheidungen, meistens völlig falsche, doch alles in dem Bestreben, die herrschende Situation zu retten oder zu verändern. Erst wenn alles vorbei ist, sucht er nach Antworten, fordert Erklärungen. Was hatte eigentlich dazu geführt, dass Petra sich einschloss? Was war der Auslöser gewesen? War es nur der Schneeball, oder steckte etwas anderes dahinter? Und warum schloss sie sich ein? Reichte es nicht, sich eine Auszeit zu nehmen, wenn man eine schlimme Erfahrung verarbeiten musste?

Doch mein Geist war in Aufruhr, ich konnte nicht logisch denken und wollte Petra unbedingt aus dem Zimmer holen, koste es, was es wolle.

Am Ende war es Ania, die Opernsängerin aus Krakau, die die Komponistin herauslockte. Nach wenigen Minuten kam sie prustend und schnaufend angerannt und meinte, sie würde solche Situationen kennen, das sei zu Hause in Krakau auch mal passiert – sie sagte immer »zu Hause in Krakau« –, da sei sie zwar noch ein Kind gewesen, wüsste es aber noch wie heute. Damals sei der Betreffende, der sich eingeschlossen hatte, herausgesungen worden.

Ania sang Petra heraus.

Sie baute sich vor ihrer Zimmertür auf, allerdings mit dem Rücken zur Tür, das Gesicht von ihr abgewandt, damit ihre Stimme mehr Raum hatte, blickte hinunter auf die Treppe, den Flur und die Diele, breitete die Arme aus und erhob ihre Stimme.

Wir anderen standen wie vom Donner gerührt am Treppenabsatz. Ich kannte das Lied nicht, das sie sang, moderne Musik war mir vertrauter als klassische, wobei das im Grunde keine Entschuldigung war, aber später erfuhr ich, dass es sich um *Pieta Signore* von Stradella handelte. Es war ein ziemlich langes Stück, aber siehe da, nachdem Ania schon eine ganze Weile gesungen hatte, wie ich fand, drang Musik aus Petras Zimmer. Die Komponistin begleitete sie.

Ein Lächeln zog sich über das Gesicht der Sängerin. Als hätte sie gewusst, dass genau dies in einem bestimmten Moment geschehen würde. Ihre Stimme war so schön und kraftvoll, dass wir wie hypnotisiert am Treppenabsatz standen. Als das Lied zu Ende war, neigten wir dankbar die Köpfe. »Das war wundervoll«, seufzte ich.

»Ja«, krächzte Guðrún, »dieses Haus hat einen phantastischen Klang.«

Ania stand vor der Tür der Diva und rührte sich nicht. Ebenso wenig wie wir. Wir warteten nur. Endlich öffnete sich hinter Ania die Tür. Petra kam heraus, hielt sich am Treppengeländer fest und schaute mit leerem Blick und einem Hauch von Missbilligung auf die Anwesenden hinunter. Sie erinnerte an einen Wiedergänger, so leichenblass war ihr Gesicht, die wirren Haare standen in alle Richtungen ab, und sie trug einen gräulichen Bademantel, der um ihren schlanken Körper schlackerte.

Wir lächelten sie zuckersüß an.

Am Ende blieb ich zurück und wartete, während Petra sich anzog und zurechtmachte, derweil die anderen schon zur Osterfeier eilten. Wir hatten ein langes Gespräch, Petra und ich, über das Leben und ihre Kunst. Ich saß auf der Treppe, während sie zwischen den Zimmern hin und her lief und sich fertig machte. Als Erstes musste ich sie einfach fragen, wie sie es geschafft hatte, über einen Zeitraum von zwei Tagen nicht aufs Klo zu müssen, woraufhin sie zurückfragte: »Warum musst du dich immer an Details festbeißen?« Ich entgegnete, das wisse ich leider auch nicht. »Natürlich hatte ich einen Nachttopf.« Und ich, immer noch bei den Details, erwiderte, Guðrún habe gesagt, sie habe das Zimmer nicht verlassen, wie das denn möglich sei. »Ich habe ihn geholt, als Guðrún geschlafen hat«, antwortete Petra.

Dann fügte sie hinzu: »Ich glaube, manchmal bist du nicht ganz normal.«

Ich entgegnete, was den Verstand anbelange, könne man sich ja wohl darüber streiten, wer von uns normal sei, woraufhin sie ins Bad ging und die Tür zuknallte.

»Warum hast du dich eingeschlossen?«, rief ich ihr zu, als sie wieder herauskam.

»Das ist die einzige Möglichkeit, von den Leuten in Ruhe gelassen zu werden.«

»Und was ist mit Tumi, deinem Kind?«

»Tumi ist der Einzige, der versteht, wie ich denke.«

Ich saß lange schweigend auf der Treppe, während ich vergeblich versuchte zu ergründen, wie Petra dachte. Schließlich fragte ich sie, ob ihr der Schneeball in der Kirche so zugesetzt habe.

Da sank Petra neben mir auf die Treppe und sagte: »Ja, Fräulein Flóra, es war der Schneeball, der meine künstlerischen Hoffnungen zersplittern lassen hat.«

Ich begriff ungefähr, was sie meinte, wollte es aber genauer einordnen können, damit kein Missverständnis entstand, und fragte, ob sie das vielleicht etwas konkreter formulieren könne.

»Ich hatte gehofft, irgendwann irgendwie mein künstlerisches Potential unter Beweis zu stellen. Ich habe Stücke geschrieben, die ich nicht gut genug finde, weil ich hohe Ansprüche an die Kunst habe, deshalb sind sie noch nie aufgeführt worden. Aber wenn ich mich für Stücke alter Meister entscheide, die sich längst bewiesen haben und heutzutage über jegliche Kritik erhaben sein sollten, zeigt die Gesellschaft ihr wahres Gesicht, demonstriert, auf welcher Entwicklungsstufe sie steht, und bewirft das Werk und die Interpreten mit Schnee, den wir Tag für Tag mit Füßen treten.«

»Aber Petra, das war doch nur ein Verrückter, der einen Schneeball auf seine Ex-Freundin geworfen hat.«

»Haben wir ihn gesehen?«

»Nein, aber das kann kein anderer gewesen sein.«

»Er war jedenfalls ziemlich treffsicher, wenn er es auf sie abgesehen hat.«

»Ja, das habe ich mir auch gedacht. Aber Jungs machen von klein auf Schneeballschlachten, das hatte doch nichts mit deinem künstlerischen Potential zu tun«, versuchte ich Petra zu überzeugen. Doch sie schüttelte nur langsam den Kopf und sagte: »Ich habe nachgedacht. Es ist zwecklos, einer von Eifersucht zerfressenen Gesellschaft sein künstlerisches Potential zu demonstrieren. Solche Gesellschaften werden nie stolz auf hohe Kultur sein.«

Ich betonte noch einmal, der Zwischenfall sei doch von einem einzelnen Mann verursacht worden, nicht von der ganzen Gesellschaft.

»Aber es ist die Gesellschaft, die diesen Mann hervorbringt, es ist die Gesellschaft, die einen in Schubladen steckt. Es nervt mich total, wie die Gesellschaft mich sieht. Sie hat schon im Vorhinein definiert, wie Künstler auszusehen, sich zu benehmen und zu arbeiten haben, und alles, was anders ist, wird nicht akzeptiert. Ich bin nun mal eine Frau, die zu festlichen Anlässen hochhackige Schuhe trägt und sich die Lippen schminkt, so wie andere Frauen auch, deshalb werden meine Stücke nicht ernst genommen. Ich soll so aussehen wie die alten Männer, die alten Komponisten oder Dichter. Ich hab schon lange die Schnauze voll davon, mich als Frau in einer Kulturszene zu bewegen, die von Männern dominiert wird, und wenn Frauen mitbestimmen dürfen, was schon mal vorkommt, dann tun sie sich mit charismatischen Künstlertypen zusammen, die sie auf dem kulturellen Parkett begleiten können. Kein Mensch interessiert sich für Frauen mit Kindern. Man bewirft mich einfach mit Schneebällen.«

»Das ändert sich aber doch, Petra.«

»Bemerkenswert, wie spät sich der Mensch ändert, besonders in Randgesellschaften wie der isländischen.«

Es wäre ein Leichtes gewesen, das alles als depressives Gewäsch abzutun, trotzdem hatte ich das Gefühl, dass der Schneeball, der zwar eine andere Person getroffen hatte, eigentlich auf ihrer Brust hätte landen sollen. Trotz meiner Einfältigkeit und Unzulänglichkeit spürte ich, dass Petra an einem Wendepunkt in ihrem Leben und ihrer Kunst angelangt war. Wenn niemand einschreiten würde, würde sie sich garantiert abkapseln und verwahrlosen wie ein altes Haus, das nie gestrichen wird.

Deshalb war ich sehr geknickt, als wir an diesem stürmischen Ostersonntag endlich zu Anias Haus gingen. Nicht, dass ich etwas gesagt hätte, es gab so vieles, was ich gerne gesagt hätte, aber ich wusste nicht, wie ich es formulieren sollte, daher atmete ich nur heftig. Petra ging ruhig neben mir, die Hände in den Manteltaschen vergraben, und ließ sich die rotbrauen Haare vom Wind zerzausen, doch auf einmal sagte sie, ohne mich anzuschauen: »Wolltest du noch etwas sagen?«

»Ja, schon«, antwortete ich, »ich überlege, ob du deine Musik nicht ins Ausland bringen könntest. Ob du nicht ein paar deiner Stücke aufführen könntest, vielleicht ein bisschen abgewandelt, jedenfalls so, dass die drei Frauen sie singen können, vielleicht auch Instrumente dazu spielen können, und du vielleicht auch, parallel zum Dirigieren. Ihr könntet ein paar Stücke in Kirchen aufführen, zum Beispiel in Deutschland, da sind die Leute so musikbegeistert, es gibt ständig Konzerte in Kirchen, in allen kleinen Dörfern, im ganzen Land, und es ist immer brechend voll, warum nicht mal so was machen?«

Sie lachte leise. »Du bist gut, Flóra.«

Ich packte sie am Arm und drehte sie zu mir: »Petra, du bist ein Genie, begreifst du das nicht? Du kannst nicht sterben, bevor sich deine Kunst entfalten durfte.«

Wir gingen schweigend weiter, während Petra darüber nachdachte, ob sie wirklich ein Genie war, trotz allem. Dann schnaubte sie: »Jaja, und wer soll das alles organisieren? Für alle die Fahrtkosten bezahlen, sich um Transport und Übernachtungen kümmern, die Instrumente rüberschaffen, mit den Leuten von den Kirchen reden, uns kutschieren, wer soll das alles organisieren? Ich vielleicht, während ich mich gleichzeitig um die Aufführungen kümmere?«

»Nein, ich kümmere mich um alles, ich werde die Reise organisieren.«

Wie konnte ich nur so etwas sagen? Warum rutschte mir das einfach heraus? Ich hätte doch wissen müssen, dass ich alles, was ich sagte, auch einhalten musste, schon allein wegen meines Alters und meiner Stellung, schließlich hatte man eine gewisse Verantwortung, wenn man älter wurde, da konnte man nicht mehr einfach drauflosplappern wie ein Teenager. Ich stöhnte und atmete seufzend aus. Sah himmelhohe Schneewehen und unbefahrbare Straßen vor mir.

»Wie in aller Welt kommst du auf diese Idee?«, fragte Petra und blieb abrupt stehen.

Ich zuckte nur mit den Achseln und sagte, sie sei mir einfach so gekommen. Ich konnte ihr ja nicht erzählen, dass manche Ideen so lange Wurzeln hatten, dass sie bis nach Amerika reichten.

Andrés war der Zwölfte.

Nun hatten wir die Zahl der Apostel am Auferstehungstag des Herrn erreicht, vielleicht auch an Petras Auferstehungstag, denn sie war ihrer Gruft entstiegen. Sie war zwar noch durcheinander, aber in ihren Augen entdeckte ich etwas, das mich glauben ließ, dass sie wieder ein klein wenig Vertrauen ins Leben gefasst hatte. Andrés war, wie gesagt, auch eingeladen worden. Ich wusste nicht, wie es dazu gekommen war, hatte aber den Eindruck, dass das Anias Idee gewesen war, denn als wir endlich alle da waren und sie uns zu Tisch bat, sagte sie: »So, jetzt haben wir immerhin fünf Männer auf sieben Frauen.« Ihre beiden Kinder, ein Mädchen und ein Junge, sowie der kleine Tumi wurden einfach mitgezählt.

Es war mir völlig schleierhaft, wie Ania es fertiggebracht hatte, all die köstlichen Gerichte zuzubereiten. Wir waren total baff, als wir den Tisch sahen, aber sie lächelte nur zufrieden, als ich sie danach fragte, und machte uns darauf aufmerksam, dass sie an Gründonnerstag und Karfreitag frei gehabt und deshalb genug Zeit gehabt habe, außerdem könne man das Stück für Stück vorbereiten, nicht alles auf einmal.

Dann breitete sie die Arme aus und sagte: »Smacznego!«

Wir nahmen an dem Tisch mit der bestickten polnischen Tischdecke Platz, verzehrten Bigos, Rosól, Pierogi, Golabki, diverse gefüllte Klößchen und Teigtaschen, wirklich bewundernswert, wie man sich so viele verschiedene Füllungen ausdenken konnte, und es war wahnsinnig lecker. Ich langte zu, als hätte ich tagelang nichts mehr gegessen und getrunken, was genau genommen gar nicht so abwegig war, und meinen Tischgenossen schien es ähnlich zu gehen, sogar Juane nahm sich reichlich. Ab und zu blickte sie verstohlen zu Petra, um zu überprüfen, ob sie sauer auf sie war. Ansonsten war sie ziemlich zurückhaltend, man konnte beileibe nicht behaupten, dass Juane eine Quasselstrippe war. Aber man kam auch nicht umhin zu bemerken, wie oft Juane und Andrés einander anschauten – wenn mich nicht alles täuschte, lief etwas zwischen ihnen.

Während ich Bigos verdrückte und mich bemühte, mir von den Befindlichkeiten anderer Leute nicht den Appetit verderben zu lassen, fiel mir auf, wie irreal meine Situation geworden war. Wenn mir vor drei Monaten jemand prophezeit hätte, dass ich ausgerechnet am Ostersonntag mit einer polnischen Familie und Leuten aus Ungarn und Spanien zusammen essen würde und zudem auch noch ein nächtliches Date mit einem deutschen Amerikaner gehabt hätte, hätte ich ihn für verrückt erklärt. Wahrscheinlich war meine veränderte Situation letztendlich nur ein Zeichen dafür, dass ich selbst nicht mehr ganz dicht war, oder wie lange mochte es dauern, bis man sich richtig kannte? Hatte ich vielleicht eine multiple Persönlichkeit?

Die Männer am Tisch hauten wie üblich kräftig rein, waren alle drei ziemlich stämmig und mit einem guten Appetit gesegnet, wobei mir aufgefallen war, dass auch schmächtigere Männer beim Essen nur selten wählerisch waren, sie aßen einfach das, was auf den Tisch kam, und stellten keine großen Ansprüche. Eine der Eigenschaften, die ich besonders schätzte. Bei Männern musste man sich übers Kochen nicht groß den Kopf zerbrechen.

Ania war glücklich und aufgekratzt, stand und saß abwechselnd am Tischende, darum bemüht, dass alle versorgt waren: »Gib den Kinder noch etwas, Krzysztof, reich Guðrún mal die Rosól, schenk Petra nach, Eva, hast du schon die Käseklößchen probiert, Flóra, du musst von diesem Gericht kosten, hier, greif zu!« So dirigierte sie resolut die Mahlzeit, in einer großen, grellroten Schürze, die sie vor lauter Aufregung noch nicht wieder ausgezogen hatte.

Wenn die Mägen nach der Fastenzeit gut gefüllt waren, wurden die Leute rührselig, falls man das überhaupt Fasten nennen konnte, solange man Fisch und Brot essen durfte, jene Nahrungsmittel, die Jesus an die Leute verteilt hatte. In meinen Augen bedeutete Fasten nur kaltes Wasser, aber das war vielleicht nicht so wichtig. Wenn der Magen gefüllt war, wurde der Geist sanft, und nun wollte jemand wissen – wobei ich nicht mehr weiß, wie wir darauf kamen –, jedenfalls wollte jemand wissen, wie sich die beiden kennengelernt hätten, Ania und Krzysztof.

»Tja, er ist mir einfach hinterhergelaufen«, sagte Ania fröhlich, »nicht wahr, Krzysztof? Du bist mir aus dem Jazzclub bis auf den Hauptmarkt hinterhergelaufen, meine Freundin Janina und ich sangen manchmal in einem Jazzclub, um uns was dazu zu verdienen, als wir an der Musikakademie waren, und dann sind wir runter zum Rynek Glówny, dem großen Platz, ihr wisst schon, nein, das könnt ihr ja nicht wissen, ihr wart ja noch nie da, das Wetter war wunderschön, oh, wie ich Krakau vermisse, sie sind uns also gefolgt, er und ein anderer, wir saßen in einem Lokal auf dem Platz, und sie setzten sich einfach an einen Tisch in unserer Nähe, er schaute mich die ganze Zeit an, ich hatte diesen Mann noch nie gesehen, er war ja auch aus dem Norden, arbeitete nur vorübergehend in Krakau, aber ich musste früh nach Hause, ich hatte meiner Mutter versprochen, ihr zu helfen, meine Großmutter zog nämlich aus ihrem Zimmer in das Zimmer neben dem Wohnzimmer, das an der Krzywa lag, unserer Straße, sie behauptete, da wäre mehr Licht für die Blumen, die sie in einen Blumenkasten vor dem Fenster gepflanzt hatte, was Quatsch war, sie wollte nur das Treiben auf der Straße beobachten, sie wurde im Alter sehr halsstarrig, tja, ich ging also schnell nach Hause, war am Ende der Mikolajska-Straße angekommen, als ich merkte, dass mir jemand folgte, ich drehte mich blitzschnell um, und da sah ich ihn, diesen gutaussehenden Mann aus dem Norden.«

Sie machte eine kurze Pause, genau an der Stelle, die besonders spannend war, an der es gerade romantisch wurde. Krzysztof grinste über seinem Teller.

»Und dann?«, sagten wir.

»Nun, er folgte mir natürlich bis zur Ecke, um zu sehen, wohin ich gehen würde, blieb mir dann die nächsten zwei Tage auf den Fersen, das hat er mir später erzählt, aber erst als ich in die Kirche beten ging, oh, ihr müsst euch eines Tages meine Kirche anschauen, sie ist so schön, wisst ihr, der Altar mit Jesus am Kreuz, der die Arme zum Himmel reckt, im Lendenschurz und mit einem roten Gewand, das vom Hals bis zu den Beinen reicht, ein sehr starkes Bild, immer wenn ich die Kirche betrete, habe ich das Gefühl, dass er zu mir spricht, jedenfalls sitze ich auf einer Bank und bete, als ich eine männliche Hand auf meiner rechten Schulter spüre. Ich hebe den Kopf, wir schauen uns in die Augen. In diesem Augenblick wusste ich, dass mein Schicksal besiegelt war. Ich wusste es einfach, es war, als würde es mir zugeflüstert. Aber ich verdrängte das Gefühl, ich war auf dem Weg zum Theater, das direkt neben der Kirche steht, ich hatte eine große Rolle in der Oper, die im Herbst aufgeführt werden sollte, ihr wisst schon, damals war die Oper noch im Juliusz-Slowacki-Theater, später zog sie ja ins neue Opernhaus, aber diese Rolle war so wichtig für mich, genauso wie für meine Mutter und Großmutter, sie waren überzeugt von meinem Talent, hatten viel Geld in meine Ausbildung gesteckt, meine Großmutter stammte aus einer alten Krakauer Familie und besaß noch Geld, während meine Mutter immer arbeiten musste, ich war unehelich, versteht ihr, das war ein Skandal, deshalb projizierte sie ihren ganzen Ehrgeiz auf mich, ihr wisst schon, die talentierte Opernsängerin, und natürlich waren sie überglücklich, als sie hörten, dass ich ausgewählt worden war. Für meine Großmutter gab es nichts Schöneres, weil sie mit meinem Großvater immer ins Theater gegangen war, als sie noch jung waren und zur feinen

Gesellschaft gehörten, und nach dem Skandal mit meiner Mutter und der Schwangerschaft war es natürlich eine Genugtuung für sie, mich als einen der Stars dort zu sehen. Ich kann euch gar nicht sagen, wie stolz ich war, als ich ausgewählt wurde, schon allein auf dieser riesigen Bühne zu stehen und auf die viereckigen Logen rund um den Saal zu schauen, vergoldet und mit weichen, roten Samtbordüren, und der Bühnenvorhang, einen solchen Vorhang findet man sonst nirgendwo auf der Welt, er ist mit Bildern bemalt, manche Leute wünschen sich, er würde nie hochgehen, damit sie sich ewig die Bilder von Tragödie und Eros anschauen können, und von der Seele, die mit Hilfe der Musik und des Gesangs versucht, der Umarmung der Bacchusdiener zu entkommen. So ist alles im Slowacki, die Umkleiden sind auch mit Wandbildern bemalt, und die prächtigen Möbel, ach, wie ich sie vermisse, sie waren für ein paar Monate meine Welt, diese Anmut der Kunst, oh, bitte entschuldigt mich, ich muss nach dem Gericht im Ofen schauen.«

Sie tupfte sich mit der Schürze die Augen ab und eilte schluchzend aus dem Wohnzimmer.

Die Zuhörer, die gespannt auf die Fortsetzung der Liebesgeschichte gewartet hatten, senkten betrübt die Köpfe. Der Ehemann schwieg einen Moment, blickte dann auf und sagte mit gespielter Fröhlichkeit: »Sie bekommt manchmal furchtbares Heimweh nach Krakau.«

»Aha«, sagten wir alle, »ja, Heimweh kann wirklich schlimm sein.«

Wahrscheinlich bedauerten wir es alle, die eigentliche Liebesgeschichte verpasst zu haben. Wie alt die Leute auch sind, ob fünf oder hundert, sie sehnen sich immer nach der Liebe, wollen Geschichten über sie zu hören, von ihr singen, sie erklären, sie definieren, sie analysieren.

»Es ist immer die gleiche Geschichte«, bemerkte der alte Rotstrumpf, »die Männer beenden die Karrieren der Frauen.«

Bei diesem Einwurf schien den Männern am Tisch das Essen im Hals stecken zu bleiben, doch dann sagte Eva nachdenklich: »Ja, aber in manchen Fällen ist es auch umgekehrt.«

Damit stand es unentschieden, und Andrés, der eigentlich nie viel sagte, er war kein Mann der großen Worte, der Schlosser, der sagte, allerdings mit einem leicht ironischen Unterton, an Eva und Juane gerichtet: »Und was ist mit euch, habt ihr keine schönen Erinnerungen an eure Heimatstädte?«

Falls Juane mich jemals an eine Maus erinnert hatte, dann ganz bestimmt in diesem Moment. Sie biss mit den Schneidezähnen in ein Stück Käse und verkroch sich sofort in ihrem Mauseloch. Eva musste antworten.

»Budapest ist eine der schönsten Städte der Welt«, sagte sie ohne Umschweife. Dabei wollte sie es eigentlich belassen, doch Andrés kam langsam in Fahrt: »Ja, und stammst du aus einer alten Budapester Familie?«

»Könnte man so sagen«, antwortete sie, immer noch sehr offen, »mein Vater war Rechtsanwalt, wie alle meine Vorfahren väterlicherseits, sie hatten sich eine gewisse gesellschaftliche Stellung erworben, ja, und mein Großvater mütterlicherseits hatte ein hohes Amt in der Partei inne, nur meine Großmütter hatten keine wichtigen Posten, bis auf die Führung des Haushalts und die Bewirtung der Gäste, aber meine Mutter war Historikerin und arbeitete im Kultusministerium.«

Hier hielt sie mitten in ihrem Bericht inne. Als Isländer, die von stolzen Bauern und harten Seemännern abstammten, waren wir total fasziniert und wollten unbedingt mehr über feine europäische Dynastien hören. Von ein wenig Snobismus konnten wir uns alle nicht freisprechen, und Guðrún, die mit den Männern einen Wodka getrunken hatte und demzufolge immer vertraulicher wurde, forderte Eva auf, uns mehr von ihrem Leben in Budapest zu erzählen: »Na, und hast du da in einem schönen Haus gewohnt?«

»In einem sehr schönen sogar«, antwortete Eva, »in einem großen, stattlichen Haus in Pest, ein paar Straßen oberhalb der Oper, nicht weit von der Andrássy Straße, wir besaßen die beiden oberen Etagen des Hauses.«

»Na, und was wurde aus denen?«

»Nichts wurde aus denen, die gibt es immer noch, da wohnt jetzt Steina, wir haben die Wohnungen getauscht, das wisst ihr doch.«

Es wurde ganz still, während die versammelten Gäste versuchten, sich Steina aus dem kleinen Holzhaus am Meer in einer prachtvollen Wohnung in Budapest vorzustellen. Am Ende durchbrach Krzysztof das isländische Schweigen, indem er fragte, ob noch jemand einen Wodka wolle. Als er sah, wie zaghaft wir reagierten, denn man war es nicht gewohnt, am Ostersonntag Alkohol zu trinken, nur vielleicht neuerdings zum Lamm einen Rotwein, aber keine harten Getränke, erklärte er, in Polen würden die Leute an Feiertagen gerne mit der Familie ein Glas Wodka trinken: »Aber wir besaufen uns nicht so oft wie die Leute hier, wir trinken nur zum Essen ein Glas mit der Familie.«

»Ja«, sagte Petra endlich, »das stimmt, das habe ich auch anders kennengelernt, als ich in Leipzig studiert habe. Bitte gib mir einen kleinen Schluck.« Dann wandte sie sich an Eva: »Halten die Familien in Ungarn auch so fest zusammen?«

»Die Familie ist das Wichtigste«, antwortete Eva, ohne vom Essen aufzuschauen. »Die hält zusammen, wir feiern immer gemeinsam: Ostern, Weihnachten, Geburtstage, alles, was man feiern kann.«

»Hast du eine große Familie?«, fragte Jóhannes mit einem sehnsüchtigen Ausdruck in den Augen.

»Nein, ich bin Einzelkind, wie meine Mutter. Die Schwestern meines Vaters haben große Familien, bei denen haben wir die meisten Feiertage verbracht.«

»Sind deine Eltern verstorben?«, fragte Guðrún mitfühlend.

Und dann kam es.

Da begann ich, einiges an Evas Einstellung zu verstehen.

Sie legte das Besteck weg, schaute uns alle fest an und berichtete, wie eine Anwältin im Gerichtssaal: »Eines Abends, als ich aus dem Thalia-Theater kam, fand ich meine Mutter tot auf der Treppe. Sie trug das weiße, lange Sommerkleid, das sie so mochte und immer bei Gartenfesten anhatte, ihre Augen waren offen. Mein Vater hatte sie erdrosselt, er war hinter sie getreten, hatte ihren Brustkorb umfasst, sie an sich gepresst, bis sie keine Luft mehr bekam und erstickte, dann ließ er sie los, und sie rutschte die Treppe herunter. Als ich nach Hause kam, war er weg, abgehauen, wurde aber am nächsten Tag tot auf einer Landstraße gefunden. Er war mit dem Auto gegen einen Baum gerast. Keiner weiß, warum er sie umgebracht hat, aber das Ergebnis der Ermittlungen war eindeutig.«

Die Stille war so intensiv, dass wir das Ticken der Uhr im Schlafzimmer hören konnten.

Keiner rührte sich, keiner sagte etwas. Wir senkten die Köpfe und sprachen Eva durch die minutenlange Stille unser Beileid aus. Niemand hätte es gewagt, ihr weitere Fragen zu stellen.

Ania war während des Berichts ins Wohnzimmer gekommen und auf der Türschwelle stehen geblieben, um zuzuhören, und dort stand sie immer noch mit einer heißen Schüssel in der Hand, so heiß, dass sie Topflappen benutzen musste, um sich nicht zu verbrennen. Endlich stellte sie die Schüssel auf den Tisch, blickte aus dem Fenster und sagte: »Kann mir mal jemand verraten, wann es endlich Frühling wird in Island?«

Jóhannes, der bisher kaum etwas gesagt hatte – wahrscheinlich bereute er es, Eva nach ihrer Familie gefragt zu haben –, holte tief Luft und antwortete: »In Island gibt es keinen verdammten Frühling, eines Tages ist der Sommer plötzlich da, ohne sich vorher anzukündigen.«

Damit war der Damm gebrochen. Zu diesem Thema hatten

alle Gäste etwas beizusteuern, fielen sich gegenseitig ins Wort, sogar die Kinder beklagten sich über das Wetter, und es brach fast ein Tumult am Tisch aus, als man versuchte, mit seinen jahrelangen Wettererfahrungen als Gradmesser, zu einer Einigung über das Eintreffen des Sommerwetters zu kommen.

Im Anschluss an diese Spekulationen wurden am Tisch die unterschiedlichsten Themen diskutiert, wie zum Beispiel Gärtnern in arktischen Gefilden, die Sommerpause des Parlaments, der Ölpreis und zu guter Letzt der Verkehr und die gefährlichen Hochlandstraßen, die von der Regierung nie vernünftig instand gehalten wurden. Bei diesen Themen, die niemanden persönlich berührten, zu denen aber jeder eine Meinung hatte, wurde es richtig laut. Emotionale Themen wurden tunlichst gemieden, nachdem Ania und Eva von ihren Familientragödien und geplatzten Zukunftsträumen erzählt hatten, das war in dem Moment einfach zu viel für uns. Ihre Geschichten lagen zwar in unseren Herzen wie zappelnde Fische im Netz, doch wir versuchten sie durch Smalltalk und lustige Anekdoten aus unserem alltäglichen Leben abzuschütteln. Bemerkenswerterweise tranken beide Frauen, die unsere Gefühle so nachhaltig berührt hatten, keinen Schnaps zum Essen. Eva trank nie Alkohol, und Ania, die für das Festmahl verantwortlich war, genehmigte sich erst ganz am Schluss einen Schnaps.

Am Abend verabschiedeten wir uns voneinander wie eine isländische Großfamilie, mit Küsschen und Umarmungen, satt und zufrieden, denn wir hatten am Ostersonntag noch nie ein solches Fest erlebt. Eigentlich wäre ich nach dieser grandiosen Feier beschwingt nach Hause gegangen, wenn Petra auf dem Heimweg nicht angemerkt hätte: »Ich hab darüber nachgedacht, was du gesagt hast. Es gefällt mir, lass uns nächste Woche mal drüber reden.«

Meeresbrise

Jóhannes behielt recht, es gab keinen Frühling.

Dabei war ich das natürlich aus Reykjavík gewöhnt, aber auf dem Land spürte man es deutlicher, und die Sehnsucht nach Frühling war größer. Zwar hatte es im April nicht mehr so stark geschneit wie in den Monaten davor, und ohne die Wettergötter verunglimpfen zu wollen, muss man sagen, dass es sich nur um kümmerlichen Schneegriesel handelte, der kam und ging. Im April waren die Leute in einer dumpfen Stimmung, hatten sich innerlich bereits vom Winter verabschiedet, wollten die Ärmel für den Sommer hochkrempeln und bekamen stattdessen diesen ständigen Schneegriesel ins Gesicht.

Die Einstellung der Dorfbewohner zu den Sängerinnen hatte sich nach dem Osterkonzert komplett gewandelt, das konnte man an den Geschenken sehen, die sie von den Frauen bekamen. Oder die sie ihnen zusteckten. Eva erzählte, als sie eines Tages von der Arbeit nach Hause kam, klopfte die Frau aus dem Haus über ihr an die Tür und wollte ihr unbedingt eine selbstgestrickte Islandjacke schenken. »Mir ist aufgefallen, dass du nie einen Islandpulli trägst, wenn du draußen spazieren gehst. Das ist nicht gut, die Frühlingsluft in Island ist bitterkalt, dabei erkälten sich die Kinder immer.« Und dann schenkte sie ihr diese wunderschöne Strickjacke. In der Fischfabrik bekamen die drei von ihren isländischen Kolleginnen Tütchen mit Islandmoos geschenkt, daraus sollten sie Tee kochen, der sei gut für die Stimme.

Sie wurden in die Gesellschaft integriert, zumindest bis zu einem gewissen Grad. Sie waren keine Fremden mehr, zwar immer noch Ausländerinnen, aber nicht mehr fremd, und ihre schönen Stimmen hatten sicherlich den Ausschlag gegeben. Doch die Leute bewunderten auch ihr Durchhaltevermögen in der Fischfabrik und erzählten sich von der Tüchtigkeit der Ausländerinnen. Ein größeres Lob konnten sie von Isländern nicht bekommen. Tüchtigkeit war das Zauberwort in Island. Man durfte versoffen und übellaunig sein, solange man tüchtig arbeitete und seine Familie ernährte.

Das Auftreten der Sängerinnen wurde immer sicherer, seit sie wussten, dass die Leute nichts gegen sie hatten, ganz im Gegenteil, und seit sie sich beim täglichen Umgang mit den Dorfbewohnern auf Isländisch verständlich machen konnten. Zunehmendes Selbstbewusstsein und das Gefühl von Sicherheit führten dazu, dass Eva öfter zu Hause schlief, und nicht nur das, auch Juane übernachtete ab und zu bei ihr. Mag sein, dass das längere Tageslicht sie dazu animierte, aber ich hegte den dumpfen Verdacht, dass meine Ankündigung, demnächst den Dachboden streichen zu wollen, ebenfalls ihren Teil dazu beigetragen hatte.

Eines Tages sagte ich beiläufig, es sei langsam höchste Zeit, dass Eva mich mal zum Essen einladen würde, ich hätte so oft für sie gekocht, oder vielmehr Juane, ich hatte ja nur die Zutaten besorgt, und kaum hatte ich es ausgesprochen, bekam ich prompt eine Einladung zu ungarischem Gulasch.

Steinas Haus ähnelte meinem, oder genau genommen Helgas Haus, war aber viel kleiner. Unten gab es zwei winzige Zimmer, ein Wohnzimmer und ein Schlafzimmer, dazu eine Küche mit Vorratskammer, und oben waren zwei Kammern, die als Abstellräume benutzt wurden. In dem kleinen Wohnzimmer standen hübsche, von Steinas Mutter selbst bestickte Polsterstühle, doch vor die bestickten Bilder und Wandbehänge hatte Eva große Landkarten gehängt, alle Kontinente in unterschiedlichen Größen. Es war nicht zu übersehen, dass die Karten schon oft auf- und abgehängt worden waren, denn sie waren von der Sonne ausgeblichen und an den Rändern teilweise schon eingerissen.

Eva sagte, sie fühle sich sehr wohl in dem kleinen Häuschen, besonders seit der alte Spanner nicht mehr durch die Fenster glotzen würde. Das hatte vor Ostern, nachdem die Proben mit den Tenören richtig begonnen hatten, aufgehört. Eva hatte den Tisch im Wohnzimmer hübsch gedeckt, reichte uns Weißweingläser mit Wasser und Eiswürfeln und schlug vor, uns nach dem Essen auf der Geige etwas von Brahms und Liszt vorzuspielen.

Ich war noch nie besonders neugierig auf das Privatleben anderer Leute gewesen und erzählte auch nicht viel von meinem eigenen, wenn ich nicht dazu gezwungen war, doch als das duftende Gulasch auf dem Tisch stand, musste ich unwillkürlich seufzen. Dann sagte ich, es wäre so schön, wenn meine Tochter in Island wohnen und mich ab und zu zum Essen einladen würde. Es entspann sich ein Gespräch über meine Tochter, und ich klagte über diesen australischen Pferdemann, von dem sie so begeistert war, als gäbe es in Island nicht genug Pferde, und darüber, wie schwer es sei, wenn die einzige Tochter so weit weg wohne. Daraus ergab es sich wie von selbst, dass wir über das Verhältnis von Müttern und Töchtern redeten, vor allem Eva und ich, während Juane auf ihren Gulaschteller schaute, denn sie hatte ihre Mutter ja nie kennengelernt und wusste noch nicht einmal, wer sie war. Eva sagte, das Verhältnis zu ihrer Mutter sei sehr eng gewesen, als sie klein war, habe sich aber geändert, je älter sie wurde, beziehungsweise ihre Mutter habe sich geändert.

»Ich weiß noch, dass es in den Sommerferien war, als alles anders wurde«, erzählte Eva. »Sie zog sich zwar morgens an, blieb aber dann den ganzen Tag im Bett liegen. Als ich sie fragte, ob sie nicht aufstehen wolle, meinte sie, sie wolle ihre Ruhe haben und in den Ferien mal gar nichts machen. Sie sei es so leid, nach der Arbeit im Ministerium noch durch die Geschäfte hetzen zu müssen, im einen Laden wegen Karotten anzustehen, im anderen wegen Fleisch, im dritten wegen Käse, sie hasse dieses Land und wolle ihre Ruhe haben. Sie kaufte zwar selbst ein und kochte, hatte aber eine Putzfrau, und eine andere, die die Wäsche machte, so dass der Haushalt eigentlich nicht so furchtbar viel Arbeit war. Das war kurz nach dem Mauerfall, der Markt brach zusammen, alles war ziemlich schwierig, schmeckt euch das Gulasch?«

Und ob es schmeckte. Es war ein ganz anderes ungarisches Gulasch als das in meinem dänischen Kochbuch, viel besser, was ich Eva auch sagte. Ich schloss die Augen, während ich den Geschmack auskostete, hätte fast geschmatzt, bemühte mich jedoch dabei, ruhig und gelassen zu wirken, obwohl ich innerlich angespannt war, denn schließlich sprach Eva nicht jeden Tag über sich und ihre Vergangenheit. Eva freute sich riesig über das Lob, erzählte von ihren Tanten väterlicherseits, großen Feinschmeckerinnen, wie die ihre Gäste bewirteten, und schwärmte von deren Gartenfesten im Sommerhaus der Familie vor den Toren von Budapest.

Juane sog jedes Wort ein und schaute sie bewundernd an, mit dem unstillbaren Verlangen nach Geschichten über Familien, Väter und Mütter. Dann fragte sie kindlich: »Und trug deine Mutter dabei immer das weiße Sommerkleid, das sie auch anhatte, als du sie auf der Treppe fandest?«

Als eine Pause entstand, räusperte ich mich und sagte: »Es wollen nicht immer alle über ihr Privatleben reden, das musst du verstehen, Juane.« Etwas brüsk fügte ich hinzu: »Du redest ja auch nie über deins.«

Damit gab es am Tisch bis auf weiteres eine Pattsituation.

Doch dann sagte Eva: »Das ist schon in Ordnung, ich bin fertig mit essen.« Feierlich legte sie das Besteck und die Serviette beiseite, stützte sich auf die Ellbogen, blickte von einer zur anderen wie eine Anwältin, die die Angehörigen auf das ungünstige Erbe des Familienoberhaupts vorbereitet, und fuhr fort: »Ich war in diesen Jahren sehr mit mir selbst beschäftigt. Ich studierte auf Wunsch meines Vaters Jura, auf Wunsch meiner Mutter Geige, auf meinen eigenen Wunsch Gesang, hatte einen großen Freundeskreis, mit dem ich mich amüsierte, darunter auch dieser Sänger, der später nach Italien ging, und bekam vom Leben meiner Eltern nicht viel mit, es interessierte mich auch nicht. Ich war Einzelkind, bekam fast alles, was ich wollte, war den ganzen Tag unterwegs, kam abends zum Essen nach Hause oder auch nicht, und am Wochenende, wenn wir gemeinsam frühstückten, war alles schön ruhig, wir lasen Zeitung, unterhielten uns über das Wirtschaftsleben in Budapest, das Theater, die Oper und natürlich mein Studium, und bei Familienessen an Samstagabenden, oft bei der Familie meiner Mutter, wirkte alles ganz normal. Zwei Jahre bevor es geschah, bemerkte ich zum ersten Mal, dass meine Mutter sich verändert hatte, wie verlebt sie aussah. Wir standen im ältesten Musikgeschäft von Budapest, es ist aus dem neunzehnten Jahrhundert, ich schaute mich nach alten Notenblättern um, Mama kaufte Musik von Schubert und plauderte mit der Bedienung, die kannte sie wohl. Ich hatte schon bezahlt, wartete draußen in der Sonne und betrachtete die beiden durchs Schaufenster, als ich es sah. Das Sonnenlicht beleuchtete ihre Gesichter und ihre Körper, und da fiel mir auf, wie alt meine Mutter geworden war. Auf einmal sah ich, wie mitgenommen sie aussah. Ihr Gesicht war aufgequollen und blass, ihre Haare leblos, ihre Schultern eingefallen wie bei einer alten Frau, dabei war sie gerade mal fünfzig. Das Schlimmste aber war, dass ich sah, wie unglücklich sie war.«

Eva verbarg das Gesicht in den Händen. Wir warteten beide mit gesenkten Köpfen, während die Erinnerung an ihre Mutter langsam durch ihren Kopf sickerte. Ich wusste, dass das Zeit brauchte. Dann schaute sie auf und holte tief Luft: »Daraufhin begann ich, meinen Vater heimlich zu beobachten, ich spürte, dass ihr Unglück mit ihm zusammenhing. Er trank mehr, als für ihn gut war, er mixte sich einen Drink, wenn er abends zum Essen nach Hause kam, er trank zum Essen Wein, er trank an den Abenden, jedenfalls, wenn er zu Hause war, man merkte es ihm aber nie an, er war immer souverän und kultiviert. Ich weiß nicht, ob ihr die Trinkerei so zusetzte, oder ob er trank, weil sie ihm auf die Nerven ging, sie waren immer höflich zueinander, zumindest wenn ich dabei war. Aber ich spürte es, wusste es tief im Inneren, dass etwas Unglückseliges zwischen ihnen lag. Sie waren sich nie nah, als läge ein dicker Nebelschleier zwischen ihnen. Ein Schleier, der menschliche Formen annahm, und wenn ich kurz zu ihnen hinschaute, meinte ich, in dem Nebel zwischen ihnen Augen zu erkennen, manchmal einen geöffneten Mund, da war jemand, irgendein stummer Dämon. Ich weiß nicht, was zwischen ihnen ablief, wenn ich abends unterwegs war. Ich wusste nichts, hatte nie etwas gewusst, bis ich an jenem Abend aus dem Theater nach Hause kam.«

Wir saßen mit unseren Teetassen auf den bestickten Stühlen und warteten darauf, Brahms zu hören, als ich sie fragte, was sie nach diesem Schock gemacht hätte. Ich hatte eigentlich vorgehabt, sie nicht weiter auszufragen, denn ich konnte ihr ansehen, dass sie genug erzählt hatte, aber da war etwas, das nicht stimmte, und ich hatte die fixe Idee, dass die Kommunikation zwischen den Menschen, genauso wie die Zahlen, aufgehen musste.

»Unsere Verwandten kümmerten sich um die Beerdigung, die Wohnung, die Erbangelegenheiten«, erklärte sie ruhig, während sie die Geige stimmte. »Alle waren entsetzt. Ich hatte noch keinen Jura-Abschluss, hatte noch ein Jahr vor mir, aber sowohl ich als auch meine Familie hielten es für ratsam, dass ich den Ort wechseln sollte. Also zog ich mit meinem Freund nach Wien. Er studierte weiter Gesang, aber ich wollte nicht mehr singen, ich schrieb mich an der Uni für Philosophie ein, nur um beschäftigt zu sein und um an etwas anderes zu denken. Ich wurde oft von Heulkrämpfen übermannt, stand vielleicht gerade in einer Boutique und fing plötzlich an zu heulen, deshalb bestand mein Freund darauf, dass ich mir psychologische Hilfe holen sollte, was ich auch tat. Aber die Therapie konnte unsere Beziehung auch nicht mehr retten, er fuhr nach Italien, um dort zu singen, und lernte eine unbeschwerte Frau kennen, wie ich später hörte, während ich in Wien blieb. Nachdem ich mein Studium abgeschlossen hatte, reiste ich durch die Welt.«

Wir spähten zu der Welt aus Landkarten.

Eva war sogar in Hawaii gewesen. Die Orte, die sie bereist oder an denen sie sich länger aufgehalten hatte, waren rot unterstrichen. Ob das Reisen ihre Seele gerettet hatte? Oder nimmt man die Trauer mit ans Ende der Welt? Ich hatte schon häufiger eine Traurigkeit an ihr wahrgenommen, hatte immer gedacht, das sei, weil sie keinen Partner oder keine Kinder hatte, so einfach war ich gestrickt, oder spießig, um die Sache beim Namen zu nennen. Das Reisen hatte ihr bestimmt diese Eigenständigkeit verliehen. Oder war die angeboren?

Juane, die neben mir saß, schaute nicht mehr zu den Landkarten, sondern zu der Geigerin. Diese elternlose, unselbständige junge Frau, die noch nicht einmal den Mut besaß, den Mann anzuzeigen, der sie misshandelt hatte. Hatte sie ihren Mut schon als Kind verloren, als ihr klargeworden war, dass niemand sie haben wollte? Kam der Mut von den Eltern, oder wozu waren sie da? Wie fühlte sich eine junge Frau, die nicht wusste, woher sie stammte? Ich hatte geglaubt, die beiden seien lesbisch, was mich nicht weiter gestört hatte, von mir aus durften die Leute so sein, wie sie wollten, doch nach Evas Geschichte kamen mir zwischen all diesen bestickten Stühlen Zweifel. War Eva womöglich ein Elternersatz für Juane? Eva, mit ihrer tiefen, schmerzlichen

Erfahrung? Konnten sie ohne Worte miteinander kommunizieren? Und was war ich dann? Eine gutherzige Großmutter, die sie aufnahm, wann immer sie wollten, die ihnen versprach, dass sie immer zu ihr kommen konnten, so wie alle guten Großmütter?

In diesem Augenblick alterte ich um Jahre. Hoffnungslos blickte ich aus dem Fenster, todsicher dass der Frühling nie wieder zu mir kommen, dass nur der Herbst Interesse an mir zeigen würde.

Mit steigender Sonne pflegten die Leute im Dorf wieder mehr Kontakt untereinander.

Genau wie ich es den Mädchen erzählt hatte, als sie einmal darüber geklagt hatten, dass nie ein Mensch auf der Straße wäre. Ich hatte ihnen gesagt, dass die Leute im Frühling mehr rausgehen würden. Und so war es auch, die Leute kümmerten sich um ihre Häuser und Gärten, sofern das Wetter es erlaubte, und Anfang Mai nutzten die Allerhärtesten die Gelegenheit und strichen, wenn es trocken war, ihre Dächer. Die Bäckerei bekam einen pfirsischrosa Anstrich. Schulkinder gingen auf Erkundungstour, spielten draußen und stromerten nach Schulschluss durchs Dorf und auf den Kai. Obwohl es nicht besonders warm war und in der Botanik noch Stillstand herrschte, hatten die Leute unkontrollierbare Frühlingsgefühle im Leib. Ich war ständig auf Achse und machte alle möglichen Besorgungen, wenn ich nicht gerade eine Packung Suppe im Laden holen musste, dann war es eine Zeitung an der Tankstelle, und eines schönen Tages beschloss ich, bei Guðrún vorbeizuschauen.

Sie stand mit finsterer Miene in ihrem Gemüsegarten, als ich kam, blickte mich kurz an und sagte, ich könne jetzt nicht mit Petra reden, sie sei oben und schlafe. Dann inspizierte sie weiter mit stechenden Augen ihren Garten und fragte knapp, ob ich einen Kaffee wolle. »Sieht's nicht gut aus?«, fragte ich und meinte den Garten. Sie entgegnete, sie könne nichts einpflanzen, der Boden sei noch gefroren. »Der Frost geht wieder, wie alles andere auch«, sagte ich tiefschürfend, »was hast du denn da?«

»Kartoffeln, Rüben, Karotten, Grünkohl, Radieschen. Das Gemüse ist in Ordnung, jedenfalls wenn der verdammte Frost irgendwann verschwindet, aber dieses abgrundtief hässliche Kraut, das hier alles überwuchert, unausrottbares Unkraut, das nach Katzenpisse stinkt.«

Mir kamen die besagten Pflanzen zwar auf den ersten Blick ziemlich harmlos vor, aber ich ging nicht näher darauf ein, sondern fragte, wie es Petra denn gehe, ob sie in letzter Zeit etwas komponiert habe, ich hätte sie seit Ostern kaum gesehen.

»Sie puzzelt sich abends da oben was zusammen.«

»Und psychisch? Hat sie sich nach dem Konzert und Krummis Aktion mit dem Schneeball wieder gefangen?«

»Davon weiß ich nichts.«

»Ist Krummi wieder ins Dorf gezogen, weißt du das?«

»Davon weiß ich nichts, er ist nicht mit mir verwandt.«

»Aber er ist mit ziemlich vielen hier im Dorf verwandt, oder?«

»Kann schon sein, ich nehm's an.«

»Hat er was mit der Reederei zu tun?«

»Kann gut sein, dass die irgendwie verwandt sind.«

»Wer die?«

»Ich interessiere mich nicht für Familienforschung, hast du in Helgas Garten schon was gemacht? Solltest du dich darum nicht auch kümmern?«

Ich erklärte, ich sei nur beauftragt worden, das Haus von innen und die Fenster von außen zu streichen, man habe mich nicht gebeten, auf allen vieren durch den Garten zu robben und Unkraut zu jäten. Außerdem sei das schon lange nicht mehr Helgas Haus. Ich war inzwischen ziemlich empfindlich und genervt, wenn Leute alles wussten, aber so taten, als wüssten sie nichts. Guðrún merkte, dass der Wind plötzlich aus einer anderen Richtung wehte, tat auf einmal ganz freundlich und sagte, sie könne gerne den kleinen Tumi zum Unkrautjäten zu mir rüberschicken. Er würde sich freuen, wenn er als kleines Dankeschön ein Buch oder eine andere Kleinigkeit geschenkt bekäme.

Ich reagierte schnippisch, warum auch immer, das würde ich analysieren, wenn ich wieder alleine war: »Ach, du verleihst Tumi einfach wie eine Katze, wenn jemand Ärger mit Mäusen hat?« Dann machte ich auf dem Absatz kehrt und ging. Guðrún rief mir nach: »Hör mal, hey, willst du keinen Kaffee?«

»Nein danke«, entgegnete ich, ohne mich umzudrehen.

»Hör mal«, rief sie weiter, mit dermaßen aufgesetzter Fröhlichkeit, dass einem ein Schauer über den Rücken lief, »hör mal, wenn du das nächste Mal kommst, haben wir Sommer, dann trinken wir im Garten Kaffee, das verspreche ich dir, meine Liebe.«

Meine Liebe? Diese alte Hexe.

Am Tag, als der Sommer kam, lag ich mit Grippe im Bett.

Ich hatte es mit der frischen Luft maßlos übertrieben. Hatte erst mit dem praktischen Gartenschlauch, den ich im Schuppen des Schreiners entdeckt hatte, den Winter von den Fensterscheiben gespritzt, dann die alte Farbe von den Rahmen gekratzt, sie mit Schmirgelpapier bearbeitet, um sie für die neue Farbe vorzubereiten, zwischendurch die Blumenbeete geharkt, anschließend die Hecke auf der Ostseite sowie zwei Baumkronen auf der Westseite beschnitten und wollte eigentlich nur noch die kleine Rasenfläche auf der Südseite des Hauses mähen, als ich plötzlich niesen musste. Ich wusste sofort, was los war. Flóra Garðarsdóttir bekam nicht wie normale Leute einen Schnupfen, sie wurde von bösartigen Viren attackiert, ein Blitzangriff, Hals, Nase und Stirnhöhlen zerstört. Natürlich war es nicht die frische Brise vom Meer, die mich niedergestreckt hatte, sie hatte es den Angreifern nur leichter gemacht. Die Vorzeichen hatten sich nämlich schon angekündigt, ein winziger, unschuldiger Erkältungsvirus aus der Schule, der sich an Tumis Finger geheftet und dann die Festung, also mich, eingenommen hatte, als Tumi zu Besuch war und mir eine Zimtschnecke mitbrachte, die er im Hauswirtschaftsunterricht gebacken hatte. Die hatte ich mir bei der Gartenarbeit gedankenlos in den Mund gesteckt.

Tumi bekam die normale Schulerkältung, völlig harmlos, während ich mit einem ganzen Heer von Viren kämpfte, die sich in den Stirnhöhlen festsetzten und meine Lebensenergie durch ihren hochansteckenden Giftangriff lähmten. Und dabei hatte ich noch nicht mal eine Dienerin, die mir ein Tablett mit Äpfeln und Tee brachte oder meine Füße mit Olivenöl massierte. Ich war verlassen wie eine Festung, die im Kampf in Schutt und Asche gelegt worden war.

Juane war zu einer Streunerin geworden. Sie zog zwischen den Häusern hin und her, war mal bei mir und mal bei Eva oder, das war jedenfalls mein starker Verdacht, trieb sich mit Andrés herum. Tumi hatte sie eines Abends mit ihm spazieren gehen sehen, und Frauen mit meiner Lebenserfahrung konnten zwei und zwei zusammenzählen. Krummi, der Rabe, war seit Ostern nicht mehr im Dorf gesichtet worden, lediglich andere Raben, die auf Zaunpfählen saßen und arglos krächzten und für Juane absolut ungefährlich waren.

Kam der Sommer nicht just an dem Tag, an dem ich mich nicht mehr auf den Beinen halten konnte?

Das Schlimmste an dieser Erkältung, wie ich die Grippe wegen ihrer Art und Weise nannte, war das Fieberchen, das mit ihr einherging. Fieberchen, sage ich, weil sich das Fieber immer in Kommazahlen zeigte und nie eine volle Gradzahl erreichte, aber die Kommas klammerten sich an mich und hauten mich direkt wieder um, wenn ich aufstand.

Also lag ich oben im Bett, den Sommer vor dem Fenster, als Petra im Sommerkleid und mit Notenblättern unter dem Arm ins Haus geschneit kam.

Wie oft hatte ich mein Geplapper am Ostersonntag schon bereut? Was hatte ich mir nur dabei gedacht? Ich hätte doch ahnen müssen, dass Petra mich beim Wort nehmen würde, weil ich doch angeblich immer wusste, was ich wollte und was für andere das Beste war. Was für eine Rolle hatte ich da eigentlich übernommen, in der ich ganz aufgegangen war? Was hatte ich mir vorgestellt? Singende Frauen aus Island in kleinen oder mittelgroßen deutschen Kirchen? Zeitungsartikel über eine isländische Komponistin, die den Durchbruch feierte?

Jetzt, wo ich zu meinem Wort stehen musste, sah ich im Geiste nur noch Hürden vor mir. Die größte Hürde war mein Kellner aus Boston. Ich hatte mir vorgenommen, auch wenn ich diesen Gedanken nie bewusst formuliert hatte, zu warten, bis er mich zuerst anrufen würde. Es war besser, auf der sicheren Seite zu sein, und keineswegs gewiss, dass er sich überhaupt für eine Frau wie mich interessierte, auch wenn unser Treffen schön gewesen war. Die Grundvoraussetzung für das ganze Projekt war jedoch, dass ich Kontakt zu Kirchenleuten in Deutschland bekäme, und da blieb mir nichts anderes übrig, als in Amerika anzurufen und herauszufinden, was machbar war.

Und das tat ich. Allerdings erst nach einigen Tagen. Erst als Petra entschlossen auf mich zukam und sagte: »Weißt du was, ich komponiere nur noch Stücke für bestimmte Anlässe, damit ich nicht wieder auf ihnen sitzenbleibe, so wie sonst immer. Was hast du dir eigentlich vorgestellt?«

Darum bemüht, möglichst ernst und verantwortungsvoll zu wirken, entgegnete ich: »Kannst du nicht ein paar von den Stücken verwenden, die du schon hast? Sie vielleicht ein bisschen abändern, damit sie besser passen?«

»Meinst du das ernst?«, fragte sie mit großen Augen.

»Natürlich«, antwortete ich mit gewichtiger Stimme.

Ich redete schon wie eine Managerin. Und die mussten, so wie jeder andere auch, ihre Arbeit machen. Deshalb rief ich an. Allerdings erst, nachdem ich eine volle Stunde mit dem Telefon in der Hand herumgespielt und mir Mut zugesprochen hatte.

Zu meiner großen Freude und Erleichterung versicherte er mir, nachdem wir ein paarmal im Wechsel »how are you doing« gesagt hatten, er habe nach seiner Rückkehr auch darüber nachgedacht, mich anzurufen, habe es aber vor sich her geschoben, weil er sich nicht sicher gewesen sei, ob ich mich für ihn interessieren würde. Damit war das Eis gebrochen. Wir quatschten über Gott und die Welt, sogar darüber, wann wir abends schlafen gingen und was wir am liebsten frühstückten und so weiter und so fort, bis mir mein Anliegen wieder einfiel. Seine Idee, in Deutschland Konzerte abzuhalten, habe mich nicht mehr losgelassen, und nun müsse er mir helfen. Er meinte, das würde garantiert funktionieren, wann ich mir denn vorgestellt hätte, zu fahren?

»Im September«, antwortete ich prompt und biss mir auf die Lippe. Wie kam ich bloß darauf? September?

»Ja, prima, ich kümmere mich darum und vermittele dir Kontakt zu ein paar Leuten«, sagte er, nachdem er sich meine Vorstellungen angehört hatte, als wäre das alles ganz normal. Und aus welchen Gründen auch immer glaubte ich daran, dass der Mann zu seinem Wort stehen würde.

Kurz nach dem Telefonat mit dem Kellner in Boston rief mein Sohn an und fragte unwirsch, ob er den Mietern jetzt kündigen solle, wie ich gesagt hätte. Ich bat ihn, damit noch etwas zu warten.

»Wie? Hat sich was geändert?«, erwiderte er noch unwirscher.

»Ja, ich übernehme die Wohnung im September, wie von Anfang an geplant. Ich hab hier im Sommer unglaublich viel mit dem Garten zu tun, wirklich schlimm, wie vernachlässigt der ist, um den hat sich seit Jahren keiner mehr gekümmert, eine Schande für die Einwohner hier, die wollen ja jetzt Touristen anlocken, und die Fensterrahmen erst, total morsch und zersplittert, ich weiß nicht, was sich die Leute, denen das Haus gehört, dabei gedacht haben. Außerdem muss noch der ganze Dachboden gestrichen werden, man muss versuchen, die Regentage dafür zu nutzen, aber natürlich kann ich auch alles drangeben und das Haus verrotten lassen, wenn es das ist, was du willst.«

Ich spielte mich ganz schön auf.

Mein Sohn seufzte resigniert, sagte, dann müsse ich das eben übernehmen, und fügte hinzu: »Sag mal, ich hab dich am Ostersonntag angerufen, um dir Frohe Ostern zu wünschen, aber du bist den ganzen Tag nicht ans Telefon gegangen.«

»Ach ja?«, entgegnete ich. »Stimmt, ich hatte mein Handy gar nicht dabei.«

»Wo warst du denn?«, fragte er schnell und in diesem herrischen Ton, den er seiner Mutter gegenüber manchmal an den Tag legte.

»Ich war zum Essen eingeladen.«

Nachdem wir das Telefonat beendet hatten, ärgerte ich mich, dass ich ihm nicht die Wahrheit gesagt hatte. Dass ich bei den Ausländern gewesen war, über die sich sein Schwiegervater aufgeregt hatte. Warum hatte ich das nicht gesagt? Ich grübelte lange darüber nach. Was für eine Macht hatte mein Sohn über mich? Und warum kam er damit durch? Ich brauchte zwei Tage, um zu einem Ergebnis zu gelangen. Ich war in erster Linie selbst schuld daran. Nach der Scheidung hatte ich mich zu sehr auf ihn verlassen – man war nach einem solchen Schock ja so frustriert und labil –, hatte ihn aber auch für seinen Einsatz bewundert, wie er seinen Vater so mir nichts, dir nichts rausgeworfen hatte. Deshalb war ich vielleicht zu nachgiebig gewesen. Das war meine Rechtfertigung, mit der ich mich tröstete. Dabei wusste ich, dass das eine schlechte Entschuldigung war, denn ich hatte den Jungen schließlich großgezogen und unser Verhältnis geprägt.

Als Petra dann an diesem ersten Sommertag, der kalendarisch allerdings schon viel früher hätte eintreffen sollen, hereinschneite, hatte Martin bereits zurückgerufen und mir mitgeteilt, die Sache sei angeleiert, er habe Kontakt zu einer Frau, die kulturelle Veranstaltungen organisieren und sich erkundigen würde, ob

Interesse bestünde, dass wir kämen, die aber sehr optimistisch sei, besonders nachdem er ihr von unserem Bach-Konzert erzählt hätte.

»Ich hab ihr von den Stimmen der Sängerinnen erzählt und dass ihr original isländische Musik spielen wollt. Das fand sie sehr spannend, sie meldet sich wieder bei mir, sobald sie Bescheid weiß. Bis spätestens Mitte August sollte die Sache entschieden sein, weil die Konzerte dann immer angekündigt werden. Du kannst also ruhig schon mal nach Flügen und so weiter gucken, würde ich sagen.«

Und ich lag mit Grippe im Bett und hatte noch nichts gemacht. Schon bei dem Gedanken an den ganzen Stress, der mir bevorstand, stieg mein Fieber.

Ich wollte Petra gerade vorjammern, dass aus der ganzen Sache wohl nichts würde, das sei alles viel zu kompliziert, als sie mit den Notenblättern vor meiner Nase herumwedelte und verkündete, sie habe phantastische Musik, mindestens drei Stücke, die sie schon mal proben könnten.

Sie strahlte über das ganze Gesicht, glühte geradezu.

Wie konnte ich da die Sonne trüben und eine Sonnenfinsternis auslösen?

Die Proben begannen Anfang Juni.

Sie fanden meist bei mir im Wohnzimmer statt, doch das Abenteuer startete nicht allzu gut. Petra und ich luden die Sängerinnen zu einem Treffen ein, einer Art Bekanntmachung wie bei Einwohnertreffen, wenn bestimmte Baumaßnahmen in der Gemeinde anstehen. Ich fing an und musste gezwungenermaßen erst von meinem Treffen mit dem Kellner aus Boston erzählen, ohne jedoch ins Detail zu gehen. Ich sagte, er habe sie zufällig singen gehört und darauf gedrängt, dass sie eine Konzertreise nach Deutschland machen sollten. Er sei total begeistert gewesen, und das als versierter Konzertbesucher. Danach erzählte ich ihnen in groben Zügen von meinem Vorhaben, wir würden nach Hamburg fliegen, uns dort einen Mietwagen nehmen und zu einem Hotel in der Nähe der Kirchen fahren, in denen die Konzerte stattfinden sollten. Alles in allem ungefähr zehn Tage im September.

Es entstand eine lange Pause. Die Frauen starrten mich an, als wäre ich eine Außerirdische. Endlich sagte Ania: »Entschuldige bitte, aber fragst du uns, ob wir Interesse daran haben, oder hast du das alles schon entschieden?«

Ich musste mich ein paarmal räuspern und antwortete dann, ich würde sie selbstverständlich fragen, sei aber auf jeden Fall der Meinung, dass ihre Stimmen international Gehör finden sollten. Außerdem fände ich es an der Zeit, dass das außergewöhnliche Talent der Komponistin eine Chance bekäme.

Petra, die ausgiebig ihre Fingernägel betrachtet hatte, schaute auf und sagte: »Flóra hat mich dazu gebracht, neue Stücke zu schreiben, und geglaubt, ihr fändet das spannend, aber ihr müsst nicht mitmachen, wenn ihr nicht wollt, dann lassen wir es eben.« Danach wollte sie aufstehen und gehen. Warum gab sie immer so leicht auf? Ich drückte sie wieder auf ihren Stuhl und sagte sanft: »Lasst uns doch erst mal darüber reden, Mädels.«

Dann hielt ich eine flammende Rede, inspiriert von Geschichten über die Rechte von Frauen früher wie heute: Wie weit Frauen es trotz heftigster Widerstände im Kampf um die Gleichberechtigung gebracht hätten, wie ihre Ideen, ihr Mut, ihre Hartnäckigkeit und ihr Zusammenhalt sie auf hoher, gefährlicher See vorangetrieben hätten, als man sie eigentlich gewaltsam an Land halten wollte, wie diese Frauen ihre Feinde verbissen abgeschüttelt hätten, ja, abgeschüttelt, einen nach dem anderen, und die Mutigsten unter ihnen ihre Träume verwirklicht hätten. Der Schöpfer habe ihnen Talente in die Wiege gelegt, und ich würde mir wünschen, mitzuerleben, wie sie das Werk einer Frau interpretierten.

Ich sprach mit Leidenschaft wie ein religiöser Führer, keine Ahnung, was über mich kam, es hatte gar nicht so viel mit Petras Konzerten zu tun, und ich weiß nicht mehr, wie lange ich redete. Es wunderte mich nur, wie gut mein englischer Wortschatz auf einmal war, die Worte hatten einfach so zur Zierde dagelegen, von niemandem bemerkt, am allerwenigsten von mir selbst, und ich war so beeindruckt, dass ich eine Pause einlegen musste, um darüber nachzudenken.

Die Frauen glaubten anscheinend, die nächste flammende Rede sei in der Mache, dabei hatten sie schon genug von der ersten, denn sie nutzten die Pause, und Eva stieß hervor: »Okay, okay, wir können darüber reden.«

Sie wollten den genauen Termin wissen, wann, wo und wie, wobei sich herausstellte, dass Ania samt Mann und Kindern ihre Schwiegereltern in Warschau besuchen und den gesamten Juli bei ihnen verbringen würde. Eva wollte im September nach Budapest, dann würde sie ihre Wohnung übernehmen und Steina wieder in ihr Haus ziehen, und Juane wollte Ende August zurück nach Spanien, sobald sie genug Geld für die Reise und die erste Zeit dort gespart hatte. Damit starb mein hochtrabender künstlerischer Traum. Ich hatte es verpennt, die Künstlerinnen zu fragen, was sie selbst wollten. Hatte einfach über die jungen Leute bestimmt. Das war im Grunde typisch für mich. Zu meiner Rettung musste man allerdings sagen, dass ich mit dieser Aktion nur die Seele einer anderen Künstlerin retten wollte. Und vielleicht, so nebenbei, mir selbst und meiner Umwelt beweisen, wie kreativ ich war. Obwohl man mir seinerzeit gekündigt hatte.

Die Stille war lang und zäh. Über Petras Kopf türmten sich dunkle Wolken auf.

Doch dann kam mein kleines Mäuschen aus seinem Loch gekrochen. Während ich mein Freiheitsplädoyer gehalten hatte, hatte sie mich mit stechendem Blick fixiert und hektisch an ihrem Ohrläppchen gerieben, jetzt sagte sie: »Ich könnte vielleicht doch im Sommer proben und erst im Oktober nach Spanien fahren, aber ich würde gerne wissen, was für Konzerte ihr euch vorgestellt habt, sollen wir auf Isländisch oder Deutsch singen?«

So weit hatten Petra und ich noch gar nicht gedacht, wir tauschten einen Blick, und dann sagte Petra seufzend, das sei eigentlich egal, es würde nicht reichen, wenn Juane dabei wäre. Wenn wir im September Konzerte geben wollten, müssten wir auch den gesamten Juli über proben, und das ginge nicht, wenn eine Sängerin fehlen würde.

Diese Sängerin runzelte die Stirn, schob sich ein Kaugummi in den Mund, kaute eine Weile darauf herum und meinte dann, sie könne ja mal mit Krzysztof reden, vielleicht könne sie ihren Aufenthalt in Warschau verkürzen, dann würde er mit den Kindern alleine dableiben, aber sie könne es sich wahrscheinlich nicht leisten, im September schon wieder ins Ausland zu fahren, den Flug zu bezahlen, das Hotel und den Mietwagen. Jetzt war ich an der Reihe. Ich holte tief Luft und erklärte, ich hätte vor, die Reise mit Unterstützung der Reederei und anderer Geldgeber hier im Ort zu finanzieren, zudem hätte ich mit Andrés vereinbart, dass den Frauen ein Großteil der Einnahmen des Osterkonzerts zufließen solle. Das war natürlich gelogen. Ich hatte keineswegs mit ihm darüber geredet und wusste nur, dass der Gewinn noch auf dem Konto lag, für das er zuständig war. Ich setzte noch einen drauf und versicherte, die Einnahmen der Konzerte in Deutschland würden natürlich auch ihnen zufließen. Was nicht gelogen war. Daraufhin kratzten sie sich ein paarmal und stellten fest, dass die Sache letztendlich gar nicht so übel aussah. Petra schaute mit müdem Gesichtsausdruck aus dem Fenster, die praktischen Angelegenheiten waren nicht ihr Ding. Eva schob sich die Brille auf der Nase nach oben und fragte, als wäre das eine Nebensächlichkeit, was es keinesfalls war, wer denn auf den deutschen Autobahnen fahren solle. Ich antwortete, natürlich ich, das hätte ich früher schon gemacht, als ich mit meinem Ex-Mann durch Europa gereist sei. Er, der sonst immer gefahren sei, habe im Urlaub keine Lust dazu gehabt, und ich wüsste nicht, warum das ein Problem sein sollte, schließlich hätten Frauen doch auch einen Führerschein.

Daraufhin blickten mich alle an, als hätten sie gerade erst gemerkt, dass ich auch eine Vergangenheit besaß. Schließlich sagte Eva: »Jaja, okay, ich könnte vielleicht doch im September mitkommen, dann fliege ich im Anschluss einfach direkt nach Budapest.« Ania schaute zu Petra und fragte: »An was für Musik hast du denn gedacht?«

Damit war meine Aufgabe fürs Erste erledigt, nun waren die Expertinnen an der Reihe. Die Komponistin hatte sich allerdings noch nicht ganz von den ersten Reaktionen erholt, die nicht in ihrem Sinne gewesen waren, anscheinend hatte sie mit großer Begeisterung gerechnet, weshalb es eine ganze Weile dauerte, bis sie darauf einging. Am Ende trat sie gemächlich ans Harmonium, setzte sich wortlos, vermutlich um die Sängerinnen auf die Folter zu spannen, und fing dann an zu spielen, irgendwelche Präludien, das konnte ich nie auseinanderhalten. Nach einer Weile erkannte ich eine sich wiederholende Melodie. Die Sängerinnen lauschten aufmerksam und nickten hin und wieder mit kaum wahrnehmbaren Kopfbewegungen. Ich bemerkte es dennoch und hatte den Eindruck, dass ihnen die Musik gefiel. Danach spielte Petra das nächste Stück, das wesentlich länger war, und begann endlich zu reden, zögerlich natürlich, ohne die Frauen dabei anzuschauen.

»Also, ich hab mir gedacht, hier könnten zwei Stimmen einsetzen, dann kommt die Gitarre dazu, dann Geige und Keyboard, dann alle Stimmen«, und so redete sie weiter, und die Frauen nickten immer eifriger, während ich mich in die Küche schlich und die Tür anlehnte, damit das Rauschen des Wasserhahns die Musik nicht störte. Ich wusste, dass sie einen guten Tee gebrauchen konnten, wenn sie fertig waren.

Ich hantierte in der Küche herum, stellte mich dann ans Spülbecken vors Fenster und rechnete im Kopf aus, wie viel Geld ich bräuchte, um das Ganze anzukurbeln, für die Flugtickets, den Mietwagen, das Hotel, die Verpflegung und vielleicht noch etwas Extrageld für die Nutzung der Kirchen, die würden bestimmt etwas für die Reinigung und so weiter verlangen, das wusste ich zumindest. Ich war so vertieft in meine Finanzplanung, dass ich gar nicht bemerkt hatte, dass es im Wohnzimmer immer lauter geworden war, und der Geräuschpegel sich ausweitete, und zwar in meine Richtung. Die Frauen fielen einander ins Wort, sangen einzelne Zeilen, um Petra zu demonstrieren, was sie meinten, so enthusiastisch und so wild durcheinander, dass Petra immer wieder eine von ihnen zum Schweigen bringen musste, um hören zu können, was die anderen sagten, wobei sie stetig zu mir in die Küche zurückwich. Die Frauen folgten ihr natürlich, hatten noch so viel zu sagen über das Arrangement, das offenbar bei einem Konzert mit am wichtigsten war, wenn ich das richtig verstanden hatte, und Petra wich immer weiter zurück in die Küche, wild gestikulierend und genauso laut redend wie die anderen, bis sie schließlich neben mir am Spülbecken stand, mit den Frauen auf den Fersen, so dass es am Küchenfenster ziemlich eng wurde. Ich konnte froh sein, dass sie mich bei dem wenigen Platz nicht ins Spülbecken stießen. Ich drehte den Wasserhahn auf und ließ das Wasser mit voller Kraft ins Spülbecken laufen, weil ich wusste, wie sehr es Juane und Eva nervte, wenn unnötig lange das Wasser lief. Sie empörten sich immer über die Gleichgültigkeit und Verschwendungssucht der Isländer, wenn es um Wasserverbrauch ging. Es dauerte keine Sekunde, und die Frauen verstummten und schauten mich vorwurfsvoll an. Eva reckte sich nach dem Wasserhahn, drehte ihn zu und warf mir einen verärgerten Blick zu. Petra sah sich verwirrt um und sagte: »Äh, ich wollte mir nur ein Glas Wasser holen.«

Ich ahnte bereits, dass es anstrengend würde, selbst wenn es mir gelänge, die Reise zu finanzieren. Tag und Nacht von leidenschaftlichen Künstlerinnen umgeben, das war bestimmt kein Kinderspiel.

Doch der Stress fing gerade erst an.

Es war gar nicht so einfach, mit mittellosen Künstlerinnen eine Konzerttournee nach Deutschland zu organisieren – wie hatte ich mir das eigentlich vorgestellt? Und jetzt war ich auch noch gezwungen, mit dem einzigen Mann im Dorf zu reden, der Geld besaß. Ich hatte den Reeder zweimal gesehen und ein bisschen über ihn gehört. Ein kleiner, quirliger Mann in den Sechzigern, der die Leute eher anbellte, als dass er mit ihnen sprach. Er trug immer karierte Hemden und Lederjacke, fuhr ein altes Frauenauto, wie man solche Kleinwagen nannte, reiste nie ins Ausland und gab keine Krone für sich selbst aus, außer für den Tabak, den er andauernd paffte.

Ich stiefelte zum Büro der Reederei und erkundigte mich bei der Sekretärin, die mindestens doppelt so groß war wie ich, allerdings in der Breite, wann man den Reeder am besten antreffen könne. Sie schüttelte nur den Kopf und antwortete, der würde kommen und gehen. »Soll ich dann vielleicht besser einen Termin machen?«, wollte ich wissen. Sie schaute mich kurz an, mit offenem Mund, und sagte dann: »Meinen Sie, das wäre hier eine Zahnarztpraxis, oder was?«

Infolgedessen lungerte ich eine gute Stunde bei den Büros und den Hafenanlagen herum, bis ich den Mann endlich in seinem Frauenauto anfahren und ins Haus eilen sah. Ich spurtete ihm nach, aber er war schon in seinem Büro und hatte die Tür hinter sich zugeknallt, als ich eintrat. Also bat ich die Sekretärin, ihm zu sagen, dass ich da sei und mit ihm sprechen müsse. Sie musterte mich mitleidig mit einem Für-wen-halten-Sie-sich-eigentlich-Gesichtsausdruck und sagte: »Er telefoniert.« Da wurde ich sauer. »Na gut«, erwiderte ich, »dann bleibe ich eben hier sitzen, bis er Zeit hat.«

»Das kann lange dauern«, sagte sie spöttisch.

»Ja, schon klar«, entgegnete ich mit gespielter Müdigkeit, »aber Sie haben doch bestimmt eine Toilette und Leitungswasser, so dass man den ganzen Tag oder vielleicht auch mehrere Tage hier ausharren kann.«

Nach zwei Minuten Stille stand sie auf, ging in das Büro des Reeders und sagte ihm, da sei eine Frau, die ihm etwas Wichtiges mitteilen wolle.

Das Büro war total verqualmt, auf dem Schreibtisch standen zwei volle Aschenbecher, halb verdeckt von Papierstapeln, und der dritte stand auf der Fensterbank. Ich bekam Atemprobleme, ließ mir aber nichts anmerken. Der Reeder bot mir keinen Stuhl an, nahm nur die Zigarette aus dem Mund, blies mir den Rauch ins Gesicht und bellte: »Ja?«

»Ja«, wiederholte ich förmlich, doch als ich sah, dass der Mann keinen Wert auf höflichen Smalltalk über das Wetter legte, fügte ich übergangslos hinzu: »Ich bin hier, weil ich um finanzielle Unterstützung für die Sängerinnen bitten möchte, für die Frauen, die an Ostern in der Kirche so großen Erfolg hatten, ja, die wollen nämlich nach Deutschland fahren, um dort Konzerte mit isländischer Musik zu geben.«

Er drehte sich zum Computer, der links von ihm stand, tippte etwas in die Tastatur, spähte auf den Bildschirm, rauchte, und ich dachte schon, er würde nachschauen, wie viel Geld er für uns erübrigen könnte, doch als er nach einer ewigen Zeit immer noch nichts gesagt hatte, kamen mir Zweifel, und ich fürchtete, dass das Gespräch von seiner Seite aus bereits beendet war. Deshalb ergänzte ich: »Das wird dem Dorf sehr viel Aufmerksamkeit einbringen, mehr Touristen und so weiter.«

Da warf er mir einen kurzen Blick zu und bellte, er habe diesem Pack schon vor Ostern freigegeben, um für das Gejaule in der Kirche zu proben, dabei hätten ihm Arbeitskräfte gefehlt, er habe einen Riesenverlust gemacht, er habe schon genug für die Scheißkultur getan, es sei an der Zeit, dass die Leute mal ans Arbeiten kämen. »Arbeiten!«, brüllte er mich mit dermaßen irrem Blick an, dass ich es mit der Angst zu tun bekam.

Wie man sich wohl denken kann, suchte ich schnell das Weite. Einem solchen Rüpel war ich noch nie begegnet. Während ich nach Hause stürmte, kurz davor, auf offener Straße einen Wutanfall zu bekommen, dachte ich an nichts anderes, als wie ich mich an dem Kerl rächen konnte. Im Geiste prügelte, schlug und trat ich auf ihn ein, hatte schon eine Axt in der Hand und wollte ihm gerade den Kopf abschlagen, als ich in meiner Raserei ausrutschte und fast hingefallen wäre. Da beruhigte ich mich wieder ein wenig, obwohl mein Herz immer noch laut pochte, und eine abgrundtiefe Enttäuschung gewann die Oberhand. Vor meiner Haustür sackte ich erschöpft auf die Treppenstufe und hockte da wie ein Häufchen Elend, während die sanfte Meeresbrise über meine Wange strich.

Anstatt zu überlegen, was ich Petra und den Sängerinnen jetzt sagen sollte, wanderten meine Gedanken wie üblich in eine ganz andere Richtung. Ich dachte an etwas, das überhaupt keine Rolle spielte, weder für mich noch für sie, und zwar an einen Artikel, den ich am Abend zuvor in der Zeitschrift *Dvöl* gelesen hatte. Über den Tunnel, den man 1911 in der Schweiz gebaut hatte, den berühmten Lötschbergtunnel. Man hatte den Berg zunächst von beiden Seiten gesprengt und durchbohrt und darauf vertraut, dass man sich in der Mitte treffen würde. Ein ziemliches Risiko – was hätte man gemacht, wenn der Tunnel von der östlichen Seite aus weiter oben gelegen hätte als von der westlichen? Ich grübelte lange über dieses Dilemma nach, bis mir dämmerte, dass es wohl nie so weit gekommen wäre, weil hervorragende Mathematiker vorher alles genau berechnet hatten, auf den Millimeter genau. Dabei wurde mir klar, dass ich wohl nichts im Voraus berechnet hätte, genau wie bei meiner Geldmittelbeschaffung. Ich hatte mich einfach in die Sache hineingestürzt, mit der typisch isländischen Einstellung, dass das schon irgendwie klappen würde. Aber was bezweckte ich damit? Was wollte ich beweisen?

Während ich auf der Treppe saß, fiel mein Blick auf das Unkraut im Garten. Es hatte lange ungestört gewuchert, wie lange konnte ich auf den ersten Blick nicht sagen, aber es war bestimmt einen halben Meter hoch. Bei mir zu Hause in Reykjavík war früher nie Unkraut gewachsen, ich hatte es am Anfang des Sommers immer gewissenhaft gejätet und wusste gar nicht, wie groß es werden konnte. Wie in Trance stand ich auf, ging zu dem Beet, hockte mich hin und begann, mit bloßen Händen Unkraut auszurupfen. Ich hatte meine Mutter nie danach gefragt, welche Aufgabe Unkraut in der Botanik hatte, aber sie hatte mir mal erklärt, dass jede einzelne Pflanze in der Natur eine bestimmte Aufgabe hätte. Bei dem Gedanken an die potentielle Nützlichkeit von Unkraut begriff ich plötzlich, warum ausgerechnet ich, als Arbeitslose, mir dieses große Projekt, vier mittellose Frauen auf eine Tournee ins Ausland zu bringen, aufgehalst hatte: Ich wollte mich schlicht und ergreifend in der Gesellschaft nützlich machen.

Vermutlich war es bei den Menschen ähnlich wie bei den Pflanzen, manche machten sich nützlich und andere nicht. Warum die Natur das so eingerichtet hatte, war mir schleierhaft. Dieser Knilch von der Reederei war für mich überhaupt nicht von Nutzen gewesen, obwohl er natürlich Arbeitsplätze schaffte, mit denen die Leute sich ihren Unterhalt verdienten, aber das tat er ja auch, um selbst davon zu profitieren. Falls in Bezug auf die Nützlichkeit eine Parallele zwischen Pflanzen und Menschen bestand, musste es doch auch Leute geben, die sich nützlich machen wollten, ohne selbst groß davon zu profitieren.

Genau in diesem Moment, als ich auf allen vieren vor dem

Beet hockte, beschloss ich, meine neue Theorie zu testen und in alle Fjorde zu fahren, in jedes Dorf, in dem es eine Reederei gab, und herauszufinden, ob dort jemand unsere Tournee sponsern würde. Ich ging ins Haus und rechnete die Kosten für die Reise auf die Krone genau aus, surfte den Rest des Tages im Internet und checkte die Preise für Flugtickets, Mietwagen und Hotels. Am schwierigsten war es, den Betrag für die Verpflegung festzulegen – wie viel aß eine Frau am Tag? Was kostete eine Mahlzeit in einem Mittelklasse-Restaurant? Früh am nächsten Morgen rief ich bei den nächstgelegenen Reedereien an und fragte, ob der Reeder im Haus sei, und wenn ja, ob ich mal vorbeikommen und mit ihm sprechen dürfe. Nur einer befand sich im Ausland, die anderen sollten vor Ort sein.

Da mir zu Ohren gekommen war, dass die Reederei im Nachbarort gut geführt sein sollte, fuhr ich als Erstes dorthin. Im Nachhinein betrachtet war das wohl ein Glücksfall, weil ich lernte, mich in die Situation anderer hineinzuversetzen und die Welt aus ihrer Perspektive zu betrachten. Als ich das Büro der Reederei betrat, sah ich sofort, dass die Firma gut geführt war, obwohl sie nicht über eine sonderlich teure Ausstattung verfügte – man konnte es am Stil erkennen. Bei einem schlichten, geschmackvollen Stil waren die Eigentümer in der Regel aufgeschlossen und engagiert, das hatte ich in meiner langen Bürokarriere gelernt. Ich wurde gebeten, zu warten, der Besitzer der Reederei befinde sich noch in einer Telefonkonferenz, teilte mir ein junger Mann mit, der freundlich und kein bisschen arrogant war. In der kleinen Vorhalle, eigentlich nur ein Raum, arbeiteten drei Personen. Neben dem jungen Mann ein weiterer Mann in den Sechzigern oder Siebzigern und eine Frau um die vierzig. Nachdem man mir aus Altersgründen gekündigt hatte, hatte ich mir angewöhnt, das Alter der Leute zu schätzen. Ich las in aller Ruhe die Wochenzeitung, allerdings innerlich angespannt, bis die Tür eines der Büros aufging, eine blonde Frau um die fünfzig herauskam, ihren Blick über das Vorzimmer schweifen ließ und fragte, wer mit ihr sprechen wolle. Erst brachte ich kein Wort heraus, glotzte sie nur an, weil ich nicht damit gerechnet hatte, eine Frau aus diesem Raum kommen zu sehen. Sie bat mich herzlich herein, bot mir einen Stuhl an, nahm mir gegenüber an ihrem aufgeräumten Schreibtisch Platz und fragte, was sie für mich tun könne.

Eigentlich wollte ich mich nicht als Erstes über den Kerl von der anderen Reederei beschweren, aber mir rutschte unwillkürlich heraus, es würde mich so wundern, einen Stuhl angeboten zu bekommen, dass ich mich erst einmal sammeln müsse. Da die Frau sofort darauf ansprang, erzählte ich ihr ausführlich von meinem Besuch bei dem Mann. Danach kamen wir zu meinem Anliegen, und diesmal war ich so schlau, nicht sofort um Geld zu bitten, sondern mich erst einmal vorzustellen, wobei ich nichts verheimlichte, noch nicht einmal die Kündigung und meine Arbeitslosigkeit. Ich erzählte, wie ich Petra und die drei Sängerinnen kennengelernt hätte und wie mir nach dem Osterkonzert diese tolle Idee gekommen sei, mit ihnen ins Ausland zu fahren, damit sie der ganzen Welt zeigen könnten, was in ihnen steckte, aber nun scheitere der ganze schöne Plan an den Reisekosten. Ich senkte den Blick, nahm all meinen Mut zusammen und bat sie um finanzielle Unterstützung.

»Sollen wir nicht ein Tässchen Kaffee trinken?«, schlug sie daraufhin vor.

Dann öffnete sie die Tür und rief: »Villi, bring uns doch bitte einen Kaffee!« Der junge Mann kam prompt mit zwei Bechern Kaffee herein. Ich wusste gar nicht, wie mir geschah, und als wäre das noch nicht genug des Guten, wollte sie auch noch, dass wir es uns bequem machten und auf zwei Sesseln Platz nahmen, die um ein kleines Tischchen gruppiert am Fenster standen. »Äh, gerne«, sagte ich mehr zu mir selbst. Nachdem wir umgezogen waren und die Frau die Beine übereinandergeschlagen hatte, fragte sie, ob ich einen Kostenplan hätte. Ich bejahte und reichte ihr einen Zettel. Sie durchforstete die Zahlen und sagte dann, ohne aufzuschauen: »Welchen Anteil der Kosten können Sie selbst übernehmen, und wieviel brauchen Sie dann noch?«

»Die Frauen haben kein Geld«, entgegnete ich hastig.

»Sagten Sie nicht, sie würden in der Fischfabrik arbeiten?«

»Doch, doch, aber davon können sie gerade so leben.«

Darauf erwiderte sie etwas, das mich sehr nachdenklich stimmte: »Wollen die Frauen diese Tournee wirklich machen, oder tun sie das nur für Sie? Wenn sie es nur für Sie tun, werden sie erstens keine Kosten übernehmen wollen und zweitens mit weniger Enthusiasmus singen, als wenn sie selbst die Idee gehabt hätten.«

Es entstand eine längere Pause, während derer ich über ihre Worte nachgrübelte. Ich brauchte ziemlich lange, um zu begreifen, wie ich diese einfache Tatsache über die menschliche, beziehungsweise weibliche Denkweise hatte übersehen können. Und schon setzte die Reederin noch einen drauf und fragte, was diese phantastischen Sängerinnen denn für Pläne hätten, ob sie keine Zukunftsvisionen hätten, ob sie ihr ganzes Leben lang im Fisch arbeiten wollten, mit ihrem Talent?

Ich fühlte mich wie eine Mutter, die bei einem Elternabend einen Rüffel für das schlechte Benehmen ihres Kindes bekommt, und stammelte leise: »Ja, aber sie sind wirklich sehr talentiert.«

Da lächelte die Reederin zum ersten Mal und sagte: »Ich weiß, davon habe ich gehört.«

Woraufhin ich schon wieder knurrte: »Ich verstehe einfach nicht, warum unser Reeder so abweisend war, er hätte doch wissen müssen, dass das ein Aushängeschild für das Dorf ist.«

»Ein Banause, wie sein Sohn«, bemerkte sie.

»Sein Sohn?«

»Ja, der Kerl, der die Spanierin eingesperrt hat.«

Ich glotzte sie entsetzt an.

»Tja, hier in den Westfjorden redet jeder über jeden.«

Es war schon wieder dieselbe Geschichte, und ich fiel aus allen Wolken. Die Reederin wunderte sich, wie schockiert ich über diese Neuigkeit war, und ließ mir Zeit, mich wieder zu fangen. Unterdessen nahm sie das Telefon und tätigte einen Anruf. »Also«, sagte sie schließlich und tippte mit den Fingerspitzen auf den Tisch, »nehmen wir mal an, ich würde Sie unterstützen, natürlich vorausgesetzt Sie sagen mir, wieviel Sie brauchen, was würde dabei für mich herausspringen?«

Die Frau machte mich schon wieder sprachlos, und ich stotterte: »Äh, was haben Sie sich denn vorgestellt?«

»Na, schauen wir mal, ich würde mir Berichterstattung über Ihr Projekt und über die Unterstützung meiner Reederei wünschen. Wenn Sie ein Programmheft drucken oder Interviews geben, möchte ich, dass mein Name und der Name der Reederei genannt werden.«

Als wir uns verabschiedeten, schüttelte sie kräftig meine Hand und meinte, ich solle mich bei ihr melden, wenn alles geklärt sei, sie würde zu ihrem Wort stehen. Ich war schon fast durch die Tür, als sie rief: »Warten Sie noch einen Moment.« Dann trat sie ganz nah an mich heran und sagte: »Wenn dieser Kerl den Frauen kündigt, dann sagen Sie ihnen, dass sie zu mir kommen können, ich habe genug Arbeit für sie.«

»Kündigt?!« Ich schnappte nach Luft.

»Das tut er bestimmt«, entgegnete sie grinsend, »ich kenne solche Typen.«

Auf irgendeine Weise musste ich die innere Einstellung meiner Singvögel überprüfen.

Musste versuchen, ihr Zwitschern zu deuten. Wobei es mir ratsam erschien, dabei nicht voreilig zu handeln, sondern lieber den gemächlichen Weg einzuschlagen, mit jeder Frau einzeln zu reden, unter vier Augen, und es so aussehen zu lassen, als handele es sich um ein ganz normales Gespräch.

Die Proben in meinem, beziehungsweise Helgas Wohnzimmer liefen gut, wobei Petra meinte, dass sie Anfang Juli, wenn die Sommerferien anfingen, gerne einen größeren Raum haben würde, am besten im Gemeindehaus, das stehe dann sowieso leer. Der Gesang und der Klang der Instrumente drangen durch das geöffnete Fenster, und oft hielt ich mit der Gartenschere in der Hand inne und lauschte verzückt der Musik. Wenn ich sie hätte beschreiben sollen, wobei mich natürlich nie jemand danach fragte, weil sich kaum einer für Musik von Frauen interessierte, aber wenn man mich gefragt hätte, hätte ich wahrscheinlich geantwortet, es sei eine Art poppige oder sogar rockige Kirchenmusik. Es begann mit ein paar düsteren Gitarrenriffs, wie in der Rockmusik, die einen sofort mitrissen, dann verstummte die Gitarre plötzlich und engelsgleiche Stimmen sangen das hohe C, so dass man sich im Garten kaum mehr traute, Luft zu holen, verstummten dann genauso schnell wieder, wie sie eingesetzt hatten, und Geigentöne erklangen, unterlegt von tiefen Orgelklängen. Ich verstand diese Musik ehrlich gesagt nicht, aber jedes Mal, wenn ich den Kopf schüttelte und es aufgab, diese seltsamen Töne zu ergründen, hörte ich eine kleine Melodie, die immer länger wurde und sich schließlich wiederholte, so bezaubernd, dass man sie nicht mehr aus dem Kopf bekam.

Wenn das Fenster offen stand, bemühte ich mich, mit der Gartenschere beim Heckenschneiden möglichst leise zu sein.

Juane, die ständig auf Achse war, bequemte sich eines Abends, bei mir zu essen und kochte sogar höchstpersönlich ein köstliches spanisches Gericht. Wie sich jedoch herausstellte, nicht aus Fürsorglichkeit, sondern weil sie bei mir Gitarre üben musste, da Eva zu Hause Geige übte und beide ihre Ruhe haben wollten. Da ergriff ich die Gelegenheit und unterhielt mich ein bisschen mit ihr. Selbstverständlich hatte ich mich gut vorbereitet, genau wie die Männer bei dem Tunnelbau, hatte vorher alles ganz genau ausgemessen. Ich lenkte das Gespräch auf die Musik und fragte sie, als wäre mir das urplötzlich eingefallen: »Sag mal, gibt dir das Singen eigentlich was?«

Sie überlegte lange, darum bemüht, gewissenhaft zu antworten, und sagte dann auf Englisch, wobei sie sich leicht aufs Herz klopfte: »Das Singen ist das Einzige, was mich glücklich macht.« Auf Isländisch fügte sie hinzu: »Wenn ich singen, dann ich bin etwas wert.«

Ich korrigierte ihr Isländisch nicht, denn ich verstand genau, was sie meinte, stocherte aber weiter in dieselbe Richtung und fragte, ob das Singen bei ihrer Zukunftsplanung eine Rolle spiele. »Früher nicht«, antwortete sie, »aber nach den vielen Proben in der Kirche wünschte ich mir, ich könnte ewig weitersingen. Aber wie soll das gehen? Was soll ich machen? Ich will nicht mein ganzes Leben lang im Fisch arbeiten, aber ich hab kein Geld und niemanden, der mich unterstützt, außer dir, du bist die Einzige, die mir geholfen hat, o Gott.« Dann hörte sie auf zu essen und wandte sich ab.

Das war furchtbar schwer für sie, aber ich hielt es für ein gutes Zeichen, dass sie sich Gedanken über ihre Zukunft machte. Ich reichte ihr eine Serviette, damit sie die Tränen abwischen konnte, tätschelte und streichelte sie und wiederholte die alte Leier von besseren Zeiten und alles wird gut, bis sie sich plötzlich schnäuzte und sagte: »Aber weißt du, ich freue mich so darauf, nach Deutschland zu fahren und zu singen, dass ich abends an nichts anderes mehr denken kann.«

Nun wusste ich es.

Es gab noch ein paar andere Dinge, über die wir noch nie gesprochen hatten, und ich wusste, dass ich Juane nicht ewig beschützen konnte, auch wenn sie so jung und unschuldig war. Deshalb sagte ich: »Juane, wusstest du eigentlich, dass Krummi der Sohn des Reeders ist?«

Sie senkte den Kopf und nickte irgendwann.

»Wusstest du das die ganze Zeit?«

Sie nickte wieder.

»Wussten die anderen es auch? Jóhannes, Petra, Guðrún, Eva, Ania …?«

»Nein«, entgegnete sie laut, »Ania wusste es nicht! Aber ich hab es Eva gesagt.«

»Warum hast du es mir nicht gesagt?«

Sie wiegte den Kopf hin und her, mit von Tränen verzerrtem Gesicht, und stöhnte: »Ich hatte solche Angst, dass du sauer werden und das Dorf verlassen würdest, dann hätte ich niemanden mehr gehabt, kein Zuhause. Eva ist meine Freundin, aber das ist nicht zu Hause, verstehst du?«

Ich sagte nichts mehr, ganz im Sinne des alten Spruchs meiner Oma: »Er sagte nichts mehr an diesem Tag, er brauchte eine Prise Schnupftabak.« Wenn man zum Narren gehalten wurde, konnte man nicht mehr viel sagen. Ich fühlte mich wie eine Frau, die nicht mitbekommen hatte, dass sie von ihrem Mann betrogen worden war, obwohl das ganze Dorf davon sprach.

Doch Juane fühlte sich besser, nachdem sie mir ihr Herz ausgeschüttet hatte, das war nicht zu überhören, als sie nach dem Essen Gitarre übte. Ich verzog mich in meine Gemächer, wie es früher hieß, unter dem Vorwand, dass mir von der Gartenarbeit die Handgelenke weh täten. Oben im Bett, mit der Abendsonne im Fenster, sinnierte ich über die Abgründe der menschlichen Natur, wie manche kraft ihres Geldes und ihrer Macht andere Menschen unterdrückten, wie sie die Trottel ausnutzten, die so bescheiden waren, dass sie nie widersprachen. Wie sie sich das Schweigen zunutze machten. Doch die Trottel konnten sich das Schweigen natürlich auch zunutze machen und so tun, als wüssten sie nichts, obwohl sie alles wussten. Konnten das Schweigen dann brechen, wenn keiner damit rechnete. Am Ende drehte sich alles um Berechnung und ein gutes Gedächtnis.

Bei Eva und Ania ging ich ähnlich vor, um sie unter vier Augen zu sprechen.

Es dauerte ziemlich lange, aber mit viel Geduld schaffte ich es. Eines Abends holte ich mir an der Tankstelle Zeitungen, als ich Eva in der Abendsonne spazieren gehen sah. Ich wusste, dass sie es liebte, dem späten Sonnenuntergang zuzuschauen. »Kaum ist sie untergegangen, geht sie schon wieder auf«, hatte sie einmal gesagt, die Wangen vor Begeisterung über die hellen Sommernächte gerötet. Ich lief ihr hinterher, winkte mit den Zeitungen, und als ich sie eingeholt hatte, fragte ich sie japsend und schnaufend, ob ich sie ein Stück begleiten dürfe. Sie freute sich darüber, und wir wanderten gemeinsam in der herrlichen Stille am Strand entlang, unterhielten uns über die Launenhaftigkeit des Meeres, seine Anmut an langen Sommerabenden, seine Grimmigkeit an dunklen Winterabenden, lauschten den Seevögeln, sogen den Geruch des Meeres ein, und ich fragte sie, beseelt vom Zauber der Natur, ob ihr das Singen etwas geben würde.

Nach kurzem Nachdenken antwortete sie: »Du weißt bestimmt, dass Untersuchungen ergeben haben, wie gut Singen für das Gehirn ist.«

»Aha«, entgegnete ich nur, unmusikalisch, wie ich war.

»Ja«, fuhr sie fort, »wenn du Probleme hast, sollst du einfach singen, das ist die beste Medizin.«

»Aha«, sagte ich noch einmal und bedauerte es, dass ich nicht singen konnte, als man mir gekündigt hatte, »und hat dir das Singen geholfen?«

»Allerdings«, antwortete sie, »aber nach der Geschichte mit meinen Eltern habe ich damit aufgehört. Ich war auf der Flucht, bin durch die Welt gereist, hab schon mal anderen beim Singen zugehört, aber als ich dann zufällig an Weihnachten hier in der Fischfabrik wieder sang, als Jóhannes uns alle darum bat, und als wir anfingen, mit Petra zu proben, spürte ich, wie gut mir das Singen tut, es ging mir direkt viel besser. Ich konnte sogar relativ nüchtern an das schlimme Ereignis denken und mich damit abfinden, dass ich damit leben muss, ohne dass es mir jegliche Lebenslust raubt, so wie früher. Nein, das Singen bedeutet mir alles, ich hätte besser schon viel früher wieder damit angefangen.«

»Du findest es also nicht blöd, eine Konzertreise zu machen?«, fragte ich vorsichtig.

»O Gott, nein, ich freue mich total darauf! Das war eine super Idee von euch!«

Als ich das hörte, kamen mir vor Freude fast die Tränen. Ich tastete mich weiter vor und fragte, ob sie im Anschluss an die Reise wirklich nach Budapest wolle, wie sie gesagt hatte, und was für Zukunftspläne sie habe.

»Ich bin an einem Wendepunkt«, meinte sie und blieb stehen. »Ich bin nach Island gekommen, um die Dunkelheit und das Licht zu erleben, und das habe ich jetzt. Nach längeren Auslandsaufenthalten bin immer nach Budapest zurückgekehrt, aber nie lange geblieben, doch jetzt, jetzt würde ich mich gerne irgendwo niederlassen. Ich würde gerne Gesangsunterricht geben oder ein Instrument unterrichten, da habe ich mich noch nicht entschieden, aber ich weiß einfach nicht, wo.«

Eva stand an einem Wendepunkt und musste in Ruhe überlegen. Ich verabschiedete mich mit einem Kuss von ihr und machte mich auf den Heimweg. Ein paarmal drehte ich mich noch um und sah ihr nach, doch dann verschwand sie aus meinem Blickfeld, als hätte die Abendsonne sie verschluckt.

Ich musste es gar nicht groß darauf anlegen, Ania unter vier Augen zu erwischen, denn sie kam zu mir. Es war kurz vor Beginn der Wohnzimmer-Probe, und ich bearbeitete die Fensterrahmen von außen mit einem Schaber, kratzte die alte Farbe ab, um neue auftragen zu können, womit ich möglichst fertig sein wollte, bevor die Frauen kamen, damit das schabende Geräusch sie nicht störte. Während der Probe würde ich dann in aller Ruhe streichen, das hatte ich genau geplant, aber die Zwergspinnen vor dem Küchenfenster machten mir einen Strich durch die Rechnung.

Ania traf diesmal ziemlich früh ein, was ungewöhnlich war, da sie sonst wegen der Kinder immer auf den letzten Drücker kam. Sie hatte mehrjährige Blumen aus ihrem Garten mitgebracht, drei verschiedene Sorten, die sie mir unbedingt schenken wollte, damit ich sie in Helgas Beete pflanzen konnte, deshalb war sie so pünktlich. Ich musterte gerade mit finsterer Miene die beiden Spinnen, die ein kompliziertes Fangsystem vor dem Küchenfenster installiert hatten, als sie plötzlich hinter mir stand und sagte: »Die sind sehr tüchtig.« Das konnte sie auf Isländisch sagen, mit guter Aussprache, aber die weitere Unterhaltung lief auf Englisch. Wir verfolgten die emsige Spinnarbeit, gespannt, wie es weitergehen würde, ob sich die Mühe der Zwergspinnen auszahlen würde. »Sie werden bestimmt ein paar Gäste bekommen«, sagte ich, womit ich die Fliegen meinte.

»Ja«, seufzte Ania, »aber ob wir im Herbst bei unseren Konzerten Gäste haben werden? Stell dir mal vor, es interessiert sich niemand dafür!«

»Du bist aber ziemlich pessimistisch«, entgegnete ich und musterte sie forschend. Da sie nichts erwiderte, fragte ich sie, mit angehaltenem Atem, ob ihr die Tournee Sorgen bereite. Sie hob die Augenbrauen, schürzte die Lippen. »Willst du vielleicht gar nicht fahren? Hast du keine Lust?«, stieß ich hervor.

Aufgebracht entgegnete sie: »Natürlich will ich, das ist sehr wichtig für mich! Ich fahre nicht mit nach Warschau, Krzysztof fährt mit den Kindern alleine zu seiner Mutter, damit ich proben kann!«

Ich war erleichtert, merkte aber, dass sie immer noch unschlüssig war, und fragte sie, ob es im Zusammenhang mit der Reise sonst noch etwas gebe, das sie stören würde. Daraufhin kam es mit Stocken und Stammeln. Sie vertraute mir an, sie habe Angst. »Angst?«, fragte ich und versicherte ihr, sie brauche sich keine Sorgen zu machen, dass niemand zu den Konzerten kommen würde, dafür würden die Kirchen schon sorgen, da sei ich mir ganz sicher.

»Ich habe Angst wegen meiner Stimme.«

Jetzt bekam ich Angst: »Um Himmels willen, du hast doch wohl keine Halsschmerzen?«

Sie verneinte und wich meinem Blick aus, trat von einem Bein aufs andere und erzählte mir dann, ganz bescheiden, ihre Stimme sei noch nie besser gewesen, und das mache ihr Angst. »Ich weiß nicht, was die Zukunft bringt«, sagte sie, »aber ich werde mich nicht damit abfinden können, in diesem kleinen Dorf zu wohnen und in der Fischfabrik zu arbeiten, mit meiner Stimme.«

Erst dachte ich, sie würde scherzen, doch dann sah ich ihr an, dass sie es ernst meinte. Sie schaute mich mit großen Augen aufrichtig an. Plötzlich senkte sie den Blick, zeigte auf die Pflanzen neben ihren Füßen und erklärte in einem Mischmasch aus Isländisch und Englisch: »Das sind sehr schöne Blumen, ich glaube, es sind keine isländischen, ich hab solche Blumen schon in Krakau gesehen, du solltest sie dort einpflanzen.« Sie zeigte auf eine Stelle, an der das Unkraut wucherte. »Da bekommen sie genug Sonne, und vergiss nicht, sie viel zu gießen, solange sie sich an den neuen Ort gewöhnen.«

»Na, dafür wird der Schöpfer schon sorgen«, sagte ich und blickte in den Himmel. Ania verstand mich sofort und entgegnete: »Nein, du auch gießen.«

Später drang ihre Stimme zu mir in den Garten. Immer wieder machte ich Pausen und lauschte.

Lauschte und bekam eine Gänsehaut.

Seit dem großen Schock, der Kündigung, hatte ich mich um niemanden mehr richtig gekümmert.

Ich hatte mich kaum mehr aufgerafft, meiner Tochter zu schreiben, meinen Sohn und meine Schwiegertochter zu besuchen oder die Enkelkinder zu betüddeln, obwohl ich mich teilweise dazu gezwungen hatte, und nun Anfang Juli, als meine Gedanken nicht mehr ständig um die Kündigung und die Arbeitslosigkeit kreisten und es mir psychisch viel besser ging, hatte ich als Gärtnerin, Malerin und Managerin so viel zu tun, dass ich einfach keine Zeit für meine Familie fand. Deshalb plagte mich abends, wenn ich ins Bett ging, immer ein schlechtes Gewissen. Wobei mir erst später klarwurde, dass sie ebenso wenig Zeit gehabt hatten, sich um mich zu kümmern, aber das war eine andere Sache. Nach einer Nacht voller Gewissensbisse schrieb ich meiner Tochter und rief meinen Sohn an, alles vor zehn Uhr am Samstagmorgen. Ich telefonierte lange mit meinen Enkeln, und als mein Sohn an den Apparat kam, fragte ich ihn, ob sie mich im Sommer nicht in den Westfjorden besuchen wollten. Er druckste herum und sagte dann, er habe mich auch wegen einer kleinen Sache anrufen wollen. »Aha«, sagte ich und rechnete mit dem Schlimmsten.

»Ja«, fuhr er zögernd fort, »also, wir überlegen, mit den Kindern in Urlaub nach Kalifornien zu fahren. Ein Schulfreund von mir lebt dort und hat uns eingeladen, und wir haben überlegt, ob du nicht mitkommen und dort deinen Geburtstag feiern willst?«

Ich weiß nicht, wie lange ich schwieg. Ich hatte versucht, die brutale Tatsache der Vergänglichkeit beiseitezuschieben, hatte beschlossen, so zu tun, als gäbe es diesen Geburtstag nicht, zumal es meiner Ansicht nach nicht viel zu feiern gab, und nun war er es, mein lieber Sohn, der an seine Mutter und ihren Geburtstag dachte. Ich war zu Tränen gerührt, als ich ihm dafür dankte, dass er daran gedacht hatte. Doch dann bemühte ich mich, ihm begreiflich zu machen, dass ich einen so langen Flug nicht gut vertragen würde, dass ich davon alle möglichen Beschwerden bekäme, außerdem ginge es mir hier in den Westfjorden gut, ja, und mit dem Geburtstag, das sei schon in Ordnung, ich hätte mir gedacht, die Organistin und ein paar andere zum Essen einzuladen, das würde bestimmt nett werden. Anschließend wünschte ich ihnen eine gute Reise und versicherte ihm, ich würde mich sehr darauf freuen, sie alle im Herbst wiederzusehen, manchmal würde ich fast sterben vor lauter Sehnsucht nach meinen Enkelkindern. Und das war nicht gelogen.

Das Telefonat endete sehr harmonisch. Er fragte mich noch nicht einmal, wie ich mit dem Streichen vorankäme, und ich war erleichtert, weil ich noch die Zimmer auf dem Dachboden vor mir hatte. Die Gartenarbeit und die Fenster hatten viel Zeit in Anspruch genommen, daran ließ sich nichts ändern, denn man musste das Wetter nutzen, solange es trocken blieb.

Doch dann regnete es, die Arbeit draußen musste warten, und ich konnte mich dem Dachboden widmen. Mit Juanes Hilfe hatte ich die meisten Möbel aus meinem Zimmer in den anderen Raum geschleppt und konnte mit den Vorbereitungen beginnen, die natürlich am wichtigsten waren, wie wir Maler wussten.

An einem dieser Regentage wagte ich es, die Probenden unten im Wohnzimmer zu fragen, selbstverständlich in einer Pause, ob sie die Flugtickets eventuell aus eigener Tasche bezahlen könnten. Natürlich knallte ich ihnen die Frage nicht einfach um die Ohren, sondern ließ sie unauffällig einfließen, als wir uns über die Musik und die geplante Reise unterhielten und ich in diesem Zusammenhang kurz auf die Finanzierung zu sprechen kam. Ich hatte noch niemandem von meinem Besuch bei der Reederin im Nachbarort erzählt, geschweige denn von der Reaktion dieses Rüpels, bei dem die Frauen arbeiteten, denn ich wollte erst abwarten, ob ihre Proben zu etwas führen würden.

Doch nun stand das Programm tatsächlich fest, zumindest in groben Teilen.

Obwohl Petra oft gedankenverloren und zerstreut wirkte, wenn sie kam und ging und während sie die Proben leitete, ihre rotbraunen Haare wirr in alle Richtungen abstanden, ihre Bluse falsch geknöpft war, sie aus unseren Teetassen trank, weil sie immer vergaß, welches ihre eigene war, und obwohl sie ja sagte, wenn sie nein meinte und umgekehrt, hatte sie die Länge der Stücke ziemlich genau festgelegt. »Haben wir zwar alles noch nicht geprobt«, sagte sie, obwohl sie seit Wochen gemeinsam probten, »aber ich weiß, dass wir ein einstündiges Programm haben, und länger darf es auch nicht sein.« Dann fragte sie mich plötzlich hastig: »Hast du die Tickets schon gebucht?« Ich entgegnete, damit hätte ich noch gewartet, ich hätte erst noch mit dem Amerikaner reden wollen, und außerdem stelle sich die Frage, ob sie das Geld für die Flugtickets vorstrecken könnten, dann wäre es viel leichter, den Rest zu finanzieren, weil die Leute dann sehen würden, dass das alles Hand und Fuß hätte.

Petra starrte mich verwirrt an, Eva musterte ausgiebig ihre Fingernägel, und Juane machte ein entsetztes Gesicht und jammerte: »Nein, das kann ich nicht, ich hab kein Geld«, worauf Ania sie anherrschte: »Wenn ich das kann, mit zwei Kindern, dann kannst du das auch, Schätzchen, hör auf mit diesem ständigen Gejammer.« Eva schob die Brille auf ihrer Nase nach oben, blickte Juane mütterlich an und erklärte: »Ich zahle für dich mit, Juane, wenn du kein Geld hast.« Woraufhin Juane den Hals reckte und eingeschnappt sagte: »Doch, ich hab wohl Geld.«

»Prima«, sagte ich fröhlich, »dann wäre das ja geklärt.« Doch gerade als ich mich bestens gelaunt wieder meinen Streicharbeiten auf dem Dachboden widmen wollte, damit die Künstlerinnen weiter proben konnten, klopfte der Schlamassel an die Tür.

Es gab nur einen, der so ungehobelt anklopfte, den erkannte ich am Geräusch: Jóhannes, lässig und in Freizeitklamotten, denn er hatte genau wie die Mädchen Urlaub, tat so, als wäre er zufällig vorbeigekommen und wollte nur kurz hallo sagen, was mir irgendwie unglaubwürdig vorkam, da die Leute hier im Westen normalerweise nicht bei Regen spazieren gingen. Er setzte sich auf einen der Schulpulte, der für seine Größe ein bequemer Stuhl war, klatschte vergnügt in die Hände und fragte, wie es mit der Musik so laufe, ob sie gut vorankämen. Die Frauen behandelten ihn äußerst liebenswürdig, immerhin war er ihr Chef und dazu noch derjenige, der sie entdeckt hatte, aber ich sagte nur wenig, weil ich fand, er hätte den Proben mehr Respekt entgegenbringen sollen.

Er erkundigte sich interessiert nach Petras Kompositionen, und da sie wohl davon ausging, dass er Ahnung von Musik hatte, beschrieb sie ihm bestimmte Tonfolgen und Passagen voller Enthusiasmus.

»Hört sich ein bisschen an wie die Opern, die du geschrieben hast«, sagte er, und sie bejahte, meinte aber, sie habe im Hinblick auf die Anzahl der Sänger vieles ändern müssen. Da fragte Jóhannes, ob sie die acht Tenöre nicht mitnehmen wolle, ob das nicht mehr Eindruck machen würde.

Mir lief ein Schauder über den Rücken. Für mich war es schon schwierig genug, fünf Personen ins Ausland zu bringen, da wollte ich nicht noch acht zusätzlich haben. An diesem Punkt des Gesprächs waren die Sängerinnen eine nach der anderen mit ihren Teetassen in die Küche gegangen, weil sie dem Gespräch nicht folgen konnten, wenn man sich schnell auf Isländisch unterhielt. Petra schaute an die Decke und sagte, sie könne es sich durchaus vorstellen, später mal einen stimmgewaltigen Chor dabei zu haben, aber erst müsse sie mit einer kleinen Gruppe fahren und die Sache antesten. Daraufhin bot Jóhannes ihr an, mitzukommen und uns zu helfen, das Gepäck und die Instrumente tragen, alles aufzubauen und so weiter, den Wagen zu fahren, und auf diese Tour palaverte er immer weiter, bis ich ihm abrupt ins Wort fiel. Ich saß auf der Treppe, den Schaber in der Hand, und sagte kühl: »Jóhannes, ich fahre den Wagen, wenn du nichts dagegen hast.«

Für einen kurzen Moment blieb es still. Dann sagte er, halb stammelnd, weil er mit einer solchen Reaktion nicht gerechnet hatte: »Tja, äh, ich würde auch alles selbst bezahlen, und es könnte doch nützlich sein, einen großen, starken Mann dabei zu haben, der auf die Mädels aufpasst!« Er lachte polternd und fügte dann kleinlaut hinzu: »Also, äh, ich würde einfach gerne helfen, verstehst du?«

»Helfen?«, erwiderte ich. »Über deine Hilfsbereitschaft kann man sich streiten! Man hätte ja wohl erwarten können, dass ein großer, starker Mann wie du besser auf Juane und Eva aufpasst, als es wirklich nötig war. Du hättest diesen Typen entgegentreten können, die die Mädchen bedroht und erniedrigt haben, sie in eine Vorratskammer gesperrt und geschlagen und verfolgt und im Dunkeln durchs Fenster beobachtet haben, so dass sie sich nicht mehr getraut haben, in ihrem eigenen Haus zu schlafen, da hättest du toller Muskelprotz dir diese Schweine schnappen und vornehmen können, aber das hast du nicht gemacht. Vielleicht aus Angst vor deinem Arbeitgeber, der mit diesem Abschaum verwandt ist, oder hattest du etwa Schiss? Nein, Jóhannes, wir Frauen sind bisher auch ohne Leibwächter ausgekommen, ich brauche keine großen, starken Männer!«

Mit diesen Worten stürmte ich wutentbrannt hinaus in den kalten Regen.

Doch es gab womöglich andere, die solche Männer brauchten, das war mir nicht klar gewesen. Nachdem ich nur im Pullover lange am Fjord entlang durch den Regen gewandert war – es handelte sich lediglich um einen Sommerregen und war nicht weiter schlimm –, als ich jedenfalls nur noch ein paar Meter vom Haus entfernt war, drangen kräftige Orgeltöne an mein Ohr. Sie kamen mir geradezu wütend vor.

Die Komponistin saß an der Orgel. Sie schaute nicht auf, als ich in der Wohnzimmertür stand. Ansonsten war das Haus menschenleer. Ich zog mich um, kochte mir in der Küche einen Tee zu Bach oder Händel oder Gott weiß welcher Hintergrundmusik, presste Zitrone in die Tasse und nahm zusätzlich ein paar Esslöffel von Juanes Halsmixtur, um Halsschmerzen und Schnupfen vorzubeugen, denn ich durfte jetzt auf keinen Fall krank werden, und dann hörte Petra endlich auf zu spielen. Im Haus war es totenstill, als sie, noch an der Orgel sitzend, sagte: »Du hast Jóhannes zum Weinen gebracht.«

»Ich hab Jóhannes zum Weinen gebracht?«, rief ich aus der Küche. Sie hörte das unterdrückte Kichern in meiner Stimme und fügte hinzu, er habe vielleicht nicht richtig geweint, aber fast.

»Aha«, sagte ich nur. Ich konnte nicht leugnen, dass ich einen so kräftigen Mann gerne einmal weinen sehen hätte, aber das sagte ich natürlich nicht, sondern schwieg einfach und wartete auf die nächste Bemerkung, beziehungsweise den nächsten Vorwurf. Ich wäre nie aufgestanden und zu ihr ins Wohnzimmer gegangen, sie konnte ja zu mir kommen, wenn sie mir etwas zu sagen hatte. Petra schien jedoch ähnlich zu denken wie ich, denn sie bewegte sich keinen Zentimeter von der Orgel weg, so dass wir am Ende jede in ihrem Zimmer hockten und brüllend miteinander kommunizierten.

Petra spielte irgendein Präludium und rief danach laut: »Hast du was gegen Jóhannes?«

»Nein«, rief ich zurück, »ich halte ihn nur für einen Schlappschwanz.« Als sie nichts entgegnete, sprudelte es aus mir heraus: »Er hätte sich Krummi und diesen Kerl, der Eva verfolgt hat, wirklich mal vorknöpfen können, aber er hat nichts gemacht, genauso wie die anderen Männer im Dorf, verdammte Feiglinge, alle haben den Mund gehalten, und dann musste ich die Sache retten, mich habt ihr bei diesem Arschloch an die Tür klopfen lassen, und ihr habt alle den Mund gehalten, dabei wusstet ihr, wer die Frauen drangsaliert hat, unschuldige Frauen, die hier im Dorf keine Familie haben, keine Verwandten, die zu ihnen stehen, und die so hilflos und verängstigt waren, dass sie sich nicht getraut haben, sich zu beklagen, geschweige denn, Anzeige zu erstatten, und jetzt behauptet Jóhannes, er will uns helfen, jetzt, wo's ums Vergnügen geht.«

Nach einer sehr langen Pause entgegnete Petra: »Jóhannes

ist auf seinen Job angewiesen, so wie jeder hier im Dorf. Es ist sehr wichtig, Arbeit zu haben, das solltest du doch wissen. Damit steht und fällt die ganze Dorfgemeinschaft, die Leute wollen nicht von dem Ort wegziehen, an dem sie aufgewachsen sind, an dem ihr Zuhause ist. Will nicht jeder ein Zuhause haben?«

Ich antwortete nicht, weil ich merkte, dass es zwecklos war, über diese Themen zu diskutieren. Die Dorfgemeinschaft und das Auskommen waren den Leuten wichtiger als das Wohlergehen anderer, deshalb hielten sie lieber den Mund. Petra schlug ein paar Töne an und sagte dann: »Ehrlich gesagt, dachte ich wirklich, du wüsstest über die verwandtschaftliche Beziehung zwischen Krummi und dem Reeder Bescheid.«

»Ich?«, rief ich. »Woher sollte ich das denn wissen, als Zugezogene? Kenne ich hier etwa alle Leute, oder was? Ich bin nur hergekommen, um das Haus zu streichen, und war damit vollauf beschäftigt.«

»Und was willst du machen, wenn du damit fertig bist?«, rief sie zurück.

Das hatte ich mir noch nicht überlegt. Oder vielleicht doch, im Groben jedenfalls, aber ich fand, dass das Petra nichts anging, so wie die Dinge standen. Als keine Antwort kam, spielte sie weiter, und ich trank meinen Tee, mit finsterer Miene.

»Hast du was von dem Amerikaner gehört?«, rief sie dann. Ich verneinte. Sie fragte, ob zwischen uns etwas laufen würde. Ich sagte, ich wüsste es nicht, und fragte zurück, ob zwischen ihr und Jóhannes etwas laufen würde.

»Wie kommst du denn darauf?«, erwiderte sie langsam.

»Ich hab ja nur gefragt, ich habe den Eindruck, dass du ihn sehr magst.«

»Jóhannes tut das alles sehr leid. Er gibt zu, dass er nicht genug getan hat, aber er hatte einfach Angst, seinen Job zu verlieren. Er braucht Arbeit, um sich über Wasser halten zu können, er muss Unterhalt für seine Tochter bezahlen, Sportverein,

Schuhe, Smartphone, dies und das, was junge Mädchen eben so brauchen, ihre Mutter verdient nicht viel.« Sie schaute auf und fügte seelenruhig hinzu: »Jóhannes kommt mit.«

Ich war fassungslos. Meine Hände zitterten so stark, dass ich die Teetasse abstellen musste. »Ach, ist es schon so weit?«, sagte ich ironisch, ohne es zu wollen. »Hat dich seine Männlichkeit so beeindruckt?«

»Nein, hat sie nicht«, antwortete sie unumwunden, »aber ich brauche ihn auf der Bühne, er kann Akkordeon und Schlagzeug spielen, jedenfalls wenn er vorher übt, und das brauche ich bei ein paar Liedern, aber er wird weiter hinten stehen, ganz unauffällig.«

»Jóhannes, unauffällig?« Ich war so geschockt von dieser Nachricht, dass ich nicht mehr herausbrachte.

Da setzte die Organistin noch einen drauf und sagte: »Und jetzt red mit dem Ami und leg die Termine fest, wir ziehen zum Proben ins Gemeindehaus um, wir brauchen mehr Platz.«

Nach diesen Worten ging sie. Mit meiner Teetasse in der Hand.

Petra wollte Jóhannes unbedingt dabeihaben.

Trotz meiner Sehnsucht, ihre Seele zum Klingen zu bringen, fiel es mir schwer, mich mit dieser Entscheidung abzufinden. Jóhannes hatte es nicht verdient, mitzufahren. Er hätte gegenüber diesem ortsansässigen Frauenhasser klar Stellung beziehen müssen. Abgesehen davon, brauchte er unheimlich viel Platz. Und würde viel essen. Außerdem war er ein Mann. Ich hatte mir eine weibliche Befreiungsfahrt vorgestellt. Und nun hatten wir ihn am Bein.

Ich liebäugelte mit dem Gedanken, die ganze Sache abzublasen, den Frauen mitzuteilen, ich hätte mit Martin geredet und er hätte mir mitgeteilt, dass die Kirchen zu dieser Zeit leider keine freien Termine hätten. Während ich über die Spalten der Holzpaneele in meinem Zimmer strich, legte ich mir verschiedene

Versionen dieser Geschichte zurecht, von denen eine vielleicht verwendbar wäre. Dann sah ich Petras Gesicht vor mir und Anias Gesicht, die nun doch nicht mit ihrer Familie nach Warschau fahren würde, und war ziemlich frustriert. Diese Gedanken beschäftigten mich, als ein Luftzug durchs Haus ging.

Ich trat in den Flur und schloss das blöde Fenster. Doch die Haustür war aufgegangen, das merkte ich an der hereinströmenden Luft.

Guðrún stand vor der offenen Tür, als ich die Treppe herunterkam.

Ich war so baff, sie zu sehen – die Frau, die ihr Haus nur verließ, um in die Kirche zu gehen –, dass ich kein Wort herausbrachte. Sie stand in Sommerkleid und Jäckchen vor mir, mit rotgeschminkten Lippen, umkrallte mit der rechten Hand ihre Handtasche, hielt in der linken einen Blumenstrauß und sagte trocken: »Die Tür ist von alleine aufgegangen.«

»Äh, ja«, stammelte ich, »oben stand das Flurfenster offen.«

»Ach«, sagte sie, »draußen ist doch gar kein Wind.«

»Nein, aber es zieht immer aus Südosten.«

Sie musterte mich kurz und hielt mir dann den Blumenstrauß hin: »Hier, die sind aus meinem Garten.«

Dann marschierte sie geradewegs in die Küche, setzte sich in die Ecke und zog eine Packung Kekse aus ihrer Tasche: »Ich dachte mir schon, dass du bestimmt nichts zum Kaffee im Haus hast.«

Während ich Kaffee kochte, fragte ich sie, ob sie schon einmal in diesem Haus gewesen sei. Sie antwortete, natürlich, sie sei als Kind und Jugendliche oft hergekommen, ihre Mutter sei mit Helga, der das Haus gehört habe, befreundet gewesen. Dann fragte sie, ob ich Helga nicht bemerkt hätte. »Nein«, seufzte ich erschöpft, ich hätte nie etwas bemerkt, Geister würden mich meistens in Ruhe lassen.

»Die Helga ist nicht weg, die ist noch hier, die hat sich in diesem Haus sehr wohl gefühlt«, schnatterte Guðrún und öffnete die Kekspackung. »Das wissen alle hier im Dorf.«

»Hm, es gibt so einiges, das alle hier im Dorf wissen, mir aber nicht sagen«, entgegnete ich und fixierte sie eindringlich.

Sie tat so, als hätte sie meine Bemerkung nicht gehört, schaute sich um, reckte den Hals, um ins Wohnzimmer schauen zu können, und sagte: »Ist ja schrecklich, alles so weiß, wie im Krankenhaus.«

»Ich hab es nur weiß gestrichen, weil man mich darum gebeten hat«, antwortete ich energisch.

»Ja, ja«, sagte sie und mampfte ihren Keks, »du glaubst also nicht an Übersinnliches?«

»Es gibt für alles eine Erklärung«, entgegnete ich von oben herab.

»Ach, wirklich? Und wie erklärst du dir dann, dass ich letzte Nacht geträumt habe, wie du zu Petra sagst, du würdest alles hinschmeißen, es gäbe ein Problem mit den Kirchen in Deutschland?«

Ich erschauerte, das kann ich nicht leugnen.

Sie stopfte sich einen Keks nach dem anderen in den Mund, verfolgte genüsslich meine Reaktion, nippte an ihrem Kaffee und schwadronierte: »Diese Plörre ist viel zu dünn, sag mal, weißt du eigentlich, warum Männer immer so altmodische Vorstellungen von Frauen haben? Von wegen Mutter, Göttin und Jungfrau?« Ich verneinte, in Gedanken noch immer bei ihrem Traum. »Dann sag ich's dir: Weil sie zu wenige Bücher von Frauen lesen und keine Musik von Frauen hören, deshalb wissen sie nicht, was Frauen denken.«

»Ach so«, kommentierte ich nur.

»Und weißt du, wer das gesagt hat?«

Ich verneinte. Guðrún spülte den Keks mit einem Schluck Kaffee hinunter, reckte den Kopf über den Tisch, schaute mir fest in die Augen und sagte: »Deine Mutter.«

Sie genoss es sichtlich, mich zusammenzucken zu sehen. »Ja, deine Mutter hat vor langer Zeit einen Artikel darüber geschrieben. Sie war so klug, deine Mutter.«

Ich räusperte mich: »Ja, das war sie wohl.«

»Sie hatte begriffen, wie wichtig es für die Zukunft der Mädchen in diesem Land war, dass Frauen sich gegenseitig unterstützen, in der Wissenschaft und in der Kunst«, fuhr sie fort. Ich nickte nur herablassend, denn ich hatte keine große Lust, mir lange Lobeshymnen über meine Mutter anzuhören.

»Weißt du, was die größte Enttäuschung meines Lebens war?«, fragte sie dann.

»Nein, woher soll ich das wissen?«

Sie schaute gedankenverloren aus dem Fenster: »Als ich festgestellt habe, dass Frauen nicht zusammenhalten. Nach dem legendären Treffen der Rotstrümpfe dachte ich, sie würden es tun. Damals riefen sie zur Solidarität auf, und das freute mich wahnsinnig, weil ich schon vor mir sah, wie die Welt sich verändern würde. Doch dann vergingen die Jahre, und mir wurde klar, dass Frauen genauso menschlich sind wie Männer, nur auf ihren eigenen Vorteil bedacht. Aber Männern muss man es immerhin zugute halten, dass sie sich nicht gegenseitig ausbremsen, wenn es um eine vernünftige Sache geht.«

Wir schauten beide nachdenklich aus dem Fenster.

»Also«, sagte Guðrún, »jetzt sind wir beim Kern der Sache angelangt, aber willst du die Blumen, die ich dir mitgebracht hab, nicht ins Wasser stellen?« Ich hatte die Blumen total vergessen, entschuldigte mich dafür und fragte, während ich sie in eine Vase stellte, ob das Strandkamille sei. »Nein«, antwortete sie schleppend, »wir nennen sie Margeriten. Aber sie sehen aus wie Strandkamille, sie sind stark, ich hab immer Angst, dass sie bei Schneefall noch anfangen zu blühen. Im Herbst sind sie jedenfalls am schönsten, frag mich nicht, warum, ich bin keine Botanikerin.«

Dann stand sie auf und meinte: »Wenn du so klug bist wie deine Mutter, dann bringst du Petras Musik ins Ausland.« An der Haustür drehte sie sich noch einmal um. »Was willst du eigentlich machen, wenn das alles vorbei ist, die Konzertreise, die Streicharbeiten?« Ich hatte mich immer noch nicht ganz erholt und sagte gedankenlos: »Tja, ich weiß auch nicht, ich warte einfach darauf, dass du etwas träumst.«

Guðrún hielt es nicht für nötig, darauf zu antworten. Als sie ging, nahm sie die halbleere Kekspackung mit.

Ich strich in aller Ruhe weiter, da ich wusste, dass es in Boston erst zehn Uhr war. Er frühstückte bestimmt gerade, hatte sich vielleicht schon angezogen.

Was nicht stimmte. Er war gerade aus der Dusche gekommen, als er ans Telefon ging. Ich war nach Guðrúns morgendlichem Besuch noch ein bisschen durcheinander und fand außerdem, dass er mich ruhig schon früher hätte anrufen können, deshalb klang meine Stimme ein wenig gepresst. Aber er freute sich, dass ich anrief, sagte mehrmals »how are you doing, love«, und da er vorher noch nie »love« gesagt hatte, besserte sich meine Stimmung schlagartig. Dann überbrachte er mir eine erfreuliche Neuigkeit, er habe ein neues Reisebüro eröffnet, daran habe er den ganzen Sommer ununterbrochen gearbeitet.

Ich musste mich natürlich mit ihm freuen, mir lange Beschreibungen von Meetings mit Investoren und Anwälten anhören, wobei ich die finanziellen Hintergründe nicht ganz begriff, weil keine knallharten Zahlen genannt wurden, tat aber so, als verstünde ich alles, und beglückwünschte ihn nach jedem zweiten Wort. Doch weil es teuer war, mit Amerika zu telefonieren, brannte mir mein Anliegen auf der Zunge, dass ich Termine für die geplanten Konzerte bräuchte, woraufhin er meinte, er habe mich sowieso abends mal anrufen wollen, nach dem ganzen Stress, Frau Huhnholz aus Bremen habe alles organisiert, schon letzte Woche, und wolle nun mit der Managerin persönlich sprechen.

Mit der Managerin persönlich. Ich war so erschrocken, das heißt, mir wurde so mulmig, dass ich nicht länger über Reisebüros plaudern wollte, sondern ihn atemlos bat, mir ihre Telefonnummer zu geben. Nachdem ich sie mir notiert hatte, sagte ich ziemlich hektisch, ich könne nicht mehr länger mit ihm telefonieren, ich erwarte Gäste, und verabschiedete mich. Ich konnte seiner Stimme beim Abschied anhören, dass er ein bisschen geknickt war, wahrscheinlich enttäuscht, aber darüber würde ich mir später Gedanken machen.

Ich rief sofort bei Frau Huhnholz an, in der Annahme, dass sie Englisch sprach, was sie auch tat. Nach etwas höflichem Smalltalk, teilte sie mir schließlich mit, das Projekt komme gut voran. Ich hatte noch gar nicht mit genauen Terminen gerechnet, doch da lag ich falsch. Die Deutschen sind perfekt im Planen, Organisieren und Abwickeln. Die Frau zählte die Kirchen auf, in denen die Konzerte stattfinden sollten, vier in der Umgebung von Bremen, die fünfte in der Stadt selbst, nannte zu jeder Kirche ein Datum, fragte, ob ich einen Zettel und einen Stift zur Hand hätte, um mir alles zu notieren, nannte die Anfangszeiten der Konzerte, sie sollten alle um acht Uhr abends beginnen, sowie deren Dauer, und sagte dann, die Leute seien sehr gespannt auf uns, alle wüssten, wie musikalisch die Isländer seien. Dann wollte sie die Namen der Interpreten wissen, welche Instrumente sie spielen würden, was für Stimmen sie hätten, und zu guter Letzt verlangte sie nach einem guten Foto für das Programmheft und die Plakate, die in den Fußgängerzonen aufgehängt werden sollten.

Das war ein feierlicher Moment für mich. Ich spürte, wie sich meine Seele in die Lüfte schwang, weit und hoch über das Dorf flog, hinaus in eine Welt, die über alltägliche Sorgen und Nöte erhaben war. Ich nannte ihr mit andächtiger Stimme die Namen der Interpreten und der Leiterin, erzählte, wie routiniert sie seien, was sie schon gesungen hätten, welche Instrumente sie spielten, wobei ich zwar meine Schwierigkeiten mit Jóhannes hatte, ihn aber immerhin ohne größere Patzer beschrieb, und dann fragte sie mich nach dem Namen der Band. Ich war völlig perplex. In der Leitung war es mucksmäuschenstill. Sie räusperte sich und sagte: »Hallo, are you still there?« Ich seufzte, fragte, ob ich ihr den Namen später mitteilen könne, aber sie blieb hartnäckig, sie brauche den Namen unbedingt für die Überschrift auf dem Programmheft und den Plakaten. Da sagte ich, ich würde sie schnellstmöglich wieder anrufen und ihr den Namen sagen. Sie beließ es fürs Erste dabei und fragte mich nach kurzem Zögern, ob die Musikerinnen nicht alle Isländerinnen seien. »Doch, doch, das sind wir«, antwortete ich hastig.

»Aber enden bei Frauen nicht alle isländischen Nachnamen auf *dóttir*?«

»Ach so, das meinen Sie, nein, nein, nicht alle, die Namen sind bei uns sehr international geworden.«

Der Name der Band. Warum hatte niemand daran gedacht?

Die Band probte im Gemeindehaus, und dorthin stiefelte ich. Riss die Tür auf und wollte hineinstürmen, blieb jedoch in der Diele stehen und legte die Hand auf die Brust, denn die Musik, die aus dem Saal drang, war so schön, dass ich nach Luft schnappen musste. So verharrte ich lange und lauschte. Als das Stück zu Ende war, wartete ich noch einen Moment, öffnete dann die Tür, als wäre ich gerade erst hereingeschneit und hätte nichts gehört, ließ den Blick wie eine Schuldirektorin durch den Saal schweifen und sagte: »Hier probt ihr also, dachte ich's mir doch.«

Alle fünf waren da, mit Instrumenten und Mikrophonen und allem möglichen Zubehör, das wohl zu einer Band gehörte, und schauten mich leicht irritiert an, als wäre ich in eine Welt jenseits der Wirklichkeit eingedrungen.

»Ich weiß die Termine«, sagte ich und leierte herunter, wo und wann sie auftreten sollten. Sie starrten mich nur an. Ich sagte, ich würde die Flugtickets kaufen und ihnen anschließend sagen, wie viel sie bezahlen müssten, sie könnten mir das Geld später überweisen, dann würde ich mich um die Hotelzimmer und das Auto kümmern, darüber bräuchten sie sich keine Gedanken zu machen. »Bis auf dich, Jóhannes«, fügte ich hinzu, »du bezahlst extra.« Ich wurde immer noch angestarrt und befand mich schon wieder auf dem Weg nach draußen, als mir mein eigentliches Anliegen einfiel. »Ach ja, genau, wir brauchen noch einen Namen für den Chor, äh, die Band, und ein gutes Foto von euch. Beides in den nächsten Tagen. Frau Huhnholz braucht den Namen und das Foto für das Programmheft und die Werbeplakate.«

Nachdem ich die Flugtickets nach Hamburg im Internet gekauft hatte, rief ich die Reederin an. Ich brauchte ziemlich lange, um sie zu erreichen, und erwischte sie schließlich im Auto auf dem Nachhauseweg. »So«, sagte ich, als sie endlich ranging, »die Flugtickets sind gekauft und bezahlt, und jetzt brauche ich Unterstützung bei den Hotelkosten, dem Mietwagen und der Verpflegung.«

In der Leitung wurde es still. »Wenn's sonst nichts ist«, sagte sie nach längerem Warten, »und wie viel brauchen Sie dafür?« Ich nannte die Summe, schlug sicherheitshalber noch etwas drauf, und die Frau schwieg wieder. Dann fragte sie, ob ich dafür gesorgt hätte, dass der Name der Reederei in der Werbung und im Programmheft genannt würde. Ich versicherte ihr, das würde ich tun, sobald ich das nächste Mal mit Frau Huhnholz sprechen würde, aber das könne ich natürlich erst, wenn ich das Geld bekommen hätte. Wieder Stille. »Haben Sie schon Journalisten in Reykjavík kontaktiert, ihnen von der Tour erzählt, und dass die Reederei sie unterstützen wird?« Ich seufzte. Gar nicht so einfach, der Frau Geld zu entlocken, doch ich versprach ihr, dass ich das selbstverständlich tun würde, sobald die Sache in trockenen Tüchern sei.

Da sagte die Reederin endlich: »Lassen Sie sich für alle Ausgaben Quittungen ausstellen, ich bezahle sie dann, wenn Sie wieder hier sind.«

»Nein«, erwiderte ich, »natürlich lasse ich mir Quittungen ausstellen, aber Sie überweisen mir erst das Geld, und ich zahle Ihnen den Rest zurück, falls etwas übrig bleibt.«

Langes Schweigen. Ich meinte, sie leise lachen zu hören, war mir aber nicht sicher. Dann sagte sie: »Geben Sie mir Ihre Kontoverbindung, schicken Sie mir einfach eine SMS, das Geld ist bis morgen, sechzehn Uhr auf Ihrem Konto.«

Ich war so baff, dass ich nur noch einen Dank stammeln konnte.

»Schon gut«, entgegnete sie, »das klingt alles perfekt. Ich würde nur gerne bei den Interviews dabei sein, wenn Sie Kontakt mit der Presse in Reykjavík aufgenommen haben. Hat der Alte den Mädchen schon gekündigt?«

Nein, er hatte ihnen noch nicht gekündigt.

Schwarze Stille

An manchen Tagen wird alles ganz still.

Meistens wenn man es nicht gebrauchen kann, wenn man lieber so viel Hektik um sich hätte, dass einem bestimmte Daten entfallen würden. Unwillkommene Geburtstage zum Beispiel. Es gab einmal eine Zeit, in der man ungeduldig auf seinen Geburtstag wartete, weil man dann abends rausgehen durfte, den Führerschein machen konnte, in die Disko reinkam, im Alkoholladen bedient wurde, doch nachdem das alles und noch mehr erreicht war, ließ die Begeisterung für Geburtstage nach. Dann kam die Zeit, in der man sich davor fürchtete. Der dreißigste Geburtstag war schrecklich, ein unmissverständliches Zeichen allmählichen Verfalls im Spiegel, der vierzigste Geburtstag peinlich, man war jetzt mittleren Alters, die Angst vor dem Altwerden begann, der fünfzigste Geburtstag beängstigend, die zweite Hälfte schon angebrochen, Ende ungewiss, der sechzigste Geburtstag jämmerlich, auf dem Arbeitsmarkt unerwünscht, unerbittliche Normen, wie man sich zu verhalten und auszusehen hatte. Es überstieg meine Kräfte, an die Jahre zu denken, die noch vor mir lagen, in denen der Tod anonyme Drohbriefe schickte. Nicht, dass ich Angst vor ihm hatte, es war etwas anderes.

Als ich am Abend vor dem Weltuntergang im Bett lag, kerngesund, wenn mich nicht alles täuschte, aber mit Angst in der Brust, dachte ich darüber nach, warum es so frustrierend war, in

Island alt zu werden. Es war geradezu beschämend, man wurde einfach nicht mehr als vollwertiges Mitglied der Gesellschaft wahrgenommen, man sollte zurücktreten und sich mit duldsamer, großmütterlicher Miene um die Topfpflanzen kümmern. Ich hatte gerade in der Regionalzeitung, die man kostenlos an der Tankstelle bekam, einen Artikel über drei Künstlerinnen gelesen, die gemeinsam eine Ausstellung machten. Auf dem beigefügten Foto konnte man sehen, dass die drei Frauen gerade mal fünfzig waren. Die Überschrift lautete jedoch: *Drei Omas verwirklichen ihren Traum.* In dem eigentlichen Text war von Enkelkindern gar keine Rede, es war völlig unklar, ob die Frauen überhaupt welche hatten, denn sie sprachen nur über ihre Kunst. Wie kam der Redakteur auf die Idee, von Omas zu sprechen? Der Artikel war natürlich nichts anderes als ein strahlendes Beispiel für die Respektlosigkeit gegenüber kunstschaffenden Frauen und deren Alter. Ehrlicherweise hätte dort stehen müssen: *Für was haltet ihr euch eigentlich, in eurem Alter? Ihr seid doch nur Omas!*

Bei diesen Überlegungen fiel mir eine frühere Reise nach Italien wieder ein. Ich erinnerte mich daran, wie ich, damals in meinen Vierzigern, die Senioren, die am Strand Urlaub machten, neidvoll beobachtete. Sie lachten und scherzten, und man konnte unschwer erkennen, wie zufrieden sie mit dem Leben waren. Da wurde mir klar, dass es ein großer Unterschied war, in Island oder anderswo in Europa alt zu werden.

Gegen Mitternacht hatte ich genug von der deprimierenden Grübelei und griff nach meinem Lieblingsbuch über die arktische Witterung und das Klima auf verschiedenen Kontinenten. Ich las zum hundertsten Mal über den Einfluss der Luftverschmutzung und die davon am schlimmsten betroffenen Länder und schlief mit dem Buch auf der Nase ein.

Der Tag begrüßte mich mit wunderschönem Wetter. Im Dorf wusste niemand, dass ich Geburtstag hatte, sogar einen runden, wie hätten die Leute das auch wissen sollen, ich war ja nirgendwo als Angestellte registriert, deshalb war ich ganz entspannt. Ich trank in aller Ruhe meinen Morgenkaffee und beschloss dann, mir zur Feier des Tages vom Streichen freizunehmen, zumindest für ein paar Stunden, lieber das schöne Wetter auszunutzen und die Arbeit im Garten zu Ende zu bringen.

Das Unkraut war mittlerweile ziemlich schlapp.

Es entpuppte sich als Leichtigkeit, es mitsamt den Wurzeln herauszureißen. Dabei hätte ich mir diesmal das Gegenteil gewünscht: einen schweren Kampf, Blut, Schweiß und Tränen, wie Churchill im Mai 1940 vor dem britischen Unterhaus gesagt hatte, dann hätte ich meine Verbitterung abreagieren können. Doch womöglich war es mein Glück an diesem Unglückstag, dass ich, mit der Wahrheit konfrontiert, an die Worte des alten Kämpen denken musste, denn danach sinnierte ich über bestimmte Details des Zweiten Weltkriegs, nicht über die, die mich schon lange beschäftigten und über die ich viel gelesen hatte, sondern über die, von denen nichts berichtet wurde, nämlich über die Denkweise der Männer, die die Einsätze anführten. Ihre Gedanken, oder vielmehr ihre Gedankenlosigkeit, waren mir ein Rätsel.

Ich holte den Gartenschlauch aus dem Schuppen, goss kräftig Anias Blumen, holte dann den Rasenmäher und mühte mich gerade damit ab, ihn anzuschmeißen, als Juane auftauchte. »Arbeitest du nicht?«, fragte ich sie, woraufhin sie erwiderte: »Es ist Samstag.«

»Ach? Ist heute wirklich Samstag?«

»Dein Handy klingelt«, sagte sie und musterte mich, als wäre ich irgendwie seltsam.

»Ach? Klingelt es?«

Sie bot an, es für mich zu holen, lief ins Haus, kam sofort wieder zurück und gab mir das Handy.

Meine Tochter war am Apparat und wollte mir zum Geburtstag gratulieren. Ich dankte ihr, woraufhin sie sagte, es tue ihr leid, dass sie nicht zu Hause sei und mit mir feiern könne. Dann fragte sie, was ich denn zur Feier des Tages vorhätte. Ich antwortete, ich hätte überhaupt nichts vor, der Tag würde schon irgendwie vorübergehen, und da wollte sie wissen, ob ich niemanden zum Essen einladen würde, den Organisten vielleicht? Anscheinend hatten die Geschwister miteinander gesprochen. Doch, sagte ich, vielleicht würde ich die Organistin und ein paar andere einladen, ich würde kein großes Aufheben machen, das sei ja kein so besonderer Tag, wechselte dann das Thema und fragte, wie es den Pferden gehe, ob sie draußen in der Sonne grasen würden. »Es ist Abend, Mama«, konterte sie. Dann plauderten wir noch ein bisschen über das abendliche Wetter in Australien und das morgendliche Wetter in Island, bis sie sagte, es sei ein Päckchen für mich unterwegs. »Ein Päckchen?«, fragte ich und schnappte nach Luft. Dann verabschiedeten wir uns lang und breit voneinander. Diesmal fragte ich sie nicht, wann sie endlich nach Hause kommen würde.

Nach dem Gespräch stand ich noch lange mit dem Telefon in der Hand da und starrte auf die Wiese. Ich freute mich sehr darüber, dass meine Tochter angerufen hatte, bekam aber auch Angst, denn ich wäre bestimmt schon tot, wenn sie endlich käme, schließlich war ich jetzt in dem Alter.

Juane hatte reglos gewartet und an einem Busch herumgezupft, während ich telefoniert hatte. Sie schaute mich fragend an. »Das war meine Tochter«, informierte ich sie.

»Sie ruft nicht oft an, oder?«, sagte Juane, als erwarte sie eine Erklärung für den unerwarteten Anruf.

»Nein«, antwortete ich knapp und ging ins Haus. Ich dachte, Juane würde mir folgen, aber das tat sie nicht. Sie war gegangen. Vielleicht hatte sie nur etwas holen wollen, schließlich waren ihre wenigen Habseligkeiten auf zwei Häuser verteilt. Nach dem Anruf war ich ziemlich durcheinander, und anstatt den Rasen zu mähen, holte ich die Farbeimer aus dem Schuppen. Ich schleppte zwei nach oben, einen Zehnlitereimer Latexfarbe und einen Zweilitereimer Ölfarbe für die Fensterrahmen, und hievte sie auf den Treppenabsatz. Es waren die letzten Eimer, die Arbeit war so weit vorangeschritten, dass ich nur noch die kleine Wand in dem Zimmer, in dem ich schlief, sowie Juanes Zimmer, wie ich es inzwischen nannte, streichen und das blöde Fenster im Flur lackieren musste, dann wäre dieses langwierige Projekt endlich abgeschlossen. Die Treppe sollte nicht gestrichen werden, hatte man mir gesagt. Während ich die Farbe umrührte, in beiden Eimern, denn es gab kaum etwas Tolleres für mich als mit einem Holzscheit Farbe umzurühren, zu sehen, wie sich die gelblichen Pigmente mit der weißen Farbe vermischten, fiel mir wieder ein, dass ich jemanden bitten musste, mir dabei zu helfen, die Möbel zurück in mein Zimmer zu transportieren. Da ich schnell fertig werden wollte, trug ich den einen Eimer ins Zimmer und schloss den anderen wieder. Dann ackerte ich beim letzten Durchgang, als ginge es um mein Leben.

Es war ungefähr zur Kaffeezeit, als ich die drei Sängerinnen im Garten herumspazieren sah. Sie trugen Sommerklamotten und Shorts, denn die Sonne hatte eine heftige Attacke gegen die Wolken gestartet und war mit ansteigenden Temperaturen belohnt worden. Um nachzuschauen, was die drei Frauen in meinem, beziehungsweise in Helgas Garten zu suchen hatten, stapfte ich die Treppe hinunter und ging nach draußen. Als sie mich sahen, grinsten sie breit, so dass ich misstrauisch wurde, und als ich nichts sagte, stieß Eva hastig hervor, sie habe die beiden zu einem Spaziergang überredet, bei diesem herrlichen Wetter, und breitete die Arme in Richtung Sonne aus. Ania musterte den Pinsel in meiner Hand und fragte, ob ich bei dem schönen Wetter wirklich streichen würde. Sie betonte das Wort »wirklich«, wahrscheinlich hatte sie es neu gelernt, und ich antwortete wahrheitsgemäß, ich müsse mich beeilen und die beiden restlichen Zimmer fertig kriegen.

Die Frauen bestanden darauf, im Garten einen Zuckerwürfelschluck zu trinken – dieses typisch isländische Wort für Kaffee, mit dem man einen Zuckerwürfel hinunterspült, hatte ich ihnen beigebracht. Während ich Kaffee kochte, trugen sie zwei Schulpulte und Stühle in den Garten, man könne unmöglich drinnen sitzen, meinten sie und fuhren sich durch die Haare. Sie waren ungewöhnlich lebhaft, und ich dachte mir, dass sie uns Isländern gar nicht so unähnlich waren, die Sonne besserte ihre Laune gewaltig. Wir quatschten über Gott und die Welt, als im Haus mein Handy klingelte. Wie zuvor sprang Juane auf, bot an, es für mich zu holen, und reichte es mir dann erwartungsvoll, als wäre es wahnsinnig spannend, dass ich einen Anruf bekam.

Diesmal war es mein Sohn. Ich wusste natürlich, was los war, und eilte mit dem Telefon ins Haus. Er gratulierte mir, wie seine Schwester, zum Geburtstag. Dass einem immer alle dazu gratulieren mussten, dass man älter wurde. Aber ich freute mich trotzdem, dankte ihm, dass er an mich gedacht hatte, und fragte, ob jetzt nicht Nacht in Kalifornien wäre und alle schliefen.

»Nein, Mama, es ist Morgen. Wir backen gerade für die Kinder amerikanische Pfannkuchen, und was hast du heute vor? Bereitest du das Abendessen für den Organisten vor?«

»Äh, nein, ich bin am Streichen.«

»Aha, und was bietest du ihm zu essen an?«

»Zu essen? Tja, ich weiß nicht, ich wollte keine großen Umstände machen.«

Ich sah die Mädels mit ihren Kaffeetassen im Türrahmen stehen und aufmerksam zuhören. Also sagte ich möglichst oft »ja ja«, um ihm zu signalisieren, dass ich dem bis auf weiteres nichts hinzuzufügen hätte. Doch dann fielen mir die Kleinen ein und ich fragte, wie es ihnen gehe, ob sie die viele Sonne gut vertragen würden. Er bejahte und erzählte mir ausführlich von ihren Unternehmungen, ich lauschte gespannt, ich vermisste sie so sehr, und dann fragte er, wie das Wetter bei mir sei.

»Bei mir? Ach weißt du, hier stürmt und regnet es ständig.«

»Aha«, sagte er, ziemlich gelangweilt, wie ich fand, »hör mal, wir haben ein Geschenk für dich gekauft, ein schickes Kleid.«

»Ein Kleid? Für mich?«, rief ich überrascht ins Telefon. Wie waren sie nur auf die Idee gekommen? Wann sollte ich denn ein Kleid tragen? So ein Unfug. Aber ich konnte mich zum Glück beherrschen und sogar mit rührseliger Stimme sagen, ich würde mich sehr darauf freuen, es zu sehen. Dann verabschiedeten wir uns, und er sagte mehrmals: »Tschüss, Mama, tschüss, Mama.«

»So«, sagte ich nach dem Telefonat, »wo war noch mal mein Pinsel?«

Die Sängerinnen gingen in die Küche und stellten ihre Zuckerwürfelschlucktassen ab, und auf dem Weg zur Haustür fragte Eva, ob sie mich heute Abend zum Grillen einladen könne. Ich hatte mir eigentlich vorgestellt, an diesem Unglückstag meine Ruhe zu haben, war nicht unbedingt in der Stimmung für Geselligkeit und Plausch, aber ich hatte vergessen einzukaufen, es stand nur noch ein Glas Hering im Kühlschrank, so dass ich die Einladung nach einigem Zögern annahm.

Dann beschloss ich, mir von diesem Tag nicht weiter die Laune vermiesen zu lassen, sondern die Gartenarbeit mit Würde abzuschließen, das kleine Rasenstück zu mähen, das noch übrig war, und das letzte Unkraut zu jäten. Danach wollte ich es mir zur Feier des Tages gutgehen lassen, einen ausgiebigen Spaziergang machen und unterwegs beim Kiosk vorbeischauen.

Auf der Straße und in den Gärten hantierten Kinder mit Puppenwagen und anderem Spielzeug, backten Kuchen aus Sand, düsten mit Dreirädern und Tretrollern herum, einige spielten Fußball. Auf dem Heimweg blieb ich am Fußballplatz stehen und schaute den Mädchen beim Torschießen zu – in meiner Jugend hatten die Mädchen kein Fußball gespielt. Die Gesellschaft hatte sich schon verändert, auch wenn vieles beim Alten blieb. Der Campingplatz hinter dem Fußballfeld war vollgepackt mit

Zelten, was gute Geschäfte für die Einheimischen versprach, und das Dorf sprühte vor Optimismus.

Als ich nach Hause kam und einen kurzen Blick in den Garten warf, war ich ziemlich verwundert. Jemand hatte dort meine vier Schulpulte aufgestellt, also noch zwei mehr als die, die wir bereits herausgetragen hatten. Ich vermutete, die Sängerinnen hätten sich vom Optimismus der Isländer anstecken lassen und wollten eine Art Flohmarkt in meinem Garten veranstalten. Allerdings konnte ich mir gar nicht vorstellen, was sie verkaufen wollten, denn ich hatte sie nie handarbeiten sehen, doch dann entdeckte ich den Grill. Ein Mordsgerät, sie wollten also Essen verkaufen, irgendwelches Grillgut, vermutlich Würstchen. Und das in Helgas und meinem Garten. Ohne mich vorher zu fragen. Diese Dreistigkeit verblüffte mich.

Im Haus waren sie ebenfalls zugange gewesen: Auf dem Couchtisch im Wohnzimmer hatten sie Pappteller und Plastikbecher in unterschiedlichen Größen aufgestapelt, auf der Orgel lag Plastikbesteck, und die Ablagen in der Küche waren mit großen, ungeöffneten Getränkeflaschen vollgestellt. Auf dem Boden thronten zwei Kästen Bier.

Jetzt war ich völlig baff.

Ich irrte durchs Haus, während ich mir ausmalte, was ich den potentiellen Händlerinnen um die Ohren hauen würde. Selbstverständlich mussten sie mir sagen, wie sie auf diesen Unsinn gekommen waren, und das auch noch ohne mich vorher zu fragen, an wen sie das Essen verkaufen wollten – automatisch musste ich an die Touristen auf dem Campingplatz denken und bekam ein mulmiges Gefühl –, und vor allem, wann sie vorhätten, diesen Gartenflohmarkt zu eröffnen, doch dann sah ich sie alle drei japsend den Weg zum Haus hinaufmarschieren. Die Haustür stand bei dem schönen Wetter sperrangelweit offen, deshalb blieb ich im Wohnzimmer, stellte mich in Positur wie eine strenge, alte Lehrerin, die Hände vor der Brust verschränkt, und wartete auf sie.

Sie schleppten alle möglichen Sachen, und Juane hatte einen großen Blumenstrauß dabei, mit Blumen aus Guðrúns Garten, wenn mich nicht alles täuschte. Immer noch japsend schlüpften sie ins Haus, sahen mich und blieben abrupt stehen. Sie grinsten, tauschten Blicke, dann trat Juane vor, verbeugte sich leicht, reichte mir den Blumenstrauß und hauchte: »Herzlichen Glückwunsch zum Geburtstag!« Danach kamen die beiden anderen auf mich zu, küssten mich auf die Wange, gratulierten mir in ihren Muttersprachen und lachten immer weiter. Ich musste einfach mitlachen.

Doch die Überraschung überforderte mich, und die ganze Situation war so verwirrend, dass ich sie erst richtig begriff, als das Wohnzimmer voller Leute war und es so eng wurde, dass ich kaum noch Platz fand. Da waren Petra, Guðrún und Tumi, Eva, Juane und Ania, Anias Mann Krzysztof und ihre Kinder, die acht Tenöre mitsamt ihren Frauen, sechs von ihnen waren verheiratet, plus ihre zahlreichen Kinder. Ich brachte kein Wort heraus, konnte Petra nur fragen, ob sie alle in einer Prozession durchs Dorf gezogen seien.

Petra lachte nur und meinte, die Mädchen hätten den Geburtstag im Handumdrehen organisiert. Juane sei am Morgen zu Guðrún und ihr gerannt und habe sie gebeten, nachzuschauen, ob ich Geburtstag hätte, woraufhin sie mich sofort im Einwohnerregister nachgeschlagen hätten, und dann ging alles los. »Jóhannes und Andrés sind in den Nachbarort gerast und haben Bier gekauft, andere haben einen Blick in ihre Kühltruhen geworfen, Lammkeulen, Rinderhackfleisch und andere Köstlichkeiten rausgeholt, tja, und dann wurden Salate zubereitet, ein paar fingen sogar an zu backen«, erzählte Petra und schaute mich vielsagend an.

Man hatte mir jegliche Macht entrissen. Wie eine orientierungslose Hummel trudelte ich durch die Gegend, ins Haus und wieder hinaus, durfte nichts machen, weil ich das Geburtstagskind war, wie sie sagten, so dass ich mich nur meines Arbeitsoveralls entledigen und mir bessere Klamotten anziehen konnte, was ich auch tat. Grillgeruch zog durch den Garten und durchs Haus, man hatte beschlossen, zuerst für die Kinder Würstchen zu grillen, und im selben Moment, als die Teller der Kinder beladen wurden, drang Trompetenmusik zu uns. Sie kam von Jóhannes und Andrés, die würdevoll heranmarschierten, Andrés blies auf der Trompete eine Melodie, wie sie gespielt wird, wenn Könige mit ihrem Hofstaat den Saal betreten, wobei der Hofstaat nur aus Jóhannes bestand, der eine riesige, mit brennenden Kerzen geschmückte Sahnetorte in den Händen hielt.

Im Garten wurde geklatscht und gepfiffen, die Gäste zückten ihre Handys, um den Aufmarsch zu fotografieren, die Kinder rannten kreischend hinter dem Hofstaat her, und dann blieb die ganze Kolonne vor mir stehen. Jóhannes überreichte mir mit feuerrotem Gesicht die Sahnetorte, hatte wohl vorgehabt, zur Feier des Tages eine kleine Rede zu halten, vergaß aber alles, was er sagen wollte und brachte nur die übliche Gratulation heraus. Dann forderte er mich auf, die Kerzen auszupusten. Es waren sechs, für jedes Jahrzehnt eine, und ich blähte die Wangen und blies mit voller Kraft. Daraufhin wurde wieder geklatscht und hurra gerufen, und die Leute fotografierten mich, Jóhannes, die Torte, Andrés und die Trompete aus allen Perspektiven. Anschließend wurde die Torte in den Schuppen verfrachtet, sie würde später zum Nachtisch serviert, und Ania erzählte mir, der Bäcker habe den ganzen Tag daran geschuftet, denn Jóhannes und Andrés hätten ihn ständig angetrieben.

Jóhannes scharwenzelte um mich herum, stand mir ständig im Weg und wollte mir alles recht machen, natürlich darauf bedacht, mich für die große Konzertreise bei Laune zu halten. Das Gartenfest war in vollem Gange, die Kinder waren gesättigt und spielten im Haus, im Garten und auf der Straße Verstecken, die

Leute saßen auf Klappstühlen, die irgendjemand mitgebracht hatte, oder standen mit ihren Papptellern herum und verspeisten Unmengen von Grillfleisch, Kartoffelsalaten aus allen Ecken der Welt und die unterschiedlichsten Soßen. Dazu wurde Bier und Schnaps getrunken und viel geredet und gelacht. Ich ließ den Blick durch den Garten schweifen, der aussah wie ein krabbelnder Ameisenhaufen. Die Sonne spielte mit, war ganz in ihrem Element, und die Leute mussten oft die Augen zusammenkneifen, wenn sie sich miteinander unterhielten. Falls ich mir jemals vorgegaukelt hatte, dieses Dorf wäre still wie ein Grab, musste ich meine Worte in diesem Moment revidieren.

Auch wenn mich die ganze Situation irritierte, quatschte ich mit den Leuten und bemühte mich, fröhlich und glücklich zu erscheinen, dabei war ich innerlich ein wenig beunruhigt wegen des frisch gemähten Rasens und des frisch gestrichenen Hauses, was sich nicht gerade besserte, als ich sah, dass die Kinder den Dachboden als Versteck benutzten. In meinem Zimmer war die Farbe bestimmt noch nicht getrocknet, aber ich wollte nicht meckern, was auch gut war, denn plötzlich schlug Guðrún mit der Gabel an eine Glasschüssel und kündigte eine Rede auf das Geburtstagskind an. Das war ein denkwürdiges Ereignis, denn wie alle wussten, ging Guðrún so gut wie nie aus dem Haus, geschweige denn zu geselligen Zusammenkünften, sofern sie nicht in der Kirche stattfanden, deshalb verstummten alle und warteten gespannt.

Die Rede drehte sich jedoch nur am Rande um mich. Guðrún palaverte zwar lang und breit über mein kulturelles Engagement, wie kühn und innovativ ich gewesen sei, als es darum gegangen war, Petras wundervolle Musik ins Ausland zu bringen, besser als so mancher Mann, worauf ein kurzer Abriss über eigenständige Frauen und Emanzipation folgte, wofür ich natürlich ein leuchtendes Beispiel sei, doch danach ging es um Genetik. Mein Unternehmungsgeist sei auf meine Eltern zurückzuführen, auf meine Mutter, die Botanikerin, und meinen Vater, den Historiker, der jedoch keine weitere Erwähnung fand. Stattdessen ließ sie sich ausgiebig über die Botanikerin und deren Kampf für die Emanzipation der isländischen Frauen aus.

Ich musste mir allerdings eingestehen, dass dieser Kampf seinerzeit an mir vorbeigegangen war. Guðrúns Rede bekam viel Beifall, als hätte der Präsident höchstpersönlich zu seinem Volk gesprochen, die Leute klatschten, riefen »hört, hört« und prosteten ihr zu. Guðrún platzte vor Stolz, die Wangen in ihrem blassen Gesicht gerötet, und trank ein ganzes Glas Bier auf ex.

Doch das Tüpfelchen auf dem i sollte noch kommen. Keiner wusste, ob die Band den Auftritt vorbereitet oder kurzfristig einstudiert hatte – an diesem Tag geschah ja so einiges auf den letzten Drücker –, jedenfalls gab es eine Ankündigung, dass nun mir zu Ehren ein Konzert stattfinden würde. Instrumente wurden aus dem Auto geholt, und die Musiker stellten sich in einer Ecke des Gartens auf, wobei es ziemlich eng wurde, und begannen zu musizieren.

Es handelte sich um einen Teil des Programms, das sie in Deutschland aufführen wollten. Ich hatte ihn noch nicht gehört, jedenfalls nicht am Stück, und war eindeutig nervös, als würde ich die Verantwortung dafür tragen. Das Lied begann sehr langsam mit Juanes seidenweicher Stimme, begleitet von Evas respektvoller Geige, Petras Geige kam hinzu und war energischer, dann hörte man einen leisen Trommeltakt von Jóhannes, der ganz hinten fast in den Büschen stand, und schließlich tönte Anias tiefe, kräftige Stimme durch das ganze Dorf. Die Leute bekamen eine Gänsehaut. Das Lied war wunderschön, es weckte sowohl Assoziationen an alte Zeiten, als man noch über die Hochebenen ritt, mit Steinwarten als Wegweiser, als auch an die Gegenwart mit einem wilden Konzert in einer Kneipe voll junger, aufgekratzter Menschen. Nach dem Auftritt wurde geklatscht und gepfiffen. Guðrún ließ ihren Blick triumphierend über das Publikum schweifen. Damit war bewiesen, dass die Band ins Ausland gehörte.

Die acht Tenöre, die diesmal nicht mitfahren konnten, wollten nicht das Nachsehen haben, stellten sich in der Bühnenecke auf und gaben unter Petras Anleitung einen Gassenhauer nach dem nächsten zum Besten. Die Leute wippten, bewegten die Lippen, sangen leise mit. Erst als sie *Tüchtige Männer* anstimmten, merkte ich, dass das halbe Dorf zu meinem Haus und meinem Garten gekommen war. Dort standen der Bäcker, die Frau aus der Bücherei, das Mädchen von der Kasse im Genossenschaftsladen, die Männer aus der Maschinenfabrik, meine Nachbarn aus der Straße unterhalb, und Leute, die ich noch nie gesehen hatte, wahrscheinlich Touristen vom Campingplatz, denn die Musik hatte durch den ganzen Ort geschallt.

Ich sackte buchstäblich neben einem der Büsche zusammen. Wie sollte ich nur all diese Leute bewirten? Doch man griff mir unter die Arme, das Geburtstagskomitee sorgte dafür, dass alle etwas zu essen bekamen, und ich konnte froh sein, noch ein Stück von der Geburtstagstorte abzukriegen. Die Leute ließen sich nicht lange bitten, gingen kurz nach Hause und holten das eine oder andere, was noch für das Fest gebraucht wurde.

Bis nach Mitternacht wurde kräftig gefeiert, dann gingen die Gäste allmählich nach Hause, und ich gab dem halben Dorf Gutenachtküsschen. Irgendwann waren wir nur noch zu sechst, die Band und ich, und mussten aufräumen, was uns nach dem gelungenen Gartenfest leicht von der Hand ging. Die Sonne hatte sich zurückgezogen, doch die Nacht war jung und hell, und die Sängerinnen überschlugen sich fast vor Begeisterung: Es war Nacht und immer noch hell, endlich erlebten sie die hellen Sommernächte des Nordens, was für eine Pracht, sie waren kein bisschen müde. Juane sang, während sie mit Dosen und Gefäßen hinein- und hinausging. Ania und Eva standen in der Küche, in ein Gespräch über ihre Zukunft in Island vertieft, die Sommernacht hatte ihre Pläne wohl geändert, und mit dem Abwasch kamen sie nur langsam voran, aber das machte nichts, niemand hatte Eile. Petra, Juane und Jóhannes hatten sogar angeboten, die Möbel auf dem Dachboden zurückzuräumen, damit ich wieder in meinem Zimmer schlafen konnte, und ich nahm ihr Angebot an, auch wenn ich mir noch nicht ganz vorstellen konnte, wie dieser Riese von Jóhannes die schmale Treppe hinaufkommen wollte. Doch er schaffte es, denn in Island hatten Schreiner und andere Handwerker seit jeher mit Trollen gerechnet.

Ich war alleine draußen im Garten und machte mir keinen Stress, drinnen helfen zu müssen, denn ich wäre gar nicht in der Lage dazu gewesen vor lauter Erschöpfung. Die Party war anstrengend gewesen. Ich sammelte den Müll der Gäste auf, vor allem der Kinder, die auch Soße und alle möglichen Leckereien verkleckert hatten, weshalb ich den Gartenschlauch holte und den Rasen abspritzte. Dabei hörte ich die anderen in der Küche und auf dem Dachboden herumwerkeln, konnte fast verstehen, worüber sie sich unterhielten, so still war die Nacht. Auf einmal meinte ich, auf der Straße Schritte zu hören, sah aber niemanden wegen der Büsche und hatte auch keine Lust, nachzuschauen, spähte nur kurz nach Juane, die noch ziemlich viel von den Tischen ins Haus bringen musste. Als ich kurz hinauf zum Wohnzimmerfenster blickte, sah ich einen Mann auf der Treppe vorbeihuschen.

Was macht denn der Mann auf der Treppe?, dachte ich nur. Er ging auf den Dachboden, schien durch die offene Haustür hereingekommen und geradewegs die Treppe hinaufgestiegen zu sein. Da ich vermutete, dass es einer der Gäste war, der etwas vergessen hatte oder dessen Kind etwas vermisste, machte ich mir keine großen Gedanken.

Doch dann geschah es. Ich hörte Juane schreien, und im selben Moment krachte und polterte es. Ich wollte nachschauen, was los war, und stand schon auf dem Bürgersteig vor der

Haustür, als eine weiße Person hinausstürmte. Ihre Statur ließ darauf schließen, dass es sich um einen Mann handelte, aber so etwas hatte ich noch nie gesehen. Der Mann war von oben bis unten mit weißer Farbe bedeckt, blitzweiß wie frisch gefallener Schnee, Kopf, Schultern, Brust und Arme, und die Laute, die er ausstieß, erinnerten an ein verletztes Tier.

In kritischen Situationen reagieren die Menschen ganz unterschiedlich. Manche handeln schnell, andere sind wie gelähmt. Ich gehöre zu Ersteren, muss aber zu meiner Schande gestehen, dass ich keineswegs darum bemüht war, dem Mann in seiner Not zu helfen, sondern vielmehr ihn abzuwehren, denn ich war total erschrocken. Ich hielt noch den Gartenschlauch in der Hand und benutzte ihn instinktiv als Waffe, wie ein Schwert, und richtete den kräftigen Wasserstrahl auf ihn. Später erfuhr ich, dass ich den Kerl dadurch vermutlich rettete, zumindest sein eines Auge.

Dann geschah alles gleichzeitig, Jóhannes und Petra erschienen in der Türöffnung, ich spritzte sie auch gleich versehentlich ab, der Mann schmiss sich jammernd ins Gras, Jóhannes griff nach seinem Kopf und schrie mir zu, ich solle den Wasserstrahl auf sein Gesicht richten, was ich auch tat. »Ruf Andrés an!«, brüllte Jóhannes Petra zu. »Sag ihm, er soll sofort mit dem Jeep herkommen.« Andrés war in dieser Nacht schnell auf den Beinen und traf schon nach wenigen Minuten ein. In der Zwischenzeit kam ans Licht, um wen es sich bei dem Mann unter der weißen Farbe handelte. Andrés und Jóhannes brachten Krummi, den weißen Raben, zur Notaufnahme im Nachbarort. Zum Glück trank Andrés keinen Alkohol und konnte noch fahren.

»Was ist eigentlich passiert?«, fragten Ania und Eva, als wir Frauen draußen auf dem Bürgersteig standen.

»Er hat den Farbeimer über den Kopf bekommen, als er die Treppe raufgestiegen ist«, erklärte Petra, von vorne klatschnass von der Schlauchdusche und von hinten voller Farbflecken.

»Aber die waren doch zu, die Farbeimer, ich hab sie wie immer sorgfältig verschlossen, damit die Farbe nicht eintrocknet«, erwiderte ich.

»Ja, schon«, sagte Petra, »aber jemand hat daran herumgespielt und sie nicht wieder richtig zugemacht.«

Am Ende bekamen wir den Ablauf der Ereignisse häppchenweise aus Petra heraus, und der war ungefähr so: Jóhannes und sie hatten gerade die Kommode aus dem Gästezimmer in mein Zimmer getragen, sie hin und her bugsiert, damit sie durch die schmale Tür passte, als ein starker Windstoß durch den Flur fegte, als würde es den ganzen Dachboden zerreißen, Juane stieß einen Schrei aus, und im selben Augenblick ging es los. Jóhannes, der mit der Kommode auf dem Arm schon über die Türschwelle war, sah angeblich Krummis Kopf am Treppenabsatz auftauchen, Petra sah Jóhannes' erschrockenes Gesicht, er schaute sie an und brüllte »stell die Kommode ab!«, doch als er wieder zum Treppenabsatz blickte, war es schon zu spät. Die Farbe aus dem Zehnlitereimer hatte sich über den Kopf des Eindringlings ergossen. Daraufhin hatten sie die Kommode abgestellt, waren ihm die Treppe hinunter nachgerannt und hatten von mir in der Haustür den Wasserstrahl verpasst bekommen.

»Wo war Juane denn unterdessen?«, fragte Ania.

»Ich weiß nicht«, antwortete Petra, »ich hab wegen Jóhannes gar nichts gesehen, er hat die ganze Tür ausgefüllt, ich hab sie nur aufschreien gehört.«

Wir schauten alle gleichzeitig zur Treppe.

Sie war das Einzige, was seine ursprüngliche Farbe behalten sollte, was jetzt nicht mehr möglich war. Die weiße Farbe bildete auf den Stufen und auf dem Fußboden Pfützen, und alles war beschmiert. Ich tastete mich die Treppe hinauf, versuchte dabei, nicht auf die Farbe zu treten, und sah Juane sofort, als ich oben war.

Sie saß zusammengekauert unter dem Flurfenster gegenüber der Treppe.

»Juane, er ist weg«, sagte ich sanft, hockte mich neben sie auf den Boden und legte ihr den Arm um die Schultern. Wir schwiegen beide eine ganze Weile.

»Er wird mich nie in Ruhe lassen«, flüsterte sie endlich.

»Eines schönen Tages wird er dazu gezwungen sein«, sagte ich, um sie aufzumuntern, und traf damit den Nagel auf den Kopf, ohne es in dem Moment zu wissen.

Eine schöne Schweinerei mit der Farbe.

Gezwungenermaßen mussten wir noch in derselben Nacht die Treppe putzen, beziehungsweise Petra und ich strichen sie einfach weiß, komplett. Dabei hatte man mich doch gebeten, sie nicht zu streichen. Doch uns blieb keine andere Wahl, als die Pinsel aus dem Schuppen zu holen und die Farbkleckse zu verteilen. Und das mitten in der Nacht, wir waren alle total erschöpft. Nur dumm, dass wir den Fußboden nicht auch streichen konnten, den Krummi bis zur Haustür, oder besser gesagt bis auf den Bürgersteig mit Fußabdrücken versaut hatte. Wir mussten ihn mit Terpentin reinigen und die ganze Schweinerei abkratzen, was furchtbar viel Arbeit war.

Mit gemeinschaftlichem Einsatz schafften wir es schließlich, und da war die Sonne schon längst wieder aufgegangen.

Ich ging mit zu Petra, Juane war mit zu Eva gegangen und Ania zu sich nach Hause. Bei Petra schliefen die übrigen Hausbewohner den Schlaf der Gerechten, so dass wir keine Erklärungen abgeben mussten und schon eingeschlafen waren, bevor unsere Köpfe auf die Kissen sanken. Wir schliefen tief und fest bis zum Mittag, als schon das ganze Dorf auf den Beinen war, wahrscheinlich hatte sich die Nachricht über die Farbaktion mit rasender Geschwindigkeit verbreitet. Als wir endlich aus dem Bett kamen, war es im Grunde Guðrún, die uns darüber informierte, anstatt umgekehrt.

»Tja, da hat die gute Helga aber ziemliche Unruhe gestiftet«, sagte Guðrún.

Petra und ich brauchten eine Weile, bis wir den Inhalt der Geschichte, so wie sie aus Guðrúns Mund klang, begriffen hatten. Sie ging ungefähr so: Das Flurfenster auf dem Dachboden sei ganz plötzlich aufgeflogen, es habe Durchzug gegeben, und eine kräftige Windböe sei genau in dem Moment durch die obere Etage gefegt, als Krummis Kopf am Treppenabsatz aufgetaucht sei. Er habe sich natürlich erschreckt und instinktiv nach dem nächstbesten Gegenstand auf dem Treppenabsatz gegriffen, um sich festzuhalten und nicht rückwärts die Treppe hinunterzustürzen, doch das sei ausgerechnet der große Farbeimer gewesen. Der habe sich dann natürlich über den Mann ergossen.

Wir starrten Guðrún mit offenen Mündern an. »Wo hast du denn die Geschichte her?«, fragte Petra schließlich.

»Na, von den beiden Zeugen, Jóhannes und Juane«, antwortete Guðrún, erstaunt über unsere Verständnislosigkeit und Unwissenheit. Natürlich seien die Kinder, die bei dem Fest gewesen waren, dazu befragt worden, und dabei habe sich herausgestellt, dass die Jungen, alle außer Tumi, betonte Guðrún, nun ja, dass die Jungen an den Farbeimern herumgespielt hätten, darin gerührt hätten und so weiter, wie Kinder es nun mal täten, den Deckel nicht fest genug wieder aufgedrückt hätten, wobei sie sich gar nicht mehr erinnern konnten, wer von ihnen das gemacht hatte, die Armen, jedenfalls könne man den lieben Kleinen nicht die Schuld an dem Unglück geben, sie hätten dem Mann ja nicht den Eimer über den Kopf gekippt, er sei selbst schuld, wenn er sich da herumtrieb, und Jóhannes und Petra hätten auch nicht sehen können, dass der Eimer nicht fest genug verschlossen war, so beschäftigt wie sie mit dem Möbeltransport gewesen seien.

Petra und ich waren sprachlos, tauschten nur einen Blick und verschluckten uns fast an unserem Kaffee.

Guðrún jedoch, die lange darauf gewartet hatte, dass wir endlich aufstehen würden, damit sie uns über die nächtlichen Ereignisse aufklären konnte, schwadronierte weiter, die Polizei sei direkt am Morgen gekommen und habe das halbe Dorf zu dem Unfall befragt, denn die Sache würde selbstverständlich als schwerer Unfall untersucht, die Polizei habe auch mit ihr und Tumi, Eva, Juane und Ania geredet, alles bei ihr in der Küche.

»Wie ihr wisst, haben sie hier bei mir einen guten Stützpunkt, aber ich habe sie gebeten, euch noch ein bisschen schlafen zu lassen, weil ihr ja bis zum frühen Morgen diese Sauerei wegputzen musstet, das habt ihr also mir zu verdanken. Sie sind nur kurz zur Tankstelle, kommen gleich wieder.«

Petra und ich waren beide nachdenklich und sagten auf Anhieb nicht viel, doch dann fragte Petra: »Und was ist mit dem Mann passiert?« Womit sie Krummi meinte.

»Na, der sieht nichts mehr.«

»Wie, der sieht nichts mehr?«, fragten wir im Chor. »Meinst du, er ist blind?«

»Ja, blind, zumindest auf einem Auge.«

Kurz nach Mittag rollte der Streifenwagen mit den zwei Männern wieder vor das Haus. Die beiden nahmen sofort in der Küche Platz, stellten einen Laptop und einen tragbaren Drucker auf den Tisch, kündigten an, Petra und mich zu verhören, und begannen mit mir.

Ich hatte zunächst nicht viel zu sagen, ich hatte den Unfall ja nicht direkt mitbekommen, sondern nur mit dem Schlauch im Garten gestanden, den Mann ins Haus gehen und dann ganz weiß wieder herauskommen sehen, woraufhin ich ihn vor lauter Panik nassgespritzt hatte.

Die Polizisten fragten, ob ich wisse, was Krummi auf dem Dachboden gewollt hatte.

Ich sagte, es liege ja wohl auf der Hand, was er dort gewollt hatte. Wahrscheinlich habe er Juane im Garten beobachtet, sie dann nach oben gehen sehen und zu ihr gewollt. Er lasse sie nicht in Ruhe, das wüssten sie doch, jedes Mal, wenn er ins Dorf komme, bedrohe er sie auf irgendeine Weise, ich erinnerte die

Polizisten an den Schneeball, mit dem er sie beworfen hatte, als sie an Ostern in der Kirche gesungen hatte. Die Männer wollten alles über Juanes Wohnverhältnisse wissen, und ich erklärte es ihnen. Bei der Gelegenheit fragte ich sie gleich, ob sie wüssten, wann der Fall aus dem Winter endlich bearbeitet würde, ob der Mann nicht bald verurteilt würde.

Es entstand eine Pause, die Polizisten schauten mich entnervt an, dann sagte der eine, solche Fälle würden beim Gang durch die Behörden oft lange dauern.

Anschließend ging es um die Farbe, warum sie auf dem Treppenabsatz gestanden habe, ob das wohl die richtige Stelle für sie gewesen sei. Ich sagte, ich hätte die Stelle durchaus passend gefunden, wenn rechts neben dem Treppenaufgang ein ganzes Bücherregal stehen konnte, dann sei meiner Ansicht nach auf der linken Seite auch genug Platz für zwei Farbeimer. Ich hätte den Farbeimer nach dem Streichen zurück auf den Treppenabsatz gestellt, damit er nicht im Weg war, als die Möbel wieder ins Zimmer geräumt wurden. Daraufhin wollten sie zu Protokoll nehmen, um welche Art von Farbe es sich handele, und ich erklärte es ihnen, ohne mich jedoch an deren Produktnummer erinnern zu können. Dann fügte ich hinzu, ziemlich bissig, ich hätte die Eimer nach dem Streichen wieder sorgfältig verschlossen.

Als Nächstes sagten die Polizisten, jemand habe von einem Windstoß gesprochen, der durchs Haus gefegt sei, ob ich dazu etwas sagen könne. Ich antwortete wahrheitsgemäß, dass das Fenster auf dem Dachboden ab und zu auffliegen würde, die Fensterriegel seien defekt, und ich hätte vor, sie auszutauschen, sobald ich mit Streichen fertig wäre. Wenn kräftige Windböen vom Berg herunterwehen würden, ginge das blöde Fenster auf und gleichzeitig die Haustür, sofern sie nicht abgeschlossen sei. Ich wusste zwar nicht genau, warum, aber ich verschwieg ihnen, dass sich in dieser Nacht kein Lüftchen geregt hatte.

Alle Aussagen wurden in den Computer getippt, bei konzentrierter Stille.

Das Verhör zehrte an den Nerven, und ich spürte, wie mir unter den Armen der Schweiß ausbrach. Die Polizisten dankten mir, druckten das Protokoll aus, damit ich es unterschreiben konnte, und sagten, ich dürfe gehen. Vorher baten sie mich noch, Petra hereinzuschicken.

Nachdem wir beide verhört worden waren, klappten die Polizisten bedeutungsschwanger den Laptop zu und fragten Guðrún, ob sie zufällig einen Kaffee habe. Guðrún ließ sich nicht lumpen, servierte zum Kaffee ein paar Packungen Kekse und fragte den einen Polizisten nach Neuigkeiten von seiner Großmutter. Den anderen fragte sie, ob seine Frau sich gut von der Knieoperation erholt habe. Am Morgen hatten sie gar keine Zeit gehabt, sich darüber auszutauschen.

Ich gab vor, überhaupt nichts zu wissen, und fragte die Polizisten, ob sie schon mit Jóhannes und Juane gesprochen hätten, die seien ja oben auf dem Dachboden gewesen, worauf sie meinten, aus der Spanierin sei nicht viel herauszukriegen, die würde immer nur weinen, sobald von Krummi die Rede sei, sie habe sich wohl immer noch nicht von dem Schock im Winter erholt, kein Wunder, aber sie habe versucht, das Fenster zu schließen, als es von der Windböe aufgestoßen worden sei. Mit Jóhannes hätten sie in der Nacht noch gesprochen, als er den Verletzten zum Arzt gebracht hatte.

»Soso«, warf Guðrún ein, »und was gibt's Neues von dem Mann?«

Die Polizisten erzählten, Krummi sei noch in der Nacht nach Reykjavík gebracht worden, da gebe es Spezialisten. Aber der Arzt bei ihnen im Gesundheitszentrum habe gesagt, es sehe sehr schlecht aus. Farbe habe einen äußerst schädlichen Einfluss auf die Augen, könne die Oberfläche verbrennen und die Schleimhaut auflösen. Dadurch könne eine Infektion entstehen und

Narben auf der Hornhaut hinterlassen, und es komme zu einer Schleierbildung. Die Zeit spiele jedoch in diesem Zusammenhang eine große Rolle, ob die Augen innerhalb der ersten Minute ausgespült würden, und man könne von Glück sagen, dass eine Zeugin mit einem Gartenschlauch bereitgestanden habe, als der Mann aus dem Haus gerannt sei.

Ich nickte bestätigend und sagte, es sei natürlich nicht selbstverständlich, dass man mitten in der Nacht mit einem Schlauch im Garten stehen würde. Die Polizisten erklärten, wobei sie sich ständig gegenseitig ins Wort fielen, Farbe sei auf jeden Fall schädlich für die Augen, nach einem solchen Unfall gebe es definitiv Schleierbildungen oder Verbrennungen, denn es habe ja wohl eine Weile gedauert, bis der Mann die Treppe hinunter und nach draußen gelangt sei.

Wir waren alle ziemlich nachdenklich und versuchten uns vorzustellen, wie lange das ungefähr gedauert hatte.

»Dem armen Mann bleibt aber auch gar nichts erspart«, stöhnte Guðrún am Ende. Ihr Mitleid galt ausschließlich Krummi, schließlich kannte sie ihn schon von Kindesbeinen an, aber sie hatte Juane ja auch nicht geprügelt und gedemütigt aus der Vorratskammer getragen. Das war ich gewesen. Und deswegen war mein Mitleid gleich null.

»Wie wird denn ein Auge, wenn es verbrannt ist?«, fragte Petra zerstreut.

»Weiß«, antworteten die Polizisten im Chor.

Es brauchte nicht mehr als eine Geburtstagsparty, um als vollwertiges Mitglied der Dorfgemeinschaft zu gelten.

Die Dorfbewohner waren stets höflich zu mir gewesen, aber das hatte sich nun geändert: Sie waren immer noch höflich, aber die Förmlichkeit und Reserviertheit in der Stimme waren wie weggeblasen. Der Ton war jetzt derselbe wie unter guten Nachbarn. Ich wusste nicht, ob ich es bedauern sollte, nicht schon früher ein Fest abgehalten zu haben. Einerseits war es schön, mit so viel Liebenswürdigkeit in die Gemeinschaft aufgenommen zu werden, doch zugleich vermisste ich die Distanziertheit ein wenig.

Die veränderte Einstellung galt auch meinen drei Sängerinnen, sie gehörten jetzt dazu. Es war so ähnlich wie im Tierreich. Eva und Juane freuten sich, redeten ständig darüber, was dieser oder jener zu ihnen gesagt hatte, grinsten und lachten wie Kinder in einem aufregenden Ferienlager, während Ania sich unbeeindruckt zeigte.

Juane wirkte geradezu befreit. Ihr Gesicht strahlte, als wäre ihre Unschuld nach vielen Jahren der Ungerechtigkeit endlich vor dem Obersten Gerichtshof bewiesen worden. Jetzt konnte sie sich frei bewegen, ihr ehemaliger Lebensgefährte konnte ihr nicht länger auflauern, denn dazu fehlte ihm das Augenlicht.

Doch sein Vater, der Fischereikönig des Dorfes höchstpersönlich, verfügte über ein ausgezeichnetes Sehvermögen und Gehör und war alles andere als erfreut. Die richtigen Worte für seine Stimmung nach meinem Geburtstag waren wohl eher: Ihn dürstete nach Rache. Eine Woche nach dem Vorfall kündigte er allen, die vor Ort gewesen waren, als sein Sohn erblindet war. Mich konnte er zwar nicht rausschmeißen, genauso wenig wie Petra, aber Ania, Eva, Juane und Jóhannes bekamen den Laufpass.

»Stellt euch vor, Jóhannes, der diese beschissene Fischfabrik am Laufen gehalten hat!«, sagten die Fischer unten am Hafen, und die Mitarbeiterinnen an der Kasse des Genossenschaftsladens und der Tankstelle waren völlig perplex: »Spinnt der Alte? Als wären die Mädchen daran schuld, wie sich sein Sohn aufführt!«

Mich überraschten die Kündigungen der Mädchen nicht, die Reederin hatte sie ja vorausgesagt.

Alle drei kamen aus der Fischfabrik zu mir und schmissen mich aus dem Bett, denn es war noch früh am Morgen. Sie erzählten, sie seien in ihrer Arbeitskluft zur üblichen Zeit erschienen, und da habe ein neuer Werksleiter sie mit den Worten in Empfang genommen, sie würden nicht mehr gebraucht. Als sie nach Jóhannes gefragt hätten, habe man ihnen gesagt, der komme nicht mehr, ihm sei schon am Abend vorher gekündigt worden.

Sie saßen wie erstarrt bei mir in der Küche: »Wie sollen wir denn jetzt nach Deutschland fahren? Wir brauchen doch die zwei Monatsgehälter.« Zum Glück war die Reise bereits komplett bezahlt, und ich hatte schon alle Unterlagen da, also würden sie fahren, so oder so. Für die generelle Finanzsituation war der Verlust der Gehälter allerdings schlecht.

Ich stand in aller Herrgottsfrühe im Bademantel vor ihnen und überlegte. Dann fragte ich sie, ob sie bereit wären, im Nachbarort zu arbeiten, sie könnten auch meinen Wagen haben. Nachdem sie kurz nachgedacht hatten, antworteten sie, das ginge, woraufhin ich bei der netten Reederin anrief.

»Hab ich's Ihnen nicht gesagt?«, meinte sie. »Aber das geht schon, die Frauen können bei mir arbeiten, wie versprochen. Sie können morgen früh anfangen.« Da fiel mir Jóhannes ein, und ich fragte, ob sie für ihn womöglich auch Arbeit hätte.

»Jóhannes! Wollen Sie mir etwa sagen, dass Jóhannes auch gekündigt wurde?«, tönte es in der Leitung. »Er ist der beste Werksleiter in den ganzen Westfjorden. Sagen Sie ihm in Gottes Namen, er soll sofort kommen, ich wäre wahnsinnig froh, ihn einzustellen!« Ihre Schadenfreude war nicht zu überhören. Dann fügte sie flüsternd hinzu, bei der Fischfabrik bei uns im Dorf liege vieles im Argen, sie könne sich momentan nicht dazu äußern, aber ich solle mich erst mal ruhig verhalten.

Ich weiß nicht, warum ich mich ruhig verhalten sollte, denn die Sache ging mich nicht wirklich etwas an, aber sie schien zu glauben, dass ich für die Mädchen verantwortlich sei. Was ich vielleicht inzwischen auch war.

Jóhannes' Reaktion überraschte mich. Der Mann hatte überhaupt keine Ahnung, dass er ein so hohes Ansehen genoss. »Wusstest du das nicht?«, fragte ich verwundert.

»Nein, das wusste ich nicht«, antwortete er ehrlich, »das hat mir bisher noch niemand gesagt.«

Ich war ganz in Gedanken nach dem Telefonat mit Jóhannes, in Gedanken über die Gesellschaft, in der wir groß geworden waren. Wir kamen zwar aus unterschiedlichen Verhältnissen, Jóhannes und ich, waren es aber beide nicht gewohnt, gelobt zu werden. Als wir heranwuchsen, noch bevor es Computer gab, hatte man es nicht für ratsam gehalten, Kinder zu sehr zu verwöhnen.

Während ich die Riegel des blöden Fensters auswechselte, das ständig aufflog, begannen meine Gedanken schon wieder zu rotieren. Diesmal kreisten sie nicht um gesellschaftliche Probleme, sondern um knallharte Tatsachen und wichtige Details.

In der legendären Geburtstagsnacht hatte sich kein Lüftchen geregt. Das blöde Fenster ging nur auf, wenn es windig war, und es war zwecklos, mir Gespenstergeschichten aufzutischen, daran glaubte ich nicht. Zwei Personen konnten gesehen haben, wie Krummi die Treppe heraufgestiegen war: Juane und Jóhannes. Petra hatte nach eigener Aussage wegen der Kommode in meinem Zimmer festgesessen, wobei es durchaus möglich war, dass sie einen Teil des Flurs gesehen hatte, obwohl sie versicherte, Jóhannes habe die Tür verstellt und ihr die Sicht genommen. Jóhannes hatte in der Tür zum Flur gestanden, aber wo war Juane gewesen? Neben Jóhannes? Sie war schon vor der Kommode im Flur gewesen, hatte beim Möbeltragen geholfen. Hatte sie Krummis Kopf gesehen, sich beim Treppenabsatz an die Wand gepresst und mit dem Fuß den Eimer angestoßen? Hatte sie nicht am Fenster gestanden, wie sie behauptet hatte? Hatte sie Panik bekommen und den Eimer angestoßen, um sich zu verteidigen? Oder hatte sie womöglich beide Hände zu Hilfe genommen? Man brauchte schon ein bisschen Kraft, um einen Zehnlitereimer mit Farbe von der Stelle zu bewegen. Und hatten Petra und Jóhannes alles gesehen und den Mund gehalten? Oder hatte Jóhannes den Eimer umgekippt? Wer hatte was gemacht?

Die Geburtstagsgeschenke der Kinder trafen ein.

Von meiner Tochter bekam ich ein paar Bücher von australischen Autoren, einen seidenweichen Morgenmantel und eine hübsche Brosche, handgefertigt von Aborigines. Auf der Rückseite der Brosche stand: »Woman travel«. Ich schrieb meiner Tochter eine lange Mail, die Brosche sei ein Volltreffer, ich würde nämlich auf Reisen gehen. Mit der Organistin nach Europa. Von meinem Sohn und seiner Familie bekam ich das angekündigte Kleid. Es war wunderschön, aus hochwertigem Stoff und schlicht geschnitten, wahrscheinlich sündhaft teuer, und merkwürdigerweise passte die Brosche perfekt dazu. Wahrscheinlich hatten die Geschwister sich abgesprochen. Das bedeutete, dass sie guten Kontakt zueinander hatten, was mich sehr freute.

Ich schlüpfte in das Kleid, das wie angegossen saß, steckte mir die Brosche an und fand mich, als ich in den Spiegel schaute, eigentlich ganz attraktiv. In dieser Aufmachung rief ich meinen Sohn an, dankte ihm und meiner Schwiegertochter für das schöne Kleid, es passe perfekt, und ich würde es bei der Konzertreise in Deutschland tragen.

»Deutschland? Fährst du da etwa hin?«

»Ja, nach Hamburg und Bremen.«

»Konzertreise?«

»Ja, die Organistin gibt ein paar Konzerte.«

Lange Pause.

»Ist was zwischen dir und diesem Organisten?«

»Ja, eine sehr gute Freundschaft.«

Er fragte nicht weiter nach dieser Freundschaft, sondern sagte, wie ich bereits wisse, würden die Ausländer Ende August aus meiner Wohnung ausziehen, und da müsse sie natürlich geputzt werden. Bei den letzten Worten stöhnte er. Ich entgegnete, übers Putzen müsse er sich keine Gedanken machen, das würde ich schon hinkriegen.

»Und wie läuft's mit dem Haus? Wie ist die Lage?«, fragte er düster, als erwarte er nichts Gutes.

»Hervorragend«, antwortete ich. »Alle Wände sind schön weiß, alle Fenster weiß lackiert, von innen und von außen, der Garten ist in einem Topzustand, die Büsche geschnitten, die Beete gesäubert, der Rasen gemäht, ich muss nur noch die alten Möbel aufpolieren, sie ölen und so, das mache ich diese Woche.« Ich hütete mich davor, die Treppe zu erwähnen, sondern beschloss, die Dorfmethode anzuwenden und mich in Schweigen zu hüllen. Wenn die Hausbesitzer sich beschweren würden, dass die Treppe weiß war, würde ich einfach sagen: »Um Himmels willen, da muss ich wohl was falsch verstanden haben, ich dachte, die sollte auch gestrichen werden.«

»Wunderbar«, sagte er sichtlich erleichtert, »das ist schon eine Leistung, dass du es so lange in den Westfjorden ausgehalten hast. Du konntest ja nirgendwo hin, oder?«

»Doch, doch, ich gehe oft zu Konzerten in der Kirche.«

Dann unterhielten wir uns noch über praktische Dinge und Geldangelegenheiten, mein Stand war gar nicht so schlecht, und er meinte, ich würde bestimmt einen Job finden, wenn ich nach Reykjavík käme, im Tourismus gebe es so viele Jobs, er würde sich mal umhören. »Du bist ein Schatz, ich weiß gar nicht, was ich ohne dich machen sollte«, entgegnete ich, und er murmelte zufrieden vor sich hin.

Wahrscheinlich hatte ich meinen Sohn viel zu selten gelobt.

Der andere Mann in meinem Leben meldete sich hingegen bei mir und nicht umgekehrt. Erst vor einer halben Stunde hatte ich mit meinem Sohn telefoniert und trug immer noch das Kleid, was sich gut traf, denn so schick gekleidet war ich das Selbstbewusstsein in Person.

Herr Bindemanns Stimme klang hingegen ein bisschen unsicher. Er fragte zögernd »how are you doing« und wirkte so geknickt, dass ich ihn fragte, ob es ihm nicht gutgehe. Doch, doch, schon, aber ich hätte gar nicht happy geklungen, als wir das letzte Mal miteinander telefoniert hätten, ich sei so kurz angebunden gewesen. Ich entschuldigte mich dafür und sagte, ich hätte so viel zu tun gehabt, wie es denn mit seinem Reisebüro laufe? Er sei optimistisch, wahrscheinlich komme er nächsten Sommer mit einer Gruppe nach Island, ob ich nicht die Reiseleitung übernehmen wolle? Ich entgegnete, ich würde es mir überlegen. Daraufhin klang er schon viel munterer. Als ich ihm erzählte, dass ich die Termine für die Konzerte hätte, notierte er sie und versprach, seine Großmutter anzurufen und ihr Bescheid zu geben, sie würde bestimmt versuchen, zu kommen.

In der Leitung blieb es einen Moment still, dann fügte er hinzu, er selbst könne leider nicht kommen.

Ich sagte, damit hätte ich auch nicht gerechnet.

»Aber ich würde dich gerne sehen.«

»Da krieg ich ja richtig Herzklopfen«, entgegnete ich keck.

Er lachte nur und fragte: »Kannst du nicht nach der Tournee nach Boston kommen? Von Hamburg gibt es Direktflüge.«

Erst brachte ich kein Wort heraus und dachte an den Stress, die Flugtickets ändern zu lassen, aber ich spürte, dass ich ihn gerne treffen wollte. Und wenn es auch nur einmal wäre. Ich versprach ihm, mir das mit Boston zu überlegen.

Die Schulpulte glänzten, nachdem ich sie geölt hatte.

Es war schade, sie in den Schuppen zu stellen, aber ich machte es trotzdem, in der Hoffnung, dass sie irgendwann wieder benutzt würden. Sie erinnerten mich an schöne Stunden, aber ich konnte das Wohnzimmer unmöglich mit Möbeln vollstellen. Alles sollte gepflegt aussehen, wenn ich das Haus verließ, und bis dahin war es nicht mehr lang.

Als ich das Ergebnis meiner Arbeit betrachtete, drinnen wie

draußen, war ich ein klein wenig stolz. Ich hatte das ziemlich gut gemacht, zwar nicht schnell, aber dafür umso sorgfältiger. Das Haus erstrahlte in einem schönen Weiß, und die alten Möbel machten sich ausgesprochen gut in der neuen, modernen Umgebung. Ich stopfte Kissen und Plumeaus in die Waschmaschine, um der Sache den letzten Schliff zu geben, denn es wäre bestimmt nicht übel, auch noch frische Wäsche vorzufinden. Während die Maschine lief, spazierte ich hinunter zum Meer.

Die Schwarze Stille, wie die Leute hier diese himmlische Ruhe nennen, die entsteht, wenn sich die stummen Berge bei Flaute in der Wasseroberfläche spiegeln, so dass sie ganz schwarz wird, war das, was ich am meisten vermissen würde. Mir fiel auf, dass ich es zuvor nie gesehen hatte, dieses eindrucksvolle Zusammenspiel von Sonne, Bergen und Meer, ich hatte es zuvor nie gesehen – wo war ich nur die ganze Zeit gewesen?

Auf dem Campingplatz waren immer noch Touristen, und im Ort war ziemlich viel los, denn in den Westfjorden stand die Beerenzeit bevor. Dann kamen die Leute aus dem Süden, um Blaubeeren zu pflücken, die überall an den Hängen wuchsen, aber nicht nur, um die köstlichen Beeren einzusammeln, sondern auch, um hoch oben auf einem Berg zu sitzen, die grandiose Aussicht zu Füßen.

Ich wanderte am Ufer fjordauswärts auf das offene Meer zu, hörte das Lärmen der Seevögel, roch den Tang, setzte mich auf einen Stein, der geduldig auf mich gewartet hatte. Betrachtete in der Windstille mein Leben.

Mein alter Job hatte mich nie erfüllt, bis auf die netten Kontakte zu anderen Menschen, die schon an sich gut für die Seele waren, aber ansonsten hatte er meinem Leben lediglich einen sicheren Rahmen gegeben, eine Garantie für das tägliche Brot. Dabei hatte es mir schon Spaß gemacht, wenn die Zahlen stimmten, das würde ich nicht bestreiten. Aber mir war nie das Herz aufgegangen. Vielleicht zogen mich Petras Kapriolen deshalb an, ich hatte ein Stück weit gesehen, wie ein Ruck durch ihre Seele ging. Und nach einem solchen sehnte ich mich wahrscheinlich.

Der Abend hatte sich angekündigt, doch die Sonne erteilte der Zeit eine Abfuhr, sie besaß die Macht, sie wollte noch nicht ins Bett und kam gar nicht auf die Idee, zu sinken, sondern blieb auf derselben Höhe, tastete sich nur ein wenig nach rechts, so langsam, dass es für mich, die unvollkommene Frau, nicht zu erkennen war.

Wohin führt dich dein Weg?, fragten mich die Vögel am Ufer. Doch ich konnte ihnen nicht antworten, ich saß nur auf einem Stein, saß wie eine Küstenseeschwalbe auf einem Stein und überließ es dem Meer und der Sonne, den Spuk in meinem Kopf zu vertreiben.

Eines wusste ich jedoch, ich würde mit den Singvögeln gen Osten übers Meer ziehen.

Damals kam mir nicht in den Sinn, dass ich vielleicht mit ihnen ins Ungewisse zog.

Der Ton war klar, emotionsgeladen.

Dennoch schwang in dem Lied etwas Bedrohliches mit, als käme es von den drei Nornen auf der Hochheide, die über die Lebenszeit der Menschen bestimmen.

Ich war ergriffen, bekam eine Gänsehaut. Das war ein beeindruckender Anfang, bestimmt von Petra erdacht.

Die Frauen sangen a cappella, und als ihre Stimmen ausklangen, übernahmen die dunklen Töne von Petras Cello. Dann hörte man aus der Ferne leise Trommeltakte und neuen Gesang. Es war Ania, die sang, ihr Stimmumfang so groß, ihre Stimme so klangvoll, dass den Kirchenbesuchern der Atem stockte. Da verstand ich, was sie mir über ihre Stimme hatte sagen wollen. Die Instrumente setzten ein, eines nach dem anderen, Anias und Juanes Gitarren, Evas Geige, Petras Cello, Jóhannes' Schlagzeug. Sie spielten das Stück, das durch das offene Fenster zu mir gedrungen war, als ich im Garten gearbeitet hatte, Musik, die ich nicht verstanden hatte, und als ich es schon fast aufgegeben hatte mit diesen seltsamen Tönen, war eine kleine Melodie erklungen, eine Melodie, die sich wiederholte und die man immer wieder hören wollte, doch jetzt wurde sie schwächer, erstarb langsam, für einen Augenblick herrschte Stille, dann hörte man tiefe Orgeltöne, und als sie lauter wurden, kam das Akkordeon dazu. In diesem Moment wurde mir klar, warum Petra darauf bestanden hatte, dass Jóhannes mitkommen sollte, ihr Zusammenspiel war faszinierend, und ich entdeckte die Verwandtschaft zwischen den beiden Instrumenten, die ich noch nie zusammen gehört hatte. Dann setzte der Gesang wieder ein, die drei Stimmen, kräftig, intensiv, wie der Klang großer Domorgeln.

Ich kämpfte mit den Tränen, die mir übers Gesicht strömten, die Musik hatte Gefühle in mir freigesetzt, von denen ich nicht wusste, woher sie kamen, woher in aller Welt sie stammten, das war nicht ich, das war eine andere Frau, ich kannte diese Gefühle nicht, sie hatten sich noch nie bemerkbar gemacht, doch jetzt füllten sie meinen Kopf aus, und ich war wie im Rausch. Die Tränen flossen ungehindert über meine Wangen, ich wollte die Hände nicht zum Gesicht führen, wollte nicht, dass die Leute sahen, wie ich versuchte, die Tränen wegzuwischen, unfassbar, diese Emotionalität. Ich versuchte mich zusammenzureißen, saß kerzengerade, wollte mir unauffällig über die Wangen wischen, wenn der Applaus einsetzen würde, die Hände ganz schnell zum Gesicht führen, niemand würde es bemerken. Dann versuchte ich, an etwas anderes zu denken, an praktische Dinge wie das Auto und die Fahrerei, welche Strecke wir nach dem Konzert am besten zum Hotel nehmen würden, doch ein anderes Gefühl stellte sich ein, wohl eine Art Siegesrausch, denn wir hatten es geschafft. Dort standen sie und sangen und spielten für ein ausländisches Publikum, wovon wir alle geträumt hatten. Flóra Garðarsdóttir, die niemand für etwas Besonderes hielt, die wegen ihres Alters abgeschrieben worden war, hatte es geschafft, sie alle nach Deutschland zu bringen, und dort standen sie und brachten unsere Herzen vor Rührung zum Weinen, es war wie ein Happy End bei einer langen Geschichte.

Doch dann kam mir ein anderer Gedanke: Vielleicht war das zu schön, um wahr zu sein; häufig gelingen die Dinge nicht, wenn man große Träume hat, wenn man glaubt, man könnte etwas schaffen, das im Grunde unmöglich ist. Die Geschichte war noch nicht zu Ende, vielleicht fing sie gerade erst an, und wer wusste schon, wie sie enden würde. Mussten die Geschichten nicht immer schlecht ausgehen, damit die Leute sie wirklich gut fanden? Es konnte doch nicht sein, dass es gut enden würde, wahrscheinlich würde noch etwas schiefgehen, so war es doch immer, die Frauen würden ihre Stimmen verlieren oder einen Verkehrsunfall haben, womöglich sterben. Ich spürte, wie meine uralte Angst ganz langsam aus den Tiefen des Bauchs emporstieg, ganz langsam, wie wenn man eine Fahne hisst.

Die Stücke, die sie aufführten, waren unterschiedlich lang, und nach dem letzten Lied war es ganz still in der Kirche. Eine lange Stille. Wie wenn man sich von einem anstrengenden Ereignis erholen muss. Dann brach tosender Applaus los.

Auch wenn ich noch nicht viele Konzerte besucht hatte, nicht viele Vergleichsmöglichkeiten besaß, spürte und wusste ich, dass etwas Großartiges passiert war. Ich wurde ganz demütig und verlegen, als mir klarwurde, dass ich einen gewissen Anteil daran hatte. Ich blickte zu Frau Huhnholz, sah ihre Begeisterung und die Verwunderung in ihren Augen, als wäre etwas geschehen, das sie nie für möglich gehalten hätte. Dann sagte sie: »Das war ein Triumph der Kunst.«

Der Applaus wollte gar nicht mehr enden, die Musiker mussten nach dem Konzert mit geröteten Wangen auf den Programmheften Autogramme geben, Glückwünsche und Lobeshymnen entgegennehmen, Fragen beantworten, wo man ihre Musik käuflich erwerben könne, und so weiter. Ein Journalist aus Bremen notierte ihre Namen und stellte ihnen ein paar Fragen über die Musik und ihr Herkunftsland. Petra sprach Deutsch mit ihm, und er fand es großartig, dass drei von ihnen Ausländerinnen waren, die in Island lebten. Ich bat Petra, dem Mann unbedingt zu sagen, dass eine isländische Reederin unsere Tournee gesponsert hatte.

Als man uns vor unserer Abreise in Island interviewt hatte,

hatte ich auch darauf geachtet, dass die Reederin ausreichend erwähnt wurde. Eine Journalistin und ein Fotograf waren unverzüglich in die Westfjorde gekommen, um ein Interview und Fotos von der Band zu machen, nachdem Guðrún den Redakteur, der der Sohn ihres Ex-Mannes war, angerufen und ihm gesagt hatte, es sei ein Unding, dass sie bei der Zeitung nie ihre Leser auf dem Land berücksichtigen würden.

Auf dem Foto in der isländischen Zeitung machten alle fünf ernste Gesichter, umklammerten ihre Instrumente und blickten mit unergründlichen Künstleraugen in die Kamera. Weiter unten auf der Seite war ein kleines Foto von mir, unter dem stand, die Managerin der Band habe den ausländischen Sängerinnen Isländisch beigebracht. Das Interview drehte sich vor allem um Petras Musik und natürlich um die Sängerinnen. In einem Extrarahmen gab es noch ein Foto von der Reederin, die unsere Reise gesponsert hatte, sowie einen kurzen Bericht über ihre Errungenschaften und ihren Unternehmergeist in den Westfjorden. Es waren also alle zufrieden. Wir bekamen die Zeitung erst an dem Tag in die Hände, an dem wir nach Hamburg flogen, und hatten ein paar Exemplare dabei. Auf der Autobahn zwischen Hamburg und Bremen las Jóhannes uns den Artikel laut vor, erst auf Isländisch, dann grob ins Englische übersetzt. Ich hätte ihn mir auch noch in einer dritten und vierten Sprache anhören können, so sehr freute ich mich darüber. Ich stellte mir die Gesichtsausdrücke meiner ehemaligen Kollegen vor, wenn sie das Interview und das Foto von mir sahen. »Soso, sie macht jetzt also in Kultur, fährt mit einer Künstlergruppe ins Ausland.« Ich malte mir das immer wieder aus und war über die Vorstellung so amüsiert, dass ich unbewusst Gas gab und auf einmal hundertachtzig fuhr. Dann stellte ich mir den Gesichtsausdruck meines Sohnes vor, wenn er lesen würde, dass seine Mutter eine Konzertreise ins Ausland organisiert hatte. Das würde seinem hochgeschätzten Ansehen bestimmt zugute kommen. Er hatte natürlich gewusst, dass ich mit einem Organisten auf Tournee gehen würde, aber meine wichtige Rolle dabei war ihm nicht klar gewesen. Nun wusste er also, wer »der Organist« war, es sei denn, er glaubte, es handele sich um Jóhannes und sie hätten sich bei der Zeitung mit der Bildunterschrift vertan.

Obwohl das Konzert offiziell beendet war, dauerte es ewig, bis alle Besucher gegangen waren. Erst kurz vor Mitternacht kamen wir endlich ins Hotel. Frau Huhnholz wirbelte euphorisch umher, als hätte sie selbst die ganze Zeit auf der Bühne gestanden, und ließ uns von der Bedienung eiskaltes Bier bringen, das würde so gut schmecken, wenn man nach einem solchen Ereignis wieder runterkommen müsse. Ich war zu diesem Zeitpunkt mit den Nerven am Ende, saß nur zusammengesunken da, hörte zu, wie sich die Musiker über das Konzert unterhielten, und beobachtete Frau Huhnholz, die nicht stillsitzen konnte, beim Reden hin und her lief und nicht merkte, dass sie Bier dabei verschüttete.

Sie hatte uns im Hotel in Achim, einem hübschen Städtchen unweit von Bremen, in Empfang genommen, denn das erste Konzert fand in der dortigen Kirche statt. Nachdem wir eingecheckt und ein Dreibettzimmer für die Sängerinnen, ein Doppelzimmer für Petra und mich und ein geräumiges Einzelzimmer für Jóhannes bekommen hatten, lud sie uns zu einem Glas Sekt ein und erläuterte uns das Programm. Sehr professionell, die Frau. Sie war im besten Alter, lebhaft und resolut, sportlich gekleidet mit grauer Kurzhaarfrisur, sprach einwandfrei Englisch und behandelte meine Truppe, als wären sie in Island berühmte und hochgeschätzte Musiker. Aber sie wusste es ja auch nicht besser.

Es war für uns alle ein feierlicher Moment, und als sie uns den Flyer mit der Ankündigung des Konzerts, der an fast alle Haushalte verteilt worden war, das Plakat, das an prägnanten Stellen und in den Kirchen hing, und zu guter Letzt das Programmheft zeigte, das vor den Konzerten in den Kirchen verteilt werden sollte, waren die Musiker geradezu eingeschüchtert. Das

Foto für die Pressearbeit hatte der Küster gemacht. Er war nicht nur früher Rockstar gewesen, sondern auch Hobbyfotograf und wusste natürlich am allerbesten, wie man Bands fotografierte. Das Foto war wirklich gut, und der Name der Band, wenn man ihn gedruckt sah, auch. Petra hatte entschieden, die Band *Floras* zu nennen. Das sei kurz und knackig, sagte sie, und mache sich gut auf Plakaten. Ob sie die Band aus Sympathie nach mir benannt hatte oder ob ihr einfach nichts anderes eingefallen war, wussten wir nicht. »Floras? Nein, das geht nicht«, hatte ich entschieden gesagt, »das klingt so ausländisch.«

»Na und?«, hatte Petra dagegengehalten. »Die Hälfte der Band ist doch ausländisch, oder etwa nicht?«

Ich fand es seltsam, meinen Namen auf den Werbematerialien zu sehen, auch wenn er einen ausländischen Genitiv trug und mit o anstatt ó geschrieben war. Das konnte doch nur Unglück bringen. Aber die Komponistin war völlig entspannt. Ich kannte Petra inzwischen ziemlich gut und wusste, dass sie, selbst wenn sie ruhig und gelassen wirkte, innerlich aufgewühlt war, und sich, falls etwas schiefgehen oder etwas passieren würde, das ihr missfiel, durchaus in ihr Zimmer zurückziehen und einschließen konnte. Und wo soll ich dann schlafen?, dachte ich und stellte mich darauf ein, mir womöglich ein anderes Zimmer beschaffen zu müssen.

Frau Huhnholz, die in Bremen geboren und aufgewachsen war und einer Kaufmannsfamilie der Hanse entstammte, fuhr am ersten Tag mit uns zum Marktplatz von Bremen. In der Mitte des Platzes, genauer gesagt am Hanseatenkreuz, das mit Steinen ins Pflaster eingelassen war, blieb sie stehen, drehte sich langsam im Uhrzeigersinn und erklärte uns die Gebäude rund um den Platz. Sie sprach ausführlich über das alte Rathaus, bevor sie sich dem Dom zuwandte. Nun konnte ich ein bisschen glänzen und erzählte, dass dort im Jahr 1056 ein isländischer Bischof geweiht worden war. Die Deutsche fand das bemerkenswert, vor allem wenn man bedachte, was für eine lange und schwere Überfahrt der zukünftige Bischof auf sich genommen hatte. Da strich sich Jóhannes über die Bartstoppeln und sagte mit gespielter Bescheidenheit: »Wir Isländer sind ja auch ständig zum Studium nach Kopenhagen gefahren.«

Als wir in dem großen, eindrucksvollen Dom standen, und Frau Huhnholz uns dessen lange Baugeschichte erläuterte, entfernte sich Petra plötzlich wie unter Hypnose von uns. Ich übernahm die Aufgabe, sie in der riesigen Kirche zu suchen, denn wir waren alle völlig ausgehungert und wollten noch in einem Restaurant am Marktplatz einkehren. Die anderen waren schon gegangen, als ich die Organistin endlich auf einer Bank im Mittelschiff entdeckte. Ich setzte mich schweigend neben sie, und nach einer Weile sagte Petra schwärmerisch: »Hier ist eine hervorragende Akustik, hier hätte ich gerne die Matthäus-Passion aufgeführt. Wenn ich hier mal Organistin sein und meine eigene Musik hören könnte!«

Falls die alte Angst zurückkehren wollte, ihr Comeback vorbereitete, wie man sagte, dann war sie kläglich gescheitert.

Die nächsten beiden Konzerte waren genauso gut wie das erste. Beide ausverkauft, die Isländer wurden begeistert gefeiert, und ich war wie beim ersten Mal in Tränen aufgelöst. Meine Organisation war perfekt, als hätte ich mein ganzes Leben lang nichts anderes gemacht, als Tourneen zu organisieren. Die Künstler folgten mir blind, waren sensibel, zerstreut und nervös und daher kaum imstande, eigenständige Entscheidungen zu treffen, wenn es um körperliche Bedürfnisse ging. Jóhannes war weniger gefordert, er begleitete die sanften Frauenstimmen zwar bei bestimmten Stücken mit dem Schlagzeug oder tiefen Akkordeontönen, wobei es Petra gelang, sein rudimentäres musikalisches Talent bestmöglich zur Geltung zu bringen, und auch seine Position im Gesamtbild war wichtig und ähnelte der eines

Berges, der seine lieblichen Quellen vor dem scharfen Nordwind schützt, doch ansonsten war er weniger gefordert als die Frauen. Deshalb nutzte ich seine überschüssige Energie, ließ ihn die Instrumente tragen und in der Kirche aufbauen. Aber ich ließ ihn nicht ans Steuer, auch wenn er gerne gewollt hätte. Dabei war es keineswegs so, dass ich mich gegen traditionelle Geschlechterrollen auflehnte, sondern es machte mir einfach höllischen Spaß, im Ausland Auto zu fahren, vor allem mit schnellem Tempo auf Autobahnen. Das ließ ich mir nicht nehmen.

Aber ich sorgte dafür, dass Jóhannes genug zu essen bekam. Wenn wir im Restaurant unsere Teller leer gegessen hatten, winkte ich meistens den Kellner heran und sagte mit einem Hauch von Empörung in der Stimme und einer eleganten Handbewegung in Richtung Jóhannes: »Der Mann hat noch Hunger.«

Die Kellner reagierten prompt, zumal sie es völlig normal fanden, dass Männer von Jóhannes' Statur mehr Nahrung brauchten als die schmächtigen Frauen in seiner Begleitung, und er bekam stets eine Extraportion. Was ihm gut gefiel, ebenso wie mir, denn ich musste nie dafür bezahlen. Ania stierte meistens mit begehrlichen Augen auf die Extraportion, sie hatte schon immer einen guten Appetit gehabt, aber den ganzen Sommer Diät gehalten, wie sie erzählte, und wollte sich ihre gute Figur nicht wieder mit Jägerschnitzel und Lübecker Marzipan zunichte machen. Jóhannes war also derjenige, der sich immer auf etwas freuen konnte, nämlich auf die Mahlzeiten, während die Frauen nicht nur auf ihre schlanke Linie achten mussten, sondern auch wegen ihrer Stimmen hypernervös waren und schon beim kleinsten Luftzug hysterische Schreie ausstießen.

Meine bisherige Organisation war vorbildlich, und die Tournee war mit das Spannendste, was ich je gemacht hatte, dennoch zeigte sich nach Ende des dritten Konzerts bei den Musikern eine gewisse Erschöpfung, die sich am ehesten in Stimmungsschwankungen äußerte.

Emotionen, die nichts mit der Musik zu tun hatten, gewannen die Oberhand.

An einem Tag zwischen zwei Auftritten, als wir nach Bremen fuhren, um zu shoppen und auf dem Marktplatz Kaffee zu trinken, bekam Eva als Erste den Blues. Sie hatte bei jeder Gelegenheit fieberhaft deutsche Zeitungen gelesen, in der Welt war wie üblich viel los, und irgendetwas musste sie gelesen haben, denn auf einmal, mitten auf dem Marktplatz in der Septembersonne, legte sie die Zeitung weg und sagte mit finsterer Miene, sie würde in nächster Zeit nicht nach Budapest fahren. Damit öffnete sie Tür und Tor für die unterdrückten Zukunftsängste der Künstlerinnen.

Die Zukunft war bei allen ungewiss. Zwar war ich die Einzige, die keinen festen Job hatte, aber alle schienen über Veränderungen nachzudenken. Keine wollte jedoch als Erste über ihre Pläne reden, die Frauen räusperten sich, zogen einen Schmollmund, kratzten sich an der Nase, schauten in den Himmel, bis ich Eva klar und deutlich fragte, was sie vorhabe, wenn sie nicht zurück nach Budapest gehen würde. Sie antwortete, sie wolle Isländisch lernen und Musiklehrerin werden. Fürs Erste würde sie nach Reykjavík ziehen und sich einen Job im Tourismus suchen. Dann schaute sie mich an und sagte beherzt: »Du hast mir doch mal angeboten, bei dir zu wohnen, darauf würde ich gerne zurückkommen, bis ich eine eigene Wohnung gefunden habe.«

Diese Neuigkeit kam mir zwar nicht gerade gelegen, aber ich war so schlau, ein Pokerface aufzusetzen und etwas dahingehend zu murmeln, dass ich mein Versprechen wohl halten würde. Aber die Sache war mir nicht ganz geheuer, und das würde nicht besser werden, wenn noch mehr von ihnen in die Hauptstadt ziehen wollten. Deshalb fragte ich die anderen lieber gar nicht erst nach ihren Zukunftsplänen, was auch nicht nötig war, denn Petra nahm es mir ab und fragte Juane freundlich, was sie denn vorhabe, ob sie weiter in der Fischfabrik im Nachbarort arbeiten wolle? Und wo sie wohnen wolle, wenn Eva aus Steinas Haus ausziehen würde, Steina sei ja schon wieder auf dem Weg nach Island, und wenn Flóra aus Helgas Haus ausziehen würde, tja, wo sie denn dann nächtigen wolle?

Petras Atem ging schnell, obwohl sie versuchte, entspannt zu wirken.

Juane druckste herum, die Sache war augenscheinlich kompliziert, und es fiel ihr schwer, sich darüber zu äußern und Worte zu finden, die ihre Gefühle ausdrücken konnten, doch schließlich sagte sie: »Ich werde einfach irgendwo arbeiten.«

»Ja, aber das war nicht die Frage«, warf Ania ein. »Wo wirst du wohnen?«

»Wollt ihr etwa, dass ich zurück nach Spanien gehe?«, entgegnete Juane mit tränenerstickter Stimme auf Englisch.

»Nein, sie wollen nur wissen, wo du wohnen wirst«, sagte Eva sanft.

»Ja, wo wirst du wohnen?«, fragte Ania ungeduldig.

»In Island!«

»Ja, und bei wem?«

»Bei Eva.«

Ich verschluckte mich, sagte aber nichts. Jóhannes' Reaktion kam für alle überraschend, denn wir hätten nicht gedacht, dass er sich für Juanes Wohnort interessieren würde, aber er war plötzlich ganz erregt: »Du willst nicht zurückkommen? Das dachte ich aber, und Andrés dachte es auch, der wartet nämlich auf dich, er hat sich den Arsch aufgerissen, um sein Haus für euch fertig zu machen, in dem Glauben, ihr wärt verlobt. Seid ihr das etwa nicht? Ich dachte, das wärt ihr. Andrés meinte, du hättest gesagt, dass du dir eine Familie wünschst. Ist es jetzt aus? Willst du mit Eva nach Reykjavík?«

Juane nickte mit einem merkwürdigen Gesicht, wie paralysiert, und wir anderen schauten Jóhannes verwundert an und verstanden nicht, warum er sich so aufregte. Mit beleidigter Miene schob er den Kuchenteller weg, bestellte bei der Bedienung ein großes Bier, und in diesem Moment zerbrach Juanes empfindliche Seele. Wie ein Kristallglas, das in Stücke springt. Dort auf dem Marktplatz, zwischen all den Leuten. Sie fing heftig an zu weinen.

Wir begriffen erst nicht, was los war, warum sie weinte. Sie schluchzte, umfasste ihren Hals und rang mit tiefem Stöhnen nach Luft. Wir blickten entschuldigend zu den Leuten an den Nachbartischen, und Petra erklärte ihnen, sie habe eine schlimme Nachricht erhalten. Die Leute nickten verständnisvoll und schauten höflich in eine andere Richtung, aber Petra hatte den Nagel auf den Kopf getroffen, denn als Juane endlich unter Schluchzen etwas herausbrachte, jammerte sie nur: »Ich schaff das nicht mehr, ich kann nicht weiter singen.«

Da begriffen wir es. Wir merkten, dass das kein emotionaler Heulanfall einer Zwanzigjährigen war, deren angespannte Nerven nach den stressigen Auftritten nicht mehr mitspielten, sondern ein Nervenzusammenbruch. Wir spürten es, jeder von uns, spürten, dass die Anspannung, die ihre Seele aufwühlte, eine lange Vorgeschichte hatte, von weit unten aus der Tiefe kam, von weit unten aus der Finsternis. Vielleicht war sie selbst auf dem Weg in den Abgrund, zumal ihr kaum einer geholfen hatte, im Licht zu bleiben. Die schwarzen Klauen der Finsternis hatten sich ganz langsam nach ihr gereckt, und wir hatten nichts unternommen. Hatten sie einfach singen lassen. Immer weiter singen, damit alle auf große Tournee gehen konnten.

Wie immer in entscheidenden Momenten, wenn ich mich auf eine bestimmte Sache konzentrieren sollte, machten sich meine Gedanken selbständig. Ich sah die gelben Tulpen vor mir, die ich einmal für Ostern gekauft hatte. Oder waren es Narzissen gewesen? Ich kannte mich mit Blumen nicht gut aus, jedenfalls bogen sich die Blumen am vierten Tag über den Rand der Vase und ließen die Köpfe hängen. Ich überlegte, sie wegzuwerfen, enttäuscht von diesen lebensmüden Blumen, kam dann aber auf die Idee, die Stängel unten abzuschneiden, die schon leicht bräunlich waren. Ich kappte bei allen ungefähr einen Zentimeter und stellte die Blumen in frisches Wasser. Und siehe da, als ich abends im Wohnzimmer saß und mein Blick auf die Vase fiel, sah ich zu meinem Erstaunen, dass alle Blumen sich stolz aufgerichtet hatten. Und was noch erstaunlicher war: Sie schienen sich zusammenzuschließen.

Auch wenn es weit hergeholt klingen mag, einen Menschen mit einer banalen Blume zu vergleichen, war es diesmal gar nicht so abwegig.

Wir schlossen uns um Juane zusammen. Wir versprachen ihr, sie voll und ganz zu unterstützen, wir seien wie eine Familie für sie und wollten nur ihr Bestes. Jóhannes schämte sich für seine Worte und seinen zornigen Ausbruch und bat sie um Verzeihung. Eva, die Juane in den Arm genommen hatte, versicherte ihr, sie brauche keine Angst zu haben, sie würden nach der Tournee zusammenziehen, und sie würde auch mit ihr nach Spanien fahren, um etwas über ihre Eltern herauszufinden, wie sie ihr versprochen habe. Da ließ das Schluchzen langsam nach. Wir holten alle tief Luft, vielleicht wurzelte das Übel in dem Schock im Winter. Ich ergriff das Wort und erklärte Juane, sie habe es viel zu lange vor sich hergeschoben, zu einem Therapeuten zu gehen, aber ich würde dafür sorgen, dass sie in Reykjavík in die Hände von Fachleuten komme. Ania hatte noch nichts gesagt, nur ihre Hand nach Juane ausgestreckt und sie trübselig angeschaut. Juane stöhnte auf, starrte in Anias Augen, als wäre nur sie in der Lage, sie zu verstehen, und stieß unter Schluchzen hervor: »Ich will zur Beichte gehen.«

Da ergriff Petra die Initiative, blickte betrübt zum Dom, seufzte, senkte den Kopf und verkündete: »Wir sagen die beiden letzten Konzerte ab. Es kann immer mal vorkommen, dass jemand krank wird, du brauchst nicht mehr zu singen, Juane, alles wird gut.«

Hier bricht die Dunkelheit herein.

Petra verlor nach dem großen Knall auf dem Marktplatz nicht viele Worte. Eigentlich sagte sie gar nichts mehr, außer diesen einen Satz, dass es auf dem Festland so schnell dunkel würde, wobei sie als Vergleich wohl das Licht in arktischen Gefilden im Kopf hatte.

Das Spiel war abgepfiffen, und keiner von uns war besonders gesprächig. Nach einem trostlosen Abendessen gingen alle auf ihre Zimmer, und ich sagte, wir sollten uns ausruhen, ich würde mich am nächsten Tag mit Frau Huhnholz treffen und danach Vorkehrungen für die Heimreise treffen. Als wir hochgingen, flüsterte Eva mir zu, Juane sei letzten Monat sehr empfindlich gewesen, seit meinem Geburtstag. Das hätte ich mir ja denken können.

Während Petra und ich uns auszogen, machte ich keine Anstalten, ein Gespräch anzustoßen, ich war selbst so frustriert, dass ich ahnte, wie es ihr ging. Als ich unter der Bettdecke lag, musterte ich sie verstohlen, wie sie auf der Bettkante saß und sich mehrmals hintereinander die Hände eincremte, sie unentwegt massierte. Ich war besorgter um ihre Zukunft als um Juanes. Zwar machte ich mir Vorwürfe, dass ich nicht gemerkt hatte, worauf Juane zusteuern würde, aber aus einem unerfindlichen Grund wusste ich tief im Herzen, dass sie es schaffen würde. Sie war noch so jung, anders als Petra. Die Organistin war so nah dran gewesen, jenes Glücksgefühl zu erleben, das mit künstlerischem Erfolg einherging. So wie ich sie kannte, konnte es gut sein, dass sie sich von nun an in ihr Schneckenhaus zurückziehen und zweimal abschließen würde.

Sie stand auf, ging zum Fenster, zog den Vorhang vor die deutsche Nacht und murmelte diesen Satz über die Dunkelheit.

Übernächtigt und ohne jegliche Energie trafen wir uns alle zur verabredeten Zeit beim Frühstück. Juane blass mit leerem Blick, Eva appetitlos, Ania niedergeschlagen, Jóhannes am Boden zerstört, wobei das keinen Einfluss auf seinen Appetit hatte, Petra verschwiegen wie ein Grab.

Plötzlich schwebte Frau Huhnholz in den Frühstücksraum, strahlend wie die Sonne auf der Heide, und schwenkte eine Zeitung. Sie war so euphorisch, dass sie die miese Stimmung am Tisch gar nicht bemerkte, vermutlich dachte sie, wir wären noch schläfrig, sie wedelte mit der Zeitung und rief: »Hey, Petra spricht doch am besten Deutsch, oder? Soll sie diesen phantastischen Artikel für euch ins Isländische übersetzen oder wollt ihr ihn von mir auf Englisch hören?« Wir murmelten, Englisch sei vielleicht besser.

Der Artikel war über die isländischen Musiker. Anerkennende Sätze über die Komponistin und die Band, eine Sängerin wurde buchstäblich in den Himmel gelobt. Ania.

Frau Huhnholz las laut und deutlich. Am Anfang des Artikels ging es um isländische Musiker generell, wie ungewöhnlich ihre Musik sei, dass sie einen speziellen Ton habe, dann folgte ein längerer Absatz über die Musik der Band, die aus vier Frauen und einem Mann bestehe, die Frauen seien unglaublich talentiert, sie würden nicht nur singen, sondern auch Instrumente spielen. Darauf folgte eine längere Passage über die Komponistin und ihre Stücke, die sowohl volkstümlich, als auch modern seien, wobei das grandiose Orgelspiel in einem Stück besonders hervorgehoben wurde. Am Ende ging es dann um die Stimmen der drei Sängerinnen, die viel Lob bekamen. Das routinierte Spiel des einzigen Mannes in der Gruppe wurde ebenfalls kurz erwähnt. Ania bekam einen extra Absatz, ihre Stimme sei Weltklasse.

Oft wird nur wenig gesprochen, wenn viel auf dem Spiel steht. Wir mussten uns erst mal von dem Vortrag erholen. Ania sackte zusammen, ihr Gesicht wie eine ägyptische Mumie. Man konnte ihr unmöglich ansehen, was sie dachte. Evas und Juanes Gesichter, die Ania anstarrten, waren genauso schwer zu deuten. Ich durchbrach als Erste die Stille, schaute zu Petra und flüsterte: »Ich hab's dir doch gesagt.«

Doch nun musste ich reinen Tisch machen. Frau Huhnholz hatte inzwischen mitbekommen, dass irgendetwas nicht stimmte, sie musterte die Künstler irritiert, die sich natürlich über den Artikel hätten freuen sollen, aber wie Todeskandidaten dahockten. Ich raffte mich auf, räusperte mich ein paarmal, denn es war nicht leicht, nach einer so frohen Botschaft schlechte Nachrichten zu überbringen, sprach die Frau dann feierlich an und wollte gerade zu einer Rede ansetzen, als meine kleine Maus sich ebenfalls aufrappelte.

Juane blickte verzagt in die Runde, drehte sich dann zu Ania und sagte: »Ich werde für dich singen.«

Die Kirche in Fischerhude war klein.

So klein, dass wir zuerst dachten, es handele sich um einen Fehler, und wir hätten uns verfahren. Aber Frau Huhnholz machte nur selten Fehler. Sie hatte diesen Ort ausgewählt, damit wir ein typisches altes Dorf zu Gesicht bekamen, sie war selbst als Kind oft dort gewesen, liebte den Ort sehr und meinte, die frische Luft und ein Spaziergang in der Herbstsonne an dem kleinen Fluss würden uns guttun. Und sie behielt recht, denn als wir hinaus ins Grüne gingen, merkten wir, wie sich die Anspannung löste, die sich in unseren Herzen eingenistet hatte.

Unsere Zukunft war kein Thema mehr. Beziehungsweise die Zukunft der anderen, von meiner war ja nie die Rede gewesen. Doch es gab jemanden, der sich Gedanken über mein Wohlergehen machte. Martin Bindemann hatte am Tag zuvor angerufen und ziemlich trübsinnig »how are you doing« gesagt. Ich antwortete »very well« und freute mich, seine Stimme zu hören, kam aber nicht weiter, denn er fragte ziemlich kühl, ob ich ihn nicht hätte anrufen wollen, um zu erzählen, wie es laufe. Ich berichtete ihm von der Tournee, wobei ich die Krise ausließ und mich auf den Erfolg der Sängerinnen und die Beschreibung von Petras Musik beschränkte, die nach Meinung der Zuhörer und Kritiker ein voller Erfolg sei. Daraufhin wurde seine Stimme weicher, und er fragte forsch, ob ich ihn nach der Tournee besuchen würde.

Ich konnte mich nicht beherrschen, Petra von dem Telefonat zu erzählen, als wir in der Sonne am Fluss entlangspazierten, schließlich bekam ich nicht alle Tage eine Einladung nach Amerika und fühlte mich geschmeichelt, aber Petra wirkte nicht besonders angetan von dieser Neuigkeit. Sie riss einen Grashalm aus und sagte, es sei natürlich meine Sache, was ich nach der Tournee machen würde.

Obwohl sich ein Großteil der Anspannung auf dem Spaziergang gelöst hatte, war ich immer noch ein bisschen nervös wegen Juane und hoffte inständig, dass sie nicht mitten im Konzert in Tränen ausbrechen würde. Doch als ich mit Jóhannes, der sich nach Juanes Zusammenbruch sehr fürsorglich verhielt, die Instrumente aufbaute, schienen alle vor unserem vorletzten Konzert gut drauf zu sein.

Ich hatte gemeinsam mit Frau Huhnholz den Verkauf der Eintrittskarten im Foyer der Kirche übernommen, die Abendkasse, wie Frau Huhnholz es nannte, an der es noch Karten gab, die im Vorverkauf nicht weggegangen waren. Es waren nur zehn bis zwanzig Stück, die uns in wenigen Minuten aus der Hand gerissen wurden, aber wir mussten trotzdem vorne bleiben und die Leute darüber informieren, dass das Konzert ausverkauft war. Ich war überrascht, wie viel Spaß es mir machte, Eintrittskarten zu verkaufen – allein dieser kleine Handgriff, die Karte hinzureichen und einen Geldschein dafür entgegenzunehmen, bereitete mir eine gewisse Befriedigung.

Die Zuschauer strömten in die Kirche, ich hatte alle Eintrittskarten verkauft und stand kerzengerade am Kartentisch, bereit, freundlich zu lächeln und das Sätzchen zu sagen, das Frau Huhnholz mir beigebracht hatte: »Es ist leider ausverkauft.« Auf dem Gymnasium hatte ich Deutsch gelernt und verstand ungefähr, worum es ging. Ich hatte also gerade mein Sprüchlein aufgesagt, als plötzlich drei Frauen vor mir stehen blieben und sich nicht von der Stelle bewegten, obwohl ich ihnen gesagt hatte, dass ausverkauft sei.

Sie standen schweigend vor mir, musterten mich neugierig, maßen mich regelrecht aus, und ich konnte nichts anderes tun, als mein freundlichstes Kartenverkauferlächeln aufzusetzen. Zwei von ihnen waren ungefähr in meinem Alter, vielleicht etwas älter, und die dritte wesentlich älter, sie hätte ihre Mutter sein können, was sie wahrscheinlich auch war. Die beiden jüngeren Frauen hatten die ältere untergehakt und stützten sie, so als hätte sie manchmal Schwierigkeiten mit dem Laufen. Sie war weißhaarig, hatte tiefe Falten im Gesicht und war in jüngeren Jahren bestimmt einmal sehr groß gewesen. Sie ging leicht gebeugt, trug einen schneeweißen Kaschmirmantel und ein blaugemustertes Seidentuch und blickte mich forschend aus wasserblauen Augen an. Dann reichte sie mir die Hand und sagte: »Ich bin Martins Oma.«

Ich wusste sofort, dass ich vor einer geschichtsträchtigen Person stand.

Das war die Großmutter aus Dresden. Die Großmutter aus Dresden höchstpersönlich.

Ich nahm ihre knochige Hand und verbeugte mich leicht, so ergriffen, dass ich kein Wort herausbrachte. Die jüngeren Frauen waren ebenfalls gerührt, als sie meine Reaktion sahen, lächelten und redeten auf Deutsch und Englisch wild durcheinander, bis die Großmutter aus Dresden sie erschöpft bat, mit dem Geplapper aufzuhören und etwas Vernünftiges zu Flora auf Englisch zu sagen. Sie sprach den Namen so aus wie Martin, mit langem o.

Für mich war diese Begegnung ziemlich irreal, so wie wenn

man als Fan das Objekt seiner Bewunderung trifft oder wenn leidenschaftliche Anhänger der Königsfamilie vor ihrer Königin stehen. In solchen Momenten verhält man sich meist kindisch, kommt ins Stammeln, bringt kein Gespräch zustande und weiß nicht, was man sagen soll, das sind oft die peinlichsten Momente des Lebens.

Doch die Frauen aus Dresden, die Großmutter und ihre Töchter, waren äußerst gesprächig. Die Töchter hatten keine Ahnung, dass ihre Mutter in meinen Augen einer Göttin glich, und sie, die Göttin, hatte auch keine Ahnung, scherzte über sich und ihre Töchter, diese humorlosen Wachhunde, sie komme abends gar nicht mehr unter die Leute und sei froh, jetzt hier zu sein, ihre Töchter hätten sie eingeladen, seien aber der Meinung, sie würde sich nicht mehr an ihre Adresse erinnern, wenn sie sie alleine vor die Tür ließen. Dann lachten sie sich kaputt, und ich lachte mit. Anschließend erzählten sie, Martin habe ihnen von unseren Treffen in Boston und Island erzählt, und wie sehr er mich schätze. Soweit sie wüssten, würde ich ihn besuchen fahren, oder etwa nicht? Ich nuschelte nur »ja« und »hm« zu diesem Kauderwelsch. Dann sagte die Großmutter aus Dresden, ihr Martin sei ein guter Junge, aber unglaublich vergesslich, er habe ihr vor einem halben Jahr versprochen, ihr amerikanische Pfefferminzschokolade zu schicken, es aber immer noch nicht gemacht, und ich, Flora, solle ihm ruhig sagen, dass sie endlich ihre Schokolade haben wolle, und zwar prompt! Dann lachten sie noch mehr, und ich mit ihnen. Sie ließen mich wissen, dass sie sich nach dem Konzert noch einmal von mir verabschieden würden und betraten würdevoll die Kirche, die drei Frauen aus Dresden.

Das Konzert ging diesmal komplett an mir vorbei. Ich konnte an nichts anderes denken als an die über neunzigjährige Großmutter aus Dresden, die irgendwo hinter mir saß und über das Leben scherzte. Deshalb vergaß ich Juanes Probleme völlig.

Doch sie schaffte es, blickte furchtlos geradeaus und sang für Ania, als ginge es um ihr Leben.

An einigen Zuschauern, die extra gekommen waren, um sich einen Eindruck von den Musikern zu verschaffen, ging das Konzert jedoch keineswegs vorbei. Aus Hamburg waren zwei Männer angereist, die nach dem Konzert mit Petra und Ania sprechen wollten. Frau Huhnholz sorgte dafür, dass das Gespräch an einem ruhigen Ort in der Kirche stattfinden konnte, nachdem die anderen Zuschauer gegangen waren, und achtete penibel darauf, dass niemand sie störte. Vor lauter Nervosität hatte sie rote Flecken am Hals, mochte uns anderen aber nicht sagen, was die hohen Herren wollten, obwohl klar war, dass sie bereits vor dem Konzert von ihrem Kommen gewusst hatte.

Nachdem ich mich lang und breit von den Frauen aus Dresden verabschiedet hatte – sie waren von dem Konzert hellauf begeistert, und die Großmutter schärfte mir ein, ich solle sie unbedingt informieren, wann wir das nächste Mal kommen würden –, packten wir die Instrumente ein und warteten draußen im Auto auf die anderen.

Wir mussten lange warten. Jóhannes war die Ruhe selbst und zog eine Dose Bier aus seinem Rucksack, Eva und Juane schauten nachdenklich aus dem Fenster, in entgegengesetzte Richtungen, während ich mit den Fingern auf das Lenkrad tippte. Irgendwann fragte ich die anderen, ob sie etwas über diese Männer wüssten. Eva meinte, das seien keine Journalisten, das sei ja wohl klar, wahrscheinlich ginge es um Petras und Anias Zukunft, vielleicht würden sie ihnen ein Angebot machen. Dann fügte sie unumwunden hinzu: »Wir wissen alle, wie gut Petras Musik ist, und wir wissen alle, wie gut Ania singt, das können nur Wagner-Sängerinnen.«

Die Aufmerksamkeit, die ihre Freundin bekam, schien sie nicht weiter zu stören. Jóhannes war hingegen wenig begeistert vom Auftauchen der beiden Männer: »Das bringt den beiden nur Ärger und Scherereien.« Als wir nach einer genaueren Erklärung für seine Aussage verlangten, sagte er ziemlich aufgebracht: »Na, sie sind schließlich beide Mütter und lassen ihre Kinder nicht einfach so im Stich, wenn im Ausland jemand nach ihnen kräht.«

»Nein, natürlich nicht«, bemerkte Juane schnippisch, die in letzter Zeit etwas genervt von Jóhannes wirkte. »Natürlich nicht, ihre Kinder kommen mit.« Jóhannes merkte, dass er sich unglücklich ausgedrückt hatte, weil Juane damals von ihrer Mutter im Stich gelassen worden war. Er wurde sanft wie ein Lamm und fragte Juane, ob sie ein Bier wolle.

Ich wollte genauer wissen, was eine Wagner-Sängerin sei, und Eva erzählte uns bereitwillig von den berühmten Sängerinnen, die mit dem Komponisten assoziiert wurden, so dass wir gut vorbereitet waren, als die zukünftige Wagner-Sängerin zu uns in den Wagen stieg. Allerdings so gut vorbereitet, dass wir gar nichts mehr herausbrachten und fast eingeschüchtert waren von dieser Frau, deren Stimme womöglich in den berühmtesten Musiksälen der Welt erklingen würde, wer wusste das schon?

Eva hatte recht gehabt. Ania hatte das Angebot bekommen, Wagner zu singen, beziehungsweise zu einem Vorsingen für eine geplante Wagner-Oper nach Berlin zu kommen. Petra hatte man hingegen gefragt, ob sie die Musik für ein Theaterstück komponieren würde, das in Hamburg aufgeführt werden sollte. Frau Huhnholz wollte im Hotel bei Sekt und Bremer Pralinen über das Treffen mit den Hamburgern reden, aber Petra schlug vor, damit lieber noch ein bisschen zu warten, sie hätten ja noch ein Konzert vor sich.

Als Petra und ich uns oben im Hotelzimmer gegenübersaßen, jede auf ihrer Bettkante, und uns die Hände eincremten, fragte ich sie, ob sie nicht überglücklich sei über diese großartige Chance, man stelle sich mal vor, das Angebot zu bekommen, in Deutschland die Musik für ein Theaterstück zu schreiben,

Wahnsinn. Da drehte sie den Kopf nach rechts, leicht schielend, und sagte, natürlich freue sie sich, das könne sie nicht leugnen, aber eigentlich interessiere sie sich mehr für Domkirchen.

Ich entgegnete wahrheitsgemäß, das könne ich verstehen, es sei ja noch nicht aller Tage Abend, aber ich mache mir Sorgen über Eva und Juane, weil sie kein Angebot bekommen hätten und vielleicht ein bisschen gekränkt wären. Daraufhin meinte Petra, ich brauche mir keine Sorgen zu machen, die beiden dürften singen, es sei nämlich auch zur Sprache gekommen, ihre Stücke aufzunehmen, und zwar mit denselben Sängerinnen. Müde strich sie sich die Haare aus der Stirn und fügte hinzu: »Ich will es ihnen nach dem letzten Konzert mitteilen.«

Ich war außer mir vor Freude, als ich das hörte, und umfasste ihre Hände: »Petra, du weißt, wie sehr mich das freut, ich hab immer gesagt, dass du ein Genie bist.«

»Ja, ja doch«, murmelte sie, »aber das ist alles nicht so einfach. Was soll ich mit Tumi machen? Wie würde er es aufnehmen, in Deutschland zur Schule zu gehen?«

»Tumi? Der kann überall zur Schule gehen«, versicherte ich ihr gestenreich.

»Ja«, sagte sie zögernd, »aber ich wäre wahrscheinlich nicht viel zu Hause, und dann wäre er alleine.«

»Könntest du dir nicht eine Haushälterin nehmen?«, fragte ich und fing schon an, mir auch Gedanken über Tumi zu machen.

»Doch«, antwortete sie und schaute mir fest in die Augen, »genau das hab ich mir auch gedacht.«

Die Ereignisse des Abends beeinflussten die Stimmung am nächsten Tag.

Ich hatte einen entspannten Tag eingeplant, wir könnten den Markt in der Fußgängerzone von Achim besuchen, auf dem Rathausplatz zu Mittag essen, einen schönen Spaziergang an der

Weser machen, doch letztendlich war niemand ansprechbar außer Jóhannes.

Ania und Petra liefen wie aufgescheuchte Hühner mit gezückten Handys durch die Gegend, in ständigem Telefonkontakt zu ihren Familien in Island, Ania mal überglücklich, wenn sie ihrem Mann von ihrem triumphalen Auftritt und den Reaktionen darauf erzählte, mal todtraurig, wenn sie über die möglichen familiären Veränderungen und die damit verbundene Unsicherheit redeten. Sie hatte das Telefonat kaum beendet, als er sie zurückrief und irgendwelche Punkte mit ihr besprechen wollte, die ihm noch eingefallen waren. Petra führte ein intensives Gespräch mit Guðrún über den kleinen Tumi, der zu dieser Tageszeit in der Schule war und nicht persönlich mit ihr reden konnte, und erkundigte sich zwischendurch bei Frau Huhnholz, die zu uns ins Hotel gekommen war, über Schulen, Wohnungen und Lebensunterhalt in Deutschland. Wenn mich nicht alles täuschte, hatte die Frau von den Aufregungen des gestrigen Abends immer noch gerötete Wangen.

Dann kündigte Eva an, Juane und sie würden mit dem Zug nach Bremen fahren und sich dort die Geschäfte anschauen. Es war nicht zu überhören, dass sie keine weitere Gesellschaft wünschten. Wir hatten nichts dagegen, zumal wir Juane bereits ausgiebig für ihren Auftritt getätschelt und gelobt hatten und ihr alle Wünsche erfüllt hätten. Ania hatte sie nach dem Konzert abgeküsst, so heftig, dass es selbst Juane zu viel geworden war, dennoch schien die Knutscherei einen guten und heilsamen Einfluss auf sie zu haben.

Deshalb blieben Jóhannes und ich am Ende alleine am Frühstückstisch zurück. Wir unterhielten uns zunächst höflich über das Wetter, doch da das Wetter in diesen Gefilden ziemlich eintönig war, anders als in den Westfjorden, wo alle Varianten am selben Tag auftreten konnten, hatte sich das Thema schnell erledigt. Als Jóhannes schließlich einen erschöpften Seufzer von sich gab und vorschlug, zusammen über den Markt zu spazieren und etwas Gutes zu essen – er hatte das Frühstück kaum verdaut –, war ich einverstanden, zumal ich nichts Besseres vorhatte.

Wir standen an einem Stand, an dem Nüsse und Honig verkauft wurden, als er mich fragte, ob ich vorhätte, zurück in die Westfjorde zu fahren. Ich sagte, eher nicht, ich hätte meinem Sohn den Schlüssel zu Helgas Haus schon vor dem Abflug zurückgegeben, außerdem würde meine Wohnung in Reykjavík auf mich warten, zwar noch nicht geputzt, aber das sei ja schnell erledigt.

»Und was dann?«, fragte Jóhannes.

»Wie dann?«

»Wo willst du arbeiten?«, fragte er, und ich antwortete, ich würde einfach weiter versuchen, einen Job zu finden. Daraufhin stopfte sich Jóhannes eine Handvoll Nüsse in den Mund, die er in einem Tütchen gekauft hatte, und sagte kauend, im Dorf würde es in der nächsten Zeit einige Veränderungen geben. Das sei zwar vertraulich, und ich solle es für mich behalten, aber die Reederin aus dem Nachbarort habe vor, dem Alten die Fischfabrik abzukaufen und noch mehr Ausländer einzustellen. »Das ist streng vertraulich«, sagte er und sah mich streng an. »Ja, ja«, entgegnete ich, »und was hat das mit mir zu tun?«

»Wir brauchen jemanden, der ihnen Isländisch-Unterricht gibt«, sagte er mit Nachdruck, als sei ich dafür verantwortlich.

Und dann, zwischen dem ganzen Honig, tauchten vor meinem geistigen Auge alte Bilder auf. Ich sah meinen Unterrichtsraum mit den alten Schulpulten, die Topfpflanzen auf der Fensterbank, die eifrigen Gesichter der Schülerinnen, die zu mir hochblickten, zu ihrer großen Lehrmeisterin, sah mich selbst in einem schlichten, grauschwarzen Kleid ruhig durch den Raum schreiten und sagen: »Also, Mädchen, heute beginnen wir mit den Zahlen, die sind am wichtigsten, ohne Zahlen kommt ihr nicht weit.« Die Sonne, die durch die Fenster schien, blendete mich für einen

Moment, ich ging zu den Blumen, strich sanft über ein Blatt und wollte gerade wieder als große Lehrmeisterin das Wort erheben, als eine tiefe Männerstimme durch den Raum dröhnte. Ich hörte, wie Jóhannes das Wort »Wohnung« laut wiederholte.

Verwirrt schaute ich ihn an. »Deine Wohnung«, sagte er, »sie wollen in deine Wohnung ziehen, kannst du dann nicht in den Westfjorden bleiben und Isländisch-Unterricht geben?«

»Und wovon soll ich leben?«, fragte ich müde zurück. »Von Vogelfutter, wie die Schneeammern?«

Da beugte er sich zu mir herunter und flüsterte, was er mir jetzt sagen werde, sei absolut vertraulich. Als würde er das Wort gerade zum ersten Mal benutzen. Er wisperte: »Das sage ich dir im Vertrauen, versprich mir, es niemandem weiterzuerzählen, es kann nämlich gut sein, ist sogar sehr wahrscheinlich, dass ich die Leitung der Fischfabrik übernehme, wenn alles in trockenen Tüchern ist, und dass ich dann eine Sekretariatsleitung brauche.«

Augenscheinlich war ich die Auserwählte. Ich nickte und sagte, ich würde darüber nachdenken. Dann gingen wir weiter, mit unseren Nusstütchen, ich schwieg, und er redete. Nachdem er betont hatte, das müsse unter uns bleiben, aber er müsse einfach mit jemandem darüber reden, erzählte er mir, dass es für Andrés eine große Enttäuschung sei, dass Juane nicht zurückkommen werde. Er würde sie lieben, seit er sie in der Decke eingewickelt ins Auto getragen habe, die Verliebtheit habe ungeahnte Kräfte in ihm freigesetzt, er habe sein Haus renoviert, neue Möbel gekauft, sogar Tischdecken und Kerzenständer und solche Dinge, die Frauen nun mal wichtig seien, er habe Juane nur noch keinen Heiratsantrag gemacht, dafür sei er zu schüchtern, schon immer gewesen, Andrés sei von Kindesbeinen an sein bester Freund, deshalb habe er auch versucht, Juane zu helfen, damit Andrés und sie in seinem frisch renovierten Haus ein gutes Leben führen könnten, und jetzt wollte Juane mit Eva nach Reykjavík ziehen, in irgendeine Wohnung.

An dieser Stelle der Geschichte hatte ich an einem Stand hübsche Stofftiere entdeckt, die meinen Enkelkindern bestimmt gefallen würden, und hörte nicht mehr richtig zu, zumal mir im Grunde, ohne groß darüber nachzudenken, klar war, dass es kaum etwas gab, das Eva und Juane trennen konnte.

Doch Jóhannes war unruhig. Er hatte definitiv noch etwas auf dem Herzen und schlug vor, dass wir uns draußen in ein Café setzen, etwas trinken und das bunte Treiben beobachten sollten. Wir saßen schon eine ganze Weile da und betrachteten die Leute, die zu meiner Verwunderung jeden Alters waren, zu Hause in Island saßen nur junge Leute auf der Straße in Cafés, als er fragte, ob ich glauben würde, dass Petra nach Deutschland ziehen würde. Ich bejahte und sagte, sie sei ja dumm, wenn sie es nicht täte. Er stöhnte schwer. Um ihn ein bisschen aufzumuntern – er tat mir leid, ich wusste, was er für Petra empfand, außerdem hatte er bei den Konzerten eine ausgesprochen gute Figur gemacht –, sagte ich tiefsinnig, Petra könne natürlich überall komponieren, auch in Island, und würde bestimmt zurückkommen.

»Sie wird ja Guðrúns Haus erben, und es ist doch nicht schlecht, in den Westfjorden zu komponieren«, meinte er kleinlaut. Ich hatte noch mehr Mitleid mit ihm und sagte, sie würde bestimmt zurückkommen. Obwohl ich mir da keineswegs sicher war.

Da drehte er sich zu mir und fragte beherzt: »Sag mal, sind Eva und Juane eigentlich lesbisch?«

Ehrlich gesagt, war ich ziemlich verdutzt und wusste erst nicht, was ich antworten sollte, sagte dann jedoch wahrheitsgemäß, ich wisse es nicht. Ich hätte die beiden nie danach gefragt, das sei ihre Privatsache, sie seien auf jeden Fall eng befreundet.

»Andrés wird geschockt sein. Ich hätte Juane nicht geholfen, wenn ich gewusst hätte, dass sie nicht mit ihm zusammenziehen will«, sagte er mit verbitterter Miene.

»Geholfen?«, entgegnete ich. »Soweit ich weiß, hab ich ihr den Job im Nachbarort besorgt.«

»Man kann auf verschiedene Weise helfen«, erwiderte er, schob das Kinn vor und signalisierte mir, dass er nicht weiter über das Thema zu diskutieren gedenke.

Ich war verwirrt. Doch dann ging mir ein Licht auf. Ein leichter Schauer durchfuhr mich. Ich hatte mir schon meinen Teil gedacht über den Vorfall auf der Treppe. Ob meine Ahnung richtig war, wusste ich natürlich nicht, und ich beschloss, Jóhannes in dem Glauben zu lassen, dass ich keinen blassen Schimmer hätte, wovon er sprach. Ich seufzte leise und sagte liebenswürdig: »Ja, Jóhannes, wenn du Juane auf irgendeine Weise geholfen hast, weiß Petra das bestimmt zu schätzen. Es ist sehr wichtig für sie, Juane dabei zu haben. Und dich auch, du hast deine Sache wirklich gut macht.«

Er starrte mich mit offenem Mund an, schaute sich dann irritiert um und biss die Zähne zusammen.

Später an diesem Tag rief ich Martin an.

Ich musste ihm nicht erzählen, dass seine Großmutter bei dem Konzert gewesen war, denn sie hatte ihren Enkelsohn bereits angerufen und sowohl die Musik, als auch Flora, diese sympathische Frau, über den grünen Klee gelobt. Ich war so gerührt von den Aussagen seiner Großmutter, dass ich eine Weile brauchte, bis meine Stimme wieder normal klang. Martin freute sich über das geglückte Konzert, und als ich ihm von den Angeboten erzählte, die Petra und Ania bekommen hatten, war er hellauf begeistert, seufzte und lachte abwechselnd. Erst jetzt kam ich endlich dazu, mich bei ihm für seinen Beitrag zu der Tournee zu bedanken; wenn er mich nicht auf die Idee gebracht hätte, wäre von meiner Seite aus nicht viel passiert. Wir hatten beide einen Kloß im Hals. Doch dann erinnerte er mich an das Versprechen, das ich ihm an Ostern gegeben hatte, ich hätte versprochen, ihn zu besuchen. Er fragte mich geradeheraus, wie lange ich bleiben könne, er würde mich nach Boston einladen, ich könne direkt von Deutschland aus fliegen und später zurück nach Island fahren. Das müssten wir doch feiern. Wenn man schöne Dinge nicht feiern würde, wäre das Leben nicht viel wert.

Nach dem Telefonat lag ich lange auf meinem Bett und grübelte über das Leben nach.

Wie lange sollte ich bei Martin bleiben, falls ich überhaupt fahren würde, eine Woche, zwei? Während ich darüber nachdachte, fiel mir wieder ein, wie ich in Boston durch die Passkontrolle gegangen war. Das war noch nicht einmal ein Jahr her. Ich hatte in der Schlange gestanden und eine Heidenangst gehabt, an den Schalter der Ausländerbehörde gerufen zu werden, weil ich gehört hatte, wie hartnäckig die Beamten sein konnten, wenn man nicht alles im Griff hatte. Würde ich das noch einmal durchstehen, dazu noch nach einem Langstreckenflug über den Atlantik? Ich tröstete mich damit, dass ich diesmal wenigstens genau wüsste, was ich am Schalter sagen würde, und das wäre nicht gelogen.

Die Tournee ging zu Ende.

Uns alle erwarteten neue Pforten, die wir durchschreiten mussten. Es war unglaublich, wie viel in neun Monaten passiert war. Neun Monate Schwangerschaft, und das Kind wurde geboren. Drillinge in meinem Fall, denn ich hatte das Gefühl, drei Mädchen bekommen zu haben, für die ich verantwortlich war. Was würde die Zukunft ihnen bringen? Wie würde es ihnen ergehen?

Schon seltsam, wie oft das Gespräch in den letzten Tagen auf die Zukunft gekommen war. Wenn ich mein Leben in groben Zügen rekapitulierte, konnte ich mich nicht erinnern, jemals viel über die Zukunft nachgedacht zu haben, weder als ich noch bei meinen Eltern gewohnt hatte noch während meiner Ehe; die Zeit verging einfach, man lebte für den Moment und vielleicht für die paar Monate bis zum nächsten Weihnachtsfest, so einfach war das. Erst als man mir gekündigt hatte, begann ich, über die Zukunft nachzudenken. Und da war es höchste Zeit. Wobei ich nicht nur über meine eigene Zukunft nachgrübelte, sondern auch über die Zukunft der drei Frauen, obwohl sie noch nicht einmal mit mir verwandt waren.

Ich hatte das Gefühl, sie erst loslassen zu können, wenn ich mit ihnen gesprochen hatte, und zwar mit jeder einzeln, und sei es auch nur, um ihnen gute Ratschläge mit auf den Weg zu geben. Das war das Mindeste, was ich tun konnte. Ich gab mir einen Ruck und machte einen Rundgang durchs Hotel. Ania fand ich unten auf der Terrasse. Sie saß alleine da, tief in Gedanken versunken, das Handy in der rechten Hand. Als sie aufschaute, wirkte sie erschöpft.

»Hallo Ania«, sagte ich und setzte mich zu ihr. Sie blickte mich mit sanften Augen an und lächelte zaghaft.

»Ania, wenn ich damals gewusst hätte, dass die beste Sängerin der Welt mir die Ehre ihres Besuchs erweisen würde, hätte ich dich garantiert respektvoller behandelt, oder besser gesagt mit großer Ehrfurcht.«

Sie kicherte, aber ihre Augen leuchteten bei dem Kompliment.

»Dir ist bestimmt klar, dass du nach dieser Sache hier nicht mehr in der Fischfabrik arbeiten kannst«, fügte ich aufrichtig hinzu, »sag mir, was du denkst!«

»Krzysztof hat Angst«, antwortete sie. »Er ist sich ganz sicher, dass ich in Berlin als Sängerin angenommen werde, und macht sich Sorgen wegen der Unruhe, die das in die Familie bringt. Er fühlt sich wohl in den Westfjorden und würde am liebsten für immer dableiben und die Kinder dort großziehen. Er möchte auch die isländische Staatsbürgerschaft annehmen und befürchtet, sie nicht zu bekommen, wenn wir ständig auf dem Sprung sind.«

Ich sagte ihr, ich würde seine Sichtweise sehr gut verstehen.

Viel mehr konnte ich nicht dazu sagen und war richtig mitgenommen, weil sie nun schon wieder eine schwierige Entscheidung über den Wohnort der Familie treffen musste. Ich streichelte ihre Hand, wich betrübt ihrem Blick aus und hatte ein bisschen das Gefühl, dass es meine Schuld war. Ich hatte ihr den Mist eingebrockt, indem ich diese Reise befürwortet hatte, und wollte sie gerade um Entschuldigung bitten, als sie sagte: »Ist schon gut, du kannst ja nichts dafür, dass ich eine gute Stimme habe.«

»Vielleicht nicht«, entgegnete ich zerknirscht, »aber was willst du denn jetzt machen, Ania?«

»Ich habe eine Entscheidung getroffen. Gerade habe ich zu Hause angerufen und sie Krzysztof mitgeteilt. Ich bin ihm nach Island gefolgt, als er dort Arbeit gefunden hat, deshalb wird er mir jetzt nach Berlin folgen, wenn ich dort Arbeit bekomme.«

Auch wenn es mir leid tat, dass ihre Kinder zusätzlich zum Isländischen jetzt auch noch Deutsch lernen mussten, freute ich mich über ihre Entscheidung. Endlich durfte sie sich entfalten, und wer weiß, vielleicht würde sie sogar noch einmal für ihre Mutter und ihre Großmutter in Krakau singen. Alles konnte geschehen, und genau das war das Problem, alles konnte geschehen. Ganz leise sagte ich: »Ania, pass auf, dass du nicht wieder schwanger wirst.«

»Da besteht keine Gefahr, ich hab vorgesorgt«, erwiderte sie.

Kurz darauf kamen Eva und Juane aus der Stadt zurück, und ich lud sie zu einer Erfrischung ein, damit sie sich zu mir auf die Terrasse setzten. Sie hatten erfolgreich eingekauft, waren mit Winterkleidung bepackt, von der ich annahm, dass Eva sie bezahlt hatte, denn ihr mangelte es nie an Geld. Für die vielen Klamotten hatten sie noch einen Extrakoffer gekauft. Ich fragte, ob sie nicht auch noch ihre Sachen aus den Westfjorden holten müssten, bevor sie bei mir in Reykjavík einziehen würden.

»Die paar Sachen passen in zwei Koffer, und die liegen schon oben im Hotelzimmer«, sagte Eva.

Die beiden hatten keine Schwierigkeiten, durch die Welt zu reisen. »Also«, sagte ich bemutternd, »wenn ihr in Island angekommen seid, bringt ihr die Koffer zu mir, richtet euch im Gästezimmer ein, das ist der Raum, der nach Osten liegt, da stehen zwei Betten drin, und bitte behandelt alles pfleglich. Ihr holt meinen Wagen am Flughafen ab und fahrt zu mir nach Hause, hier ist die Adresse, und hier sind die Schlüssel für das Auto und die Wohnung. Ich fliege von hier in die USA und gebe euch Bescheid, wann ihr mich wieder am Flughafen abholen sollt.«

Sie musterten mich ziemlich lange, machten sich wahrscheinlich gerade bewusst, dass nun wirklich ein neues Leben begann, saugten eifrig an ihren Strohhalmen und fragten mich schließlich, was ich in Amerika vorhätte.

Ich weiß nicht, was über mich gekommen war, ihnen das zu erzählen, als hätte ich mich schon entschieden, was gar nicht der Fall war – unfassbar, was ich in den letzten Monaten alles von mir gab. Aber da ich schon einmal angefangen hatte, machte ich einfach weiter und sagte, ich würde einen guten Freund treffen. Ich verschwieg ihnen zwar, dass dieser Mann sie schon schlafend gesehen hatte, friedlich schnarchend, das Kinn auf der Brust und mit ausgestreckten Armen und Beinen, erzählte ihnen aber, dass er die Idee für die Tournee gehabt hatte. Bevor sie mich weiter darüber löchern konnten, fragte ich nach ihren Zukunftsplänen. Die beiden Frauen tauschten einen Blick, offenbar hatten sie schon ausgiebig über dieses Thema gesprochen, dann sagte Eva, sie würden sich erst mal Jobs in der Hotellerie suchen und besser Isländisch lernen, später würde sie dann versuchen, als Musiklehrerin Fuß zu fassen, während Juane Gesang studieren wolle.

Ich brachte es nicht über mich, sie zu fragen, wie lange sie in meiner Wohnung bleiben wollten, aber Eva schien Gedanken lesen zu können und ergänzte, sie habe vor, in Reykjavík eine kleine Wohnung zu kaufen. Ich wollte gar nicht wissen, woher sie das Geld hatte, denn ihre Eltern mussten sehr wohlhabend sein.

Das Leben meiner beiden Mädchen schien aufzugehen, jedenfalls in der nächsten Zukunft. Ich seufzte zufrieden und sagte, sie hätten die Tournee großartig bewältigt, und Juanes Entscheidung, weiter zu singen, obwohl es ihr so schlecht gegangen sei, habe uns alle tief berührt, dieses Opfer habe sich wahrlich gelohnt. Dann sagte ich noch – mir war plötzlich eingefallen, wie wichtig es war, junge Leute zu loben und zu motivieren –, ich sei sehr stolz auf sie, sie seien tolle Sängerinnen. Sie lachten verlegen und bekamen vor Freude ganz rote Wangen. Als wäre es besonders wichtig, dass ausgerechnet ich das sagte. Ich war völlig baff.

Nach dem letzten Konzert wollten wir zusammen mit Frau Huhnholz in ein schickes Restaurant in Bremen gehen, die gelungene Tournee feiern und unserer Patronin ein Buch über Island und einen Islandpulli schenken, aber ich hatte mir noch nicht überlegt, wo wir an unserem freien Abend essen sollten, das wollte ich spontan entscheiden. Deshalb war ich froh, als Petra einen Italiener vorschlug, der fußläufig vom Hotel erreichbar war, Jóhannes und sie hätten einen langen Spaziergang gemacht und seien auf das Restaurant gestoßen. Was auf diesem Spaziergang geschehen war, wusste ich nicht, aber Jóhannes wirkte erleichtert und war in Hochstimmung.

Im Grunde war dies der Abschiedsabend für uns Isländer. Drei von uns würden wieder nach Island gehen, davon nur einer zurück in die Westfjorde, und die drei anderen ins Blaue hinein, jedenfalls wenn ich tatsächlich nach Amerika fuhr. Ich hätte mir dieses Ende niemals ausgemalt, als ich in Island ins Flugzeug gestiegen war, und es lehrte mich, wie unberechenbar das Leben war. Die Leute glaubten immer, sie hätten ihr Leben im Griff, doch dann tauchte irgendjemand auf und übernahm das Ruder.

Der künstlerischen Leiterin gehörte der Abend. Zwischen den Gängen machte sie ihre Ankündigungen, ließ sie einfließen wie die Töne, die ihren Stücken den letzten Schliff gaben, aber von den wenigsten bemerkt wurden. Sie begann mit Nachrichten von zu Hause, sie habe lange mit Guðrún telefoniert, die davor lange mit der Polizei in den Westfjorden telefoniert habe, mit dem Ergebnis, dass es durchaus möglich sei, dass die Ermittlungen gegen Krummi eingestellt würden. Er sei in einem sehr schlechten Zustand, fast erblindet, außerdem wolle das Opfer keine Anzeige erstatten, deshalb sei es wahrscheinlich, dass die Staatsanwaltschaft keinen Anlass sehe, den Fall fortzuführen.

Logischerweise entstand nach dieser Neuigkeit eine lange Pause. Wir blickten alle hochkonzentriert auf unsere leeren Vorspeisenteller, als gäbe es dort etwas Bemerkenswertes zu sehen. Schließlich durchbrach Ania die Stille und schaute mich an: »Ja, dein Geburtstag war turbulent.« Ich verkniff es mir, ihr Isländisch zu korrigieren, schließlich hatten wir sie alle verstanden, und ich wunderte mich nur, wo sie das Wort »turbulent« gelernt hatte. Bei mir jedenfalls nicht. Aber ich freute mich über ihren Wortschatz, was die Stimmung wieder auflockerte.

Außer bei Juane, sie runzelte die Stirn und sank auf ihrem Stuhl zusammen.

Die Sache gefiel uns nicht, und wir tauschten Blicke, denn es stand noch ein Konzert bevor. Doch dann war es ausgerechnet Jóhannes, der dieses Konzert rettete. Er sagte, jetzt könne er es uns ja ruhig erzählen, allerdings streng vertraulich, wir sollten uns doch bitte bedeckt halten, er habe nämlich von zu Hause gehört, dass der Alte, womit er Krummis Vater meinte, die Reederei verkaufen und sich ein Häuschen auf den Kanaren zulegen wolle, wo er in Zukunft mit seinem Sohn zu wohnen gedenke.

Nach dieser Riesenneuigkeit starrten wir ihn alle an, und Juane richtete sich wieder auf. Petra warf Jóhannes einen dankbaren Blick zu, doch er tat so, als sei nichts geschehen und bestellte beim Kellner ein großes Bier.

Die zweite Ankündigung kam nach der Hauptspeise. Petra wurde fahrig, trank aus meinem Glas anstatt aus ihrem, stellte die leeren Teller zusammen, als wäre sie bei sich zu Hause, so dass der Kellner sie verwundert ansah, und sagte dann nach einigem Stammeln und Stocken: »Ja, äh, am besten sag ich's euch jetzt, ich gehe nicht nach Hamburg, ich fahre nach Hause.«

Am Tisch wurde es mucksmäuschenstill.

»Ist es wegen Tumi?«, fragte ich endlich.

»Nein, nicht unbedingt«, antwortete sie auf Isländisch, »aber Tumi soll natürlich in einer sicheren Umgebung großwerden. Ich will einfach keine Musik für ein Theaterstück schreiben, auch wenn es im Ausland ist und gut bezahlt wird, ich hatte schon immer andere Ziele, und die will ich weiter verfolgen. Ich möchte nicht mit Unterhaltungsmusik assoziiert werden, ich habe höhere Ambitionen.«

»Aha«, sagte ich nach einer Weile. »Aber wäre dieses Projekt in Hamburg nicht ein guter Anfang? Als Grundlage für weitere Projekte?«

»Nein, das würde nichts bringen«, sagte sie hastig.

»Aha, und was hast du jetzt vor?«

Sie reihte die Gläser, die in erreichbarer Nähe standen, wie Bauern auf einem Schachbrett auf, schob sie dann alle zusammen und wieder auseinander: »Na, ich fahre in die Westfjorde, immerhin hab ich da eine Stelle als Organistin, außerdem kann ich Guðrún nicht in dem Haus alleine lassen, sie ist nicht mehr die Jüngste, und ich kann ja auch zu Hause weiter komponieren, ich kann überall komponieren, dafür muss ich nicht ins Ausland.«

Jóhannes schaute seine Organistin mit strahlenden Augen an. Da fiel mir unser Gespräch auf dem Marktplatz wieder ein, als er mir leidgetan und ich ihn damit getröstet hatte, dass Petra ihre Musik natürlich auch in den Westfjorden komponieren könne und bestimmt zurückkommen würde. Das war natürlich leeres Gewäsch gewesen, ich hätte nie geglaubt, dass Petra eine solche Dummheit begehen würde, nachdem sie mit ihrer Musik so großen Erfolg gehabt hatte. Hätte ich ihn bloß nicht bemitleidet – bemitleidete man den einen, hatte ein anderer das Nachsehen. Jóhannes hatte sich meine Worte also zu eigen gemacht, und Petra hatte sie geschluckt. Aber warum? Waren sie ihr vielleicht gerade recht gekommen?

Ich hatte von Anfang an gewusst, dass es Unglück bringen würde, Jóhannes dabei zu haben, das hatte ich sofort gespürt. Womit hatte er Petra bezirzt? Er war vorhin so zufrieden von dem Spaziergang mit ihr zurückgekehrt. Und was dachte sich Petra dabei? Wollte sie etwa in einer kleinen Kirche auf dem Land versauern, mit ihrem Talent? Nur für Jóhannes spielen? Wovor hatte sie Angst? Vor dem Erfolg oder vor den Ansprüchen, die man an sie stellen würde, oder hatte sie einfach nur Angst vor der Macht? Hatte irgendein Kerl es geschafft, ihr den Mut so gründlich auszuprügeln, dass sie sich nie wieder davon erholen würde? In ständiger Angst, es anderen nicht recht zu machen. Das einzige Mittel, das sie besaß, wenn ihr etwas missfiel, war sich einzuschließen. Im Namen der Kunst. Das verstanden alle. Oder war sie letztendlich doch so empfindlich, so voller Selbstzweifel, dieses Musikgenie?

Wut kochte in mir hoch. Ich wusste genau, was passiert war, auch wenn es mir schwerfiel, die Worte in meinem Kopf zu formulieren, kein Wunder, wenn man sich so aufregte, aber ich wusste, dass Petras Verhalten etwas mit Gehorsam zu tun hatte, jenem uralten Gehorsam, der den Frauen nach jahrhundertelanger Unterdrückung in den Knochen saß, bloß keinen vor den Kopf stoßen, das könnte Nachteile für deine Kinder haben, deine Nachkommen. Die Unterdrücker blieben immer gleich, konnten einfach machen, was sie wollten. Ich spürte, wie ich mich innerlich aufbäumte, diese Protesthaltung hatte sich schon einmal bemerkbar gemacht, nur ein einziges Mal auf meinem langen Lebensweg, was einiges über mich aussagte, damals hatte ich an der Grenze gestanden, an dieser hauchdünnen Trennlinie zwischen Gehorsam und der Haltung, dass jeder Mensch das Recht hat, so zu sein, wie er ist, egal wie. Und dort stand jetzt Petra, an dieser Grenze.

Die Sängerinnen hatten verstanden, dass sie nicht nach Hamburg fahren wollte, aber dennoch nicht alles mitbekommen und blickten mich fragend an. Ich sagte, mit dem festen Vorsatz, eiskalte Höflichkeit an den Tag zu legen: »Sie möchte nicht mit Unterhaltungsmusik in Verbindung gebracht werden, sie bleibt lieber in der Kirche in den Westfjorden, jedenfalls so lange, bis ihr jemand eine Organistenstelle in einer Domkirche anbietet.«

Die Frauen starrten Petra und mich abwechselnd an, versuchten, das Bild zusammenzupuzzeln, den Ton zu ergründen, doch dann war es Eva, die Philosophin mit dem Jurastudium, die als Erste begriff, was los war. Sie begann, über Musik zu reden. Sie sagte, Musik ändere sich ständig, die Menschen würden sie verändern, so wie sie auch die Zeit, in der wir lebten, kontinuierlich veränderten, und es sei sehr interessant, wie Komponisten heutzutage arbeiteten, sie würden am einen Tag Filmmusik schreiben und am nächsten Opernmusik, würden permanent experimentieren, woraus neue Arten von Musik entstehen würden.

Sie machte eine sehr philosophische Miene, während sie laut über die Möglichkeiten der Musik sinnierte, schaute dann eindringlich zu Ania, als wollte sie überprüfen, ob sie ihr zustimmte, und Ania übernahm. Sie sprach über Musik aus dem Blickwinkel der Sängerin, wie viele Perspektiven sie einem eröffnen würde, das würden die Beispiele ja zeigen. Dabei musste sie lächeln. Das Beste sei jedoch, wie viele Jobs die Musik schaffen würde, die halbe Welt würde von ihr leben, sie würde sowohl Reichen als auch Armen eine Chance geben. Sie lächelte wieder: »Und das ist allein den Komponisten zu verdanken, jemand muss die Musik ja schreiben.«

Ich weiß nicht, ob Juane das Spiel begriffen hatte, das ihre Freundinnen da gerade spielten, aber unabhängig davon, ob sie es verstand oder lediglich ihre Meinung zu dem Thema äußern wollte, schaute sie Petra tief in die Augen und sagte sie mit großer Aufrichtigkeit: »Ich bin dir so dankbar, dass du mir die Chance gegeben hast, deine Musik zu interpretieren, du hast mein Leben total verändert, und jetzt werde ich versuchen, Gesang zu studieren, das weißt du ja, sobald ich bei einem Psychologen war, ich will ausgebildete Sängerin werden und davon leben und selbständig sein.«

Petra hatte wie erstarrt dagesessen, aber aufmerksam zugehört. Ich sah, dass sie überwältigt war. Sie stützte die Ellbogen auf den Tisch und nagte an ihrem Handrücken. Ich warf meinen Sängerinnen einen anerkennenden Blick zu, das konnten sie also auch, ihre Worte hatten Einfluss gehabt und womöglich alles verändert. Die Atmosphäre war wie elektrisiert, deshalb beschloss ich, ebenfalls etwas beizusteuern, ein bisschen philosophisch zu sein wie die anderen, und erzählte im Plauderton die Geschichte von Guðrún, wie sie im Sommer zu mir gekommen war und den eindringlichen Wunsch geäußert hatte, dass Petra ihre Musik ins Ausland bringen sollte. Tja, und auch wenn sie nicht mehr die Jüngste sei – schon nervig, dass man ständig auf sein Alter angesprochen würde –, sei sie topfit, könne durchaus alleine im Haus bleiben, diesem allseits beliebten Treffpunkt, und was Tumi angehe, der könne überall zur Schule gehen, es sei sogar wünschenswert, dass ein so aufgeweckter Junge wie er die Möglichkeit bekäme, Sprachen zu lernen und Menschen anderer Nationalitäten kennenzulernen, das würde seinen Horizont und sein Wissen nur erweitern.

Ania nickte und schaute mich dankbar an. Jóhannes hatte sich während der gesamten Unterhaltung bedecktgehalten, ich bezweifle, dass er begriff, was vor sich ging. Vielleicht hörte er auch nicht richtig zu und hielt das alles für Frauengelaber, er hatte sein Bier ausgetrunken, studierte konzentriert die Dessertkarte und knabberte Nüsse aus einem Tütchen, das er aus der Tasche gezogen und auf den Tisch gelegt hatte. Anscheinend war er noch hungrig, obwohl die Hauptspeise reichlich gewesen war.

Die Komponistin räusperte sich, massierte den Handrücken, an dem sie genagt hatte, und sagte dann matt: »Man kann doch nicht einfach ins Ungewisse ziehen, soweit ich gehört habe, sind die Mieten in Hamburg horrend teuer.«

»Ja, Hamburg ist ziemlich teuer«, meinte die Weltbürgerin Eva, »aber darüber musst du dir keine Gedanken machen, du bekommst natürlich eine Wohnung zur Verfügung gestellt, das ist ja selbstverständlich.«

»Hm«, machte Petra, rückte die Gläser auf dem Tisch zurecht und blickte in die Runde, »hm, stimmt schon, das müsste gehen, aber vielleicht sollten wir mal das Dessert bestellen, oder?«

Also kam das Dessert mit dem Nachspiel.

Das Spiel war allerdings noch nicht beendet, denn plötzlich schaute Petra mich an, als wäre ich irgendwie schuld an der Misere, und fragte hastig: »Und was hast du vor?«

»Tja, ich werde wohl ins Ungewisse ziehen, genau wie du«, sagte ich.

»Du meinst gen Westen, nach Boston?«

»Nein, ich hab mir gedacht, ich fahre mit dir gen Osten, jedenfalls fürs Erste«, antwortete ich, »ich glaube, du könntest eine coole Socke an deiner Seite gebrauchen.«

Sie lachte leise. »Du bist super.« Dann fügte sie ohne Zögern hinzu: »Aber ich bin immer noch der Meinung, dass du nicht ganz normal bist.« Worauf ich trocken entgegnete, es sei ja wohl Ansichtssache, wer hier normal sei, wenn es um den Charakter ginge, und da lachte sie wieder, fand mich witzig, aber für meine Sängerinnen war das auf Isländisch ein bisschen zu kompliziert. Sie lächelten trotzdem, zuversichtlich, dass die Sache gut ausgehen würde. Ich schaute sie an und musste an den Tag zurückdenken, an dem sie in mein Leben getreten waren. Damals war alles im Schnee versunken gewesen, schon verrückt, wie heftig es schneien konnte, und als sie das erste Mal zu mir gekommen waren, in Schweigen gehüllt, war das Wohnzimmer schon so weiß gewesen wie der Schnee vor dem Haus, wenn ich mich recht erinnerte. Ganz schön fleißig war ich gewesen, beim Streichen in den Westfjorden.